罪深きウエディング

キャンディス・キャンプ
杉本ユミ 訳

SWEPT AWAY
by Candace Camp
Translation by Yumi Sugimoto

mira

SWEPT AWAY

by Candace Camp

This edition is published by arrangement with Harlequin Books S.A.

Published by K.K. HarperCollins Japan, 2021

罪深きウエディング

おもな登場人物

ジュリア・アーミガー――――貴族の令嬢
セルビー・アーミガー――――ジュリアの兄。故人
フィービ・アーミガー――――ジュリアの義姉
ギルバート・アーミガー――――ジュリアの甥
ジェフリー・ペンバートン――――ジュリアのいとこ
マイク・ナナリー――――ジュリアの屋敷の使用人
ストーンヘヴン卿デヴェレル・グレイ――ストーンヘヴン領主
ゴードン・フィッツモーリス――――デヴェレルの友人。少佐
ウォルター・セントレジェ――――デヴェレルの友人。故人
ヴァリアン・セントレジェ――――ウォルターのいとこ。デヴェレルの友人
パメラ・セントレジェ――――ウォルターの妻
トーマス・セントレジェ――――ウォルターとパメラの息子
ヘンリー・カーター――――トーマスの信託代理人
エドマンド・ティズリー――――カーターの事務員

プロローグ

ジュリアは帽子を深く引き下ろしてつばの奥に顔を隠すと、馬の頭をじりじりと前進させた。全身の筋肉を緊張させて、通りの向こう側を歩く男に目を凝らす。ストーンヘヴン卿《きょう》だ、間違いない。あのいかにも堂々とした横柄な歩き方は、どこにいても見間違うはずがない。

無意識に手綱を持つ手に力が入ったのだろう、馬がそわそわと落ち着きをなくした。ジュリアは首をなでてなだめた。ここでストーンヘヴン卿を警戒させるわけにはいかない。あともう少し。ジュリアの視線がおのずと敵の先に見える暗い戸口に向かった。そこにいるとはわかっていても、ナナリーもジャスパーも気配すら感じられない。あの戸口は身を隠すのに最適だ。だから待ち伏せ場所に選んだのだけれど。

ジュリアは息を殺して見守った。ついに兄を失脚させた男に償わせるときが来た。ストーンヘヴン卿が歩を進める。一歩、また一歩。突然、彼がその足先を、戸口を避けるように通りの中央に向けた。ジュリアはぐっと歯を食いしばり、こみあげる金切り声を押し殺した。なんて男！ どうしていつもいつもこっちの企てを台無しにするの？

もうだめ、先の二回と同じく今回も失敗だわ。ジュリアがそう思ったと同時に、戸口の暗がりから男が二人、敵をめがけて飛びだしてきた。ストーンヘヴン卿は戦士としても有能で、不意を突かなければとうてい歯が立たない。その証拠に、ナナリーの額には前回の襲撃で負ったみみず腫《ば》れがいまだ残っている。

ナナリーとジャスパーが突進すると、ストーンヘヴン卿はひらりと身をかわし、手にしていたステッキでジャスパーの腹部を打ちつけた。若者が体を二つに折ると、すばやく脇《わき》に寄り、ナナリーの顎に強烈なアッパーカットを打ちこむ。大柄なナナリーが背後によろめき、ストーンヘヴン卿の頭にかぶせるはずだった袋を落とした。それに足をひっかけ、尻餅《しりもち》をつく。ストーンヘヴン卿がすかさずナナリーの上着をつかんで上体をぐっと引きあげた。

「いいかげんにしろ！」歯切れのいい声が通りの奥まで響いてきた。「答えろ——今ここでだ！ いったいなんのためにわたしを襲う？ これがはじめてではあるまい」

返事代わりにナナリーが拳《こぶし》を振りあげた。しかしストーンヘヴン卿はすばやく手を離し、拳をよけて飛びのいた。そこにジャスパーが、腹部に食らった一撃からいまだ体を折り曲げたまま突進する。けれどもストーンヘヴン卿は即座に身を翻し、ジャスパーの首に強く手を打ち下ろして、彼を地面に大の字にのした。

何か手を打たなければ。ジュリアは焦った。それでも仲間とストーンヘヴン卿との乱闘で自分にできることなどほとんどない。ナナリーをこんなふうに殴り倒せる男なら、ジュリアを吹き飛ばすくらいわけもないだろう。ジュリアは馬車によじ上り、御者台に座って手綱を握った。それを強くたたきつけ、ぴしりと鞭《むち》を打ちつける。驚いた馬は男たちに向かって突進していった。

さすがのストーンヘヴン卿も、四頭立て馬車が猛烈な勢いで迫るさまには驚いて飛びのいた。ナナリーとジャスパーがよろよろと立ちあがって駆け寄ってくる。ジュリアは馬を急停止させた。ナナリーは、自慢の馬たちの扱いに何か言いたげな顔をしている。二人が馬車に飛び乗った。ジュリアはふたたび手綱をたたきつけ、馬を出した。思いがけないことにストーンヘヴン卿が追ってきて、御者が御者台によじ上るのに使うバーに手をかけた。昇降段に飛び乗り、空いているほうの手を御者台に伸ばして、さらによじ上ろうとする。ジュリアは恐怖に駆られて振り向き、彼の胸を強く蹴《け》った。手がバーを離れた。ストーンヘヴン卿はそのままどさりと通りに落ちた。

馬が駆け進むなか、ジュリアは思い切って後ろを振り返った。ストーンヘヴン卿がのろのろと立ちあがり、埃《ほこり》を払って悪態をついている。ジュリアは視線を前に戻すと、驚いて疾走する四頭の馬の制御に集中した。両足を踏ん張り、手綱を強く引いていても、馬たちがいつ言うことを聞かなくなるかと気が気ではなかった。腕が今にも肩から外れて飛んでいきそうだ。そのとき先頭の二頭が首を振って足をゆるめだし、やがてゆっくりと立ち止まった。

ナナリーが荷台から飛びだしてきた。「まあったくもうっ！」彼が怒鳴りつけた。興奮するとアイルランド訛《なまり》がひどくなる。「いったいどういうつもりです、ジュリアお嬢さん？」

ナナリーは馬たちの様子にざっと目を通すと、馬たち専用のとっておきの低音で語りかけながら優しくなでていった。

「そこの恩知らずを助けてあげたんじゃないの」ジュリアはぴしゃりと返した。彼の荒っぽい話し方にはもう慣れている。背後を振り返ってみた。通りは薄暗く、遠くまで人影は見えなかった。これだけの速さで逃げたのだ、ストーンヘヴン卿はもうはるか後方だろう。

「まあ確かに、助けてもらったのはありがたいですけどね」ナナリーは認めた。「しかし、なんで馬を驚かさなきゃならねえんです？　おい、ジャスパー！」彼は不運な助手を振り返った。「こっちに来て、俺《おれ》が御者台に上がるあいだ、こいつらを押さえていろ。まったくなんの役にも立たねえんだから」

その言葉に若者が気色ばんだ。「親方だって似たようなもんじゃねえか！」

「よして、二人とも」ジュリアはため息をついた。「わたしたちはみんなで失敗したの」

「それはまあ、そうですがね」御者はしぶしぶうなずくと、ジュリアの隣によじ上って手綱を取った。それからジャスパーに顎で合図をする。少年は馬の頭を離し、駆け戻って荷台の背後の段に飛び乗った。

ナナリーは、少年用のズボンと粗末なシャツ、それに帽子をかぶったジュリアの姿をとくと眺めた。「あっちが追いつかなかったことに感謝するんですね、お嬢さん。でなけりゃ俺たち全員、一巻の終わりだ」

「ストーンヘヴン卿は気づかないわよ」ジュリアは断言した。「一度も会ったことがないんだもの。領地にセルビーを訪ねてきたときだって、母の具合がひどくて、わたしは下りていく勇気がなかったし」

「そりゃそうかもしれませんがね。その変装、そんなもの十秒たりとも持ちやしない。娘っこだってことはあっちもお見通しだったでしょうよ」ナナリーはかぶりを振った。「危険すぎる。こんなふうにお嬢さんがついてきなさるのは」

「わたしがついてきていなかったら、あなたたち二人、今夜どこですごしたと思う?」ジュリアは言い返した。「それにこれはわたしの計画よ。きちんと見届ける義務があるの」

これまで何度も繰り返した口論だった。勝ち目がないことくらい、ナナリーにもわかっている。男女を問わず、ジュリアほど強情な人間には会ったことがなかった。おまけにか弱い娘とくれば、どうあってもつい丸めこまれてしまう。

ナナリーはふっと息をつき、かぶりを振った。「本音を言わせてもらうとね、ジュリーお嬢さん、俺にはうまくいくとは思えないんですよ」

ジュリアも息をついた。「わかっているわ、ナナリー。たぶんあなたの言うとおり」

ストーンヘヴン卿の拉致《らち》を試みたのはこれで三度目だ。いずれも彼の動きが迅速すぎて、成功しなかった。

「彼は戦士なんですよ、お嬢さん。しかも優秀な戦士だ。噂《うわさ》では、あのジェントルマンのところで訓練を受けているとか」ナナリーは恐れるように声を低め、当代きってのボクサーと名高い、ジェントルマン・ジャクソンの名を挙げた。「強いですよ、彼は。しかも動きが速い。そりゃあ紳士でも、ボクシングをやるお方はいる。しかし実戦となると、ジャスパーほども役に立ちゃしない。だが彼は——確かに薄汚い卑怯《ひきよう》者だが——実戦でも大したもんだ」ナナリーはそこでいったん言葉を切った。「何人か助《すけ》っ人《と》に来てくれそうな連中に心当たりがあります。四、五人でかかれば、たとえ彼でもやすやすとは逃げられんと思いますが」

「それはだめ」ジュリアは即座にはねつけた。「このことを他人に知られたくないの。あなたとジャスパーは特別」ナナリーと後ろの若者は長年ジュリアの一家に仕えてくれていた。たとえ本当の身内でも、彼らほど親身にはなってくれないだろう。「でも、ほかの人は……いくら誰にも言わないと誓ってくれても、信用できない」

「わかります」御者は力強くうなずいた。そしてそのまま黙りこみ、馬車はロンドンの暗い通りを駆け抜けていった。やがて屋敷の目と鼻の先まで来たとき、ナナリーは意味ありげな視線をジュリアに向け、ためらいがちに切りだした。「そろそろ忘れられたほうがいいのでは……」

ジュリアは射るような目でくるりと振り返った。「なんですって？　セルビーを忘れろということ？　あなた、もう兄のことなんてどうでもいいというの？　汚名がすすがれなくても、ギルバートが一生その汚名を背負ってひっそりと生きなくちゃならなくても、かまわないというの？　兄をあんな目に遭わせた男を捕らえられなくても？　ひょっとして、怖《お》じ気《け》づいたとか？」

御者はむっとして言い返した。「マイク・ナナリーを臆病《おくびょう》者と呼べるやつは、この世にゃあいません。口を慎んでくだせえ。それとあなたの兄上をどうでもいいと思っているなんてことも、いっさいない。俺はただ、お嬢さんのことを思って言ってるんですよ。そろそろほかに目を向けられてもいいんじゃないかと。ご自分の人生を歩きはじめるんです。結婚して子供を作るとか、いろいろと……」

気の弱い男なら、ジュリアの瞳に燃えさかる怒りを見ただけでひるんだことだろう。「結婚？　子供？」ジュリアは鼻であしらった。「あなた、わたしに男性の世話をしながら家で編み物でもしていろというの？　第一、わたしの夫になる人がどこにいる？　世界じゅうが兄を……盗人だと思っているのに！」ジュリアの目に怒りの涙があふれた。

「ちょっと待って、話をそっちに持っていかないでくだせえ。今話しているのは兄上のことじゃなくて、この計画のことなんで。ああ、神よ」御者は体の前で十字を切って、つづけた。「はっきり言って、俺らはよくがんばりましたよ、お嬢さん。それでもうまくいかなかった。ここに来て三週間、ずっとあの男のあとをつけて、屋敷の出入りも見張ってきた。あの男が女の尻を追いかけるのも、カードをやるのも、例のナイトクラブに通うのも逐一見てきたわけだ。けど一人でいるところを捕まえるのは、至難の業だった。いつだって友人か、でなければ愛人を脇にはべらせていましたからね――申し訳ない、お嬢さんの前でこんな言葉を使って」

「いいのよ」ジュリアの表情が思案げになった。

「それでも三度、どうにか一人のときに不意を突くことができた。けどその都度追い払われた。仲間を増やせないとなれば、これ以上何ができます？　いいですか。あの男はすでに疑いを持っている――お嬢さんだって聞いたでしょう？　彼は俺らに感づいていた、はじめて襲ってきた相手ではないと。見も知らぬ連中が三度も襲いかかってきて、単なる悪運のはずがない。これ以上彼に近づくのは無理です」

「そうね。あなたの言うとおりだわ。確かにこの計画はうまくいきそうにない。でもわたしはあきらめないわよ。セルビーをあんな目に遭わされて、黙って引き下がれるものですか」

三年前、ジュリアの兄セルビーは、自身が管財人を務める信託財産から財産を横領した罪で告発された。兄を告発し、セルビーは有罪だと世界じゅうに知らしめたのが、ストーンヘヴン卿デヴェレル・グレイだったのだ。セルビーは無実だと主張したが、世論は厳しかった。実際、証拠は動かしがたく、誰もが有罪と信じて疑わなかった。信じなかったのはセルビーの妻と妹だけだ。結局セルビーは狩猟小屋に一人でいるとき、銃で自らを撃った。人々はそれを自殺と呼び、有罪の確たる証拠と受け止めた。兄の妻フィービですら、兄がもはや誰にも信じてもらえない絶望感から命を絶ったと考えていた。けれどもジュリアは、あれは銃の暴発による事故だったのだと信じている。原因は、おそらく絶望感や挫《ざ》折《せつ》感による不注意。突きつめれば、セルビーを死に追いやったのもストーンヘヴン卿ということだ。

ジュリアがナナリーを振り返った。顎をつんと突きだした、彼のよく知る頑固な表情で。

「それじゃあ、別の計画に移行するしかないわね」

「別の計画？」御者が眉をひそめた。「ほかにも計画を立ててらしたんですかい？」ジュリアの変わり身の早さにはさすがに鈍感なアイルランド男も驚かずには――いや、怯《おび》えずにはいられなかった。

「ええ、今思いついたの」

「どんな案です？」

ジュリアは忠実な召使いをちらりと横目で見た。彼に正直に話すわけにはいかない。

「まあ、見ていてちょうだい」

ナナリーは低いうなり声をあげた。だがジュリアはそれを無視すると、高い御者台で座り直し、黙って周囲の暗い家並みを眺めた。無茶な計画だ。でもうまくいく可能性はある。

ジュリアは希望に胸を膨らませた。

何週間もストーンヘヴン卿を観察してきて、弱点はわかっている。それを利用するのだ。

今度こそ絶対にうまくいく。

ストーンヘヴン卿を破滅させてやるわ――彼を誘惑して。

1

「ジュリア、だめよ！　絶対にだめ！」ジュリアの言葉に、小柄なブロンドの義姉フィービはびっくりして跳びあがり、心臓が飛びだすのを防ぐように胸に手をあてた。「そんなこと、できるわけないでしょう。あなた、自分が何を言っているのかわかっているの？」

ジュリアはふっと肩で息をついた。フィービに打ち明けたら、こんな反応が返ってくることは最初からわかっていた。一八一一年現在、男性を誘惑するなど、良家の令嬢のすることとはされていない。「自分が何を言っているかはわかっているわ。大丈夫、わたしはあの男と本当に寝るつもりなんてないから」

フィービが窒息しそうな声をあげ、どさりと椅子に座りこんだ。「ジュリア！」

「わたしはただあなたを安心させようと思って言ったのに」ジュリアは本気でそう思っていた。

「そりゃあもちろん、わたしだってあなたにそんな、そんな――ほら、今のこと――はしてほしくないわよ。でもジュリア、あなた、もう少し慎みってものを持てない？　そんな言葉を口にするなんて！」考えただけでフィービは頬を真っ赤に染めた。

「だってほかに言い方がある？」ジュリアは社交界の礼儀作法というものにあまり慣れていなかった。デビューの年齢に達したときには母の長患いでタイミングを逃し、そうこうしているうちに兄のあのとんでもない醜聞だ。それ以降はフィービともども上流社会からつまはじきにされてきた。それゆえジュリアは、上流社会のうるさ方に言動をことごとく監視され、批評されるという、あの息苦しいロンドンシーズンを一度も経験したことがない。礼儀作法が欠けているのはそのせいだとフィービは常々考えていた。

けれどもジュリアはその要因がもっと昔にさかのぼることを自覚していた。フィービと同じように、母もまた娘に貴婦人らしい立ち振る舞いを身につけさせようと必死に努力したのだ。けれども母は優しすぎて、無理強いまではできない人だった。そのうえ父と兄はジュリアにとことん甘かった。気転の速さをおもしろがり、腹の据わった性格を褒めてくれた。おかげでジュリアはのびのびと感情を表現し、好奇心のおもむくままに学んで、乗馬でも木登りでも興味を覚えたことはなんでも試してきた。その結果、頭の回転が速く、それ以上に口も達者で、馬上から銃や矢で牛の目を射抜くほどの乗馬の腕前を持つという、同世代の女性たちからは考えられない類《たぐい》の自信を備えた現在のジュリアが誕生したというわけだ。それでも母の努力のかいあって、行儀作法とダンスと淑女としての心構えだけはどうにか身につけている。人前に出たときには、母やフィービに恥をかかせない程度には口を慎み、行動を抑制しているつもりだ。

フィービはうめき声をあげて、両手で頭を抱えた。「ジュリア、だめよ。セルビーが知ったら、わたしがどんなに叱《しか》られるか！　ああ、あなたをロンドンに連れてくるのではなかった。こんなことに同意するのではなかった。最初の計画だけでもじゅうぶんとんでもなかったのに――ストーンヘヴン卿《きょう》をさらってきて、むりやり口を割らせようだなんて！　でも今度ばかりは……！」

「フィービ、わたしを見捨てないで」ジュリアは義姉に歩み寄り、椅子の前で膝を折ると両手で彼女の手を取った。フィービは気だてがよくてかわいい人だ。兄があれほど愛したのも無理はないと思う。それでもときどき、この気の小さな義姉の心にもあと少しでいいから熱いものがあればと思わずにはいられなかった。「今、最初の計画のことを話したでしょう？　あのとき、あなたがどんなにやきもきしていたか覚えている？　わたしがナナリーとジャスパーについていって、怪我《けが》をするんじゃないかと心配してくれていた。わたしに悪い評判が立つんじゃないかと不安だったのでしょう？」

フィービはうなずいた。「ええ。あなたが出かけるたびに、怖くて怖くてたまらなかった」

「でも何も起こらなかった」ジュリアはつづけた。「その都度わたしは無事に戻ってきたわ。今夜だってそう。それにストーンヘヴン卿も、馬車に乗っていた少年がわたしだったとはこれっぽっちも気づいていない」

「ええ。本当に神のご加護のおかげ」

「だからわたしを信じて。今度の計画でも絶対に何も悪いことは起こらない。言ったでしょう？　わたしはあの男に指一本触れさせたりしないわ。ただ彼に会って、甘い言葉をささやいたりしてその気にさせるだけ。そうして自分が何をしたのか、口を割らせたいだけなのよ」

フィービが疑わしげな目を向けた。「ストーンヘヴン卿のような男性にそんな手段が通じるかしら？」

「その点は大丈夫。あのね」ジュリアはフィービの椅子の脇《わき》で床に座りこみ、力を入れて説明を始めた。「この三週間ストーンヘヴン卿をつけてみて、わかったことが二つあるの。一つは、彼を力ずくで連れ去るのは無理だってこと。わたしはこれまで彼という人を知らなかった。セルビーにあんな薄汚いまねをするんだもの、きっと腰抜けで、わたしたちに抵抗できるような人じゃないと思いこんでいたのよ。でも強いわ、彼は。悔しいけど、度胸も据わっている。男二人に襲われても、逃げるどころか立ち向かって、逆にたたきのめした！」声に賞賛がにじむのは止めようがなかった。「今夜もそう。馬車に乗って逃げだしたわたしたちを追ってきた――こっちは三人だとわかっていたのによ。でもね」ジュリアはそこで意味ありげにいったん言葉を止めた。「ストーンヘヴン卿についてわかった、もう一つのこと。それはね、彼が無類の女好きだってことなのよ」

「遊び人なの？」

ジュリアは肩をすくめた。「そこまではわからないけど。まあ、無垢《むく》な乙女を追いかけているようではなかったわね。垢抜《あかぬ》けた女性たちを連れていたわ。いわゆる、ある種の女性たち」

「もう、ジュリアったら……」フィービは低い嘆き声をもらした。

「でもいい？　そこが付け入りどころなの！」ジュリアは語気を強めた。「あの男には弱点がある。それは女性。そう考えたところで、ひらめいたわけ。ひょっとしたらわたしが彼に近づいたら、本当のことをききだせるかもしれないって。だってほら、あなたもいつか言っていたでしょう？　男性が最も無防備で、最も心のこもった対応をするのは、女性を口説くときだって。だとしたら当然、そういった状況になれば彼はわたしが知りたいことを話してくれるんじゃない？」

「どうかしら」フィービは煮えきらない表情を浮かべた。セルビーは愛し合ったあとが最も無防備だったように思うけれど、それは彼の妹に話せることではないし。

「男がびっくりするほどおしゃべりになるってことは、求婚してきた人たちで実証済み。ぺらぺらとよく話すわ、特に自分のことをね。自分がどんなに利口かとか、どんなにすごいことを成し遂げてきたかとか。それもこれもわたしの気を引くため。ストーンヘヴン卿だって同じなんじゃないかしら」

「そうかもしれないわね。でもジュリア、やはり彼ばかりはあなたの手に負えない気がするの。あなたは社交界にデビューもしていないし、ストーンヘヴン卿は何年も悠々とこの街ですごしている裕福な人。たしか年齢も三十を過ぎているはずだわ」

ジュリアは眉を跳ねあげ、傷ついた表情を浮かべて立ちあがった。「つまり、ストーンヘヴン卿みたいな洗練された男性がわたしに惹《ひ》かれるわけがないということ？　わたしに目を留めるのは、ホイットニーみたいなちっぽけな町に住む男たちだけだと？」

ジュリアの思惑どおり、穏やかな性質の義姉がうろたえた表情を浮かべた。そして激しい不安が義姉の頭からそれまであった疑問を吹き飛ばした。「違うわ、そんな意味で言ったんじゃない！　ジュリア、誤解しないで。あなたは、望みさえすればどんな男性も意のままにできる女性よ。わたしの知っている誰よりも美人だもの。ケント州だけじゃないわ——あなたがロンドンの社交界で一シーズンすごしたら、どんな令嬢たちより注目を集めたと思う」

ジュリアは頬をゆるめた。本音を言うと、相手が世慣れた人であろうとなかろうと、男性を惹きつける自分の能力についてはなんの懸念も抱いていなかった。今はただ単に、フィービを不安から引き離したかっただけだ。ジュリア・アーミガーが美人だというのは、よちよち歩きを始めたころから確信を抱いている。十六になったころからは、田舎の邸宅の近隣に住む紳士という紳士から熱心に口説かれつづけた。ただの自意識過剰ではないだろう。何より、毎朝鏡に映る姿がそれをじゅうぶん裏付けている。背が高く、ほっそりとしながらも胸の大きな体型。今流行《はや》りの、ハイウエストで柔らかな流線型のドレスにはまさにうってつけだ。髪は豊かな赤褐色でふさふさと波打ち、瞳は生き生きとした青で、濃いまつげに縁取られている。顔立ちに関して言えば、滑らかな白い肌から細い弧を描く濃い茶色の眉やふっくらと愛らしく膨らんだ下唇まで、要素の一つ一つが寄り集まって、温かな笑みとときおり頬に浮かぶいたずらっ子のような小さなえくぼがなければ、へたをすれば冷たく見えるほど完璧《かんぺき》な美しさを形成していた。

けれどもジュリアは自分の美しさに自惚《うぬぼ》れることはなかった。馬に乗れることや本を読めることと同じく、事実は事実として受け止めているだけだ。それでも自分の美しさが、自分自身より他人にとって大きな意味を持つことには気づいている。実際に、うんざりするような経験もした。男性と話しながら、肌の質や瞳の明るさ以外にもっと興味深い話題はないのかとあきれたこともある。ジュリアには、妻を選ぶ基準としては、飛び抜けた美しさよりフィービのような気だてのよさのほうがずっと重要なことに思えた。

「許してくれる、ジュリア？」フィービがどこかしらおずおずと尋ねた。ジュリアは身を乗りだして、安心させるように義姉を抱きしめた。

「もちろんよ。さっきはちょっと意地悪を言ってみただけ。あなたったら、ときどき自惚れるほど褒めてくれるものだから」

フィービが安堵《あんど》したようにほほ笑んだ。「よかった。わたしはただ、ストーンヘヴン卿はあなたよりずっとずっと経験豊富だって言いたかっただけなの。あなたに会ったら、彼は必ず虜《とりこ》になるわ。でもわたしが不安なのは、それだけでは済まないかもしれないってこと。ただ少しちょっかいをかけるだけのつもりでも、彼は危険な男性よ、節操なんてあるものですか！　あの男がセルビーにしたことを考えてみて。長年友人だった人間に。もしあなたが彼を刺激したら、そして彼が――彼が紳士らしく振る舞わなかったら、どうなると思う？　彼が……」フィービが声を潜めた。「あなたを力まかせでねじ伏せたら？」

「わたしね、社交界に出たことはないけど、でも少しくらいなら男性と接触した経験はあるの。ケント州の人がほかの地域の人とさほど違うとも思えない。わたしだって、言い寄ってくる男たちをずっとかわしてきたのよ。なかには紳士らしくない迫り方をしてきた人もいたんだから」

フィービが目を見開いた。「いやだわ！　そんな人が？　いったい誰？」

ジュリアはくすりと笑った。「一人は、スクワイアー・バントウエル」

「スクワイアー・バントウエル！　あの太っちょじいさん！」フィービが怒ったように声を張りあげた。「あなたみたいな若い娘が自分に何を求めると思うのかしら？　彼、どう見たって五十歳は過ぎているでしょう。それに既婚者よ」

「わたしが何を求めるかなんて、まるで関心がなかったみたい。自分が求めることで頭がいっぱいで。だからわたし、はっきりわからせてあげたの。欲望を満たしたいならほかに目を向けるべきだってこと」そのときのことを思いだし、ジュリアの目が楽しげにきらめいた。

「何をしたの？」

「まずは足の甲を思い切り踏んづけて、ぶよぶよのお腹《なか》に一発お見舞いしたのね。そして向こうがなんとか息をしようと体を折り曲げたところで、言ってやったの。今度またこんなことをしたら、奥さんと牧師さんと州内のおしゃべり雀《すずめ》たち全員に言いつけるわよ、そうしたらみんなの笑い物よって。どうやらこっちの意図は通じたみたい」

フィービはくすくす笑った。「そうでしょうとも。でもストーンヘヴン卿のような人が相手でも同じようにいくかしら」

「たぶん無理でしょうね。でもいざというときのために、セルビーの雷管を持っていってもいいし」ジュリアは兄のコレクションにある、小さなポケットサイズの拳銃《けんじゆう》の名を挙げた。「銃身を目にしたら、どんなに体がほてっていても急速に冷めるんじゃない？」

「ジュリアったら！」フィービは怒ってみせたものの、こらえきれずにぷっと噴きだした。

そのとき、六つになる少年がばたばたと騒々しく駆けこんできた。

「お母様！　お母様！　あ、おばちゃま。なんだ、ここにいたのか。僕、あちこち捜したんだよ。ほら、見て！」大好きだけれど極端に潔癖性な母親より、叔母のほうがずっと喜んでくれると思ったのだろう。少年は薄汚れた手を突きだすと、ぱっと手のひらを開いて獲物を披露した。

「毛虫！」ジュリアが叫び、フィービのいくぶん気のない声がそれにつづいた。ジュリアは身をかがめて、少年の手のなかを見つめた。「すごいわ、ギルバート！　あなた、握り潰《つぶ》していないじゃない」

ギルバートが誇らしげにうなずいた。「うん。おばちゃまに教えてもらったことを思いだしたんだ。緑色の汁はこの虫にとっては血のようなものだって。だから握り潰さなかった」

「いい子ね」

「飼ってもいい？」少年は母親に顔を向けた。「いいでしょう？」

フィービは息子にほほ笑んだ。はつらつとした体つきに、天使のような顔立ち。明るい青い瞳と愛くるしい笑みは母親譲りだが、がっしりとした顎はセルビーのものだ。ふわふわとした赤みがかった金色の巻き毛が天使を彷彿《ほうふつ》とさせる。フィービ自身、息子の青虫や蛇や毛虫好きには決して同調できなかったが、それでも頭ごなしに拒むことはめったになかった。

「もちろんいいわよ。でもちゃんと容器に入れてね。でないとメイドたちが怖がってしまうから」

「乳母に適当な瓶を探してもらいなさい」ジュリアが説明した。「それと、忘れてはだめよ。蓋《ふた》にいくつか穴を開けておくことと、なかに枝と木の葉も入れること」

ギルバートはうなずくと、獲物を乳母に見せようとはずむような足取りで部屋を出ていった。フィービはため息をつき、目に涙をためて息子を見送った。父親を亡くしたとき、ギルバートはたった三つだった。もうセルビーのことを覚えてすらいない。「セルビーにもあの子の成長を見届けさせてあげたかった」

その切ない言葉がジュリアの決意を強めた。「見届けられたのよ――ストーンヘヴン卿さえ、彼を追いつめなければ。フィービ、わたしはなんとしてでもストーンヘヴン卿から真実をききだしたいの。わかるでしょう?」

フィービはうなずいた。「ええ」

「わたしが何もしなければ、ギルバートは一生、醜聞の陰で生きることになる。あのひそひそ話をあの子も聞くのよ。みんなに背を向けられ、会いたくないと言われ、招待状さえもらえない日々をすごすの」ジュリアはそこで言葉を切った。「わたしたちと同じように」

ジュリアと同じく、フィービもまたそれは身に染みていた。

セルビーと彼の死にまつわる醜聞はジュリアとフィービを〝上流社会〟から締めだした。

フィービはそれ以来一度もロンドンで社交シーズンをすごしていない。社交界デビューの前だったジュリアは、一生デビューすることもないという現実を受け入れた。家名が負った傷は大きかった。田舎の小さな交流関係のなかでさえ、ジュリアたちを排除しようとする人々がいた。どこに出かけても、たとえそれが教会であっても、人々のひそひそ話や好奇の視線にさらされた。数週間前アーミガー家のロンドン邸に移ってきたときも、ジュリアたちの姿を見て顔をそむけた社交界の婦人は一人や二人ではない。上流社会の記憶というのはなかなか消えないものなのだ。

「そんなことはさせない」フィービが強い口調でささやいた。どんなに心優しい人でも、愛する子供への脅威になるとなれば復讐《ふくしゅう》の鬼にも化すようだ。「ギルバートは絶対にあんな目に遭わせない。遭わせるわけにはいかない」彼女は義妹の鮮やかな青い瞳を見つめ、覚悟を決めたように口元を引きしめた。「あなたの言うとおりだわ。わたしが弱気になっていた。そうよ、あきらめずにセルビーの無実を証明しなくては。いいわ、あなたの思うとおりにやってちょうだい。それがどんなことであっても」

ジュリアはにっこりと笑った。「あなたが頼もしい人なのはわかっていたわ、フィービ」

穏やかで、世間体を気にする性質ではあったけれど、それでもフィービはジュリア同様に誰よりも強くセルビーの無実を信じ、それを証明しようと心に決めていた。

フィービは小さくほほ笑み、ふたたび縫い物を手に取った。やがてふと手を止め、問いかけるような目を向けた。「それにしてもジュリア……あなた、どうやってストーンヘヴン卿に会うつもりなの？　今は社交の場に出ていけないのよ。出ようとしても、きっと受け入れてもらえない」

「そうなの。そこが問題だわ」ジュリアは答えた。今はまだ、自分がストーンヘヴン卿のために計画している女性が社交界のパーティに出るタイプではないことまで話す必要はないだろう。詳細を話さずに済むなら、それに越したことはない。「それで考えたんだけど――いとこのジェフリーなら力になってくれるんじゃないかしら」

「ジェフリー・ペンバートン？」フィービの表情がぱっと明るくなり、にこやかにほほ笑んだ。「それはいいことだわ。あの方ならすごく上品で紳士的だし、とても親切だもの。わたしたちがどうすればいいか、きっといいアドバイスをくださるでしょう」

「ええ、きっとね」義姉には告げなかったが、ジュリアはこの件でいとこにアドバイスを求めるつもりはなかった。ただ計画を実行する手助けを求めるだけだ。ストーンヘヴン卿に会って誘惑する計画は頭のなかですでに練りあがっている。しかし残念ながら、協力的な男性の手を借りなければこの計画は実行に移せない。フィービが知ったらさぞ心配するだろうけれど、いとこに協力を仰ぐのは、彼が紳士のわりには物事に動じないタイプで、しかも無気力だからだ。ジェフリーならこっちがしつこく頼めば、そのうち断っても無駄だとあきらめてくれる。

「でもジュリア、たとえストーンヘヴン卿に会えても、彼だってあなたの動機に疑いを持つんじゃないかしら？　だってあなたはセルビーの妹よ」

ジュリアは、フィービがかすかに背筋の冷たくなるような笑みを浮かべた。「ああ、そのこと。それはね、ほら……わたしはわたしでなくなるわけだから」

その日の午後、ジュリアはいとこが自分のアパートメントに一人でいるのを知った。けれども会いに行くのは、思慮深く三時まで待った。何しろ彼はその三つに日が暮れるほど時間をかける。起きて、食事をして、身支度を整える時間をあげたのだ。ジュリアが召使いに案内されて応接室に進み、彼がお辞儀をしてから抑揚のついた調子でジュリアの名を告げると、ジェフリーはぎょっとした目を向けた。そんな彼を見て、ジュリアはまるで猟師を発見した雌鹿《めじか》のようだと思った。

「ジュリア！」ジェフリーが声を張りあげ、それでも礼儀正しく立ちあがると、落ち着かない様子で周囲を見まわした。「いったいここで何をしているんだ？」

「逃げ場はないわよ、ジェフリー」ジュリアはあえて陽気な声で言うと、進み出て手を差しだした。「どうぞ、かけて。わたしたち、堅苦しい間柄でもないでしょう？」

「またまた。よしてくれ。僕が逃げる？　まさか！」ジェフリーがかすかに笑った。「君が訪ねてくれて、こんなにうれしいことはない」

ジュリアはくすりと笑った。「嘘《うそ》ばっかり。あなた、わたしが屋敷に来るたびに神経がすり減るって言ってたじゃない。覚えているわよ」

いとこが力なくほほ笑んだ。いつもながら見かけのいい男性だ――お腹まわりに少し余計な贅肉《ぜいにく》がついているけれど、それはベストでうまく隠れている。脚の形は本人も自慢にしているほどだ。母親同士が血縁なので、彼はアーミガー家を代々悩ませている赤毛にも縁がなかった。セルビーは、明るい赤毛とすぐに日焼けする白い肌をよく嘆いていたものだったが、ジェフリーは髪も瞳も同じく茶色で、なんともいえず魅力的なほほ笑みを持っている。身につけているものはかなりおしゃれだが、決して流行の最先端をいくものではない。本人いわく、流行を追うのは出費がかさみすぎるのだそうだ。フィービの言葉どおり、彼は趣味がよかった。衣服と同じく住まいの調度品も洗練されているし、ワインも常に極上、しかも自分のところより腕のいい料理人を見つけたらじっとしておられず、とことん追いかけて――もちろん無気力な彼にしてははだけど――勤め先から引き抜いてくるほどだ。自分ではなんの努力もせずに、そんな贅沢な嗜好《しこう》が許されるだけの資産を与えられているのだから、実に恵まれた人と言えるだろう。

「ジュリア、僕が君を好きなのは知っているだろう……」

「あなたなりにでしょう？」ジュリアはほほ笑みながら、言葉を遮った。

「それは、まあ。正直に言うと、君はときおり妙にエネルギーを爆発させることがあって、そこは……なんていうか、警戒しているが、でも総じて身内のなかでは気に入っているほうだ」

「身内の大半をあなたがどう思っているかを考えると、大して褒め言葉にも思えないけれど」

「しかし、驚いたな。君がここに訪ねてくるとは。わかっているだろうが、独身男の住まいを訪ねるのは作法に則《のっと》ったことではないんだよ」

「ほかにどうしろと?」ジュリアは実践的に答えた。「わたしはあなたに会いたかったの」

「簡単な手紙か何かで、こっちに来ていることを知らせるんだよ——それが正式なやり方だ。僕は君が来ていることも知らなかった。知っていたら、屋敷に訪ねたのに」

ジュリアは礼儀作法に関する話題はここまでとばかりに、肩をすくめてみせた。「二週間前にフィービと一緒にロンドンに来たの」

「おお、フィービ」彼がまたこれまでとは異なる笑みを浮かべた。「あのかわいらしい女性はどうしている?」

「あいかわらず優しくて、すてきで、いいお母さんよ。でも以前ほどは嘆いてばかりもいないわ。どんな悲しみも時が癒《いや》してくれるものなのね」

「ああ。そういうものだよ。そうでなければ、人は生きていけない」

「でも義姉《あね》もわたしもセルビーを忘れたわけではないの」

「もちろんだ。そうそう忘れられるものではない」話題が核心に近づいていることに気づいたのか、ジュリアを見るジェフリーの目が用心深さを増した。

「それに兄を墓場に追いやった人間のことも」

「ジュリア、僕にはなんのことやら、さっぱりわからない。いったい君は何を言おうとしているんだ？」

「兄の汚名をすすぐ話よ。あなたの力を貸してほしいの」

ジュリアは自分の使命を強く思いつめていた。でなければジェフリーの茶色い目がぎょっと開くのを見たら、噴きだしていただろう。

「悪いがジュリア、僕はそういったことがあまり得意じゃないから」

「そういったことって？　わたしが何を頼むつもりか、まだ聞いてもいないのに」

「だからその、復讐とかそういうことだよ。手がかりを探して、犯人を突き止めるとか」

「あなたはそんなことをしなくていいの」それは断言した。「ただわたしを賭博《とばく》施設の一つに連れていってほしいのよ。ずばり言うと、マダム・ボークレールの館《やかた》に」

ジェフリーの目は今や顔から飛びださんばかりになっていた。「正気か？　女性の身で賭博場なんかに出入りするなんて！」

「賭博場なんかだなんて、よく言うわね。セルビーも通っていたのを知っているけど、兄はちゃんとした施設だって言っていたわ。女性だって来ているって」

「もちろん女もいることにはいる」ジェフリーは言った。「上流社会の女性も一人か二人、見かけたことがある。だがうら若い未婚女性なんて、一人もいない。そこに来ているのはたいてい、なんというか、そのう……」

「ふしだらな女？」ジュリアは助け船を出した。

「そうだ。ジュリア、君も上流社会で生きていくつもりなら、奔放な行動は慎め」

「でも、それがありえないことだっていうのはわかっているでしょう。セルビーにあんなことがあったあとでは」

ジェフリーが吐息をついた。「ああ。まったくひどい話だ。僕に何かできることがあればと思うが……」彼は言葉をつづける代わりに肩をすくめた。

「あるわ。わたしをマダム・ボークレールの館にエスコートしてくれればいいの。あそこには招待状がなければ入れないって聞いたわ。あなたなら、いつでも招待状が手に入るんじゃない？」

「当然だろう」決まりきったことを言うなとばかりに、ジェフリーはむっとした表情を浮かべた。「だが僕はめったに行かない。賭事《かけごと》というのは何かと面倒だからね。あの緊張感――負ければ負けたで不安だし、勝てば勝ったで高揚するわけだろう？　しかもそんな哀れな連中を見るだけでもうんざりする」ジュリアが何も言わず、ただじっとこを見つめつづけると、彼はため息をついて言葉を継いだ。「で、いったいそれがなんの役に立つんだい？　マダム・ボークレールの館に行くことがセルビーの汚名をすすぐことにどうつながるんだ？」

「ストーンヘヴン卿もそこに出入りしているの――噂《うわさ》で聞いたところでは」実際に彼がその小さくて品のいい家に出入りするのをこの目で三度――そのうち二度は美女を連れていた――目撃していたが、それはさすがのジュリアも口にできなかった。「わたし、彼と話したいの」

ジェフリーが低くうめいた。「まさかマダム・ボークレールの館で、ストーンヘヴン卿につめ寄る気じゃないだろうな？　それは絶対にだめだ、わかっているだろうに」

「わたしだって礼儀作法を忘れたわけじゃないわ、ジェフリー。あの男につめ寄る気なんてない。わたしはただ話したいだけよ」

「セルビーは無実だと説き伏せる気なら、無駄だ。やめたほうがいい。証拠があそこまで完璧に揃《そろ》っているんだ――セルビーの書いた手紙、彼の使ったあの名前……」

セルビーが金銭を横領したとされている信託財産は、兄の友人の息子トーマス・セントレジェのために設立されたものだった。父親のウォルター・セントレジェはわずか二十九歳で、夫人のパメラと幼い息子を遺《のこ》して早世した。息子の後見職と養育は当然母親のパメラが担ったが、財産はトーマスが成人するまで信託財産として預けられることになった。ウォルターはその信託の管財人に四人の友人を指名していた。セルビー・アーミガー、ストーンヘヴン卿デヴェレル・グレイ、ウォルターのいとこのヴァリアン・セントレジェ、そしてゴードン・フィッツモーリス少佐。実際の資産管理はロンドンの信託代理人が担い、そこが信託財産の管理も行った。管財人の仕事は少年が生活に必要なものを見極めて代理人に指示を出し、その都度必要と思われる金額を少年の母親に送金させることだった。理論上は、書面で、しかもそこにもう一人別の管財人の署名が添えられていれば、四人の管財人は誰でも送金の指示が出せた。しかし実際に送金の指示を出していたのはほとんどがセルビーだった。セルビーの領地がトーマスの住まいの近くにあり、少年と頻繁に顔を合わせ、最も親しい関係にあったからだった。

ストーンヘヴン卿は、一年という短い期間に四度もかなりまとまった額が信託財産から引きだされているのを知って疑惑を抱いた。しかもその四度ともトーマス・セントレジェや彼の母親に送金されたのではなく、ロンドンのジャック・フレッチャーなる人物に送られていたのだ。どれだけ調査しても、そのような人物も、彼に送金しなければならない理由も見つからなかった。お金は忽然と消えていた。送金を求める手紙は四通ともセルビーの手書きで、彼の署名もあった。もちろん副署名も添えられていた。一通はヴァリアン・セントレジェ、あとの三通はフィッツモーリス少佐によるものだ。だが、二人ともその手紙をまったく記憶していなかった。何より最悪だったのが、ジャック・フレッチャーというその名だ。ジャック・フレッチャーという名が、セルビーの偽名だというのは管財人の誰もが知るところだった。四人が皆若く、一緒に羽目を外して遊んでいたころ、兄が作りだした名前だったのだ。大学時代、何かしらの苦境に陥ると、セルビーはその責任をいつもジャック・フレッチャーに押しつけていた。その名は兄にとって一種のジョークになっていた。何かあると――思いがけないことが起きたときとか、悪ふざけのつもりでしたことが予想もしなかった方向に行ったときとか――これはジャック・フレッチャーの仕業に違いないと笑い飛ばしていた。さらにその架空の男の家系図まで作りあげ、一風変わった人格や独特の外見といった人物像まで設定していたのだ。その名が送金先に使われたということは、セルビーにしてみれば言語道断で、世間に向けてとことんばかにされたも同然だった。そのうえ犯人だという決定的な証拠として受け止められたのだ。

「確かに動かぬ証拠に見えるわね」ジュリアもそれは認めざるを得なかった。「だからこそ明らかなんじゃない。本物の犯人がセルビーの仕業だと見せかけるためにやったことよ」

「だがセルビーの自殺……」ジェフリーが言いにくそうに切りだした。「彼がやったのでなければ、どうして自殺なんか――」

「自殺なんてしていない！」ジュリアはぴしゃりと言い切ると、いとこに向き直った。燃えるような瞳で、挑むように拳《こぶし》を腰にあてる。「セルビーはとても腹の据わった人だった。その兄がフィービやギルバートを醜聞の渦中に遺していくなんて、考えられない。なのにフィービまで――そうよ、残念ながら義姉も兄が自分で引き金を引いたと思っている。誰にも信じてもらえないことに絶望して、自分で終止符を打ったのだと。でもあれは絶対に事故。兄は狩猟小屋にいたのよ。たぶん狩猟に出るために銃の手入れか――弾を装填《そうてん》するかしていて、銃が暴発したんだと思う。あんな嫌疑をかけられて、不安で、落ちこんで、きっと日ごろなら考えられないほど不注意になっていたのね。兄が死んだのはストーンヘヴン卿に追いつめられたからよ」ジュリアは目を細め、いとこを凝視した。「あなたまで兄が犯人だなんて言わないで」

「僕にはわからないよ。何を信じていいものやら」おそらく本音だろう。「セルビーは誰よりも正直で、信頼できる男だった。その彼があんなふうに信頼を裏切るなんて、想像もできない。しかしあの証拠――」

「だから偽造なのよ！」ジュリアはきっぱりと言い切った。「お金が消えた責任をセルビーにかぶせるために、誰かが念入りに作りあげたんだわ。見当はついている。デヴェレル・グレイよ」

「ストーンヘヴン卿？」ジェフリーはさらに目を丸くした。「いいかい、ジュリア、セルビーに対してそんなことをしそうにない人間を順に外していくとしたら、いちばん先に外れるのがストーンヘヴン卿だ。彼ほど信義に厚く、義務に忠実な男はいない」

「口先だけよ」ジュリアは片手をひらひらと振った。「あれ以来ずっと、フィービと二人であれこれ考えてきたの。真犯人はストーンヘヴン卿しかいないわ。なのに自分で発見したことにして、執拗《しつよう》に追及したのよ」

「待ってくれ。僕には話が見えない。もし彼が横領したのだとしたら、それを公にはしたくないはずじゃないのか？」

「だからわざわざ時間と労力を費やして、別の人間がしたことに見せかけたんじゃない。信託代理人か別の管財人の誰かに感づかれたと思ったのかもしれないわ。とにかく彼は多額の支出に疑問を抱かれはじめたことに気づいた。そこで念入りに兄が犯人だという証拠を仕立てて、そのうえで告発して、世間の非難をいっせいに兄に向けさせた。あそこまで証拠を挙げられて、いったい誰がセルビーの話に耳を傾けてくれる？　セルビーを告発したときの、ストーンヘヴン卿のあの執拗さ。悪意を感じるほどだった。自分が真犯人で、それを必死で隠そうとしているのでなければ、どうしてあそこまでセルビーを追いつめる必要があるの？」ジュリアは言葉を強調するために、決然とうなずいてみせた。

「確かに一理あるかな」ジェフリーもゆっくりとうなずいた。

「決まっているじゃない！　犯人はセルビーと信託財産について詳しい人物。そして一連のことをやり遂げる機会のある人物。それがセルビーでないことは、フィービもわたしも確信している。そうなると考えられる真犯人はただ一人。熱心にセルビーに責任を負わせようとした人物――ストーンヘヴン卿よ」

「でもどうして？　理由は？　君も知ってのとおり、ストーンヘヴン卿はとてつもない資産家だ。セントレジェの信託から金を横領する必要などどこにもない」

「誰もがそう思いこんでいるだけよ」ジュリアは悪意に満ちた声で答えた。「でも本当のところ、他人の懐具合なんてわかる？　そうでしょう？　だからわたしはストーンヘヴン卿と話がしたいの。なぜこんなことをしたのか、どんな手を使ったのか、聞きたいの」

「尋ねれば、彼がただ話してくれるとでも？」ジェフリーがわざと声を裏返した。「〝ねえストーンヘヴン卿、話して。幼いトーマスの信託財産から四万ポンドを横領したのはあなたでしょう？〟」声を低め、ざらざらした低音でつづける。「〝ああ、そうだよ、お嬢さん。こんなことをきかれて、実に残念だ。わたしは嘘のつける人間じゃないからね〟」

ジュリアは顔をしかめた。「もっとうまくことを運ぶわよ。自白に追いこむのは無理かもしれないけれど、真相に結びつく情報を必ず彼から引きだしてみせる」

「君がセルビーの妹だってことは誰もが知っているのに、どうやってうまくことを運ぶんだい？」

「それはそうだけど、でもこのロンドンで、わたしが何者かを知っている人はほとんどいないわけだし。それにもちろん、ストーンヘヴン卿には偽名を使うつもり」

「もちろんねえ」ジェフリーはつぶやいた。「なるほど、そういうことか……」

「お願い、ジェフリー……」ジュリアは精いっぱい魅力的な表情を浮かべてみせた。「わたしに手を貸すと言って。マダム・ボークレールの館に連れていってやると言ってちょうだい。連れていってくれるだけでいいの。一緒になかに入ってくれたら、あとは好きにしてくれていいし、家まで送ってくれなくてもいい。あとは自分でなんとかするから」

「君をただ連れていって、放《ほう》りだすわけにはいかないだろう。家まで送り届ける義務がある」

「本当にいいんだってば」ジュリアは念を押した。

ジェフリーはふっと息をついた。「君は話がうまくて、こっちはいつも丸めこまれる。なんてことないことに思えても、結局は厄介事に巻きこまれるんだよな」

「そんなことないわ。たとえ厄介事になったとしても、約束する、絶対にあなたを巻きこまない。あなたに連れていってもらったことは、決して口外しないから」

ジェフリーが片方の眉をひょいと上げた。「ここでもし僕が断ったら、そのこと、どれくらいしつこく言いつづける？」

ジュリアはえくぼを浮かべ、首を傾《かし》げて、思案するふりをした。「死ぬまで言いつづけるかも」

「そうだろうと思った」ジェフリーは首を横に振った。「あとあと後悔するのはわかっている。刑務所にぶちこまれるかもしれないし、決闘するはめになるかもしれない。それでもやるしかなさそうだ」

ジュリアはきゃっと甲高い声をあげ、衝動的に彼を抱きしめていた。

「おい、よしてくれ」ジェフリーが抵抗した。「ネクタイに皺《しわ》が寄るじゃないか！」

「失礼」ジュリアはほほ笑んだまま、一歩あとずさった。「それじゃあ、今夜ね」

「今夜だって！」ジェフリーは唖然《あぜん》とした。「ジュリア、せめて心の準備くらいさせてくれ」

「何言っているの。準備することなんて何もないじゃない。鉄は熱いうちに打てって言うでしょう」ストーンヘヴン卿の行動を見張ってきて、彼がこの前マダム・ボークレールの館を訪れてから数日が経過していた。そろそろ今夜あたり、またあそこに現れそうな気がする。でもその推理はジェフリーに話すわけにいかない。

「そんな低俗な表現、いったいどこで学んだんだ？」ジェフリーは物憂げに言った。「いいだろう。負けたよ。今夜決行だ」

あまり時間がないので、ジュリアとフィービは力を合わせて全力で支度に取りかかった。ドレスは前々からフィービのものを着ることに決めていた。というのも未婚女性によしとされるのは淡い色合いか白のものばかりで、それに比べれば既婚女性の衣装のほうがまだ華やかな色合いのものが多いからだ。ジュリアの華やかな色の髪には宝石のような色のドレスがよく似合う。フィービは髪がブロンドだったけれど、それでも色合いもデザインも納得のいくドレスが数枚は見つかった。なかでも色鮮やかなピーコックブルーのサテンのドレスは、ジュリアの青い瞳をきらめく泉のように見せ、赤い髪とクリーム色の肌を完璧なまでに引き立てるものだった。

フィービは背が低くてぽっちゃりとしているので、ドレスは縫い目と裾《すそ》に手を加える必要があった。けれども針仕事はフィービの得意とするところだ。運よくドレスは今流行の細身のデザインで、縫う箇所は少なくて済んだ。フィービが手直しを終えると、ジュリアはそのドレスを自室に持って入り、胸元にあしらわれたレースのひだ飾りの糸を急いで引き抜いた。その結果、ドレスの胸元はフィービが見たら青ざめそうなほどに大きく開いた。巻き毛を巧みに配置したアップスタイルの髪型は、当世風ながらどこか奔放な雰囲気をかもしだしている。これなら、きっと男性も手をはわせたくなるはずだ。新しく手を加えたドレスは、ジュリアが留め金を留めると、手袋のようにぴたりと体に吸いついた。ハイウエストで胸元の大きく開いたデザインが、胸の膨らみを最大限に強調している。細長いスカート部分がすらりとした脚の長さを際だたせている。頬は期待で紅潮し、目はきらきらと輝いていた。我ながら最高の出来映えだ。

それでもこれから待っている芝居を思うと、わずかに気が重かった。軽蔑《けいべつ》しきっている男に、興味を抱いているふりをしなければならない。しかも自分を世慣れた女に、男の欲望をかき立てるだけでなく、満たすこともできる女に見せかける必要もある。田舎から出てきた良家の子女だと気づかれたら、間違いなく彼は欲望を抑えこむ。それではだめ。彼の欲望は熱く激しく燃えさかるようなものでなければ。普通なら言わないようなことまでうっかり口を滑らせてしまうほど、強いものでなければ。ジェフリーやフィービにはただ彼と話すだけだと言ったが、本当の目的は我を失うほどの情熱の淵《ふち》に彼を追いこみ、こちらの言いなりになんでも話させることだった。

ジュリアは慎重にマントで身をくるみ、ジェフリーの待つ一階に下りていった。いとこやフィービにこのドレスをちらりとでも見られたら、一巻の終わり。ジェフリーはおそらくフィービほどにはショックは受けないだろうが、装いが〝ふさわしくない〟からと、着替えるまで出かけさせてくれないおそれがある。ジュリアが応接室に入っていくと、ジェフリーと世間話をしていたフィービがはじかれたように立ちあがった。

「ジュリア！　まあ、なんてきれいなの！」

「いやはや」ジェフリーがつづけた。「まさにそのとおりだ。今夜は、部屋じゅうの男たちから妬《ねた》まれそうだよ」

ジュリアはいとこにまばゆいばかりの笑みを向けた。フィービが抱きしめて、耳元で幸運を祈っているとささやいてくれた。ジュリアはジェフリーの腕を取り、屋敷をあとにした。

馬車に乗っている時間はさほど長くなく、ジュリアにとっては幸いだった。ジェフリーが話しかけてくる世間話に気持ちがまったくついていかなかったのだ。賭博場が近づくにつれ、胃のなかにできた塊がどんどん膨らんでいった。そして小さく上品な建物の前にたどり着いたときには、このまま吐き気を催し、結局恥をかくだけですべてが台無しになるのではないかと不安に駆られたほどだった。

ジュリアは氷のように冷たい手でジェフリーの腕を取り、館に向かう階段を上がっていった。どうかこの不安を悟られず、落ち着いて見えますようにと祈るような気分だった。

ジェフリーが戸口で礼儀正しいながらも親しげな挨拶《あいさつ》をかわすと、二人はすぐさまなかに通された。ゆっくりと入っていくと、少なくとも一人以上の目が自分に向けられたのをジュリアは感じた。けれども一風変わった雰囲気の周囲を見まわすのに必死で、ほかに気を取られている余裕はなかった。

全体的にはよくある家と同じで、それなりにお金のかかった装飾が施されていた。異なるのは、普通なら応接室や食堂にあるはずのソファや椅子や家財道具といったものがいっさい見あたらず、部屋を仕切る扉がすべて開け放たれていて、それぞれの部屋にただテーブルと椅子だけが置かれ、それがカードを手にした男たちで埋め尽くされていることだ。ざっと見たところ男性が十五人から二十人、そこに女性は二人だけだった。一人は、胸元と耳にひとかどの宝石を身につけた銀髪の女性。手にしたカードをじっと見つめ、興奮からか頬を赤く染めている。もう一人はとても本物とは思えないブロンドヘアの小柄な女性で、肉感的すぎるほど肉感的な体をどう見ても小さいドレスにむりやり押しこんでいた。

第一印象で平民みたいだと思ったが、そこでジュリアははたと我が身を振り返った。でもそういえば、自分も淑女らしい服装はしてきていない。

召使いが手袋と外套《がいとう》を受け取りに近づいてきた。ジェフリーにドレスを見せるのがためらわれ、ジュリアはぐずぐずと時間を引き延ばした。運よく外套を脱ぐ前に、ジェフリーの友人が隣の部屋から声をかけてきた。ジェフリーはひらりと手で合図をして、ほほ笑んだ。彼は無気力であるのと同時に大の宴会好きなのだ。これからひと晩じゅう、友人たちとカードに興じながら、陽気に飲んで騒ぐことになるのだろう。もともと物事に無頓着《むとんちゃく》な人だ。そうなればジュリアのことなど、すっかり忘れてしまうだろう。

「そうか、コーンブリスが来ていたか。そうなると彼のところに顔を出さないわけにはいかないな」ジェフリーがジュリアを振り返った。「君を紹介するよ。それはそうと名前はどうするんだい？　うっかり口を滑らせそうで不安なんだが」

「ジェシカ」ジュリアは即答した。どんな名前でどんな設定にするか、午後じゅうずっと考えてきたのだ。「それなら、ついうっかり本名を口走りそうになったとき、取り繕いやすいでしょう？」

「なかなか冴《さ》えているじゃないか」

「ジェシカ・マロー」ジュリアはつづけた。「何者かは、この際関係ないわ」

「そこはまあ謎《なぞ》を残しておくことにしよう。そのほうが都合がいいときもある」

ジュリアはほほ笑んだ。「さあ、お友だちのところに行ってきて。わたしは大丈夫だから。紹介もしてくれなくていいの」

「本当に?」

ジュリアはうなずいた。ジェフリーなら、無精で他人に無関心な性格からうるさくつきまとわないでくれる気がしていたのだ。予想どおりだったと知って、うれしかった。彼は挨拶代わりに手の甲に軽く唇をあてると、同輩のもとに向かっていった。ジュリアはほっとしてマントを外すと、そばに立って辛抱強く待ってくれていた召使いにそれを手渡した。そしてすばやくいとこが向かったのとは反対側の部屋に入り、大きくあいた戸口から死角になる場所へと移動した。そして自分の立ち位置を確保してから、あらためて周囲をじっくり観察した。

ここまで強烈な男性独特の空気に身を置いたのははじめてだった。おそらく紳士クラブもこういう雰囲気なのだろう。女性は決して入れない男性だけの秘密の場所。女性の感情に配慮することなく、葉巻やパイプから立ち上る煙。それぞれがテーブルに置いた、ブランデーのスニフターやポートワインとおぼしきワインの入ったグラス。男たちの低い声が周囲に満ち、ときおりどこかでどっと大きな笑い声があがる。おそらく今夜は赤面するような言葉も聞くはめになるのだろう。

ジュリアはゆっくりと部屋のなかに進み、奥のさらに大きな部屋へとつづく両開き扉の前に立った。そこは小さな舞踏場らしかった。カードに興じているテーブルとは別に、かの有名なルーレット盤を中央にでんとのせたテーブルが二つと、もう一つ、男たちが大勢集まっているダイスゲームの長いテーブルもある。四十代とおぼしき女性がゲームの行方を見守るように一人の男性のそばに立っていた。けれどもジュリアの見たところでは、その目はほとんどテーブルに向けられてはいなかった。計算され尽くした静かなまなざしは、鋭さも好奇心も感じさせないさりげなさで、部屋のなかのあらゆる動きをとらえている。

彼女は挨拶代わりに手を上げた一人二人ににこやかな会釈を返すと、別のテーブルに移動していった。おそらくこの女性がマダム・ボークレールだろう。明らかにほかの人と異なる空気を身につけている。ジュリアはこっそりと彼女を観察した。賭博場の女主人がこれほど上品な身のこなしと話し方を身につけているとは、ちょっとした驚きだった。彼女のモスグリーンのクレープドレスはジュリアのドレスよりも露出度が低く、中年になった上流階級の婦人がパーティで身につける類のものだ。喉元にはシンプルな真珠の首飾り。指輪もわずかに一、二本で、うち一本はシンプルな金の結婚指輪。耳元では小さなダイヤと真珠の耳飾りが揺れている。

女主人のまなざしがジュリアをとらえた。この新参者がどういう人間かを見極めようと、まずは身につけているものや物腰から計算しているのは明らかだった。彼女の視線が顔に向けられたとき、ジュリアはあえて小さくほほ笑んでから顔をそむけ――もちろん急にではなく――ふたたび玄関ホールに戻った。ホールの向かいの音楽室にも行ってみたが、そこでは女性が一人、ピアノの調べで騒々しい話し声とむなしく戦っていただけで、結局どこにもストーンヘヴン卿の姿はなかった。

ジュリアは八つ当たりぎみにレースのハンカチを握りしめた。あの男が今夜現れなければ、どうすればいいの？　これから現れるとしても、それまでどうやって時間を潰そうかしら？　部屋から部屋へと歩いているあいだじゅう、好奇心もあらわな視線をまざまざと感じていた。それも一人や二人ではない。そのうち、うれしくもない下品な誘いがかかりはじめるのは目に見えている。最善の手段は、どこにも立ち止まらないこと。ジュリアはそう決めるとくるりと踵《きびす》を返し、奥のもっと大きな部屋に向かおうとホールを横切りはじめた。ちょうどそのとき玄関扉が開き、ジュリアは何気なくそちらに目を向けた。来客を迎えた召使いがうやうやしくお辞儀をして、脇に寄る。

ストーンヘヴン卿が玄関ホールに入ってきた。

ジュリアは即座に足を止めた。突然、息ができなくなった。しかもホールの奥に立つ姿から目を離すこともできない。背の高い男性だった。スポーツマンらしく肩幅ががっしりとしていて、脚も長くたくましい。黒い夜会服を上品に着こなし、糊《のり》の利いたスカーフを首元に完璧に結んでいる姿は、まさに絵に描《か》いたような裕福な紳士だ。袖口《そでぐち》にはダイヤがきらめいている。

彼が顔を上げ、ジュリアと目と目が合った。一瞬、凍りついたように互いを見つめ合う。さすがのジュリアも認めずにはいられなかった。ストーンへヴン卿はこれまで出会ったことがないほどハンサムな男性だった。豊かな黒髪は流行のスタイルに整えられ、それが顎の角張った完璧な顔立ちによく似合っている。口は大きく表情豊かで、鼻はすらりと筋が通り、斜めに走る二本の黒い眉が、髪や罪深いほど長いまつげと同じく黒い瞳を引き立てている。そしてくっきりと割れた頑丈そうな顎と頬骨の上に走る小さな傷跡が、その顔にまぎれもない男くささも与えていた。

体の奥から熱い憎悪がこみあげ、口のなかに胆汁の味が広がった。目の前の男が憎くて憎くて、その憎悪に溺《おぼ》れてしまいそうだ。けれども今夜はやらなければならないことがある。この男にほかのどんな女性に抱くより強い欲望を自分に抱かせなくてはならない。

2

ジュリアは麻痺《まひ》状態を自ら打ち破り、ストーンヘヴン卿《きょう》から目をそむけた。無関心を装い、何事もなかったように賭博《とばく》部屋に戻りはじめる。心臓が太鼓のように大きな音をたてていた。振り返らないようにするだけで精いっぱいだった。彼はまだ見てる？　あとを追ってきている？

ここで振り返ってはだめ。関心があるようなそぶりは見せてはだめ。女を武器にしてストーンヘヴン卿を誘惑し、罠《わな》にかける計画を立ててからというもの、どう事を運べばいいのかを慎重に考えてきた。特に親しかったわけではないにしても、彼は長年兄の友人だった。兄の口から彼の話が出ることもあった。たいていはスポーツ――狩猟とかボクシングとか射撃とか――の話題だったが、そこから推察する限り、ストーンヘヴン卿は負けず嫌いで挑戦を好むタイプに思えた。そこで出した結論は、彼の関心を引くには無関心を装うのが最善だということ。ハンターとしての本能をかき立てるのだ。彼に自分から関心を引こうと近づいてこさせる――そのほうが確実に欲求を抱くはずだ。

それでも振り返らずにいるにはかなりの強い意志が必要だった。ジュリアは賭博部屋に入ると、できるだけ彼から遠く離れるために部屋の奥へと進んだ。テーブルのそばで足を止め、しばらくぼんやりとゲームの成り行きを眺めてみる。けれども彼らが何に興じているのかさえ、ジュリアはわかっていなかった。男たちの一人が向ける誘うような笑みもまるで目に入らなかった。意識も思考もすべて、自分の背後のことで、ストーンへヴン卿が自分を追ってこの部屋に入ってきたかどうかでいっぱいだった。ジュリアが体の向きを変え、別のテーブルに向かおうとしたそのとき、背後からいかにも男らしい声が聞こえた。

「ピケットが好みなのかな?」

ぞくりと身震いが走った。それでもさりげなく声の主を振り返ってみる。ストーンへヴン卿がまさにジュリアの目と鼻の先に立っていた。口元に傲慢《ごうまん》としか言いようのない笑みを浮かべて。そばで見る彼は、先ほどよりもさらにハンサムだった。若い女性がつい意味もなくくすくす笑ったり、愛想笑いを浮かべてしまったりする類《たぐい》の男性だ。けれどもジュリアはそのどちらもするつもりはなかった。それどころか拳《こぶし》を振りあげて、飛びかかりたい欲求が全身に押し寄せてくる。この男が兄を破滅させた! 怒りがあまりに激しくて、苦々しさが口じゅうに広がった。冷静にならなくてはだめ。ジュリアは自分に言い聞かせた。でないと、さりげない無関心さなんてとうてい装えない。

「わたしに話しかけていらっしゃるの?」ジュリアは精いっぱい冷淡な声で尋ねた。

「もちろんだ」彼の瞳に、ことさら楽しげな表情が浮かんだ。「失礼した――初対面なのはわかっていたのだが、共通の趣味もあることだしと思ってね」ストーンへヴン卿はそう言って、さりげなく部屋のなかを示した。

「そうですわね」ジュリアは小さくほほ笑み、頬にえくぼを浮かべてみせた。何しろ巧みにかわすそぶりをしながらも、同時に愛想も振りまかなくてはならない。

彼から笑みが返ってくると、ジュリアの胸がかすかにどきりとした。彼みたいな男がこんなに優しい目をするなんて、いったい誰に想像できる？　ジュリアはすぐさま目をそらし、そこで自分の態度が演じている役の割には少し上品すぎないかと不安になった。

「ここには以前から？」ストーンへヴン卿の言葉を受け、ジュリアはふたたび視線を戻した。

「一度も会ったことがなかったが」

「いいえ。こちらは今夜がはじめて。お友だちが連れてきてくださって」

「親しい友だちかな？」彼が含みのある声でさりげなく尋ねた。遠まわしに、愛人の存在を尋ねている様子だ。

「いいえ」頬が自分を裏切って赤く染まらないことを祈りながら、ジュリアは答えた。「親しいお友だちではないわ」

「それはよかった。それじゃあ僕が君にパンチのグラスを取ってきても、彼は気にしないでくれるかな？」

「気にしないでしょうね。それにそういったことはほかの殿方とは関係なく、わたしに尋ねるべきじゃないかしら」

彼が目をきらめかせ、歯を剥《む》いて笑った。「なるほど。自立した女性ってわけだ」

「当然でしょう？」

「では軽食用のテーブルにエスコートさせてもらってもいいかな？」ストーンヘヴン卿が腕を差しだす。

ジュリアは彼の肘の内側に手を滑りこませた。「ええ、よろこんで」

なんだかちょっと開放的な気分。ストーンヘヴン卿とともに廊下を歩きながら、ジュリアは思った。こういう場所に来るのは生まれてはじめてだ。ここには常に目を光らせている上流婦人たちもいなければ、若い娘ならこう振る舞うべきだとか、こんなふうに話すべきだとかいう決まり事もない。ジュリア自身、自由な考え方の持ち主だと自負していたが、それでも生まれたときから淑女として行動するようにしつけられ、家族に恥をかかせないように振る舞うことはいつも頭の片隅で意識してきた。

ほかの娘たち同様に、同じ男性と二度以上ダンスはしないようにしていたし、一人の男性とあまり親しげに話さないようにも気をつけてきた。そうでなければ早熟な娘だと陰口をたたかれるのがおちだ。田舎の舞踏会ではいつだって、おきまりの黒いドレスでずらりと壁に並んだ太った鶏の集団みたいな老婦人たちにも敬意を表したし、彼女たちの機嫌を損なうようなことは絶対に口にしないように心がけていた。舞踏会では男性がジュリアを食事にエスコートしたいと思ったら、まずは付き添い役から許可を取りつけることが必要となる。いらいらする制約ばかりだけれど、けれどもそれを侮れば、ジュリア本人だけでなく気の毒なフィービも、さらには明らかに躾《しつけ》不足ということで母までもが周囲から非難を受けるのだ。

でもここには付き添い役の婦人もいなければ、アーミガー家の家系図を少なくともエリザベス女王までさかのぼれる女性たちもいない。ジュリアの行動を逐一監視して、ひそひそ耳打ちし合う人たちもいなければ、気を抜けないしきたりもない。ジュリアが何者かを誰も知らないわけだから、家名に泥を塗る心配もいらないのだ。少なくともここにいる人たちならジュリアの行動で目を剥くなんてことはないだろう。テーブルの上に飛び乗って、服を全部脱いでしまおうとでも思いつかない限りは――万が一そんな状況になったとしても、今夜ここにいる賭事《かけごと》狂の様子から察するに、大半がジュリアより自分たちのカードテーブルのほうを気にかけそうだ。ここでは言いたいことを言って、振る舞いたいように振る舞える。人の顔色をうかがって、考え直す必要もない。

「僕のことを考えてくれているのかな？」連れの言葉に、ジュリアはぎくりと顔を向けた。

「え？」

「君があまりに楽しそうな笑みを浮かべているから。僕のことを考えてくれているならいいなと思ったんだが」

「まあ」ジュリアはくすりと笑った。「あなたには負けたわ。だって、もし考えていたのがあなたのことだって言ったら、わたしはひどく大胆な女ってことになるし、もしあなたのことじゃないって言ったら、ひどく失礼な女ってことになる」

「君はそのどちらと言われても、さほど気にしないんじゃないのかな」

ジュリアはふっと謎《なぞ》めいた笑みを浮かべた。「それは言われる相手によるかしら」

「なるほど。まあ僕は無謀な男ではないからね、自分が君にとって意見が気になる相手かどうかは尋ねないでおくよ」そうしているうちに二人は一階の最も奥の部屋に到着した。そこには長いテーブルが置かれていて、パンチのボウルだけでなく、チーズや肉、パン、ケーキなどを盛った大皿もずらりと並んでいる。「いや、今の言葉には答えないでくれ。その代わり、君の皿に何を取ればいいか教えてくれないか」

ストーンヘヴン卿はガラスの皿を手に取ると、さまざまな料理を盛りはじめた。ジュリアは神経が張りつめていて、とても食事が喉を通りそうにはなかった。本音を言えば、いらないと告げたかった。けれどもここに来た目的を考えると、賭博場に戻るより彼と二人きりで食事をするほうが望ましいのはわかりきっている。ストーンヘヴン卿は二人分の皿を満たし、そこにパンチのカップを添えると、通ってきた通路を引き返して二階への階段を上りはじめた。ジュリアは意外に思いながら、あとにつづいた。

「どこに向かっているの？」

「食事をするなら静かな場所がいい」彼は階段脇《わき》の壁際に置かれた低いベルベットのソファを示した。鉢植えの椰子《やし》の葉が外部の視界を遮り、快適で静かな空間を作りだしている。ジュリアが腰を下ろして皿を受け取ると、ストーンヘヴン卿も腰を下ろした。礼儀作法から考えると、近すぎるとも言える位置に。特別親しくもない男性の存在をこれほど間近に感じるのは奇妙なものだった。体温や肩幅の広さ、そして男もののコロンのかすかな香りがやけに意識される。まさか彼がこんなにもいいにおいだなんて。ジュリアはつい横道にそれがちな思考をばつの悪い思いで打ち消した。だめだめ、今は目的だけに気持ちを集中させなくては。

「二階にも賭博部屋が？」好奇心を満たすためというより思考を脇道にそらさないために、ジュリアは尋ねた。

「ああ、こちらの部屋には賭事により没頭したい連中が集まっている」ストーンヘヴン卿が階段前に並んでいる二つの扉を示した。「向こうの、扉が開いている部屋がいわゆる休憩所だ。勝負と勝負のあいだで、気を取り直したいときなどに利用されている。いまだかつて、あの部屋に人がいるのは見たことがないけどね」

「ここの人たちはほんと、カードに心を奪われているみたい」ジュリアはそう言うと、チーズののったクラッカーを一口かじった。おいしかった。どうやら自分で思う以上にお腹《なか》がすいていたようだ。

「おいしい」

ジュリアはちらりとストーンヘヴン卿に目をやった。彼は皿の食事には手をつけず、ただジュリアが食べるのを眺めている。彼のまなざしの熱っぽさに体がぞくりと震えた。視線が口元から白く長い喉の曲線を滑り、胸の膨らみもあらわな大きく開いた胸元で止まる。ジュリアはドレスの胸元を引きあげたい衝動をぐっとこらえた。取り巻きの男性たちの顔に熱っぽく理解不能な表情が浮かぶのを見るのは、何も珍しいことではない。でも彼らでさえ、こんな目は向けなかった――自分にはこうする権利があると言わんばかりの、ジュリアの全裸を頭に思い描いていると言わんばかりの目は。それに彼らの恋に浮かれたまなざしでは、身震いとほてりを同時に感じるなどという、こんな奇妙な感覚は覚えなかった。

ジュリアは反応に迷って、強く唾《つば》をのみこんだ。自分が今演じているタイプの女性ならどう対応すればいいのかと必死で考えを巡らせる。けれども、奇妙なことに頭がまるで働かなかった。ストーンヘヴン卿が手を伸ばし、頬から下顎の輪郭、そして顎先まで人差し指を滑らせていく。

「君は実に美しい」

「あ、ありがとう」彼の肌は火がついたように熱かった。ジュリアは突然、どうしようもなくいたたまれなくなった。

「この家に入ってすぐ、君が目に留まった」

「本当に？」彼の指がすっと喉を滑り、鎖骨の頂点に到達した。

「ああ。君もそうだっただろう？　勘違いではないはずだ」

「目に入ったという意味なら、ええ、確かに」ジュリアは必死で頭を働かせた。彼に気を取られちゃだめ。とりあえずストーンヘヴン卿の関心を引くことには成功したわ。次はそれを有利に利用すること。〝はい〟や〝いいえ〟だけを繰り返して、マネキンみたいにただ座っていたって仕方がない。

　自分が今演じている女性なら、こんなときはどう出るだろう？　気転が利いて経験豊富な女性なら。そうよ、まずは主導権を握ること。ストーンヘヴン卿みたいな男性に、簡単に落とせると思わせてはだめ。すぐに心も時間も独占できて、好きに扱える女だと思わせてはいけないのよ。一つには、それだとすぐに興味が失《う》せてしまいかねないから。そしてもう一つ、こっちが主導権を握りつづけることがこの目的には何より肝心だから。

　ジュリアは彼の手をよけるように、じりじりとソファの隅に身を寄せ、持参してきた扇子をぱっと開いた。そして顔の前で一、二度ふわりと泳がせてから、てっぺんごしに彼を見つめる。

「少なくとも」ジュリアは精いっぱい退屈そうな声を出した。「あなただってことには気づいたわ。わたしはただ扉に目を向けただけだったけれど」

「なるほど」おかしなことに返答を聞いた彼の目が、楽しげにきらめいた。やはり、この反応で正解だったようだ。逃げようとすればするほど、彼はおもしろがるに違いない。これだけの外見と裕福さだ、きっとほかの女性たちはみんないともたやすく足元にひれ伏すのだろう。

ジュリアは立ちあがった。「案内してくださってありがとう。それとお食事も。正直に言うと、少しお腹がすいていたの。でもそろそろテーブルに戻らなくては」

「そうだね」ストーンヘヴン卿も立ちあがり、ジュリアの手から半分手をつけた皿を受け取ると、自分の皿と一緒にそばの小さな補助テーブルに置いた。「君をテーブルまでエスコートさせてもらっていいかな？　ゲームは何を？　たしかさっきはピケットのテーブルをのぞいていたようだったが」

「本当はルーレットがいちばん好きなの」ジュリアは答えた。「あなたは何をなさるの、ミスター——ごめんなさい。お名前をまだ存じあげなかったわ。お名前も知らないままお話をしてしまうなんて、わたしったらなんて不作法なのかしら」ジュリアは横目できらりと光る視線を彼に投げかけた。名乗らなかったあなたが不作法なのだと言わんばかりに。

「僕の名はデヴェレル・グレイ。君は？」

彼が称号を名乗らなかったことがあまりに意外で、一瞬ジュリアの頭から名乗る予定の名前が吹き飛んだ。「わたし？　ええ、あの……」小さく苦笑してみせる。「わたしったら、ついぼんやりしてしまって」いっそ不作法だと腹を立てて、偽名だということから注意がそれてくれればいいのだけど。

「ジェシカ・ナナリーよ」口にした瞬間、姓を間違えたと気づいた。けれどもとっさにこの名しか浮かばなかったのだ。一瞬おいて、いとこにマローという名を告げたことを思いだした。でも仕方がない。こうなったらジェフリーとストーンへヴン卿がこの件を話題にしないのを願うだけだ。

ジュリアはストーンへヴン卿の腕を取り、一緒に一階に下りていった。彼が自分を残し、隣のより小さな部屋のゲームに加わったときには、本当に自分に関心があるのだろうかと不安にも駆られたが、彼がまっすぐ自分の姿をとらえられる席についたのを見て胸をなで下ろした。自分もゲームに加わってからも、ジュリアはたびたびストーンへヴン卿の視線を感じ、気持ちをカードに集中させるのに苦心した。何しろ男性ばかりのテーブルで、こんなふうに多額のお金を賭《か》けるのは生まれてはじめての経験なのだ。しかも男たちがジュリアを気づかうことなく、勝手気ままに話す状況にも慣れていなかった。ジュリアは負けた。けれどもそれはそれでよかったと思った。資金はたっぷりと持ってきている。それよりも、男たちと同じテーブルにいることのほうが問題だった。彼らはとうていなじみのない、なれなれしく無遠慮な態度で接してくる。それから考えると、ストーンへヴン卿はずいぶん礼儀正しく接してくれていたのだとジュリアは改めて気づいた。

それにしても彼はどうして称号を名乗らなかったのだろう？　財産目当てで迫られるのがいやだったとか？　それとも身分の低い女が身分違いに萎縮《いしゅく》しないように、謙遜《けんそん》というか、ある種の礼儀として言わなかったとか——でもそれは彼らしくない。ストーンヘヴン卿のように傲慢な人がそんな態度をとるなんて考えられない。

ジュリアはやがてカードにも飽きてきた。神経がどんどんすり減っていく気がする。そろそろここを出よう。これは賭だ。目の前から消えれば、ストーンヘヴン卿に忘れられる恐れもある。でもここで消えることで、逆に彼の欲望が強まる可能性もあるわけだ。そこまでいかなくても、あなたにさほど興味がないのよ、でもあなたがもう一度話がしたいと言うなら残ってあげてもいいのよという意思表示くらいにはなるかもしれない。ジュリアはいとこのジェフリー宛《あて》に走り書きで、自分は辻《つじ》馬車で帰るから心配しないでとしたため、それを別の部屋の彼に渡すようにウエイターの一人に託した。

それから立ちあがって、テーブルの面々に告げた。「ごめんなさい、皆さん。残念ですけど、わたし、少し疲れてしまって。今夜はこれで失礼します」

思いがけず、同じテーブルを囲んでいた一人、今夜何度かいかにも好色な言葉をかけてきた男が一緒に立ちあがった。「では僕がお宅まで送ろう、マダム」

ジュリアはすぐに首を横に振った。「いいえ、結構です。お申し出はありがたいのですけれど、その必要はありませんから」

ジュリアはにべもなく顔をそむけて扉に向かったが、相手はどうにも察しの悪い男だった。さらに追いすがる。「無理だよ。こんなに夜遅く女性が一人で通りを歩くのは危険すぎる」

「辻馬車を拾いますから」ジュリアは言った。「あなたはどうかゲームのつづきを楽しんでいらして」

「ほかにもっとおもしろいゲームを見つけたものでね」男が残忍な顔でにやりと笑った。

ジュリアは返事を返さず、ただ冷ややかに顔をそむけ、召使いに外套《がいとう》と手袋を取ってくるように頼んだ。そこからは召使いがクロークから戻るのをただ待つしかなかった。しつこい男も一緒に待っている。この人、通りまでついてくる気かしら?

召使いが外套を手に戻ってきて、ジュリアのために広げると、男はそれを自分の手に奪って掲げた。ジュリアは男に凍るような目を向けた。背後で人の気配がした。何事かと振り返ろうとしたそのとき、別の男の声が聞こえた。「悪いが、こちらのご婦人はすでに僕がお送りする約束をしている」

目を上げると、そこにストーンヘヴン卿の顔があった。両手を外套に伸ばし、冷ややかな目でもう一人の男を凝視している。粗野な伊達《だて》男は強情な表情を顔に張りつけ、一瞬ぴくりとも動かなかったが、やがてしぶしぶ外套をライバルに手渡した。

「なんだ、そういうことでしたか、ストーンヘヴン卿」声に苦々しさがにじんでいた。

「この極楽鳥があなたのものとは知らなかった」

ジュリアは怒りで息が止まりそうになった。ストーンへヴン卿の顎もこわばっている。

「彼女は女性だ」ストーンへヴン卿は言った。「猫でも宝石でもない。ゆえに、自分のものなどと呼べる相手ではない。今夜は僕がミス・ナナリーから自宅へ送る栄誉を与えられただけだ」

「そりゃあ当然でしょう。こういう類の女性は、いつだって実入りのいいほうを選ぶものだ」

「今回だけはその侮辱も聞き流してやる」ストーンへヴン卿はぴしゃりと言い放った。「だが今度また、僕かミス・ナナリーを侮辱するようなことがあれば、そのときはここまで寛大でないことを覚えておくんだな」

ストーンへヴン卿は返事を待つことなく、外套をジュリアの肩にかけた。

「ありがとう」ジュリアはなるだけ冷静で静かな声を心がけた。男の侮辱に動揺は見せたくなかった。ジュリアはあえてしつこくつきまとう男を振り返った。「あなたもいずれおわかりになるわ。どんな身分の女も選ぶのは礼儀を知っている方よ」

そしてくるりと身を翻すと召使いから手袋を受け取り、扉に向かった。召使いが慌てて駆け寄り、扉を開ける。背後からストーンへヴン卿のくすくす笑いが聞こえた。彼が手袋を身につけながら追ってきた。

「なかなか痛快だったよ、ミス・ナナリー」

「だって本当のことでしょう、閣下」不愉快なことを言ういやな男だったけれど、少なくともストーンヘヴン卿の称号を口にしてくれたことだけは感謝しなければならない。これでうっかり口を滑らせても大丈夫だ。「それにしても、ただのミスター・グレイがどうしてストーンヘヴン卿になったのかしら?」

「ストーンヘヴン卿になる前はずっとミスター・グレイだったものでね」彼はあっさりそう答えると、隣に並び、手で肘を取った。「ま、そのときでも誰もただのミスター・グレイとは呼ばなかったけれどね」

ジュリアは彼の言葉を聞いて笑みを隠しきれなかった。「きっとそうでしょうね、閣下」

「僕がストーンヘヴン卿を名乗らなかった理由は、まさにそれ――その〝閣下〟うんぬんて言葉がいやだからだ。友人たちからはデヴェレル、もしくはデヴェと呼ばれている」

「わたしたち、友人と呼ぶには、知り合って間がないんじゃありません?」

「さっきの男から君を救った時点で、友人と見てくれてもいいと思うが」

ちらりと顔を上げると、ほほ笑む彼と目が合った。自分の天敵がこれほど魅力的で、膝から力が抜けそうになるほどの笑みを持っているなんて、考えてもみなかったことだった。

やはりいろんな意味で彼は危険だ。気をつけなくては。

「でもわたしのような立場の女が、貴族の殿方をクリスチャンネームでお呼びするなんて恐れおおくて」

「僕がかまわないと言っても？　だったら互いに呼び名を決めないか。僕は君をジェシカと呼ぶ」

「でも、そんなことをして、ずいぶん大胆な女に思われないかしら？」

「大胆さを好む男もいるものだよ」

「あなたも？」ジュリアは挑発するようにめいっぱい魅力的な視線を投げかけながら、自分が〝日陰の女〟として体験している自由にまたも奇妙な高揚感を覚えていた。

「それは相手の女性しだいじゃないかな」ストーンへヴン卿の目は明らかに、君は自分の好みだと告げている。

ジュリアはまたも胃のなかがざわつくのを感じ、すぐに目をそらした。そして静まり返った通りを見まわした。「辻馬車が見あたらないわ。一台くらい見つかると思っていたのに」

「僕が家まで送ろう」

「いいえ、いいの」ジュリアは慌てて拒絶した。それだけは絶対に避けなくてはならなかった。屋敷を見られたら、たとえそれが百五十年にわたるアーミガー家の邸宅とわからなくても、ジュリアの演じているタイプの女性が住む家でないことは容易に見てとれる。

「その必要はありませんから」

「僕が送ると言っている」

ジュリアははたと動きを止め、噛《か》みつくような目を向けた。「わたしはお断りしているのよ」

ストーンヘヴン卿は困惑したようにジュリアを見つめ返し、やがて声をあげて笑いだした。「ミス・ナナリー、君は実にすばらしいよ。もし今夜ここに来ていなかったらと思うと――ぞっとするね。そうなると辻馬車だが、馬車を拾うとなると、あと一、二本先の通りまで歩くしかない」ストーンヘヴン卿はジュリアを促して通りを横切り、細い路地に入った。

ジュリアは目的のためにはここでどう出るのが最善なのかを測りかね、ただゆっくりと彼の隣を歩きつづけた。妙に気持ちが落ち着かなかった。彼の体――間近に迫る、衣服の上からでもたくましさがありありと感じられるほどの肉体と、腕をつかむ温かくて力強い指が気になって仕方がない。いいえ、それどころか興奮すら覚えている。きっとゲーム特有の高揚感だろうとジュリアは思った。知恵の競い合い、勝利の誘惑、露見の恐怖。どうあれ、こんな興奮はまるで予期していなかったことに違いなかった。

人通りの多い通りが近づくにつれ、ストーンヘヴン卿の足取りが鈍りだした。ジュリアが問うように見あげると、彼はついに立ち止まって向き直った。両手をジュリアの腰にまわし、胸に抱き寄せる。ジュリアは息が止まりそうになった。突如心臓が激しく鼓動しはじめる。ジュリアは彼の体を押しとどめるように、とっさに胸に両手をあてた。けれども まるで手に力が入らなかった。衣服ごしに彼の体温がまざまざと伝わってくる。おまけに安定した心臓の鼓動までも。

「君ほど美しい女性に会ったのははじめてだ」彼が低い声で告げた。

何か気の利いた言葉を返さなければとジュリアは思った。けれども言葉が喉に張りついて出てこない。彼の顔がのしかかるように迫り、視界を遮った。と、次の瞬間には唇を奪われていた。熱を帯びた柔らかな彼の唇が唇を圧迫して、口をこじ開けてくる。舌が忍びこんだのを感じたとたん、ジュリアは唖然《あぜん》として身動きすらできなくなった。取り巻きの男性たちがするキスとはまるで違っていた。炎が体を焼き焦がしながら、下腹部に押し寄せてくるのを感じた。まるで体が一本の蝋燭《ろうそく》になったようだ。彼の腕がさらに力をこめてジュリアを包みこむ。自分の体が今にも溶けそうなほど頼りないのに対し、彼の体は骨も筋肉も驚くほどたくましく、その差がさらにジュリアの体を震わせた。彼は思いのままにジュリアの口をむさぼりながら、手でヒップを包みこみ、体をさらに強く引き寄せた。どくどくと脈打つ彼自身と、ヒップの柔肌に食いこむ指先の揺るぎない強さがひしひしと伝わってくる。

嵐《あらし》のような興奮に襲われて全身が激しく震え、ジュリアは彼の襟に指を絡めてしがみつくだけで精いっぱいだった。熱いうねりが伝わったのだろう、彼が喉の奥から満足げな低いうなり声をもらした。

ストーンヘヴン卿はついに顔を上げると、荒々しい光の宿る暗い目でジュリアを見つめた。「ジェシカ……」

柔らかく輝く彼女の顔を見たとたん、強い欲望が拳となってストーンヘヴン卿の体を打ちつけてきた。情熱をはじめて知った乙女のような、うっとりとした顔。男には慣れているはずの女性なのだから、演技に違いないと頭ではわかっていても、体の反応は抑えきれなかった。まったく、信じられないほど美しい女性だ。一目見た瞬間からこの手に抱きたくなった。そしてその欲望が今や後戻りできないほど大きく膨らんでいる。この心はもはやどうにも収まりそうにない。この美の化身をベッドに連れこみ、自分の手と口で炎と変えるまでは。

ジュリアの眼前で、彼の顔に強い欲情が浮かんだ。まぎれもない、目の前の女を抱くと決意した顔だ。これこそ、まさにジュリアの予定していたことだった。けれどもいざとなると、不安におののいた。はじめて疑問が芽生えてくる。もしこの状況が手に負えなくなったらどうなるの？　欲情を利用するどころか、抑制しきれなくなったらどうすればいいの？

突如こみあげた恐怖が心にかかっていた霧を吹き飛ばした。ジュリアはふいに一歩あとずさり、動揺を静めるように片手を胃にあてた。

「だめだ」ストーンヘヴン卿が手を伸ばすと、ジュリアはさらに一歩あとずさった。彼が動きを止めた。「だめだ。行かないでくれ」

「できないわ」慌てて周囲を見まわすと、交差点をゆっくりと流している辻馬車が目に留まった。手を上げて、合図を送る。

御者台の男が通りの向こうから値踏みするような視線を送り、ありがたいことに馬を停止してくれた。ジュリアはすぐに向かおうとしたが、ストーンヘヴン卿が腕につかんで引き止めた。

「だめだ、まだ行かないでくれ」

「行かなくては」

「もう少し、もう少し一緒に歩こう」

ジュリアは眉を跳ねあげてみせた。「その歩いた先に何が待っているのかはわかっているわ」

「そんなにいけないことかな?」彼はやんわりと反論した。「君だって、今の今まではそう思っていなかったはずだ」

「わたしは簡単に落ちる女じゃないの」ジュリアは答えた。「安く見ないで」

「見ていない」

ジュリアは首を振りながら、じりじりと距離をあけはじめた。彼の指に力がこもる。

「それではせめて住所だけでも教えてくれないか。そうすれば——」

「できないわ」

「なぜ？　家にご主人でもいるのか？」声が怒りでざらついていた。

「いいえ。お願い、離して」

「それじゃあ、どうやったらまた会える？　今度はいつ？」

ジュリアは彼を見あげた。険しく荒々しい表情。欲望が人当たりのよさという魅力の層を剝《は》ぎ取り、奥に隠れていた権力者としての現実をあらわにしたようだった。彼の言葉は問いかけではなく、まさに要求。

ジュリアは精いっぱい意味ありげな笑みを浮かべた。まるで熊《くま》にでも噛みつこうとしている気分だった。「ほら、わたしは賭事が好きだから」

そう言うとくるりと背を向け、スカートをくるぶしまでたぐりあげて待っている馬車に向かって駆けだした。

3

「身がすくまなかった?」フィービは歩きながら、身を乗りだしてジュリアの顔をのぞきこんだ。いつものように二人は健康のために朝のハイドパークを散歩していた。ジュリアは義姉に前夜ストーンへヴン卿《きょう》に遭遇したときのことを、都合の悪い部分は慎重に省きながら話して聞かせていた。「あの人に話しかけるなんて、わたしには想像もできない。恐ろしいような人なのでしょう?」

「それがそうでもなかったの」ジュリアは正直に告げた。「それどころか、かなり魅力的だったわ。でも考えてみれば、当然よね。見るからに悪人なら、セルビーの件で嘘《うそ》をついているのは彼だって、みんなもわかったはずだもの。一見紳士的で魅力的な人だからこそ、誰もが彼の話は真実だと、彼は正義感に満ちた人だと思いこんだのよ」

「そうね」フィービがっくりと肩を落とした。「わたしったら、いつの間にかストーンへヴン卿には角と尻尾《しっぽ》があるような気になっていた」

ジュリアはほほ笑んだ。「それはわたしも。でもフィービは彼に会ったことがあるんでしょう?」

「ほんの二、三度ね。彼とセルビーはとりわけ親しくもしていなかったし、セルビーはどちらかというとヴァリアンとか、フィッツと親しくしていたから」フィービは二人の男の名を挙げた。どちらもセルビーやストーンヘヴン卿とともにトーマス・セントレジェの信託財産の管財人になっていた男たちだ。「みんな、若いころからのお友だちでね。ナイトクラブやパーティで知り合ったみたい。でもほらここ数年、セルビーはほとんど家ですごしていたでしょう?」

それはジュリアも知っている。すべてフィービの影響だ。若いころのセルビーには少し奔放なところがあった——ジャック・フレッチャーという名前の一件でもわかるように悪ふざけをすることも多かったし、そのうえ賭事《かけごと》やお酒も。けれどもフィービに恋をしてからというもの、兄の暮らしぶりはがらりと変わった。ケント州の屋敷に腰を落ち着け、領地の管理に真剣に取り組むようになったのだ。ときには一人でロンドンに出かけることもあったし、フィービと二人でパーティやそういった社交の場を巡ったりすることもあった。それでも一人息子が生まれてからは、二人とも静かな田舎暮らしを楽しんでいたのだ。しかし運の悪いことに、ストーンヘヴン卿から横領で告発されたとき、人々の頭に浮かんだのは若かりしころの気ままなセルビーの姿だった。

「ストーンヘヴン卿はわりと感じのいい人だったわ」フィービは眉をひそめてつづけた。

「少しよそよそしくて、堅苦しい気もしたけれど。でもわたしは彼とゆっくりお話をしたことがないの。退屈な女に思われている気がして仕方がなくて」

「そんなことないわ」フィービの穏やかさを、平凡でおもしろみのない人柄ととらえる人がいることはなんとなくわかる気もしたが、ジュリアは語気を強めた。「たとえ彼がそう思ったとしても、責められるべきはあなたじゃなくて彼のほうよ」

「彼がほかの人のところに移動すると、ほっとしたものよ。あの人といるとなんだか……落ち着かなくて」

わたしもよ、とジュリアは思った。わたしもストーンヘヴン卿といると落ち着かない気分になる。たぶん意味はまったく違うと思うけれど。彼といると心が乱れて、戸惑いと驚きの入り混じったおかしな気分になった。昨夜のストーンヘヴン卿のようなキスはこれまで誰にもされたことがない――それもうっかりフィービに口を滑らさないように気をつけていることの一つだ。あのキスは、まさに衝撃だった。あらゆる本能的な感覚がこみあげ、全身が熱く燃えるようだった。そして強烈に、強くさらにその感覚を求めていた。わたしはみだらな人間になったのかしら？　あれが俗にいう〝ふしだらな〟女たちの感じていること？　あの感覚を得るために、彼女たちは礼儀作法もすべて捨ててしまうの？

でも何よりいらだたしいのが、その感覚をもたらした相手がストーンヘヴン卿だということ。あの男を心底憎んでいる！　それなのにキスをされ、強く抱きすくめられて唇で翻《ほん》弄《ろう》されたとき、身も心もとろけてしまっていた。嫌悪している男にどうしてあんなふうに感じてしまったの？

考えられる答えはただ一つ、あの奇妙な反応を呼び起こした原因が相手にではなく、キスにあるということ。あんなキスは生まれてはじめてだった。紳士はあんなふうにはキスをしない。少なくとも淑女に対しては。あれはまぎれもなくストーンヘヴン卿が放蕩《ほうとう》生活を送ってきた証《あかし》、あやしげな女性たちとの関係から得た罪深い知識に違いない。わたしがあそこまで我をなくしたのも、そのキスのとんでもない罪深さゆえだろう。牧師様もお説教のなかで警告されていた。罪の誘惑や、悪魔が人間に仕掛ける欲望の罠《わな》には注意するようにと。これまで本当の意味でその言葉を理解したことはなかったけれど、これでようやくわかった。あのキスは誘惑の魔の手。それがこれまでおよそ思いも寄らなかった感情と反応をもたらして、一瞬とはいえ、ストーンヘヴン卿への強い憎悪まで圧倒した。きっとあんなキスをされたら、たとえ相手が誰であれ、同じように感じてしまっただろう。どうもわたしにはふしだらな一面があるらしい。

よかった、気をつけなくてはならないことがわかって。これでまたあんなキスをされることがあっても、心構えはできている。大丈夫。もう二度と快楽の渦に巻きこまれたりはしない。

「また彼に会うんでしょう？」フィービが尋ねた。

「もちろんよ」ジュリアは即答した。「最初からその予定だもの。ゆうべはただの手はじめ。まずは彼の関心を引く、それが目的だったの。まだ何かしらの知識を得るつもりはなかったわ。今度は少し時間をかけて釣針を彼にしっかり食いこませて、それからリールで徐々に引きあげていくの」

フィービがくすりと笑った。「ジュリアったら、本当におもしろい人ね。それじゃあまるでストーンへヴン卿が魚みたいじゃないの」

「だって、そのとおりだもの」ジュリアは答えた。「彼はめったにいない貴重な魚。だから、釣ったら屋敷の壁に飾るつもりよ」

「あなた――またあの場所に行くつもりなの？」

「それしかないでしょう。だってほかに彼に会う方法はないんだから。どこに住んでいるかを教えるわけにもいかなかったし」

「そう、そうよね」フィービがはっと小さく息をのんで、うなずいた。「それでいつ行くの？　今夜？」

「いいえ、まだ」ジュリアは気乗りのしない声を出した。本音を言えば、今夜にでもまたマダム・ボークレールの館《やかた》に行きたかった――理由はもちろん、一刻も早くストーンへヴン卿から真実を引きだしたいから。ただそれだけだ。でも、それが逆効果になるのはわかっている。「わたしが会いたがっていると思われるわけにはいかないの。男の人って狩りが好きでしょう？　ストーンヘヴン卿はとりわけそういうタイプみたい。だからわたしは彼をじらしてじらして、ひょっとしたらもう二度と会えないかもしれないと不安にさせる必要があるのよ。そうしたら次にわたしと会ったときに、もっと熱くなってくれる」

フィービがうなずいた。「そうね。わたしったら、少しせっかちになりすぎたわ。彼の告白を早く聞きたくてたまらないものだから」

「次は金曜日にしようかと思うの。それだったらあと二日あるし、そのあいだにやきもきさせられるじゃない？　どう思う？」

「わたしには見当もつかないわ。そういった駆け引きは得意じゃないし、恋をした相手はセルビーだけだもの。しかも会いたくてたまらなかったから、そうじゃないふりなんてとてもできなかった」

フィービのわずかに申し訳なさそうな表情を見て、ジュリアはふっと頬をゆるめ、手を伸ばして義姉と腕を組んだ。「フィービは正直でいい人だから、とても嘘なんてつけないわね。あなたにはかえってわたしが不思議なんじゃない？　どうしてこんなに簡単に嘘をつけるのかって」

「ジュリア！　そんなことを言わないで！」フィービは、自分の愛する人を否定されることに耐えられなかった。たとえそれが愛する人、本人から出た言葉でも。

「レディ・アーミガー！」左手から、男性の嬉々《きき》とした声が聞こえてきた。目をやると、男性と女性が自分たちに向かって歩いてきている。男性のほうはいかにも楽しげにほほ笑んでいたが、女性の顔は石のように凍りついている。「これは、これは。ミス・アーミガーも」その男性がつづけた。「こんなところでお会いできるとは、すばらしい。お二人がロンドンにいらしていることはまったく存じませんでした」

「まあ、ヴァリアン」フィービがほほ笑みながら、手を差しだした。「お会いできてうれしいわ。でもレディ・アーミガーにミス・アーミガーだなんて、どうしてそんな呼び方をなさいますの？　以前はフィービとジュリアでしたのに」

ヴァリアン・セントレジェは彼女の夫のよき友人で、アーミガー家をたびたび訪れていた。例のスキャンダルが起きたとき、ヴァリアンはセルビーの有罪をなかなか信じなかった数少ない一人だ。「セルがそんなことをするとは信じられない」彼は何度もそう言った。「証拠は確かに黒く見えるが、しかし、ありえない」ここ三年、ヴァリアンに会う機会はほとんどなくなっていたが、それでも彼はトーマスの様子を見に行った折りに何度かジュリアたちの屋敷にも立ち寄ってくれた。ウォルターのいとこであると同時に、彼は以前のセルビーの役割を引き継いで、トーマスや彼の母親の暮らしぶりを確認する任を負っている。

「それでは、フィービ」ヴァリアンは彼女の手を取り、温かくほほ笑んだ。「わたしはずうずうしいと思われたくなかったのですよ。それにジュリア」彼は次にジュリアが差しだした手を取り、にっこりとほほ笑んだ。「今年はつい怠け癖が出てしまいましてね。トーマスを一度も訪ねていなかったのです。今年の夏は彼も母君と一緒にロンドンに来てくれていて、助かりました」

「そのようですわね」フィービはヴァリアンの隣で一言も発せず、ただ突っ立っている女性におずおずと目を向けた。「ご機嫌いかが、セントレジェ夫人？」

パメラ・セントレジェはわずかたりとも表情を和らげることなく、無言のまま短く会釈した。トーマスの母、パメラは執拗《しつよう》なまでに声高にセルビーを非難しつづけてきた。セルビーが信託財産から横領した償いに、こちらの領地を要求しているとも聞いたことがある。けれども決定権は当然ながら彼女ではなく信託の管財人たちにあり、彼らはそれを実行しなかった――ジュリアが思うに、おそらくヴァリアン・セントレジェの口添えだろう。パメラにできたのは、ジュリアたちとの付き合いを絶つことだけ。そして彼女は極端なまでにそれを実行に移してきた。フィービかジュリアが出席しそうな集まりには頑《かたく》なに出席を拒み、あの人たちがどうして人前に顔を出せるのかわからないと怒りまじりに周囲を挑発しているらしい。彼女はさらに日曜礼拝の場所をホイットリー村のセントミカエル教会から、マーシュバロウ村のセントエドワード教会に移すことまでやってのけた。セントレジェの領地を挟んで反対側にある教会だ。ジュリアの見たところ、それには牧師の妻のフエアモント夫人が、アーミガー家とは付き合わないようにとのパメラの布告に屈しなかったことも影響しているようだ。

「おはようございます、セントレジェ夫人」ジュリアは朗々とした声で言うと、輝くような笑みをパメラに向けた。

パメラが顔を向け、短く会釈すると同時にかすかに鼻孔を膨らませた。事件の起きるずっと以前からパメラに嫌われているのはジュリアにもわかっていた。おそらく事件のことは、堂々と避けるきっかけにすぎなかっただろう。黒髪で、若いころにはさぞ美人と目されたに違いないパメラは、ジュリアとの同席を快く思わなかった。どうやら、もの静かなフィービが相手なら自分のほうが魅力的に見えるが、ジュリアの輝くような美貌《びぼう》にはかなわないと愚かな思い違いをしたらしい。ジュリア個人としては、パメラと顔を合わせないほうがずっと快適だったし、フィービともども、ここ数年は社交の場に出ていきたいとも思わなかった。それでもパメラが息子のトーマスに、自分たちと付き合うことを禁じたことだけは腹立たしさを感じた。トーマスはアーミガー家全員になつき、ことあるごとにセルビーを訪ねてきていたのだ。ジュリアも彼を弟のように思ってきた。フィービやジュリア、それに召使いたちを除けば、トーマスはセルビーが信託財産からお金を横領したりするわけがないと今も信じている唯一の人間だ。それなのにセルビーへの愛と悲しみを分かち合える人々との付き合いを実の母親から禁じられるなんて、なんて無情な話だろう。

当然の成り行きとして、トーマスは母の言いつけを守らず、機会を見計らってはこっそりジュリアとフィービを訪ねてきていた。ジュリアたちがセルビーを陥れた本物の盗人はストーンヘヴン卿に違いないと結論を出した場には、実はトーマスもいたのだ。ストーンヘヴン卿は管財人のなかでもトーマスを訪ねる回数が最も少なく、彼いわく〝冷たくてお高くとまったやつ〟なのだそうだ。ストーンヘヴン卿をつかまえて、やったことをすべて吐かせようと言いだしたのもトーマスだった。彼自身もこの計画になんとしてでも加わりたがっていた。そんなとき幸運にも、母親がロンドンで社交シーズンをすごすことに決めた。彼は必死に泣いてすがって頼みこみ、ついにパメラは根負けして同伴することを許した。

トーマスはロンドンに行きさえすれば、ジュリアの突飛な計画に加われるものと安易に思いこんでいたのだが、結局、田舎にいるときより屋敷に閉じこめられ、悔しい思いをするはめになった。母親が雇った家庭教師が常に行動に目を光らせ、馬は田舎に残してくるしかなかったので、午後の乗馬という言い訳も使えなかった。結果としてジュリアは、ロンドンに来てから二度しかトーマスに会っていない。けれどもこの計画を実行に移すことにしてからは、それでよかったと思っている。十四歳とはいえ、トーマスも男だ。この計画にはきっと頭から反対しただろう。

向こうみずなほどに瞳をきらめかせながら、ジュリアは無表情なままのセントレジェ夫人に話しかけつづけた。「それにしても不思議ですわね。こうしてロンドンでばったりお会いするなんて。ケント州ではお姿をお見かけすることもありませんのに。お互いの屋敷はほんの数キロしか離れていませんのにね」パメラがただ眉を上げて無言なので、ジュリアはさらにつづけた。「そう思われません、セントレジェ夫人？」

パメラが落ち着かない様子で体をもじもじと動かし、ちらりとヴァリアンに目をやった。彼もパメラを見つめている。「ええ、そうですわね」彼女は唇を引き結んだまま答えた。「フィービとわたし、先日はじめて、このところあなたにお会いしていないことに気づいたんです。未亡人になられたご婦人方がなさるように、まだ社交界に復帰されていないのなら仕方がないのですけど。義姉《あね》はあなたも自分と同じようにご主人の喪に服されているのだと言うのですけれど、でもそんなことはありませんわよね？　だってご主人が亡くなられたあともパーティに出席されていましたもの。そのとき、あなたはたしかもう喪服をお脱ぎになっていましたわ――あれはたしか、ウォルターの葬儀から数カ月くらいのころだったかしら」

パメラの頬にみるみる赤みが差し、ほんの一瞬、相手の女性を小ばかにしない意外に素直な女性の姿がかいま見えた。パメラが夫ウォルター・セントレジェの喪に服した期間の短さについて、あれこれ噂《うわさ》されていたことは本人もよく承知している。セルビーの死後三年を経ても喪服を脱がないフィービの存在が、それをなおさら目立たせた。

「ええ。ウォルターは女性の黒い服が嫌いでしたから」自分を正当化する必要を感じたのだろう、尊大そうに黙りこんでいた彼女がきびきびとした声で言った。

「そうですの」ジュリアはそれでわかったと言わんばかりにほほ笑んだ。「それじゃあきっとウォルターもあなたを見て喜んでいらっしゃるわ。わたしはフィービに言っていましたの。あなたがホイットリーの小さな社交界に出ていらっしゃらないのは喪に服されているからじゃない。きっとお体のどこかがお悪いんだって。ひょっとして腰痛ではありません？　あれはひどくつらいと聞いていますから」

パメラが燃えるような目を向けた。「いいえ、体が悪いわけではありません。実を言いますと、夜会や舞踏会にはしょっちゅう出席していますのよ、ミス・アーミガー」

「そうですの？　それじゃあどうしてお会いしなかったのかしら？」ジュリアは当惑したように眉をひそめた。

「本気でお聞きになりたい？」パメラが噛《か》みついた。この人は今の自分がどんなに醜く見えているかわかっているのだろうかとジュリアは思った。険しい顔立ちで鷹《たか》のように目を細め、決してふくよかではない唇を一本の線に引き結んでいる。「ご存じだと思っていましたわ。わたくしはあなた方が出かけられる場所には出かけないことにしていますのよ。身分のある女性はどなたもそうされていますわ」

パメラを見るヴァリアンの表情に驚愕《きょうがく》と嫌悪が浮かんだ。まさにジュリアが望んでいたとおりの展開だ。けれどもその満足感も、フィービの鋭く息を吸いこむ音を聞いて振り返り、パメラの一撃で傷ついた義姉の顔を見たとたんに吹き飛んだ。

「フィービ、ごめんなさい」ジュリアはそっと声をかけると、義姉の腰に腕をまわした。

「セントレジェ夫人！」ヴァリアンが声を荒らげた。「なんということを！　まさか本気で言われたわけではないでしょうな」彼は重々しくにらみつけた。

「みんな、わかっていることでしょう！」パメラは憮然《ぶぜん》と言い返した。怒りにのみこまれ、息子の管財人の目に自分がどれほど意地の悪い人間に映っているかを気にかける余裕もない様子だ。

「フィービ、わたしからお詫《わ》びします」ヴァリアンがふいにパメラからフィービに視線を移し、つづけた。「大丈夫ですよ、そんなふうに思う人間ばかりではありませんから」

フィービは彼にほほ笑んだ。「優しい方ね、ヴァリアン。あなたがそんなふうに思っていらっしゃらないのはわかっていますわ」

「もちろんです。よろしければ、お二人がロンドンにおいでのあいだに一度お屋敷をお訪ねしたいのですが、お許し願えますか」

「歓迎いたしますわ」

ヴァリアンはジュリアに向き直り、詫びと別れを告げてから〝レディ・アーミガーをよろしくお願いします〟とつづけ、パメラを急《せ》き立てるようにして立ち去った。

ジュリアはフィービを振り返った。「ああフィー、本当にごめんなさい。わたしが彼女を挑発したばかりに。わたしったら、彼女に自分がどんなに意地の悪い女かを認めさせたくて、そればかり考えていたものだからそこまで気がまわらなかったの。あなたがどんなに傷つくか、わかってもよさそうなものだったのに。ほんと、わたしったら鈍感なんだから。いやだ、お願い、泣かないで」

フィービが首を振り、唇を震わせながら小さくほほ笑んだ。涙をたたえた瞳がきらめいている。「違うの、そうじゃない。あなたがわたしを〝フィー〟って呼ぶから。セルビーはいつもわたしをそう呼んでいたわ。覚えている？　彼は愛称で呼ぶのが好きだった」

「ええ、覚えている」ジュリアは涙で喉がつまりそうになるのを感じた。ジュリアのことも、兄はジュリーと呼んでいた。フィービをフルネームで呼ぶのはほとんど聞いたこともない。「あなたをいつも〝フィー〟とか〝ディライト〟って呼んでいたわね」

フィービの口から小さなあえぎ声がもれた。「ああ、ジュリア！　どうして時がたっても、まだこんなにつらいの？」

「どうしてかしら」ジュリアは義姉をしっかりと抱きしめた。「わたし、ときどき思うの。このつらさは、たとえ和らいでも一生つづくんじゃないかって」

「セルビーの無実を証明したい」フィービのこれほど強い口調を耳にするのははじめてだった。「何もかもストーンヘヴン卿の仕業だと明らかにして、あの卑劣な女性に、彼女がセルビーやあなたやわたしに投げかけた忌まわしい言葉を一言残らず投げ返してやりたい！」

「やりましょう」ジュリアは顎を引きしめた。「やりましょう、わたしたちで」

翌日ジュリアは居間で腰かけ、せっせと手を動かして、フィービの前とは別のドレスの丈を自分が身につけられるように延ばしていた。頭のなかは、ストーンへヴン卿にどうやって自分の罪を告白させるか、そのことでいっぱいだった。また前回みたいにぼうっとなるわけにはいかない。彼にキスをされたときみたいに。今度は気をしっかり持って、こちらが主導権を握らなくては。それには彼にどう話しかけて、どう話を引きだすか、決め手となる台詞《せりふ》も身振りも前もって決めておくほうがいい。ジュリアはそう心に決めた。

白いモップキャップに同じく真っ白なエプロンをつけた、小太りで口うるさい家政婦がフィービの脇《わき》に立って週末までの献立が決まるのを待っていた。フィービは食卓に出す料理について、またも彼女と果てなき闘争を繰り広げていた。

「わかっているでしょう、ミセス・ウィレット」フィービは言った。「わたしは鴨《かも》が好きじゃないの」

「そうはおっしゃいますけれど、奥様、ご主人様は昔から鴨がお好きでした」ミセス・ウィレットはこれまで三十年以上ものあいだ、誰にも口だしをされることなくロンドン邸を取り仕切ってきた。執事は家族に伴ってケント州の屋敷とロンドンとを行ったり来たりもする。けれども家政婦は家族が田舎の邸宅ですごす数カ月間も――最近では数年間にも及んでいたが――責任者としてこのロンドン邸にとどまり、最小限の使用人を使って屋敷の維持にあたってきたのだ。何に関しても彼女が持ちだす物差しは、自分がこれまでどんなふうにやってきたか、だった。

ジュリアはちらりとフィービに目をやった。不安そうに唇を噛みしめている。ミセス・ウィレットの思惑どおりに、亡き夫の好物すら食べたがらない自分は、優しさも哀悼の念もないひどい未亡人だという気分にさいなまれているのは明らかだ。

「ばかなことを言わないで、ミセス・ウィレット」ジュリアはぴしゃりと言った。「あなたもわかっているでしょう。鴨が好きだったのは父。だから兄の存命中、あなたはずっとそれを献立に加えてきた。それに兄が鴨を好きだったかどうかなんて、今は関係ないわ。要はレディ・アーミガーがそれを好まれるかどうか。彼女はそれを望んでいないのでしょう？　奥様が望まれないんだから、それを献立に加える理由はどこにもないわ。そうじゃない？」

フィービへの敵対心を押しのけるほどの傷心がミセス・ウィレットの顔に浮かんだ。彼女はずった眼鏡を鼻に押しあげ、力なく言った。「そうですね、ジュリアお嬢様――お嬢様がそうおっしゃるのでしたら。わたしはあなたのご家族にお仕えしているんです。ここ三十年ずっとそうしてきました」

めた。

「わかっているわ。あなたはすばらしい家政婦よ」ジュリアは彼女の傷ついた感情をなだめた。

「そうよ」フィービも不安からか額に小さく皺《しわ》を刻みながら、声に力をこめた。「わたしはあなたのやり方が間違っているなんて、これっぽっちも言うつもりじゃなかったの」

「そりゃそうよ」ジュリアは、フィービがここで調子に乗って、結局鴨を献立に残してもいいと言いださないうちに立ちあがった。「フィービがただちょっと献立を変更したいだけだってことは、ミセス・ウィレットだってわかってくれているわ。そういう問題を解決するのはすごく得意な人だもの。ねえ、ミセス・ウィレット？」

「もちろんですとも」ミセス・ウィレットはにこやかにほほ笑んだ。ジュリアにはわかっていた。あと数分もすれば、献立の変更は彼女自身の発案だったことになる。それに反対する台所係たちには気の毒だけれど。

そのとき屋敷の前で馬車の車輪が止まる音が聞こえた。ジュリアとフィービは驚いて目を見合わせた。ここに人が訪ねてくることはめったにない——三週間前にロンドンに来てからは、誰一人。トーマスが何度か家庭教師の目を盗んでやってきただけだ。ジュリアは立ちあがって、窓に近づいた。通りにスマートな二頭立て二輪馬車が止まっている。制服姿の若者が背後から飛びおりて前方に駆け寄り、馬の口をとらえた。黒と白できりりときめた身だしなみのいい男性が、馬車から降りてくる。ジュリアは恐怖におののいて口をあんぐりと開けた。

「どうしよう!」手を喉元にあて、思わず叫び声を出していた。慌てて窓辺を離れる。

フィービが即座に立ちあがって駆け寄ってきた。「どうしたの? いったいどなた?」

「ストーンヘヴン卿よ」ジュリアはかすれた声で言った。「ばれたんだわ」

「ええ?」フィービは体の向きを変えて窓の外に目をやると、ジュリアを振り返った。

「どういうこと! どうすればいいの?」

玄関のノッカーの音が屋敷じゅうに響いた。とにかく従僕に扉を開けないようにと言わなければ。ジュリアはそれだけを考えて居間の扉に向かいかけた。けれども有能な使用人がすでに玄関扉を開けかけている。ジュリアはすごすごと部屋のなかに引き返した。

「ジュリアお嬢様、いったい何事です?」ジュリアの表情で不安になった家政婦が尋ねた。

「お客様なの。彼にわたしたちは留守だとお伝えして、ミセス・ウィレット」フィービがすがるように言った。

わたしが何者か、どうやって突き止めたの? マダム・ボークレールの館に知り合いは誰一人いなかったのに。ジェフリーを除いて。でもジェフリーがわたしの正体を彼に話すわけがない。

「きっと——きっと挨拶《あいさつ》に立ち寄っただけよ」ジュリアは当初の動揺を乗り越え、いくぶん冷静さを取り戻した。たまたまわたしたちがロンドンに来ていることを知って。そうよ、そうにきまっている」でもここで彼にわたしの姿を見られたら、おしまいだわ！

従僕の足音が近づいてきた。つづいてストーンヘヴン卿の足音も。あとほんの数秒でここに着いてしまう。ジュリアは慌ただしく周囲を見まわした。ほかに出口はない。彼の眼前で扉を閉める以外に、会うのを避ける手だてはない。

「ちょっと失礼、ミセス・ウィレット」ジュリアは小声で言うと、彼女の顔から眼鏡を外し、つづいて大きなモップキャップも取り去った。そして椅子の背から自分のショールをつかんで裏側に身をかがめたと同時に、従僕が部屋に入ってきた。

「ストーンヘヴン卿がおいでになりました」従僕はゆっくりとした口調で告げた。

4

フィービは茫然《ぼうぜん》と扉を振り返った。従僕の後ろにストーンヘヴン卿《きょう》が立っている。

「ストーンヘヴン卿」フィービはジュリアの隠れた椅子のほうにも、乱れた髪に手をあてて目をぱちくりさせている家政婦のほうにも必死で目を向けまいとしながら、血の気のない唇を動かした。

そのとき、まるで人形がびっくり箱から飛びだすようにジュリアが椅子の背後から立ちあがった。フィービは思わず驚きの声をあげそうになりながらも、ぐっとこらえた。彼女は長いショールをゆったりと体に巻きつけ、うまく姿を隠していた。家政婦がつけていた流行遅れのモッブキャップをかぶり、華やかな赤毛を一筋残らずすっぽりと覆っている。年配女性用の眼鏡を鼻の上にのせているため、眼鏡の奥の愛らしい青い瞳が大きくぼんやりと浮きあがって見えた。しかも変装だけでなく、表情まで作っていた。眉をひそめ、奥歯を噛《か》みしめて唇も一文字に引き結んでいる。

この奇妙な人物の登場にストーンヘヴン卿はぎくりと眉を上げたが、言葉につまりながらもフィービの名を口にした。そしてためらいがちにつづけた。「それとこちらが、ミス・アーミガー？」

「そうです！」ジュリアはしわがれた声で、噛みつくように答えた。「わたしが誰であろうと――あなたには関係のないことですけれど」

「ジュリア……」フィービが小声でたしなめた。目の前の男を憎む気持ちは、フィービもジュリアと変わらない。それでも他人に無礼な態度をとるのは、彼女にとって屋根から飛びおりるくらい困難なことだった。

「だって、そうでしょう？」ジュリアはぴしゃりと返した。心臓が激しく鼓動していた。あまりに大きく響くので、周囲にも聞こえていないかと不安になるほどだった。ああ、ストーンヘヴン卿の顔さえこの目で見られたなら。そうすれば、彼が変装に気づいたかどうかも判断がつくのに。けれどもミセス・ウィレットの眼鏡のせいで、目の前がぼんやりとかすんでいた。ストーンヘヴン卿なんて、ぼうっと浮かぶ黒と白の染みくらいにしか見えない。

「ミセス・ウィレット、あなたはもう下がっていいわ」ジュリアは彼女がいると思われる方向に顔を向けた。使用人を下がらせるのは、普通ジュリアではなくフィービの役割だ。それにけれども義姉は今茫然としていて、そこまではとても気がまわらない様子だった。それにジュリアは、キャップと眼鏡のことで何か余計なことを話されないうちに一刻も早く家政婦を部屋から出ていかせたかった。

「はい、お嬢様」家政婦はうろたえた顔で壁伝いにじりじりとストーンへヴン卿の脇《わき》を抜け、扉を出ていった。

ジュリアも家政婦と同じくまったく前が見えず、とにかく椅子をまわりこんで腰を下ろしさえすれば大丈夫だろうと、少しずつ椅子の周囲に足を進めていった。ところが椅子の脇に足のせ台があることをすっかり忘れていた。足のせ台に足をひっかけ、はずみで台が吹っ飛ぶほど大きくつまずいた。しかもあまりの痛さに悲鳴をあげてよろめいた拍子に、今度は椅子の肘掛けに体ごとぶつかった。そうなるともうどうしようもない。体をぶつけた衝撃、視界の悪さ。おまけにとっさに痛む足で跳びはねたことでさらに平衡感覚まで失い、そのままぶざまな格好で椅子に倒れこんでしまった。

フィービがあっと声をあげ、ストーンへヴン卿ともども駆け寄ろうとした。ジュリアは顔を真っ赤にして、すぐさま手で追い払った。

「来ないで！」両脚を振り子のように揺らして肘掛けから下ろし、まっすぐ椅子に座り直す。その一瞬だけ動揺から声がいつもの声域に戻ってしまったが、すぐにまた先ほどのしわがれた不機嫌な声に戻した。「わたしは大丈夫。大丈夫だから。さあ、あなた方もどうぞ腰かけて」

フィービが客に向かって、なんとかほほ笑もうとした。だがその試みはうまくいったとは言えなかった。「あの……あちらのソファにどうぞ」彼女はかすかに震える声で言うと、ジュリアが座っている椅子とはほど遠い位置にある、ベルベットの低いソファを示した。

ジュリアはストーンヘヴン卿がいるとおぼしき場所に目をやった。どきどきしながらも、燃えるような視線で彼の肩らしき場所をにらみつける。

「何をしにいらしたの？」そして険しい声で尋ねた。

そのあまりの無礼さに、ストーンヘヴン卿は軽く眉を上げて答えた。「ゆうべ、クラブでセントレジェに会いましてね。彼からあなた方がロンドンにいらしていることを聞きました。それでご挨拶《あいさつ》をと思いまして」

「それはわかっています」ジュリアはますますぞんざいな口調で返した。変装を見破られ、自分が誰かを悟られないうちに、一刻も早く彼を屋敷から追いだしたかった。でなければ計画がすべて台無しだ。精いっぱい無礼な態度をとるくらいしか追いだす手だてが思いつかなかったからとはいえ、彼をぞんざいに扱うのは胸がすく思いだった。この前会った夜は本心を隠すしかなかったのだから、なおさらだろう。「わたしがお尋ねしたのは、どうしてわたしたちを訪ねていらしたのかってこと。どういう形であれ、わたしたちがあなたのお役に立てるとは思えません。それにあなたは、我が家にこれ以上ないほどむごい仕打ちをなさった。わたしたちが会いたがっているとはあなたも思っていらっしゃらないはず。そうなると、いったいこの訪問の目的はなんなのです？」

「若い女性にしては、ずいぶんと率直にものをおっしゃる方だ、ミス・アーミガー」

「ええ、人というのはそれぞれ違いますから」

「ジュリア……」義妹のあまりの無遠慮さにフィービが頬を染めた。

「どうして、気持ちを隠そうとするの、フィービ」ジュリアは言った。「ストーンヘヴン卿だって、わたしたちに嫌われていると知っても大して驚かれないと思うわ」

「驚くかどうかということなら、驚きませんが」彼が言った。「つらい思いをするのは確かです。わかっていただきたいのですが、僕にはあなた方を苦しめる気などなかった」

ジュリアは怒りで顔を真っ赤にして、思わずきつく吐き捨てた。「あなたにはあの事件でじゅうぶん苦しめられました」

　長く、居心地の悪い沈黙が流れた。そしてついにストーンヘヴン卿が口を開いた。「ミス・アーミガー、あなたのご家族に屈辱をもたらしたのは僕ではありません。セルビーです。あなたが兄上を愛されていたのはわかる。しかし――」

「そのとおりです。わたしは兄を愛していました。今も愛しています。だからこそ、あなたがどんな神経で今日こうしてわたしどもに会いに来られたのかがわからない。兄を破滅に追いやっておきながら！」興奮して、またもしわがれ声が元の声域に戻っていることに気づき、ジュリアは言葉を切って咳払《せきばら》いをした。

「お願いです、ミス・アーミガー、これ以上ご自分を苦しめないでください」

「わたしを苦しめているのはわたしじゃない！」

ストーンヘヴン卿はふっとため息をついた。「申し訳ありません。やはりこちらにうかがうべきではなかったようだ。ですが、どうかこれだけは信じてください。あなたやレディ・アーミガーを苦しめるつもりなどなかった。ただ——ただ、わたしたちのあいだにある溝を少しでも埋めたいと願っただけなのです」

「埋められるわけがありません」ジュリアは唐突に立ちあがり、両腕を脇に固定して彼をにらみつけた。「兄を破滅させた人をわたしたちが許すとお思いですか？」

ストーンヘヴン卿はため息をつき、つづいて立ちあがった。「いや。それは虫がよすぎるようだ」彼はフィービに向き直った。「レディ・アーミガー、どうか僕の気持ちだけは受け入れてください。そして、もし何か僕でお役に立てることがあれば、遠慮なくいつでも訪ねていただきたいのです」

ジュリアは鼻を鳴らすという、とても上品とは言えない態度に出た。「それくらいなら、蛇に助けを求めたほうがましだわ」

「ごめんなさい、ストーンヘヴン卿」フィービはそわそわとジュリアに視線を投げかけた。「でももうお帰りになったほうが」

「そうですね」ストーンヘヴン卿は作法どおりフィービの手を取ってお辞儀をしたが、ジュリアに対してはちらりと警戒するような目を向け、賢明にも近づこうとはしなかった。

「それでは皆さん、ごきげんよう」

ストーンヘヴン卿は踵《きびす》を返し、部屋をあとにした。フィービとジュリアは凍りついたようにその場に立ちすくんで、カレラ大理石にこつこつと響く足音が遠ざかるのに耳を澄ました。従僕が大きな玄関扉を開ける音が聞こえた。つづいてそれを閉じる音も。

ジュリアはモップキャップを頭から取り外すと、椅子に放《ほう》り投げ、つづいて眼鏡も外した。「ほんと、信じられない！　いったいどんな神経をしているわけ？　よくもここに来られたわね。大したものだわ！　わたしたちに歓迎されるとでも思ったのかしら？　ワルツを踊ってうっとりさせたら、セルビーの一件で自分が何をしたかを水に流してもらえるとでも――」

フィービの口から声にならない苦悩の吐息がもれ、ジュリアは即座に悔やんだ。「ごめんなさい、フィービ。こんな言葉を使っちゃいけないのはわかっている。でもわたし、あなたがあの男と顔を合わせなくちゃならなかったことを思うと、悔しくて悔しくて。これ以上あなたを苦しめたくなかったのに。だから余計に腹が立つのよ」ジュリアは拳《こぶし》をもう片方の手に打ちつけた。「ストーンヘヴン卿はそんなこと、何も考えていないのでしょうけれど」

フィービがおずおずと言葉を挟んだ。「でも親切な方じゃないかしら、こうしてわたしたちを訪ねてくださるなんて。訪ねてくる人なんて誰もいないのに。みんな、わたしたちと関《かか》わるのを避けているわ。あの方だって、知らん顔をしているほうが楽だったはずよ。誰も彼のことを悪く思っている人はいないんだから」

「親切！」ジュリアは鼻を鳴らした。「親切なものですか。断言できるわ。あの人がここへ来たのは、ただの自己満足。でなければ自分を寛大な人間に見せかけるため。間違いないわ。自分がわざわざ挨拶に出向けば、わたしたちがありがたがってひれ伏すと思っていたのよ。まあ都合のいいこと！　考え直したほうがいいんじゃないかしら？」

「そうしているわよ――今ごろは」フィービはまじめな口調で返した。

その口調が意外で、ジュリアは義姉に目をやり、そこでくすりと忍び笑いをもらした。張りつめていた怒りがすっと溶けていくのがわかる。ジュリアは一つ心の底を吐きだすような吐息をつくと、キャップと眼鏡を手に取り、それを膝に抱えてどさりと椅子に座りこんだ。すべてが終わり、怒りにさいなまれることがなくなったとたん、脚がぶるぶると震えだしてもはや立ってもいられなかった。

「ああ、ジュリア」フィービもすとんと腰を下ろした。「あなた、よく切り抜けたわね。彼が部屋に入ってきたとき、わたし、どうしようかと思った」

「気づかれたと思う？」ジュリアは不安でたまらなかった。「わたし、彼の顔がさっぱり見えなかったの。気づいた様子はあった？」

「いいえ。あなたを見るときは、なんていうか――ちょっとぎょっとした顔をしていたけれど。だって、ジュリア！」フィービは喉の奥から、ひどく高揚したような甲高い笑い声をもらした。「あなた、自分がどんなふうに見えていたかわかっている？　あなたの瞳が眼鏡でぼんやりと大きくなって、まるで蛙《かえる》みたいだった」

「それは、どうもありがとう」ジュリアは怒った声を装おうとしたが、結局途中で噴きだした。

「しかもあのキャップ！」フィービが笑い声を響かせた。「どうしてあんなことをすぐに思いつけたの？　彼、きっとわからなかったわよ。あなたが家政婦なのか、それとも、ド……ド……」

「ドレスを着た大蛙？」ジュリアが代わりにつづけた。

二人はこらえきれずに、ぷっと同時に噴きだした。数分の緊張ののちようやく訪れた解放感が、二人に妙な高揚感をもたらしていた。フィービは、ジュリアの言葉を聞いたときのストーンヘヴン卿の表情を一つ残らず描写してみせ、その顔まねにジュリアは大声で笑い転げた。やがて高揚感が収まるとともに笑い声は忍び笑いとなり、やがてはため息に、そして最後には沈黙に変わった。

「それじゃあ……」ジュリアはついに腰を上げた。「わたしはこれをミセス・ウィレットに返して、さっきのことをなんとか取り繕ってくる」

「気の毒に。彼女きっと、あなたは頭がどうかしたんだと思っているわよ」

「たぶんね。うまく作り話でごまかせればいいんだけれど」そして扉に向かいかけたところで、ジュリアははたと足を止めた。「そうそう！　今夜彼に会いに行く計画だったけれど、やっぱり無理よね。こんなことがあったあとでは」

「そうね。数日はあけて、彼がミス・アーミガーの姿形を忘れるまで待ったほうがいいと思うわ」フィービも同意した。

ジュリアはため息をついた。なぜだろう、ひどく残念な気がする。けれどもあとで思い直した。そう思うのは当然ね――何しろわたしは一刻も早くストーンヘヴン卿を法で裁きたくてたまらないのだから。

マダム・ボークレールの館《やかた》に行くのは、三日後に決めた。けれど、ただ時間がたつのを待つというのもなかなか難しい。やっと当日の夜を迎えるころには、ジュリアは早く行きたくてたまらずにうずうずしていた。

その夜はフィービの別のドレスを着ることにした。すでに裾《すそ》は延ばし、慎み深く胸元を覆い隠すレース飾りは取り外してある。それは、仕立て屋が〝海泡石グリーン〟と呼ぶ淡い黄緑色のゴーズドレスだった。前回着用したドレスのようにスカートラインがぴったりと脚に沿うものではないが、流れるようなラインがジュリアのほっそりとした体によく似合い、しかも胸元も大きく開いていて、これならどんな男性の視線も引きつけられる気がした。しかもこの色は、ジュリアの赤い髪を完璧《かんぺき》に引き立てる。

　その夜は、いとこの付き添いなしでマダム・ボークレールの館に向かった。ジェフリーが二度目のエスコートを渋るのはわかっていたし、答えにくい質問をあれこれ投げつけられるのも面倒だった。それに一度行っていれば、もう彼の存在は必要ない気がした。前回女性の姿はほとんど見かけなかった。そのことから考えると、門番はすでにジュリアを客として認識しているはずだ。

　それに自宅の馬車も使わなかった。ナナリーを外で待たせておいて、家まで連れて帰ってもらうほうが便利なのはわかっている。けれどそれがかえって計画に差し障ることも考えられた。先週は、辻《つじ》馬車が見つかる場所までストーンへヴン卿と歩いたことが功を奏した。それにナナリーに賭博《とばく》場への出入りを止められる危険もある。ナナリーは主人に忠実な男だが、よちよち歩きのころからジュリアを見てきているせいか、思っていることをなんでもずけずけと口にする。それどころか、ああしろこうしろと命令までしてくる始末だ。子供のころ、彼に乗馬を習ったときからの影響だった。ジュリアのためとなれば、彼は法を犯すことさえ厭《いと》わない――ストーンへヴン卿拉致《らち》計画にもひるむことすらなかった――けれど、娘としての評判を落とすような場所に届けるとなると首を縦には振らないだろう。

　ジュリアは、辻馬車でマダム・ボークレールの館に向かった。馬車が館に近づくにつれ、胃のなかにできた塊がどんどん膨らんでいくようだった。予想どおり、玄関に出てきた従僕は一目見るなり、深々とお辞儀をしてジュリアをなかに通した。この様子だと、先日の夜誰と一緒に帰ったかも覚えていそうな気がする。ジュリアは動揺を隠すために扇子を揺らしながら、玄関ホールの奥へと進んで両側の部屋にざっと目を通した。

ストーンヘヴン卿の姿はなかった。

落胆を感じつつも、手持ちぶさたにぶらぶらとテーブルを歩いてまわり、ときおり立ち止まってはゲームの様子を眺めたりしていた。テーブルの一つで、偶然ストーンヘヴン卿の名前が耳に飛びこんできた。ジュリアはつと足を止め、神経を張りつめて耳を澄ました。

「え？」テーブルを囲む男たちの一人が、仲間に目を向けた。「ああ、ストーンヘヴン卿か。ええっと――いや、今夜はまだ見ていない。おかしいな、今週は毎晩のように来ていたんだが」

「そうそう。彼がこんなにギャンブル狂とは知らなかったよ」

ジュリアは顔をそむけ、ふっと頬をゆるめた。ギャンブル狂？　彼はこのマダム・ボークレールの館だけでなく別の賭博場にも、さほど頻繁に出入りはしていなかったはず。その彼が毎晩ここに来ていたというなら、やはりわたしを捜しに来ていたと見て間違いない。何しろ住所を教えるのを断ったとき、ここに来れば会えるとそれとなくにおわせておいたのだから。

そうなるとジュリアはなんとなく気持ちが浮き立って、場所に似つかわしいさりげない態度でテーブルの一つに着き、賭事《かけごと》に加わった。彼はきっと来る。ストーンヘヴン卿は簡単に引き下がるような男じゃない。

三十分後、背後から男らしい声が聞こえた。「なるほど、君は方針を変えたのか。深みにはまらないでくれよ」

ジュリアは振り返り、笑みを輝かせた。ついに来たのね！

「ストーンヘヴン卿」自分が会いたくてたまらなかった顔をしているのはわかっていた。けれども関心があることを相手に悟られるわけにはいかない。もちろん彼は満面の笑みを見たところで、獲物が蜘蛛《くも》の巣にかかった勝利感によるものとは気づかず、自分に会えた喜びからだと思いこんでくれるだろうけれど。ジュリアは声を調整し、冷淡よりは少し温かみのある声でつづけた。「いらしたのね。今夜はもうお会いできないのかと思っていたわ」

「ここに来れば君に会えるかと思ってね、ミス・ナナリー」

ストーンヘヴン卿が魅力的な笑みを向けた。視線がおのずと彼の唇に、健康的な白い歯を覆うふっくらとした唇に吸い寄せられる。意識はしていなかったが、近くで見ると実にハンサムな男性だ。ジュリアは彼のほうへ身を寄せた。

「君を幸運から引き離したくはないんだが」彼が言った。「まだつづけたい？」

「え？　ああ、これね」ジュリアはそこではじめて自分がすでに歩きかけていることに気づいた。わずかに驚きを覚えながら、テーブルを振り返る。「いいえ。もうやめようと思っていたところ。残念ながら今夜はついていないの」

「僕と再会したことも、不運の一つに入らなければいいんだが」

ジュリアは輝く目を彼に向けた。「いいえ。それは不運とは言えないわ」

ストーンへヴン卿がじっと視線を注ぎ、一瞬目を細めた。ジュリアはとたんに不安に駆られた。この目――まるで何かを疑っているみたいな。

「どうしたの？」ジュリアは軽い調子を装った。「どうしてそんな目でわたしを見ているの？」

「いや」彼がきまりの悪そうな表情を浮かべた。「どうしてかな。一瞬おかしな感覚に襲われてね――まるで以前どこかで君に会ったことがあるような」

口のなかが急にからからになったが、ジュリアはわざと茶目っ気たっぷりにほほ笑んだ。「だってそのとおりでしょう。確かにお会いしたことはあるはずよ。わたしの記憶が正しければ、五日前の夜にここで」

ストーンへヴン卿がくすりと笑った。「それは僕もわかっている。そうじゃなくて、君を見て誰か別の人を思いだしたってことだ。首を傾《かし》げたときのその表情――いや、ありえないな。君に匹敵する美女がほかにいるとも思えない」

彼の言葉がまるで固い帯のように胸に巻きつき、ぎゅっと締めつけた。それでもジュリアはなんとか言葉を返した。「お世辞がお上手ね」

「いや、本心だ」そこで話を切りあげると、二人は歩いて廊下に出た。彼が足を止め、周囲を見まわしてからジュリアを振り返る。「僕はこれ以上ここにいたくないんだが、君はかまわないかな――どこかほかに場所を移しても？」

「あの――どういう意味です、閣下？」自分の屋敷に行こうと言っているの？

ジュリアは突然うろたえた。彼をどう誘いこむか、何をどう言って自白に持っていくか、そのことばかりを考えていて、場所までは考えが及ばなかったのだ。庭で腰を下ろしてとか、通りを一緒に歩きながらとか、そんな状況をぼんやりとは思い描いていたけれど。逢《あい》引《びき》って、普通はどこでするものなの？　残念ながら、その手の知識を得る機会はこれまでになかった。紳士の屋敷に行くのは、淑女にとっては考えられることではないけれど、今わたしが演じている倫理観の低い女性となると、おそらく事情は違う。こういう女性なら、ある意味もっと大胆な行動にも出るはずだ。それでも少し事が早く進みすぎている気がしてならない。本音を言えばまだ、ストーンへヴン卿と彼の屋敷で二人きりになりたくない。

「その〝閣下〟という呼び名は使わない約束だっただろう」彼が言った。「僕の名はデヴエレルだ」

「そ、そうだったわね……デヴェレル」

「いや、どこに行くかはまだ考えていない。ただ、今夜はあまり賭事をする気分じゃなくてね。正確に言うと、それよりは君とゆっくり語り合いたいと思った」

「別にかまわないのだけれど」ジュリアの口調がわずかに早口になる。

「友人宅なんだが、誰がいつ訪ねてもいいようになっている家があってね。

……友人の知人女性の家なんだが」

「つまり愛人宅ね」ジュリアはぴんときた。紳士のあいだでそういう申し合わせがあることを知らない淑女は少ない。

ストーンヘヴン卿の口がよじれて笑みをかたどった。「ずいぶんはっきりと言う人だ。そう、友人の愛人宅だよ。だが、彼はたいていそこに入り浸っている。もちろん彼の友人たちも、彼女の友人たちもね」

「そうなの」夜の女性たちが客を取る売春宿とまではいかなくても、その一歩手前のような場所なのかもしれないとジュリアは推察した。ある男性が情婦を囲っている家で、その男性本人や彼の友人たちが同じように身持ちの悪い女性たちとお酒を飲んだり、いちゃつき合ったりしているのだろう。そんな場所に行くなんて考えただけでぞっとするべきなのだろうが、意外にも好奇心がむくむくとこみあげていた。これまで誰かに囲われている女性に会ったこともなかったし、一人ではとてもそんな家に足を踏み入れることもない。

「いいわ」自分で思うところの誘うような表情で、ジュリアはつづけた。「ここにいるよりずっと楽しそう」

「君がそう言ってくれて、うれしいよ」ストーンへヴン卿はすでにジュリアを玄関扉に向けて促していた。

ストーンへヴン卿が従僕の持ってきた外套《がいとう》をジュリアの肩にかける。彼の指がわずかに肌をかすめた。ジュリアは息をのみ、体を駆け抜ける震えるような感触を必死に頭から追い払った。

外に出ると、静かな夜気が二人をすっぽりと包みこんだ。ストーンへヴン卿は進行方向を左手に取った。「歩こうか？　さほど遠くない」

「ええ、いいわ」

ジュリアは彼の腕に手をかけ、並んで歩いた。頭のなかは何を話せばいいのか、そのことでいっぱいだった。何をどう話して、どう尋ねれば知りたいことにたどり着けるのか。一日じゅうそればかり考えていたのに、いざとなると慎重に計画したはずの台詞《せりふ》がどれもこの場にしっくりこない気がしてならなかった。

「この数日、毎日ここで君の姿を捜していた」ストーンへヴン卿の言葉がジュリアの混沌《こんとん》とした思考を遮った。

「わたし、それほど賭事が好きなわけではないの」

「僕もだ。毎晩、君に会うためだけに来ていた」

「お世辞がお上手ね」ジュリアは茶目っ気たっぷりにちらりと横目を走らせた。

「いや、本当のことだ。恥を承知で言っている」

「女性を翻弄《ほんろう》するのはもっとお得意なのね」

「誤解だよ」彼は傷ついた顔をしてみせた。

「またそんなことを言って……」

「出会ってから毎晩君を捜しに来ていたというのは、嘘《うそ》じゃない。なんなら友人たちにきいてくれてもいい。このところ僕がどれだけ付き合いが悪かったか、話してくれるだろう。二日前はオペラの約束を急遽《きゅうきょ》キャンセルした。昨日はレディ・アバシャムの夜会を十五分で抜けだした」

「全部わたしのせい？」ジュリアは片方の眉を跳ねあげてみせた。「退屈していたわけじゃなくて？」

ストーンヘヴン卿がくすりと笑った。「それも少しはあるかもしれないな」

「嘘つきね。要するにわたしは、都合のいい言い訳でしょう」

「誓ってそうじゃない。むしろなんていうか、君がその場にいないことが退屈の原因だった」

ジュリアは笑った。「本当に頭のいい方ね、ストーン——いえ、デヴェレル」

「君ほどじゃない」彼が返した。

「あら」ジュリアは顔をしかめてみせた。「頭のいい女と呼ばれるほど最悪なことはないわ」

「そうなのかい？」

「ええ。だって女に知性があるとわかると、ほかに何があるより殿方の熱意は早く冷めるでしょう」

「そういう男もいるだろうね」ストーンヘヴン卿がジュリアの顔を見つめた。その目の光が体に熱の渦を巻き起こす。彼がふいに足を止め、引きずられるようにジュリアも立ち止まった。彼が手を近づけ、指の節で軽くジュリアの頬をなでた。「僕個人は、知性は美しい顔をさらに魅力的に見せると考えている」

「そうなの」ジュリアはやっとの思いでそう答えた。どうやら自慢の知性にも見捨てられたようだ。もはや神経という神経が張りつめ、彼の瞳を見つめることしかできない。

彼の人差し指がそっと下唇の曲線をなぞった。「今、通りの真んなかのここで君にキスをしたい。しかし一度そうしたら、歯止めが利かなくなりそうだ」

そのかすれた声で、柔らかな肌をかすめる少しざらりとした指の感触で、膝から力が抜けそうになった。ジュリアは必死で理性を取り戻そうとした。けれどもどうがんばっても、今はせいぜい息をつづけることしかできない。

「わたしならかまわないわ」ジュリアはそう口走ってからはっと口ごもり、自分の言葉に気づいて愕然《がくぜん》とした。激しく首を振り、あとずさる。

意外にも、ストーンヘヴン卿は静かな笑い声で応じた。「おいおい、そういう返答はもう少し控えてくれ。でないと、二人ともとんでもないことになってしまう」

きっと生え際まで真っ赤になっているだろう。暗闇《くらやみ》でよかったとジュリアは思った。

「ご……ごめんなさい。そんなつもりはなかったのだけど」

「僕は、そんなつもりだったことを心底願っているけれどね」ストーンヘヴン卿が目を輝かせた。「しかし残念ながら、今は希望どおりに行動するわけにはいかない。さあ、行こうか」

彼が差しだした腕を、ジュリアははにかみながら取った。あんな大胆なことを口走ると は自分でも信じられなかった。そのことが彼を喜ばせたのだから作戦としては幸いだったわけだけれど、どうにも気持ちが収まらない。元から計画したことではなかったからだ。どうしてあんなことを言ってしまったの？　あんなこと、本気で思っていたはずがないのに！　この男性には、わたしのなかの奔放な部分を引きだす何かがある。

やがて二人は煉瓦《れんが》造りの小さな家に着いた。こぢんまりとした感じのいい家だ。ストーンヘヴン卿がノックをするとすぐさまメイドが出てきた。彼女はお辞儀と親しげな笑みで彼を迎え入れた。「旦那《だんな》様は音楽室にいらっしゃいます」言わずもがなだった。流れてくるピアノの音や笑い声が、主人の居場所をおのずと告げている。

ストーンヘヴン卿はメイドに二人分の外套を手渡すと、陽気な声が聞こえてくる部屋に向かってジュリアを促した。部屋に足を踏み入れるなり、ジュリアは目の前の光景に唖然《あぜん》とした。軍服姿の男性が一人、ピアノの前に座って巧みに指を鍵盤《けんばん》に滑らせている。そしてそのそばには女性が一人。こともあろうか、その手には細長い葉巻が握られている。ジュリアが驚いて見つめるなか、女性が口からゆっくりと息を吐き、物憂げな煙を立ち上らせた。部屋にはほかに数人の男女の姿があった。座っている人もいれば、立っている人もいる。隅には家具が取り払われた一角があり、そこで一組の男女がジグを踊っていた。部屋のなかは騒々しかった。同時進行している会話が少なくとも二つか三つ。しかも、音楽に合わせて歌っている男性までいる。部屋じゅうにもうもうと葉巻の煙が立ちこめていた。分量はまちまちだが、同じ茶色い液体の入ったグラスが至るところに散らばっている。

それでもざっと部屋を見まわしたジュリアの視線を最も釘《くぎ》づけにしたのは、窓辺の椅子で女性を膝にのせている男性の姿だ。女性のドレスは素肌が見えるほど透けていて、彼女が誰が入ってきたのかと戸口を振り向いたとき、茶色い乳首の輪がジュリアの目にもくっきりと見えたほどだ。彼女はつかの間興味のない視線を向けたあと、ふたたび自分の連れに向き直った。そしてジュリアたちが部屋に入ったときにやっていた長いキスを再開した。ジュリアは頬が燃えるように熱くなるのを感じた。きっと真っ赤になっているだろう。慌てて目をそらしたが、結局別の隅で、別の男性が別の女性を膝にのせている光景にでくわしただけだった。こちらの二人はキスをしていなかった。椅子のそばに立っている男性と何やら騒々しく会話を交わしている。椅子に座っている男性は片手でゆったりと膝の女性の腰を抱いていた。だがその手がジュリアの目の前で、するりと女性の体をはいあがり、襟ぐりが大きく開いたドレスの胸元から忍びこんで胸の膨らみをじかにつかんだ。

ジュリアは激しく動揺して、息をのんだ。わたしもこんなふうにしなくちゃならないの？　ここにいる女性たちの装いに比べたら、自分のドレスはずいぶんと控え目だ。彼女たちの胸元なんて、胸の膨らみが今にも飛びだしそうなほど大きく開いている。しかも口紅に、おしろい。一人は金貨色の巻き毛だけれど、おそらく地毛ではないだろう。極楽鳥らしい装いを自分なりに工夫したつもりだったけれど、実際は現実よりかなり保守的になっていたのだとジュリアは改めて感じた。そしてどこか奇妙な魅力に取り憑《つ》かれ、眼前の光景から目をそらすことができなかった。

女性の一人が、上着を脱いでシャツ姿になった相手の腕に指を走らせていた。ときおりその指をシャツの胸元にさまよわせ、開襟部からさらにその奥の素肌にまではわせている。男性のほうはこの行動にまったく異議がないらしく、その都度彼女のヒップをゆっくりとなでていた。連れの男性に胸の膨らみをとらえられている女性も、男性の手を逃れようとはしていなかった。むしろ膝の上で身をよじらせ、くすくす笑っている。

「ストーニーじゃないか！」ピアノのそばにいた男性が笑みを浮かべて立ちあがった。

「よく来たな。今夜ここで会えるとは思わなかった。カーリー、ほら！　ストーンヘヴンだよ。訪ねてきてくれたんだ」

あとの台詞はピアノのそばで葉巻をくゆらせている女性に向けたものだった。彼女はその言葉で振り返り、にっこりとほほ笑んだ。そしてジュリアに目を留めたとたん、眉をぴくりと小さく動かし、頭から爪先までさっと値踏みするような視線を走らせた。「まあ、デヴェ」彼女は騒々しいなかで、声を張りあげた。「そろそろ友だちを思いだしてもいいころだと思ったのよ。それでお連れはどなた?」

「紹介するよ」ストーンヘヴン卿はジュリアを連れて部屋の奥にいる男女に近づいた。「ミス・ナナリー、僕の友人を紹介する。こちらはアルフレッド・ブルックス。そしてこちらがミス・カリアンドラ・クーパー」そこでジュリアを振り返った。「ミス・ジェシカ・ナナリーだ」

アルフレッドがジュリアにお辞儀をし、小さくつぶやいた。「実に魅力的だ。おいおい、街じゅうの美女を一人残らずかっさらう気か、デヴェ?」

「一人残らずなんて、とんでもない」ストーンヘヴン卿は礼儀正しく反論し、アルフレッドの連れに会釈した。「そっちこそ、世紀の美女をものにしているじゃないか」

カリアンドラが作り笑いを浮かべた。ストーンヘヴン卿は友人たちと短い会話を交わしたあと、ジュリアを伴って部屋の隅に向かった。ジュリアは窓際の椅子にいる男女にふたたび目を向けずにはいられなかった。彼らはまだキスをつづけていた。おまけに今度は、男性の手が女性の薄いスカートをめくりあげて脚をなでている。ジュリアは急いで目をそらした。心臓がどきどきしていた。ストーンヘヴン卿もわたしに同じことを求めているの？　ジュリアは不安でたまらなくなった。ストーンヘヴン卿の目を見ることができず、ただ自分の両手を見下ろした。

「まったく、ここは騒がしいな」ストーンヘヴン卿がジュリアの耳に口を寄せて、そっとささやいた。「外に出ないか？　裏手にいい庭がある。ベンチもあるから、そこで話をしよう」

「ええ」ジュリアは即座にうなずき、彼にほほ笑んだ。「大賛成よ」

ストーンヘヴン卿はジュリアの手を取ると廊下を渡り、扉の外に出た。二人はハーブの香りが豊かに漂うサイドガーデンに入ると、小道を抜けて家の裏手へとまわった。そこには大きな花壇のある庭が広がっていた。庭の真んなかに小便小僧の噴水があり、その前に石のベンチもある。

ジュリアはストーンヘヴン卿とともにベンチにつづく小道を歩いていった。柔らかな夏の風が肌をくすぐり、空気に薔薇《ばら》の香りがしっとりと立ちこめていた。静かで、心が洗われるようだった。二人はベンチに腰を下ろした。気づくと、手はいまだストーンヘヴン卿に握られたままだ。ジュリアは気を取られそうになりながらも必死に頭のなかで、自分の義務と練りあげた計画を整理した。ここで兄の件を放りだすわけにはいかない。今はただあの家のなかの光景があまりに衝撃的で、敏感になっているだけよ。これまでストーンヘヴン卿から真実を引きだすことだけを考えてきた。簡単にはいかないにしても、ここに来て二の足を踏むわけにはいかない。計画を前に進めないと。

「お友だち、あなたに会えて喜んでいらしたわね」ジュリアはためらいがちに話を切りだした。

ストーンヘヴン卿が小さくほほ笑んだ。「アルフレッドは善人なんだよ。しかも過ちにまで寛大ときている。そのせいでときどき困った状況に追いこまれてね」

「そうなの？」困った状況に追いこまれた友人というのは、いい話の展開かもしれないと、ジュリアは先を促すように尋ねた。

彼が肩をすくめた。「いつものことだ。彼が他人に利用されるのは」ストーンヘヴン卿は首を振ってから、笑みを向けた。「アルフレッドの話はこれくらいにしておこう。退屈な話題だ」

「薄情な人ね！」ジュリアは瞳を輝かせた。「それじゃあ、何かもっとおもしろいことを話しましょう。たとえば、あなたのこととか」

「僕！　だめだよ。僕の話にしたって君を退屈させるだけだ」

「そうかしら」経験は乏しいが、男性が自分の話題を最も好むことくらいはわかっている。彼の言葉をまともには受け取るつもりはない。「でも少なくともわたしには、退屈な話ではないと思うわ。だってあなたのこと、何も知らないんだもの」

「話すことなどほとんどないよ。いったい何が知りたい？」

例のお金をどうしたのか――そしてどうやって兄が盗んだように見せかけたのか。でもそんなことは口にできない。ジュリアはただにっこりとほほ笑んだ。「そうね、何もかも。何から始めればいいいかしら」そこで一度言葉を切った。「今あなたがいちばん熱中していらっしゃること。カード？　毎日カードをしていらっしゃるの？」

「夜はたいていね。しかし僕にとってカードは熱中していると言うほどのものじゃない」彼の目の表情が、それなら何に熱中しているのか、小さな疑問を抱かせた。「単なる娯楽だよ」

「そう。それじゃあ、ほかの時間は何をしてすごされているの？」ジュリアは彼が信託財産の件も行動に挙げてくれるのを願って尋ねた。会話の矛先を望みどおりに持っていくのは、思ったほどたやすくない。

ストーンヘヴン卿が肩をすくめた。「みんなと同じだよ。ロンドンにいるときはナイトクラブにも行くし、屋敷に人も訪ねる。二頭立て馬車を走らせたり、ジャクソンのところで軽くボクシングをしたり。それから仕事関係の行事」そこでにやりと笑った。「これでわかったかい？　ひどく退屈だと言ったわけが」彼はジュリアの手を取ると、まずはゆっくりと手の甲をなで、それから指の一本一本を爪の先までなぞった。「君のことを話したほうがずっと楽しそうだ。生まれはどこだい？　ロンドン？」

「いいえ、ケント州」ジュリアはとっさにそう口走ってから、少し正直すぎたのではないかと不安に駆られた。けれども、すぐに思い直した。ケント州には数千人もの人々が住んでいる。彼がわたしをトーマス・セントレジェやその近くに住むアーミガー家と結びつけるとは限らない。

「ケント州？　僕はときどきケント州に行くんだよ」

「そうなの？」ジュリアはうわの空でつぶやいた。彼の手のなで方がひどく悩ましい。

「ああ。そこに被後見人の子供が住んでいてね。ときどき彼を訪ねている」

「被後見人？　つまりあなたは誰かの後見人ってこと？　それともご親戚《しんせき》か何か？」

「いや。僕は彼の後見人じゃない。ただの管財人だよ」この話はここまで、と彼は身振りで示した。「よそう、あまりおもしろい話題でもない」

「そんなことないわ、とっても興味深い。それじゃああなたは彼の財産を管理しているのね？」

「ほかの連中と一緒にね。管財人は僕のほかにもあと二人いる。だがこの話はよそう」ストーンヘヴン卿はジュリアの手を唇に近づけた。「僕は君のことを話すほうがいい。でなければ、何も話さないか」

ジュリアはなまめかしく眉を上げてみせた。「あら？　わたしと話すのが退屈？」

「まさか」彼はジュリアと目と目を合わせたまま、指の一本一本にキスをしはじめた。

「君には興味深いところがたくさんある」

指に触れる彼の唇のぬくもりが、ジュリアの体に熱いさざめきを走らせた。こんなに些《さ》細《さい》なことがこれほど強い反応をもたらすなんて、信じられない。

「ストーンヘヴン卿……」

「デヴェレルだ」彼は手のひらを裏返し、手首の内側に長々と唇を押しあてた。

「デヴェレル……」

「なんだい？」彼の唇がゆっくりとむきだしの腕を上がっていく。肌に触れる熱く滑らかな唇がジュリアの心をかき乱した。

「わたしたち、こんなことをしてはいけないと思うの」

「どうして？」彼のほほ笑みが肌を通して伝わってきた。

「だって、いつ人が来て、見られるかもしれないし」

「確かに。しかし大丈夫だ」彼の唇が肩までたどり着き、今や、鎖骨を横切って首筋にまで進もうとしていた。

怖いほど急速に、体内に激しい熱気が噴きだしてくる。「デヴェレル、やめて」

声から動揺を感じ取ったのだろう、ストーンヘヴン卿は頭をもたげ、戸惑うようにジュリアを見つめた。

「どうして？　何か問題でも？」

「わたし……」ジュリアは自分の感じた不安に戸惑っていた。ストーンヘヴン卿を見つめる。彼の瞳はいぶるように深みを増していた。見ているだけで体のなかが震えてくる。目が彼の口元に吸い寄せられる。数日前の夜のキスを思いだすと、下腹部に熱いものが広がった。

ここでやめるわけにはいかない。ジュリアはそう自分に言い聞かせた。臆病《おくびょう》者にはなりたくない。真実を聞くまでは、彼の好きにさせよう。細心の注意を払って――すべてを許すことなく、彼の関心を引きつける分だけを与えて。最初からわかっていたことよ。ストーンヘヴン卿が簡単に罠《わな》に落ちるような、うぶな少年でないことも。

ジュリアは心を落ち着かせるようにすっと息を吐き、彼にほほ笑んだ。「いいえ。何も問題はないわ」ジュリアはそう言うと、彼の首の後ろに手をあてて顔を引き寄せた。

5

前にも経験したというのに、ジュリアは彼のキスが体にもたらす衝撃にまるで心構えができていなかった。激しい攻撃に体が震え、まるで命綱にすがりつくように首にまわした指に力をこめる。これほど大胆に男性と触れ合うなど、これまでになかったことだった。彼の肌のぬくもりや指をくすぐる髪の感触がやけに意識されてならない。長く、深いキスだった。まるで魂にまで植えつけようとするような。背中にまわされた腕に強く抱き寄せられ、まともに息もできない。ベンチに隣り合わせで座りながら抱き合う体勢は居心地が悪く、そのうちストーンヘヴン卿《きょう》がジュリアの体を膝へと抱きあげた。ジュリアは彼の腕に背中を支えられて、キスの喜びにどっぷりと浸った。

やがて彼の唇が唇を離れ、頬から耳へと移っていった。彼の歯がふっくらとした耳たぶを挟み、優しくいたぶる。ざらざらとした息づかいが聞こえてきた。興奮した吐息も。ジュリアの全身に快感のさざめきが広がっていった。気をしっかり持たなければ。ここから主導権を握らなくちゃ。でも何もかもはじめてで、驚くようなことばかり。

ストーンヘヴン卿が首筋をキスでなぞりはじめた。それと同時に彼の手が腰からゆっくりとはいあがり、胸の膨らみを包みこむ。ジュリアは息をのみ、びくりと身を起こした。

「デヴェレル！」

「ん？」彼はかまわず、首筋から肩先に向けてキスをつづけている。

「わ……わたし……」どう言えばいいのかわからなかった。全身が興奮で震え、腿のあいだがどくどくうずいている。だめ。このままだと何も突き止めないまま、深みに落ちてしまう。ジュリアは家のほうを指さした。「家のなかに……あなたのお友だちが……」

ストーンヘヴン卿が顔を上げて見つめてきた。その目が野獣のようにきらりと光る。激しく荒い息づかいで胸が大きく上下していた。彼はジュリアが示した家にちらりと目をやると、ふたたび視線を戻して見つめた。

「君の言うとおりだ」そしてついに口を開いた。「ここにはじゅうぶんなプライバシーはない」

ストーンヘヴン卿はおのれを抑えこむようにじっと目を閉じた。体にまわされた腕の力がゆるむ。名残惜しいと思う自分を意外に感じながらも、ジュリアはその隙《すき》を突いて彼の膝から下りた。

「待ってくれ……ジェシカ……」ストーンヘヴン卿が手を伸ばしてきたが、逃れるように一歩あとずさった。

「だ、め」よかった。うまく戯れの口調が出せている。「あなたが日ごろどんな女性を相手にしているかは知らないけれど、わたしはそんなに簡単に落ちる女じゃないの」

彼の顔にいらだちがよぎった。一瞬怒鳴りつけられるのかと思ったが、ストーンへヴン卿はふっとため息をついただけでベンチに寄りかかり、ジュリアを見つめながら冷やかすように言った。「なるほど。それじゃあ、君はどんな女性なのかな?」

「自分を大事にする女よ」ジュリアは冷ややかに答えた。

ストーンへヴン卿がくすりと笑った。「つまり、自分はその辺の女とは違うってわけだ」立ちあがって、近づいてくる。意図は見え見えだよと言わんばかりにゆったりと唇をほころばせて。どうやら極楽鳥が相手をじらして料金を釣りあげるのは珍しいことではないらしい。

「じゃあ、次は?」彼は尋ねた。

ジュリアはたじろいだ。まさに理想の展開だった――主導権を握ったのだ。でもいざとなると、どうすればいいのかわからない。どうあれ、これまでとは違う展開になるようにしなくては。今夜は何もかもが中途半端だった。しかも彼に主導権を与えすぎた。今度会うのは、誰にも邪魔をされず、キスや愛撫《あいぶ》を許しながらお酒で彼の舌を滑らかにできる場所がいい。でもそんな場所がどこにある? 彼を自分の屋敷に招くことはできないし、彼の屋敷についていくことは子供のころから受けた教育がどうしても邪魔をする。

そのとき急に名案がひらめき、ジュリアは満面の笑みを浮かべた。「そうだわ……実はわたし、ヴォクソールガーデンズで花火が見たかったの」

ヴォクソールガーデンズはちゃんとした付添人を伴っていれば淑女も出入りできるとされている場所だが、基本的には誰でも入れる公共の施設だ。紳士と夜の女性たちの、格好の逢引《あいびき》場所だと聞いたこともある。プライベートな空間を保てるボックス席があって、そこで夕食をとることもできるし、そうでなくてもくねくねと密《ひそ》やかな散歩道が広がっているので、暗闇《くらやみ》のなかを二人だけで歩きながらときおり人目を盗んでキスをすることも可能だった。しかもそこへは、仮面をつけていく人が多い。つまり身元を知られないためだ。

そういった条件すべてが、ここを完璧《かんぺき》な逢引場所にしていた。

「花火か」ストーンヘヴン卿が言った。目の輝きから、彼もヴォクソールガーデンズのふさわしさに気づいているのは一目瞭然《いちもくりょうぜん》だった。「それは君も一度見ておいたほうがいい。さっそく明日の夜はどうかな？」

「ごめんなさい、明日は無理なの」欲望をもっとそそるためにも、少し時間をおいて気を持たせたほうがいい。「あさってはどうかしら？」

「お気に召すままに」彼は頭をわずかに傾け、慇懃《いんぎん》に答えた。

二人はいったんなかに戻って主《あるじ》に暇《いとま》を告げ――部屋のなかをざっと捜したが、窓辺の椅子で熱くなっていた男女の姿はもう見あたらなかった――その家をあとにした。この日もストーンヘヴン卿は家まで送ると申し出てくれたが、ジュリアはまたもそれを断った。彼はしばらく粘ったが、やがてあきらめて辻《つじ》馬車を呼び止めてくれた。それからはもう一度キスをしようとすることもなく、別れ際にほんの一瞬、礼儀正しくジュリアの手の甲に唇を触れただけだった。ジュリアはそこで馬車に乗りこみ、家路についた。

辻馬車が角を曲がって、視界から消える。ストーンヘヴン卿はふっとため息をつき、自分も屋敷に向かって歩きだした。正直に言えば、ロンドン滞在中でこれほど早い時間に帰宅することはめったになかった。しかし今夜はもうどこかへ行く気分にはなれない。ジェシカ・ナナリーがそばにいないと、なんだか夜が味気なく思えてくる。

おかしな言い草なのはわかっている。女性たちとはさんざん遊んできた。身分の釣り合う女性たちだけでなく、いかがわしい女たちとも。それはそれで楽しかった。だが、もはや誰かに夢中になる年齢はとうに過ぎている。何がなんでもベッドに連れこみたいとまで思わなくても、じゅうぶん魅力的でそそられる女性とは出会えた。女性のことで頭がいっぱいになり、もう一度会いたいとそれだけを願って毎夜同じ場所に通うなど、ずいぶん久しぶりのことだ。いや、こと彼女に対しては、そんな言葉で言い表せないものがある。マダム・ボークレールの館《やかた》の玄関ホールでジェシカ・ナナリーを目にしたとたん、強い欲望が体を貫いた。その場ですぐさま彼女をさらい、自宅のベッドに連れこみたくてたまらなくなった。驚くべきことに彼女に声をかけたあとも、下腹部の炎は収まるどころか、さらに勢いを増した。

彼女はどこか冷たい雰囲気をかもしだしているが、それでもキスには生き生きと情熱的に応《こた》えてきた。極楽鳥のようなドレスを着ながら、その物腰と話し方には公爵夫人に匹敵するほどの気品が感じられる。しかも分別まで備えているのだ。神秘的なところも。それでいて男の欲望をこれでもかとかき立ててくる。はじめて会った瞬間から、ストーンヘヴン卿は彼女を我がものにしたいという強く燃えるような欲望で頭がどうにかなりそうなほどだった。

ベッドに裸で物憂げに横たわる彼女の姿が目に浮かぶようだ。輝くような赤い髪を枕《まくら》に広げ、青い瞳にうっとりとした笑みを浮かべて。ここ数日、この映像が昼も夜も頭から離れなかった。その彼女と二日後の夜にヴォクソールガーデンズで二人きりになれると思うと、こらえきれないほどの欲望が体に満ちてくる。

なぜ彼女が当日家までの迎えを拒み、現地で落ち合うと言い張ったのか、ストーンヘヴン卿には想像もつかなかった。そして家まで送るという申し出を二度までも拒否した理由も。夫か、別の裕福な〝保護者〟でもいるのだろうか。そう思っただけで、これまで経験したことのない嫉妬《しっと》心がこみあげる。ひょっとして神秘的な雰囲気をかもしだすために、わざとそんな態度をとったのだろうか――だとしたら、きわめてうまくいっていると言わざるを得ない。欲望と同時に強い好奇心までもがかき立てられている。彼女はいったいどこから来た？　どうして今まで出会わなかった？　それどころか噂《うわさ》すら耳にしなかったとは！

あの最高級のダイヤモンドがそれなりの期間ロンドンの裏の世界で暮らしてきたとするなら、噂も聞いたことがないなどありえない話だ。そうはいっても、田舎から出てきたばかりの小娘にはとうてい思えない。洗練されているし、身のこなしも落ち着いている。話し方も物腰も、上流階級の女性そのものだ。もっと淑女らしいドレスを着た彼女と別の場所で出会っていたら、上流階級の令嬢と間違えたことだろう。キスをしたとき、彼女の反応があまりにうぶで、まるで未経験の女性に思えた瞬間があった。アルフレッドの家で自由奔放な光景を目のあたりにしたときには、ひどく気恥ずかしそうにも見えた。しかし本物の淑女なら、あんなドレス姿で、しかも付き添いもなくたった一人で、マダム・ボークレールの賭博場《とばく》などに現れるわけがない。おそらく男の欲望を増幅させるためにわざとうぶな女性のふりをしたのだ。確かにたとえ表向きだけだとしても、あの純真な反応は脈拍を速めるのにじゅうぶんなものだった。

今は何をするより、ジェシカ・ナナリーの謎《なぞ》をあれこれ考えるほうが楽しい。ストーンヘヴン卿はふっとほほ笑んだ。明日はさっそくヴォクソールのプライベートボックス席と夕食を手配することにしよう。

翌日の午後、ジュリアとフィービが居間でジェフリー・ペンバートンと話しているところに従僕の一人が来て、ヴァリアン・セントレジェとゴードン・フィッツモーリス少佐の訪問を告げた。

「まあ、そう」フィービは笑顔で答えた。「お通ししてちょうだい」

従僕が退出すると、ジェフリーは低いうめき声をもらした。「それじゃあ僕は急ぎの用を思いだしたので、これで」

「もうジェフリーったら……フィッツモーリス少佐はいい人じゃないの」ジュリアはいとこをなだめた。

「だが、あの男の頭はマフィンでできている」

心優しいフィービでさえ、さすがにその表現にはほほ笑まずにはいられなかった。「そうかもしれないわね。でもいつだってわたしにはとても親切にしてくださるわ」

「あなたがそう言われるのなら」ジェフリーは愛想よく彼女に会釈した。「我々としては我慢するしかない」彼はため息をつき、扉に目をやってつぶやいた。「それにどのみちもう手遅れだ」

二人の男性が居間に入ってきた。一人はヴァリアン・セントレジェ。そばにいかにも軍人らしいがっしりとした体つきの男が立っている。髪は茶色で瞳は灰色、感じのいい顔立ちだが、表情はどことなくぼうっとしている。

「ヴァリアン、フィッツ」フィービは温かく旧友を迎え入れた。「わざわざ訪ねてくださるなんて、なんて親切な方々なの」

「親切？」ヴァリアンが上品なブロンド女性に笑顔で答えた。「そんなおっしゃり方はよしてください。親切心などではありませんよ。今日こちらへうかがったのは、自分たちの喜びのためなんですから」

ジェフリーが喉の奥を鳴らし、ヴァリアンが彼を振り返った。「失礼、ペンバートン。何か？」

ジェフリーが愛想のいい表情を浮かべた。「いや、別に。ただそれなら君はずいぶんと長く喜びを我慢してきたものだと思って」

ヴァリアンは真っ赤になり、フィッツモーリスがぽかんとした表情を浮かべた。

「どんな喜びを我慢しているんだい？」フィッツモーリスは尋ねた。「僕の前ではそんな一面を見せたこともないが」

「ジェフリーったら……」ジュリアはたしなめるように言った。「わたしたちがロンドンにいることがヴァリアンにわかるわけがないでしょう？　わたしたち、誰にも言わなかったんだから」

「僕が言っているのは、ここ三週間でなくてこの三年のことだけれどね」ジェフリーはセントレジェに軽く眉を上げてみせた。

「ペンバートンの言うとおりですよ、ジュリア。彼を責めないでください。僕はずっとあなたやレディ・アーミガーを避けてきた。グリーンウッドを訪ねる機会はこれまで何度もありながら。臆病《おくびょう》だったんですよ。トーマスを訪ねたとき、何度か近くまで馬を走らせたこともある。だがグリーンウッドを見晴らすあの丘に立つと、セルビーのことが思いだされて……」

「ああ、どうか、どうかご自分をお責めにならないで」フィービが静かにすすり泣いた。「わかっています。グリーンウッドは思い出でいっぱいですもの。人というのはそれぞれ異なるものですわ。思い出はわたしを慰めてくれる。わたしは思い出と暮らせて満足しています。それにジュリアもいてくれますし」

そこでフィービはすばやく話題を切り替えた――ロンドンの天気のこと、社交シーズンのこと、最近の噂。数分後ジュリアがいとこに目をやると、彼は今にも瞼《まぶた》を閉じそうになっていた。

「お二人はこの街で何をしてすごされているんです？」しばらくしてヴァリアンが尋ねた。

「ほとんど何もしていませんのよ」フィービが答えた。「買い物とか。ギルバートを連れて出かけたりとか」

「実を言うと」ジュリアが会話に割って入った。「わたしたち、ここで横領の一件を調べているんです」

部屋のなかが一瞬しんと静まり返った。ジェフリーが急に目を開け、ぎょっとしたような視線をいとこに向けた。

ついにヴァリアンが口を開いた。「今、なんと？」

「セルビーが犯したとされている罪のこと。わたしたち、兄の無実を証明しようとしているんです」

二人の男性は目を丸くした。

フィッツモーリスが戸惑い顔で言った。「しかし、なんていうか……彼がやったのでは？」

ヴァリアンが諫《いさ》めるような視線を彼に向けてから、ジュリアに向き直った。「どういうことですか？　確かにセルビーがあんなことをするとは僕にも信じられない。しかし証拠が――」

「あれは捏造《ねつぞう》です」ジュリアはきっぱりと言い切った。「わたしはそう確信しているの。でなければ説明がつかないでしょう？　フィービもわたしもセルビーの無実は確信している。だからほかの人たちに見えないことが見えるんです。あそこまでセルビーに不利な証拠が揃《そろ》っているなんて、セルビーを犯人に見せかけるために誰かが作りあげたとしか考えられません」

「さっぱりわらかん」少佐がぼやいた。

「驚いたな」ジェフリーが乾いた声で言った。

「でも、ジュリア……」ヴァリアンが心配そうに眉根を寄せた。

「ほら、これで論理的に説明がつくでしょう？　あなただってそうおっしゃっていたじゃありませんか。セルビーがそんなことをするなんて想像もできないって」

「確かに信じがたいことだったが、しかし第三者が念入りに証拠を揃えてセルビーを罠《わな》にかけたというのも信じがたい。なぜセルビーなんです？　彼は誰からも好かれていた」

「誰からもでなかったのは明らかですわね。でも真犯人は本当にセルビーに特別悪意を抱いていたのかしら？　わたしはむしろ兄がいちばん都合がよかっただけじゃないかと思うんです。トーマスの財産はほとんど兄が取り扱っていたわけでしょう？　ほかの方々からそういう手紙が来たら、代理人から疑いを抱かれたかもしれない」

「それはそうだが」

「要するにあなたは、トーマスの金を盗んだのは誰かほかのやつだと言っているのですか？」ようやく話がのみこめたのか、生気の戻りかけた顔でフィッツモーリスが尋ねた。

「ええ、そのとおりですわ、少佐」フィービが彼に自信を与えた。

「そしてその男がセルビーを犯人に見せかけたと？」フィッツモーリスが憤慨した表情を浮かべた。「なんて野郎だ！　そんなことをするとは、とんでもない。いや失礼、ご婦人方の前でこんな言葉づかいをして」

「いいえ、だってあなたのおっしゃるとおりですわ、少佐」ジュリアは品よく言った。「わたしもそっくり同じように思っています」

「あなたが間違っているとは言いません」ヴァリアンがゆっくりと言った。「セルビーが犯人でなかったとわかれば、僕ほど喜ぶ人間はほかにいないでしょう。だが彼でなかったと、どうやって証明するんです？　それが僕にはわからない」

ジュリアはいとこが心配そうに目配せをしているのに気づいたが、あえて無視を決めこんだ。「それは」漠然と手を振ってみせる。「秘密です。おかしな噂を広めたくありませんから」

ジェフリーがほっと小さく吐息をついた。

「しかし、もしあなたの意見が正しくて」ヴァリアンがつづけた。「例の一件は誰かほかの人間の仕業だったとしたら、あなたとレディ・アーミガーが相手の身元を突き止めようとされるのは危険ではありませんか？　ただ金を盗むだけでなく、そのために人を一人破滅させるような男だ。節操のない、非常に危険な人間と言わざるを得ない」

「そうだ」フィッツモーリスが相づちをうった。「そんなやつは紳士じゃない」

ジェフリーがぐふっと喉を締めつけられたような声をもらしたが、突然何か興味深いものでも見つけたように床を凝視した。

「そうですわね」ジュリアは笑みを噛《か》み殺した。「紳士のはずがない。でもだからといって危険かしら。相手はきっと臆病《おくびょう》者だと思うんです。だって、やったことを考えてみて！　大胆に堂々と盗むのならまだしも、自分はなんの危険も冒さないでこそこそ他人のお金をかすめ取るようなまねをして、しかもその罪を別の人間になすりつける――まさに臆病者のすることだわ」

「ですがどんな臆病者でも、追いつめられたら何をしでかすかわからない」ヴァリアンが警告した。

「わたしはか弱い、その辺の娘とは違います。何かあったときには、自分の身は自分で守れます」

その言葉はヴァリアンの不安そうな表情をさらに強めただけだったが、彼はそれ以上この話題に関して何も言わなかった。

フィッツモーリス少佐がふいに口を開いた。「そういえば一度、連隊に泥棒が紛れこんだことがありましたよ。あれはひどい話だった」

「まあ、本当に？」フィービが礼儀正しくも興味を示した。「それで捕まえられたんですの？」

「もちろん。いや、しかし僕ではないんです。僕はすべてが終わるまで、彼が盗みを働いていることさえ知らなかったんですよ。ほかの男たちの装備から盗んでいたそうでね。捕まえたのはジョセフ・ボリンガーという男で――これがまた日ごろから抜け目のないタイプでしてね。家柄がよくなくて、まあ決して妹には紹介しないタイプなんですが、それに加えてやたらと頭の回転が速くて」彼は思いだして、眉をひそめた。「僕にはさっぱり理解できなかった」

「実にためになる話だ」ジェフリーは皮肉な口調でそう言うと、立ちあがった。「ご婦人方には申し訳ないが、僕はそろそろ失礼しますよ。クラブで人と会う約束があるのでね」

「まあ、そう」ジュリアはほほ笑んだ。「それでは仕方がないわね」

「ブルックスに行くのかい？」フィッツモーリスが尋ねた。「待ってくれ。僕も一緒に歩いていこう。ちょうど君と話をしたいと思っていたところだったんだ。先日屋敷に立ち寄ったんだが、あいにく君は留守だった。ちょっと助言してもらいたいことがあってね――ほら、僕の側仕《そばづか》えのことで」

「そういうことなら」

男性二人を見送りながら、ジュリアはいとこの凍りついた表情に笑みを噛み殺した。ヴァリアン・セントレジェはそのあともまだ、横領犯を捕らえる計画をなんとか考え直してほしいと懇願しつづけた。フィービは彼の思いやりに感動した様子だったが、ジュリアはただいらだちをつのらせただけだった。彼がようやく帰ってくれたときには、胸の底から大きく安堵《あんど》の吐息をもらした。

「よかった、やっと帰ってくれたわ。ヴァリアンがあんなに口うるさい人だと知っていたら、わたし、計画を打ち明けなかったのに」

「心からわたしたちを案じてくださっているのよ。親切な方なんだと思うわ」フィービがやんわりと反論した。

ジュリアは義姉の顔をまじまじと見つめた。ひょっとしてフィービは亡き夫の旧友に特別な感情を抱いているの？　そう考えると、ヴァリアンならフィービにぴったりかもしれないと思えてきた。彼はいつも変わらずに優しくて思いやりがあって、家柄も完璧だ。セルビーに比べたら少し退屈な感じはするけれど、まあ兄のようなタイプがまた見つかるとも思えない――なんといっても、あの田舎暮らしだ。それに、どれだけセルビーを愛してその死を悼んでいても、フィービは独り身を楽しめるタイプの女性ではない。いつも誰かと一緒に泣いたり笑ったりしていたい、かわいい性格の人だ。今の彼女には頼れる相手が必要だろう。そうは思いながらもジュリアは、たとえ相手がヴァリアン・セントレジェでなくほかの誰かだとしても、さほど遠くない将来、自分が義姉や甥《おい》と離れ離れになる日が来ることを思うと、胸の痛みを感じずにはいられなかった。

考えただけでも気が滅入《めい》った。ジュリア自身も子供のころから両親や兄の愛情に包まれて育ち、愛情深い性格だ。こんな自分が一生独りで生きていくなんて、とうてい無理な気がする。けれども今はそれ以外に道はない。ここ数年、社交界からははじきだされてきた。

若い娘の結婚適齢期とされる、この時期に。たとえここでストーンヘヴン卿に自白させ、家名を屈辱から救ったところで、二十四歳ではもはや婚期は過ぎていると見なされるだろう。もうロンドンで社交界デビューをする年齢ではないし、第一、付き添い役を務めてくれる年配の親族女性もいない。

ケント州の限られた交友関係のなかでは、結婚を考えられるような相手は誰一人いなかった。それに最近は、自分は精神的に自立しすぎていて、結婚には向かないような気がしている。ヴァリアン・セントレジェは確かに親切な人だけれど、彼に警告されたり反対されたりすると煩わしくて仕方がない。いとこですらこの計画を疑って、疑問を投げかけたりしてくる。わたしは彼らの所有物ではないのに！　夫のいる生活がどんなものか、目に見えるようだ。おそらく制限や警告や規則だらけの日々なのだろう。

しかも、自分の理想の男性像を満たす独身男性なんて一人として思い浮かばない。セルビーのような兄を持ったせいだろうか？　兄は楽しくて活発で、いつも気の利いた会話や洒落《しゃれ》た話に満ちていた。けれども決して軽い人だったわけではない。勇気と責任感のある人だった。猟犬を執拗《しつよう》に駆り立てることもあったけれど、領地の小作人たちのことを心底思いやる立派な領主だった。だからだろう。つまらない男性と結婚することなど考えられない。笑いや社会問題や知的な会話を共有できない相手と結びつくなんて想像もできない。

そのときふと頭にストーンヘヴン卿の姿が浮かんで、ジュリアはぎくりとした。急いで面影を振り払う。ばかばかしい！　確かにハンサムかもしれないけれど、それに知性的である種の魅力も備えているけれど、彼ほど結婚相手として考えられない人はいない。人格的に問題がある人というだけでなくて、彼は敵――兄の敵なのよ！

「ジュリア？　ジュリア？」フィービの声が意識の遠くから聞こえた。

ジュリアはぼんやりと目を向けた。義姉の困惑した表情からすると、どうやら何度も名前を呼びつづけていたらしい。「え？」

「どうかしたの？」フィービが不安げに尋ねた。「ずいぶん怖い顔をしていたけれど」

「いえ、ちょっと……考え事をしていただけ。ごめんなさい。あなたの言うとおりだわ。ヴァリアンは親切なのよね。わたし明日の夜のことで、少しぴりぴりしているみたい」ジュリアはフィービに行き先までは告げていなかった。ストーンヘヴン卿とヴォクソールガーデンズのボックス席で二人きりになると知ったら、心配するのはわかりきっている。それでも明晩、念願のものをききだせるかもしれないとだけは義姉にも話しておいた。

「わかるわ。やっぱり……怖いでしょう？」

「怖い？　まさか。だって失敗したところで、わたしに害が及ぶわけではないもの」

フィービは眉をひそめた。「でもわたしは心配だわ。もし彼にあなたの正体がばれたらどうなるの？　あなたの目的を知られたら？　彼は紳士ではないわ――家柄という意味ではなくて、わたしの言っていること、わかるわよね？」

「大丈夫よ。わたしは本当のことを話したりしないし。それに彼がわたしを傷つけるとも思えない」なぜかはわからなかったが、ジュリアはそれだけは確信できた。「考えられる最悪の事態は、わたしがマダム・ボークレールの館でどんな変装をしていたかを吹聴《ふいちょう》されることだけれど、でもそんなことをしたら、わたしに手玉に取られるほど間抜けだってことを世間に知らしめるようなものじゃない」

「あなたがそう確信しているなら……」

「ええ、間違いないわ。それより、何かほかのことを話しましょう。そうだわ、ギルバートお坊ちゃんを乳母の手からかすめ取って、公園で遊ばせてやらない？」

その案にフィービは大喜びした。それから二人は日が暮れるまで公園でギルバートとゲームをしたり、蝶々《ちょうちょう》を追いかけたりしてくたくたになるまで遊び、屋敷に戻ってから楽しく食事をして、いつになく早い時間に床についた。

ジュリアは枕に頭をのせるなり、眠りに落ちた。深い眠りに入ってしばらくたったところで、ふと耳慣れない物音にまどろみから引き戻された。いったい何が眠りを妨げたのかがわからず、戸惑いながら目を開ける。部屋のなかはいつもとさほど変わりなかった。ふと部屋の奥に目を向けると、二枚の長い窓が開き、そこからひんやりとした夜の空気が流れこんでいる。その一方の窓の前に、背後から差しこむ青白い光を受けてぼんやりと黒っぽい男の影が浮かびあがっていた。

6

まだ眠気で朦朧《もうろう》としていたジュリアの頭が侵入者を認識するまで一瞬の間があった。ジュリアは凍りついたまま男を凝視した。黒っぽい、おうとつのない顔。その影が突然自分に向かって突進してくる。ぼうっとしていたジュリアもその動きでようやく我に返り、声を限りに悲鳴をあげた。ベッドカバーをはじき飛ばして跳ね起き、とっさに手を伸ばして、ベッドスタンドで最初に目に入ったものをとりあえずつかみ取る。

それは本だった。持ちあげ、侵入者に向けて力いっぱい振り下ろす。どっしりとした大型本が男の頭にあたった。男が驚きと苦痛の声をあげる。ジュリアはまたも叫び声をあげ、もう一度武器を振りあげて構えた。男が慌ててあとずさる。

そのとき廊下から、ジュリアと叫ぶフィービの声が聞こえた。次の瞬間扉が大きく開き、義姉が駆けこんでくる。その手には大きな金属の燭台《しょくだい》。義姉の登場に侵入者はひどく慌てた様子だった。急に背を向け、窓に向かって駆けだす。ジュリアはあとを追った。フィービもつづく。そしてジュリアが追いつく前に、男は窓から身を乗りだした。

近くの枝をつかむと、体の反動を使って交互に手を前に出し、ついに足が地面に着く高さの枝までたどり着く。

「なんてこと！」ジュリアは叫んだ。「逃げたわ」

フィービも窓辺に並んだ。二人で、猿のように木の枝を渡って下りていく男をなすすべもなく見つめた。廊下の外から、ばたばたという足音と人の声が聞こえだし、ほどなくして執事のサイドルが部屋に飛びこんできた。ナイトシャツ姿で、ナイトキャップは今にもずり落ちんばかりに片方の耳を覆っている。手には決闘用ピストルを握りしめていた。その背後にミセス・ウィレット。太った体を鮮やかな黄色いガウンに包んで麺棒《めんぼう》を手にしている。そのあとを一列になって二人の従僕、二人のメイドがつづいた。みんな一様に目を大きく見開いている。

その光景に、ジュリアはぐっと笑みを噛《か》み殺した。「大丈夫よ」安心させるように声をかけた。「もう逃げたわ」

「何があったんです、お嬢様」サイドルが窓辺に駆け寄り、外に目をやった。ちょうど黒っぽい人影が塀を乗り越え、通りに消えていくところだった。「泥棒ですか？」

「ええ。たぶん」答えたとたん、ジュリアは膝から力が抜けるのを感じた。崩れるように窓辺の椅子に腰を下ろす。フィービも脇《わき》に腰かけ、励ますようにジュリアの肩を抱いた。

「ああ、怖かったわね！」

「何か盗まれたものはございますか、お嬢様？」そう言ったのは家政婦だ。彼女は慌ただしく蝋燭《ろうそく》に火を灯《とも》した。

「いいえ。たぶんそんな時間はなかったと思うわ。わたしが目を覚ましたのは、男が窓から侵入してすぐだったようだし。悲鳴をあげたら突進してきたの――叫ぶのをやめさせようと思ったのね。その男をわたしが殴って、そこにフィービが入ってきたら、男は逃げだした」

「まったく恐ろしい時代になったものですよ」ミセス・ウィレットが憤慨してつづけた。「由緒正しいお屋敷に泥棒が忍びこんで、家の者を震えあがらせるなんてねえ」

「本当にそうね」

家政婦がこの調子で最近の街の様子や人々の倫理観についてだらだらと文句をつづけたので、ジュリアはどうにか話を収めて、使用人たちをまわれ右で部屋から追いだした。サイドルはジュリアの身を案じて出ていくのを渋ったが、従僕二人に見張りとして朝まで庭を巡回させることでようやく納得してくれた。二人の従僕にはうれしくない命令だっただろうが、彼らは文句を言うことなく連れだって外に向かった。全員をようやく出ていかせると、ジュリアはほっとフィービを振り返った。

「ジュリア！　なんて恐ろしいことかしら」フィービが感極まった声をあげた。「怖かったでしょう？」

「それより、びっくりしたほうが強くて」ジュリアは答えた。「怖さがこみあげたのはあとになってから。何もかもあっという間だったから——とにかくとっさに頭に浮かんだことをしたの」

「そうね、相手の頭を本で殴っただなんて」フィービが楽しげにくすりと笑った。「あなたが起きあがって攻撃したときには、向こうもずいぶんびっくりしたでしょうね」

ジュリアはほほ笑んだ。「たぶんね。それにしても無能な泥棒だわ。だってどうしてわざわざあの木を登ってきたりするの？　一階から押し入るほうがずっと楽なのに——人に気づかれる可能性も低いし。それに銀食器をはじめとして高価なものは全部一階よ」

「宝石を探していたんじゃない？　自分が忍びこもうとしている部屋の女性が、宝石箱に真珠のネックレスしか持っていないなんてわかるはずがないもの」

「それもそうね」ジュリアはため息をつき、開いた窓に目をやった。「これからは窓を閉めて鍵《かぎ》もかけなくちゃ。風通しの悪い部屋で眠るのは気が進まないけれど」

フィービが慰めるようにジュリアの手を軽くたたいた。「すぐに落ち着くわよ。それにグリーンウッドに戻ってもいいし。正直に言うとね、わたし、そろそろロンドンを離れたくなっているの」

ジュリアはうなずいた。「あなたにはあまり楽しいところではないものね」無理もなかった。かつてセルビーと一緒にこの街を訪れていたころは、パーティをはじめとしてさまざまな楽しい場所に出かけたものなのだろうが、今はそれもできない。かといって、ストーンヘヴン卿《きょう》を罠《わな》にかけることにもさほど熱中しているわけでもなく、田舎暮らしの楽しみを奪われた六歳の子供と一緒に、代わり映えのしない小さな屋敷にただ閉じこもっているだけなのだ。

　フィービは薄く笑った。「買い物は楽しかったわよ。またこの街の風景を見られてよかったとも思うわ。街の喧噪《けんそう》をもう忘れかけていたもの。都会は好きよ——でも本音を言うとね、オペラとか劇場とかパーティとか、そういった場所に足繁く通っていたころを思うと、やはりちょっぴり悔しくなるの。わたしって意地の悪い人間かもしれないわね。世間からつまはじきにされるのがつらくて」

「あなたが意地の悪い人なわけがないわ！　意地が悪いのはわたしたちをつまはじきにしている人たちのほう。あなたほど優しくて、かわいい人をわたしは知らない。パーティやそういう場所が恋しくなるのは当然のことじゃない。恋しくないと言ったら、そのほうがどうかしている。わたしだって恋しいもの。ま、ロンドンでパーティに出たことはないけれどね」

「牧師夫人の晩餐《ばんさん》会がすっかり色あせて見えるわよ」フィービがえくぼを見せた。

　それから彼女はロンドンで社交シーズンをすごしていたころ、セルビーと出席した上品なパーティの数々について語り、二人は三十分ほど心地よい時間をすごした。そして互いの高ぶった神経が静まると、フィービはどっしりとした燭台を持ちあげて自分の寝室に戻っていった。ジュリアは二つの窓を閉じて鍵をかけたところではっとして、部屋の扉にも鍵をかけた。それから蝋燭の火を吹き消して、ベッドにもぐりこんだ。

けれどもなかなか寝つけなかった——侵入者の件が原因なのか、ストーンへヴン卿の件が近づいているせいなのか、とにかく神経がざわついて仕方がなかった。いずれにしても、結果として翌朝ジュリアが目覚めたのはかなり遅い時間だった。

ジュリアは午後の大半を費やして、母親の古いドレスに手を入れた。何年も前のドレスなので流行から大きく外れ、かなり大がかりに手直しをする必要があったのだ。ドレスは濃いロイヤルブルーで、シルクのアンダードレスの上に、薄いシルクのレース地を重ねたデザインだった。先日、アルフレッドの家で大胆な格好の女性たちを見たとき、このドレスに手を加えることを思いついたのだ。まずは身ごろから取りかかり、薄いシルクの下にあるより厚いシルクの層を慎重に取り除いた。次にスカート部分だが、今の流行よりはずいぶんたっぷりとしたデザインに思えたので、かなり大胆に幅を狭めた。

その結果、袖《そで》を通しただけで赤面するようなドレスができあがった。露出度そのものは先日の女性たちほどではない。レースにはそれなりの厚みもあるし、実際に乳首までは見えなかった。それでもこの大胆な肌の透け具合は、じゅうぶんに刺激的だろう。胸元は流行のスクウェアカットで開きかげんは物足りないほどだが、素肌がここまで透けていると、かえって胸元はあまり大きく開いていないほうが魅力的に見える気がする。それにしても薄手のマントがあって本当によかった。こんな格好をフィービに見られたら、とても屋敷から出してもらえないだろう。

ジュリアはそれから薔薇《ばら》の香りを満たしたお風呂にゆっくりと浸《つ》かり、熱いお湯で高ぶった神経を静めた。お風呂を出ると、侍女が髪をシンプルな形に結いあげてくれた。飾りは小さなリボンだけだ。スキャンダラスなドレスから目をそらさせないためにも、余計なことはしないほうがいい。そのあと侍女の手を借りて、ドレスを身につけた。人に手伝ってもらわなくては背中のボタンを閉じるのは不可能なほどなのだ。それに華奢《きやしや》なサンダルを合わせると、まさに完璧《かんぺき》だった。さらには頬と唇に色合いが欲しいところだったが、あいにく口紅は持っていない。とりあえずは赤みを出すために頬を指でつねり、上下の唇をぎゅっと強く押しつけて満足するしかなかった。

出かける支度は整ったものの、炉棚の置き時計に目をやると、まだ一時間近くも時間があった。ジュリアはゆっくりと部屋のなかを行ったり来たりしながら、時がたつのを待った。神経がどんどん張りつめていく。フィービが部屋にやってきた。ジュリアは急いでショールをつかみ、体に巻きつけて露出度の高い身ごろを隠した。身ごろを目にしなかったフィービは、ドレスをすてきだと褒めてくれた。濃いブルーの色合いが瞳の色を際だたせていると。

ジュリアはいよいよ軽いマントで身をくるみ、レースの縁取りのある薄い水色のハーフマスクをつけて屋敷を出た。このマスクは、試着のときから我ながらよく似合うと気に入っていたものだ。これをつけると瞳の青さがさらに強調されて、ある種の謎《なぞ》めいた雰囲気が加わる。まだわずかに時間が早かったが、これ以上じっとしてはいられなかった。ジュリアは手を上げて辻《つじ》馬車を止めると、ガーデンズの入り口に向かった。辻馬車にはこれまでも何度か一人で乗っているが、ヴォクソールはテムズ川の対岸にあるため、いつにもまして緊張した。御者はきわめて礼儀正しく、若い未婚女性が一人で行くような場所ではないと忠告したうえで、本気でそこに向かうのかと尋ねてくれた。ジュリアが人と待ち合わせをしているのだと告げると、納得したようには見えなかったが、それでも目的地へと馬車を走らせた。

馬車が正面入り口にたどり着き、自分を待つストーンヘヴン卿らしき姿が見えたときには、ジュリアは心底ほっとした。彼の姿はすぐにわかった。たとえ彼を含めてヴォクソールガーデンズの仮面舞踏会に集う大半の人たちがハーフマスクをつけていても。彼のマスクはよくある黒いシルクのものだが、彼がつけると、引きしまった顔立ちのせいかどこか海賊のような風貌《ふうぼう》に見えた。二人連れの女性が、通り過ぎざまにちらりと横目で興味ありげな視線を投げかけていく。

本音を言えば、ジュリア自身、ストーンヘヴン卿がまだ来ていなければどうすればいいのかと不安になっていたところだった。ガーデンズに頻繁に出入りして、付き添いのいない女性を見つけては、しつこくつきまとう若者たちの噂《うわさ》は耳にしている。これまでそんな状況は一度も経験したことがない。ジュリアは安堵《あんど》から満面に笑みを浮かべ、馬車を飛びおりた。ストーンヘヴン卿は険しかった表情をジュリアの姿を認めたとたんに輝かせて、駆け寄ってきた。

「来てくれたんだね」彼が両手を取ってほほ笑んだ。その目の輝きを見たとたん、ジュリアの心臓は大きく鼓動しはじめた。「君が心変わりしたんじゃないかと気が気じゃなかった」

「わたし、遅れたかしら?」

彼がふっと笑った。「いや、反対だよ。僕が早く来すぎた」

辻馬車の御者が控えめな咳払《せきばら》いで、料金がまだなのを知らせた。ジュリアはお金を出そうと手提げ袋に手を伸ばしたが、それより先にストーンヘヴン卿が、御者が満面の笑みを浮かべ、感謝の意をこめて帽子を傾けるだけの額を支払った。

「そんなことまでしてくれなくてよかったのに」ジュリアは言った。「それに、きっとたくさん支払いすぎだわ」

「何を言う。君に辻馬車の代金を支払わせるなんて、男の恥だよ。君を迎えに行かせてもらえなかっただけでもじゅうぶんいらだたしいのに」

「わたしは自分の面倒くらい自分で見られるわ。かよわい花のようなお嬢さんでもないんだから」ジュリアはあえて皮肉な口調で言った。

ストーンへヴン卿が身をかがめ、ジュリアの香りを吸いこんだ。「においはかよわい花のようだよ」指の節で軽く頬をなでる。「それに肌は薔薇の花びらのように柔らかい」

「ほんとに、お口がお上手ね」

「いや。誰にきいてもらってもいい。僕はどうしようもなくぶっきらぼうな男だと証言してくれるだろう」

軽い調子で言葉を交わしながら、ストーンへヴン卿はジュリアの腕を取り、広々とした公園の中央部へと進んでいった。広い散歩道に面してプライベートボックスがずらりと並んでいる。彼はその一つの扉を開けると脇に寄り、ジュリアを先になかへ通した。

なかは感じのいい個室になっていた。小さなテーブルと数脚の椅子、壁際にはソファも備えられている。散歩道に面した正面は壁が腰のあたりで途切れ、そこから上はオープンな空間になっていた。けれども両脇には黒っぽいベルベットのカーテンがかかっている。場合によっては、これで人々の視線を遮るのだろう。壁際のスタンドの上にオイルランプが灯っていて、部屋に弱めの温かい光を投げかけていた。テーブルの上にも枝付き燭台が準備されていた。そして、蓋《ふた》をされた夕食も二人分。ワインも数本、すでにコルクを抜き、空気に触れさせて準備万端となっている。

「召使いは下がらせたよ」ストーンヘヴン卿がテーブルを示して言った。「今夜は二人だけで大丈夫だと思ってね」

「ええ、もちろんよ」ジュリアは少し息をはずませて答えた。どんなに経験がなくても、すべて誘惑のために整えられたものだというくらいはわかっている。フラシ天のカーテンから金色のランプの明かり、そしてふかふかのブロケード織りのソファまで。

「それじゃあ、君のマントを預かろう」ストーンヘヴン卿が歩み寄り、マントに手を伸ばした。けれどもジュリアが自分でマントを外し、挑発的なドレスをあらわにした瞬間、はたと動きを止めた。彼は言葉を失い、ただ見つめていた。その目がゆっくりと、レースのひだだけに包まれた胸の膨らみをさまよう。男心をかき立てるために、あえて素肌が見えるか見えないかのこの微妙なラインにしあげたのだ。

目にいかがわしげな炎を燃やしながらも、ストーンヘヴン卿は自制心を奮い起こしてマントを受け取った。その手はかすかに震えていた。

「すごくきれいだよ」声はかすれていた。

その張りつめた声に背中がざわめき、ジュリアは「ありがとう」と返すだけで精いっぱいだった。

それから腕に抱き寄せ、キスをされるものとばかり思っていたが、彼は予想に反してそのまま背を向け、マントをフックにかけた。ジュリアは手袋を外しながら、今夜は何がなんでも主導権を握らなくてはならないのだからと自分に言い聞かせた。またとないチャンスだ、これくらいで動揺してなんていられない。そしてストーンヘヴン卿がふたたび振り向くころには、自分では少しは落ち着きを取り戻した気になっていた。

「食事にしようか？」ストーンヘヴン卿がテーブルを示した。

「あなたさえよければ、少し人波を見物したいわ。だってこんなにたくさんの人がいるなんて、興味深いと思わない？」そしてさりげなくテーブルのワインを示した。「でも少しお酒はいただこうかしら」

「いいとも」ストーンヘヴン卿はテーブルに近づいた。「ワインがいいかい？　それともシェリー酒？　ラタフィアもあるが」彼は一般的に女性が飲むとされる飲み物を二種類挙げた。

「シェリー酒を」ジュリアはにっこりとほほ笑むと、散歩道に面した腰までの高さの壁に歩み寄った。マスクは外していなかったのだが、それでよかったと思った。通り過ぎる若者たちの数人が、ずいぶんと大胆な視線を投げかけてきたのだ。マスクをしていれば少しは安全な気がする。少なくともたとえまたどこかで会うことがあっても、誰にも気づかれることはない。

ストーンヘヴン卿がそばに寄り添い、金色の液体が入ったグラスを手渡した。そして鋭い一瞥《いちべつ》で、ボックスに近づきかけていた若者の足を止めた。

二人は飲み物をすすりながら、そぞろ歩く人々を眺めた。この胃が締めつけられるような緊張感さえなければ、どんなに楽しめただろうとジュリアは思った。気持ちが落ち着けばとシェリー酒を何度かなめてみたものの、どうあれ今夜は酔うわけにはいかない。もともとお酒を飲むことには慣れていなくて、せいぜい食事のときにワインをグラスに一杯程度――しかもそれすらめったにないほどだ。ストーンヘヴン卿の舌を滑らかにするためにも、今夜は頭をはっきりさせておかないと。これまで以上に、神経を研ぎ澄ませておく必要がある。

ストーンヘヴン卿がちょうどボックス席の前を歩いている今風の若者について、軽い冗談を言った。薄いラベンダー色のぴちぴちパンツに明るいブルーの上着、しかもその上着は体型の貧弱さを補う肩パッド入りだ。若者の態度からすると、どうやら自分のスタイルにひどく悦に入っているらしい。襟の先端は危険なほど高くとがっていて、振り返ることさえ難しそうだった。しかも雪のように真っ白なスカーフを複雑きわまりない結び方で結びつけている。上着の折り襟のあいだからちらりと柄入りのチョッキが見えた。そこに金時計の鎖も見えるのだが、その鎖にはたくさんのメダルや印鑑がぶら下がっていて、歩みに合わせてがちゃがちゃと耳障りな音をたてている。若者は周囲の人々に自分を讃《たた》える時間を与えるように、ゆっくりと歩いていた。ジュリアとストーンヘヴン卿がボックス席から見ていることに気づくと、自分の装いに見とれているのだと疑いもせず、会釈を返してきた。けれどもそのただの会釈でも彼は上半身全体を大仰に動かすので、ジュリアは思わず噴きだしそうになり、口に手をあててぐっとこらえなければならなかった。

「とんでもないお嬢さんだ」ストーンヘヴン卿が隣でゆったりとほほ笑んだ。「僕は喉をつまらせるところだった――酒を口に含んだばかりだったのに」

「ひどい。あなたを笑わせたのはわたしじゃないでしょう。あそこのおめかしさんじゃない」

「あのファッション界のチューリップ？　まさか、彼なんておかしくもなんともない。僕が我を忘れそうになったのは、君がぽかんと口を開けている様子だ。まるで陸揚げされた魚みたいだった」

「まあ、ひどい！」ジュリアはそう抗議したが、結局笑いだして怒ったふりは台無しになってしまった。「ほんと、あなたって悲しいほど品性の欠けた方ね」

「僕が？」ストーンヘヴン卿が片方の眉をくいと持ちあげた。「たしか古い諺《ことわざ》があったね。目くそ鼻くそを笑うとかなんとか」

二人はそうしてしばらく軽い会話を楽しんだ。ジュリアは何度か彼に、通り過ぎる人を示してどういう人なのかを尋ねた。一人、とても威厳に満ちた雰囲気の女性がいた。きっとどこかの貴族の奥方に違いないと思ったのだが、ストーンヘヴン卿によれば街で最も有名な売春宿の女主人だということだった。その一方で、彼は流行遅れの黒いドレスを着た平凡な白髪頭の女性を示し、彼女は公爵夫人だと告げた。

「まさか！」ジュリアは反論した。「嘘《うそ》」そして彼の手にある空っぽのグラスに目をやった。「酔っているのね」

彼が笑い声をあげた。「酔っているものか。あれはまぎれもなくデンウォーター公爵夫人だよ。ヨークシャーにある広大で朽ちかけた建造物に住んでいる。彼女も公爵もびっくりするほどのけちでね。給金をあまりに出し渋るものだから、使用人も居着かないという噂だ。夫人のほうは年に一度ロンドンにやってきて、息子やその妻を悩ませている。公爵は旅すら嫌って、田舎の屋敷に残るんだ。息子はわざわざ頭を下げなくては、親から一セントの援助も受けられないらしい。幸い、彼の妻はわずかな遺産を相続しているが、彼らがどうやって暮らしているかは神のみぞ知るだ。おそらく将来相続する財産を担保に、借金を重ねているのだろう」

ジュリアは首を横に振り、彼のグラスに手を伸ばした。「わたしに注《つ》がせてくれる？」

ストーンヘヴン卿が首を振った。「僕が酔っていると思ったんだろう？」

「賛同してくれるとばかり思っていたわ」ジュリアは彼の返事には関係なく手からグラスを取ると、飲み物を注ぐためにテーブルに向かった。

「僕を酔わせる気かい？」ストーンヘヴン卿がからかった。ジュリアのあとにつづいてテーブルに向かい、マスクを頭の上に押しあげた。

ジュリアはきらめく瞳を見つめながらグラスを差しだし、挑発するように言った。「そうよ。だってほかにすることがある?」

ストーンヘヴン卿は指をジュリアの指に絡めるようにしてグラスを握り、熱いまなざしを注いだ。「ああ、ジェシカ。君は今さら何かをする必要などない。僕はもう君の虜《とりこ》だ」

口のなかがからからに乾いた。心臓が激しく大きく鼓動する。何も言葉が思いつかず、ただじっと彼を見つめるしかなかった。彼がワインのグラスを片手でテーブルに置き、もう片方の手でジュリアのマスクを押しあげて外した。

「たとえ一部でも君の顔が隠れているのは耐えられない」彼は小声でつぶやいた。そして身をかがめてきた。

ジュリアは足を踏ん張った。最初のキスで動揺しないだけの心構えはできている。前の二回みたいに、足からくずおれそうになるわけにはいかない。けれども予想に反して、彼のキスは深いものでなければ熱っぽいものでもなかった。軽やかで、まるで蝶《ちょう》の羽根のように唇をかすめるだけだ。彼の口が何度も何度もそっと唇をかすめていく。最初は上唇、次は下唇、そしてその合わせ目。じらすように、惑わすように、そしてジュリアの感覚をとことん目覚めさせるように。

ストーンヘヴン卿が顔を上げ、わずかに問いかけるように見つめてきた。ジュリアも見つめ返す。彼がどんな言葉を求めているのかはわからなかった。けれども口を開けば、もう一度キスをしてと懇願してしまいそうで怖かった。

根性試しでもしている気分で、ジュリアは一歩あとずさった。「あの――あの、そろそろ夕食にしたほうがいいんじゃないかしら？」

ストーンヘヴン卿が脇に寄った。「いいとも」そしてジュリアのために椅子を引いてくれた。

蓋を外し、目の前に並んだ料理を少しずつ丁寧にジュリアに取り分ける。ジュリアは気持ちを落ち着かせようとワインを一口飲んでから、皿の料理をつつきはじめた。けれどもとても食事をする気分にはなれなかった。

「そうだわ、あなたが後見人を務めている子供の話を聞かせて」精いっぱい話題を手探りしているように装って、ジュリアは切りだした。できるだけさりげなく言ったつもりだったが、それでもうまくいったとは言えなかった。グラス三杯のワインで彼の判断力が鈍っていることを祈るしかない。

ストーンヘヴン卿がかすかに驚いた顔になった。「トーマスのことかい？　彼のこと、君に話したかな？」

「いいえ、名前までは。ただケント州の彼をときどき訪ねていると聞いただけ。ごめんなさい、忘れていたわ――たしかあなたは正確に言うと、後見人ではないのよね、管財人だとか」ジュリアは眉根を寄せ、グリーンピースをフォークで突き刺した。「あいにくわたしには、その違いがよくわからないのだけど」

「つまり僕には後見権がないってことだ。彼は母親と暮らしている。僕はただ、父親が息子に遺《のこ》した信託財産を管理しているだけなんだよ。彼の父親、ウォルターとはいい友人だった」

「そう。そんなに若くしてお亡くなりになるなんて、お気の毒ね」彼に疑惑を持たれないためにも、信託財産の話ばかりになるのは避けたほうがいい。

「ああ。乗馬中の事故でね。まったく予期しない不幸な事故だった。とりわけトーマスにとっては。父を亡くし、僕もほかの管財人も近くにはいない。一人いたんだが、彼は――いや、彼も亡くなった」

兄が亡くなった話に至り、ジュリアは胃が締めつけられた。けれども精いっぱいそれまでと変わらない声を出す。「なんて痛ましい。不運が重なったのね」

「ああ、痛ましい話だ。いろんな意味でね」

「その方には何があったの？」

ストーンヘヴン卿は首を横に振った。「いや、今夜は悲しい話はよそう」彼はジュリアの手を取って、キスをした。「僕はそれより心地よいことだけに気持ちを集中させたい。たとえば君のように」

ジュリアは不満の声をあげそうになったが、ぐっとこらえて笑みを浮かべた。「そうね、あなたの言うとおりだわ。今夜は陰気な夜じゃない」ワインのボトルを持ちあげ、ほとんど空になっていた彼のグラスを満たした。「陽気にやらなくちゃ」

ストーンヘヴン卿が乾杯を求めてグラスを持ちあげた。ジュリアも応じて彼のグラスにかちんとグラスを打ちつける。そして一口飲み物をすすった。できるだけ飲むのは避けてきたが、そわそわしていたせいか、それでもすでに二杯は飲み干していた。ほとんど何も食べなかったからだろう、酔いも少しまわってきているようだ。少しは胃のなかにものを入れなければと食事を口に運びながら、望みどおりの話をストーンヘヴン卿から引きだすにはどうすればいいだろうかと考えを巡らせた。ここでまたむりやり信託の話題に引き戻すのは得策ではない。疑われる恐れがある。

食事を終えると、今度は自分たちも公園のなかを散歩しようということになった。「批評するだけじゃなくて、わたしたちも批評される側に立たなくちゃ不公平ですものね」ジュリアはマスクとマントをもう一度身につけると、彼と一緒にボックス席とボックス席のあいだの草深い道をゆっくりと歩きはじめた。

「異議あり！　僕たちは批評なんかしていない。そういえば、君があういうのがほしいと言ったドレスがあったね」

「そう、ピンクのドレスでしょう？　きれいだったわ。でもだめなの、わたしの髪の色には似合わない。ピンクはフィ――ふ、不思議とブロンドの人にしか似合わないのよ」言い繕ったと気づかれなかったことを願いながら、ジュリアはにっこりとほほ笑んでみせた。

うっかりフィービの名前を口走りそうになるなんて、わたしったらどうかしている！

たぶん少しずつストーンヘヴン卿の存在に慣れてきているせいだろう。自分の役割にも慣れたせいで、演技をしていることすら忘れがちになるのかもしれない。ストーンヘヴン卿から情報を引きだす目的を忘れて、自分が心からリラックスしているのに気づいた瞬間が何度もあった。さっきも、通り過ぎる人の流れを眺めながら、彼と交わす軽い冗談をいつしか心から楽しんでいた。短いあいだだったけれど演技を忘れ、男性と軽く戯れて、一緒にいる時間を心から楽しんでいる若い娘そのものになってしまっていた。ジュリアは自分が恐ろしくなった。つかの間とはいえ、どうして忘れられたりしたのだろう？　セルビーのことを、この男が兄にした仕打ちを。

遊歩道を行き止まりまで歩くと、そこから枝分かれしている狭い小道に入った。奥に進むと人目に付きにくい場所となっていて、そこでジュリアはなぜヴォクソールガーデンズが、信頼できる男性の付き添いがなければ未婚女性の来る場所ではないとされているのかをあらためて実感した。見るからに酒に酔った男に追いかけられている若い娘がいた。けれども娘の金切り声はひどく楽しげで、機嫌のいい笑い声さえ混じっていた。最初からつかまるつもりなのは明らかだ。木陰には、熱っぽく抱き合っている別の男女もいた。どうやらプライベートボックスがなくても、ここには二人だけで親密にすごせる場所がふんだんにあるらしい。

酒のにおいをぷんぷんさせた二人の若者がふらつきながら前からやってきた。そして通り過ぎざま、そのうちの一人がジュリアにぶつかりそうになったのをきっかけに、ストーンヘヴン卿はボックス席に戻ろうと促した。「そろそろ花火が始まるころだ」

ボックス席に戻ると彼は自分でブランデーを注ぎ、ジュリアにも手渡そうとしたが、ジュリアは丁重に断った。それから二人は腰までの壁の前に腰かけ、花火を眺めた。楽しかった。夜空にきらめく模様が現れるたびに、ジュリアは歓声をあげたり感心の吐息をもらしたり、手をたたいたりした。

「なんてきれいだったのかしら！」花火が終わると、ジュリアは目をきらきらと輝かせ、喜びに頬を染めて感動の声をあげた。

ストーンヘヴン卿がジュリアを見つめて、頬をゆるめた。「いや、きれいなのは君だよ」

彼が手を伸ばしてカーテンを引いた。とたんに心臓の鼓動が速まり、胃がまたも緊張できゅんと締めつけられる。いよいよだとジュリアは思った。自分が怯《おび》えているのか、興奮しているのか、それすらもわからない。ストーンヘヴン卿がマスクを外してテーブルの上に置き、ジュリアのマスクも取り除いた。彼はそのあとまたも予想に反してジャケットの内ポケットに手を入れ、なかから小箱を取りだした。

「これを」そしてジュリアに差しだした。「僕の気持ちだ」

驚きながらもジュリアは箱を受け取り、蓋を開けた。ベルベットの台座の上に、サファイヤとダイヤの上品なブレスレットが横たわっている。ジュリアは驚いて息をのんだ。

「なんてきれいなの！」

「気に入ってくれてよかった」

「でも、いただけないわ」ジュリアは本能的にそう言って、箱を突き返していた。

「どうして？」ストーンヘヴン卿は唖然《あぜん》とした。「いったい何を言うんだ？ 気に入らないのかい？」

「もちろん気に入ったわ。でも――」ジュリアはそこで慌てて口をつぐんだ。自分の体に染みついた理由をそのまま彼に返すわけにはいかなかった。淑女は、婚約者でも夫でもない男性からこういう贈り物を受け取ってはいけないとされている。淑女が関係のない男性からもらってもいいのは花かキャンディーか、せいぜいちょっとした小物の類《たぐい》。ブレスレット――しかも、このような見るからに高価そうなものはとうてい受け取れないのだ。

「わたしには、そう、これは高価すぎるわ。とても無理よ」

ストーンヘヴン卿がくすりと笑った。「ずいぶんと新鮮な意見だ」彼はジュリアの手に箱をしっかり握らせると、上から自分の手で包みこんだ。「受け取ってくれ。頼む。これを見つけたとき、君の瞳を思いだした。君以外の誰にも身につけさせたくない」

このまま演技をつづけるなら、受け取るしかないのはわかっていた。でもどうしてもできない。そんなことをしたらお金で買われたような……汚れた気分になる。お金で買われるタイプの女性を演じながら、今さらためらうのはおかしな話だろう。良心の呵責《かしゃく》さえ振り払えば、これくらい、受け取れないわけがない。でも、だめ。矛盾しているけれど、彼からそういう類の女性に見られていることに胸が痛む。

「だめよ。お願い、無理は言わないで。わたしには受け取れない」ジュリアは低い声でつぶやくと、手を引き抜いた。そして彼のそばを離れる。なぜだか泣きそうな気分だった。

「悪かった。気を悪くしたんだね」彼の声には戸惑いと自責の念が感じられた。追ってきて背後から腕をつかむ。身をかがめた彼の息が髪をくすぐった。「気を悪くしたなら、謝る。怒らせるつもりはなかったんだ。機嫌を損なうつもりもなかった。ただ君への気持ちを示したかったんだよ。何かを贈りたかったんだ。それが裏目に出てしまうとは」

彼がさらに低く身をかがめ、むきだしの鎖骨の上にキスをした。心地よさにぞくりと体が震え、ジュリアは息をのんだ。「お願いだ、許すと言ってくれないか」ストーンヘヴン卿がつぶやいた。

彼の唇が火を注ぎながら肩をなぞっていく。ジュリアは首を傾《かし》げ、無意識のうちに白く長い首筋を彼の唇に差しだしていた。その機会を逃すことなく、彼は唇でゆっくりと首をなぞり、耳にたどり着くとそっと耳たぶを噛んだ。ジュリアの口から小さな吐息がもれる。彼の唇によって体のなかにさまざまな衝撃が沸き起こっていた。頭の片隅で彼を止めなければとは思いながらも、意識が朦朧として適当な言葉が見つからなかった。彼の唇が触れた場所はことごとく炎と化していた。

ようやくジュリアは必死の思いで、彼から離れ、震える手を顔にあてた。「ストーンへヴン卿――いえ、デヴェレル。わ……わたし……ばかみたいなのはわかっている。でもわたし、まだ準備ができていないの」

「いいんだよ、君は何も準備をする必要はない」彼はそう言うと、またジュリアに歩み寄った。両手で腰を抱き、背後から優しく引き寄せる。

「でも、あの――このままではきっとあなたを失望させてしまうわ。わたしはロンドン出身でもないし、それに――」

ストーンへヴン卿が低い笑い声をあげ、唇で首のもう片方の側面をなぞりはじめた。

「このこととロンドンがどう関係するんだい？」

「わからないわ」ジュリアは正直な返事を返し、きっとばかみたいに聞こえただろうと思った。いつもの知性はどこにいったの？　ジュリアは目を閉じ、肌をくすぐる吐息のぬくもりも、柔らかな唇の感触も、ときおりかすめる歯の刺激もすべて頭から締めだした。

「でもなんていうか、ひょっとしてこれが自分にとって過ちならと思うと不安なのよ」

ジュリアは彼の抱擁を逃れ、くるりと振り返り、正面から顔を見つめた。その瞬間、失敗だったと思った。黒っぽい瞳の情熱がまざまざと押し寄せ、キスと同じくらい心に迫ってくる。ジュリアは上下の唇をぐっと押しすぼめた。彼の視線がふっと口元に落ちるのがわかった。その陰りのある物憂げな表情を見ると、ジュリアの下腹部に熱い火花が散った。

強く息をのんで、つづける。「よこしまなことをすれば、それがしこりとなって一生心に残るわ。あなたはそんな経験はない？　ずっと誰かに打ち明けたくて、でも打ち明けられなかったこととか。ずっと心にしこりとなって残っていることとか」

ストーンヘヴン卿が奇妙な目で見つめた。「よこしまなこと？　妥当でないことという意味でなら、あるかもしれないな。だがこれは、よこしまでもなんでもない」

彼が身をかがめ、唇をジュリアの唇の上で軽くくすぐるように上下させてから、顔を上げると片方の眉を持ちあげてじっと見つめてきた。「これがよこしまなことに思えるかい？」

彼の唇にも心を惹《ひ》かれたが、この話の流れは例の話題を持ちだすにはまたとない機会だ。ジュリアは負けずにつづけた。「いいえ、思えないわ。でも一度あることは次もあるのよ。人が何かを強く求めすぎて、つい過ちを犯すとするでしょう？　一度は――一度くらいはまあいいかと自分を許してしまう。でもそうしたらそれをきっかけにどんどん悪い方向に進んで、ついには抜けだせないくらいに深みにはまってしまう。そういうことってこれまでになかった？　経験したことはない？」

ストーンヘヴン卿は目をしばたたき、肩をすくめた。「さあ、どうかな……あったかもしれないが、正直言って今は考えられない。君のことでいっぱいで頭が働かない」

彼が身をかがめてキスをした。今度は前よりさらに長く。舌からブランデーの芳香がふんわりと漂ってきた。ジュリアは膝から力が抜けるのを感じた。体を支えるために、彼の上着を握りしめる。突然彼の口が離れたときには、ジュリアは唖然として、目をぱちくりさせた。

「もしかして……あなた、何かよこしまなことをした経験があるの？」声が少し必死になっていた。

彼が笑った。「ジェシカ……いったい何がそんなに気になるんだい？　僕が本気じゃないと思っているのか？　僕の気持ちが一時的なものだと？　約束するよ、そうじゃない。もし君が礼儀を尽くした扱いを求めるなら、そうしてもいい。僕は女性に対して無責任なまねはしない」

ジュリアは低くうめき声をあげそうになった。この人ったら、どうして思いどおりの反応をしてくれないの？

ストーンへヴン卿がさらに強く引き寄せ、額と額を合わせた。「約束しよう。僕がこれから君の面倒を見る。絶対に不自由はさせない」彼はまず髪に、そして顔の側面にキスをした。「ほかの男からひどい扱いを受けたことがあるのかい？　誓うよ、僕は決して君にそんな思いはさせない」

彼は腕に力をこめ、強く自分の固い体に抱き寄せた。閉じた目に、頬に唇を押しあててから、ついに唇を重ねる。深く、情熱的なキスだった。彼の息が頬を熱く焦がした。

その熱が浸透していくにつれ、ジュリアの体に震えがこみあげた。抵抗すべきなのは、彼から離れるべきなのはわかっていた。こんなはずじゃなかったのに！　彼は聞きたいことを何も話してくれなかった。何一つ彼からききだすことができなかった。彼はキスをすることしか考えていない。そのうえわたしときたら、そんな彼にいらだちさえ感じられずにいる。今感じられるのは、キスを繰り返されるたびに全身に広がっていく炎の、この信じられないほどすてきなぞくぞく感だけ。

彼はついに口を離したかと思うと、今度は首筋に炎を注ぎはじめた。その唇がむきだしの胸元に滑りおりていく。彼の手が薄いレースに覆われた胸の膨らみを包みこんだ。頂の上で彼の親指が弧を描き、ジュリアは跳びあがりそうになった。頂をなぞる指の動きが波動となって子宮にまで響き、そこが突然ずきずきとうずきだす。胸の頂が硬くなり、レースを下から押しあげたのが感覚で伝わってくる。

ストーンヘヴン卿が低い吐息をもらすと、すばやくかがんでジュリアを腕に抱きあげ、身を翻して壁際のソファへと運んだ。

7

言いようのない不安がこみあげ、ジュリアは彼の腕のなかでもだえた。「やめて。ねえ、お願い……」

「しいっ」優しい、なだめるような声だった。どうやらジュリアの抵抗をただの臆病《おくびょう》風で、なだめれば済むことととらえたらしい。

ストーンヘヴン卿《きょう》はジュリアをソファに横たえると、腕を体に巻きつけたまま脇《わき》にひざまずいた。手で胸元をなぞり、レースごしに胸の膨らみを愛撫《あいぶ》しながら、ふたたびキスを始める。ジュリアは彼の胸を押して引き離そうと、両手を持ちあげた。けれど奇妙なことに、気がついたときには無意識にその手を彼の首に巻きつけ、さらに顔を引き寄せていた。このキスはまるで麻薬だ。シェリー酒なんて比べものにならないくらい頭がしびれている。

彼の口が唇を離れ、ゆっくりと首を伝いはじめた。キスをしたり、ついばんだり、軽く吸ったり、柔肌をじっくりと味わっていく。そして唇がレースにたどり着くと、舌先をとがらせて胸を覆うレースの網目をなぞった。舌がレースの奥に隠れた胸の頂に触れる。その思いがけない行動と体内ではじける快感とにジュリアは息をのんだ。はじめて感じた感覚だった。こんな感覚が世に存在することすら知らなかった。押し寄せる激しい衝動に体が震える。彼が舌で胸の頂を丸くなぞると、頂は硬くとがってレースを押しあげた。敏感になった肌が生地をかすめ、それだけで快感が押し寄せる。彼がその硬くなったつぼみを口に含んで優しく吸った。押し寄せる興奮に、ジュリアは低いあえぎ声をもらした。呼吸が荒くなり、速まる。

体に思いも寄らない現象が起きていた。突然、腿のあいだがあふれんばかりに濡《ぬ》れだしたのだ。しかもそこに存在する柔らかなひだが速まる鼓動に合わせて脈打っている。ジュリアはその甘いうずきを少しでも和らげようと両脚をきつく閉じてみたが、うずきは激しくなる一方だった。

「デヴェレル」小声でささやく。

返ってきたのは低いうめき声だけだった。彼の手が体をゆっくりと下り、腹部から腿のあいだに滑りこむ。その瞬間はじめて、ジュリアは自分が切ないほど求めていたのはこれだったのだと、この確かなぬくもりだったのだと気づいた。そして本能のおもむくまま、その手に向けて体を弓なりに反らした。手からさらなる熱い波が押し寄せてくる。ストーンヘヴン卿が押しあてた手を動かしはじめた。どういうわけか満たされる思いと同時に、切なさもさらに増幅した。

ストーンへヴン卿が脚にざっと手を滑らせ、スカートを押しあげた。「なんてきれいなんだ」小声でつぶやく。

そしてソファに身を乗りだし、唇でくるぶし、ふくらはぎ、膝と順に触れていく。温かな唇が太腿に近づくのを感じて、ジュリアは快楽の陶酔から目を覚まし、上半身を起こした。「だめ！　デヴェレル、待って……」

少しでも冷静になろうと、狂ったように周囲を見まわす。こんなこと、わたしにはできない！　ああ、なんて愚かで世間知らずだったのだろう。こんなことをやり遂げられると思っていたなんて。うぶにもほどがある。ほんの少し誘惑するだけで済むと思っていたなんて。ストーンへヴン卿のような男性を少しのキスや抱擁でとどめておけると思っていたなんて。どんなに酔わそうとしても無駄だった。結局知りたいことをききだすどころか、逆に欲望の暗い淵《ふち》へと引きずりこまれそうになっている。逃れようのない感覚を与えられて。自分の心にこれほど強い性的欲望が潜んでいたなんて、思いもしなかった。ましてや、ストーンへヴン卿にこれほどの感覚を覚えるなんて想像もしていなかった。でも今、自分が急速に理性を失いつつあるのは実感できている。このままここにいたら、最も憎むべき敵に自分を与えてしまう！

その恐怖心がなんとか身を起こしてソファから脚を下ろすだけの力をジュリアにもたら

した。ストーンヘヴン卿が突然のことに驚き、戸惑いの表情を向ける。「ジェシカ？　どうしたんだ？　何か気になることでも？」

「わたしにはできない！　できないの！」ジュリアは必死で立ちあがった。

「どうしたんだ……僕が何かしたのかい？　理由を話してくれ」

「無理よ！　説明なんてできない！」言葉にすすり泣きが混じった。

ジュリアは彼に背を向け、駆け足で扉に向かった。フックからマントをつかみ取り、扉をはじくように開けて夜の闇《やみ》に駆けだす。背後から自分を呼ぶ彼の声が聞こえた。けれども背後を振り返って確かめることもなく、公園内をそぞろ歩く人々の隙間《すきま》を狂ったように駆け抜けていった。あわや、追いつかれるかと覚悟をしたとき、一人の酔っぱらい紳士がストーンヘヴン卿がジュリアを追っていることに気づいて、騎士気取りで彼の前に立ちはだかってくれた。「おい、彼女は貴様をいやがっているぞ」

もちろんストーンヘヴン卿はやすやすとその紳士を脇に押しのけたのだが、その出来事のおかげで間一髪、ジュリアは追いつかれる前にどうにか公園の外で客待ちをしている辻《つじ》馬車にたどり着くことができた。一目で状況を察したのだろう、辻馬車の御者はジュリアが馬車に飛びこむなり、馬の背に鞭《むち》を打ちつけた。そしてストーンヘヴン卿が扉の取っ手に手をかけるのと同時に、馬車は動きだしていた。たとえ馬車が動きだしていても、彼なら取っ手をつかんでなかに入ってくる。一瞬ジュリアは覚悟を決めた。けれども、そうはならなかった。彼の問いかけるような表情を窓外に残し、馬車は風のように走り去った。終わったわ。失敗した！　無念さが胸にこみあげ、突然涙があふれだした。両手に顔をうずめ、声を殺してすすり泣く。もう二度とデヴェレルに会えない。セルビーの汚名がすすがれることもない。

翌日ジュリアは、憂鬱《ゆううつ》な気持ちで一日をすごした。心配したフィービからどうしたのかと尋ねられても、ただ自分はセルビーにとってなんの役にも立たない人間なのだとしか答えられなかった。

「そんなことがあるわけないでしょう！」フィービはジュリアの手を取って、語気を強めた。「セルビーだってそんなふうには思っていないわ」

「でもそれが事実なんだから」ジュリアはため息をついた。「わたしはいざとなったら、ただの弱虫なの」

フィービの額に不安の皺《しわ》が刻まれた。「いったい何があったの？　彼が……あなたを傷つけたとか？」

「まさか。そんなことはないわ。ただ自尊心が傷ついただけ。自分がどれだけ愚かかがよくわかったから」

「もう、そんな言い方しないで」

「ストーンへヴン卿にはとうていかなわなかった」

「でも、考えてもみて。彼はどっぷり悪に浸っている人よ。その手の競い合いで、彼にかなわないのは当然でしょう？」

「そうね。でもこのままではセルビー――いいえ、ギルバートは救われないわ。あの子は一生汚名を背負って生きていかなくちゃならない」

「ひょっとしたら、何かほかの手だてを思いつくかもしれないじゃないの」フィービは慰めの言葉をかけた。

「ええ」ジュリアはうなずいたものの、自信はなかった。そして気持ちは一日じゅう憂鬱なままだった。

翌朝の早い時間に、珍しくトーマス・セントレジェが訪ねてきた。今年十四歳のトーマスはこの一年で急激に背丈が伸びた。ひょろりと細くて、腕や脚はまるでマッチ棒のようなのに、手足だけが不釣り合いなほど大きな体型だ。ブロンドの髪は細くてふわふわしていて、いまだ幼さの残る顔は異様に鼻ばかりが目立っている。それでもトーマスがすばらしい情熱と優しさを持つ少年であることに変わりはない。その笑みには決して美しいとは言えない外見を忘れさせるだけのものがある。

トーマスは信託財産を横領された当の本人だが、昔からセルビーによくなつき、実の父親が亡くなったあとは父親代わりに慕っていた。だから彼もフィービやジュリア同様に、セルビーは無実だと今も信じて疑わないのだ。無愛想なストーンヘヴン卿を少し敬遠してきたこともあって、実際にお金を横領し、それをセルビーの仕業に見せかけた犯人はストーンヘヴン卿ではないかというジュリアたちの意見に彼も即座に同意した。したがってこの計画にも最初から加わってきたわけだが、当初の計画を方向転換したことまでは知らせていなかった。子供とはいえ、トーマスも男性には違いなく、ジュリアがやっているような行動をよしとしないのは最初からわかっている。しかも運よく、ロンドンではあまりトーマスに会う機会がなかった。監視の目を光らせている家庭教師の隙を突いてどうにかアーミガー邸までやってこられたのは、今日で三度目だ。

執事が彼の訪問を告げたのは、ジュリアとフィービが朝食の席に着いたときだった。

「トーマスが?」ジュリアはぱっと気持ちが晴れるのを感じた。「もちろんお通しして。それと彼のぶんも朝食の支度を。きっと小腹がすいているころだと思うから」

実際育ち盛りのトーマスは、すでに自分の屋敷で早めの朝食をとっていたにもかかわらず、もはやお腹《なか》をすかせていた。彼は皿に卵とハムとベーコンを山のように盛ると、勢いよく口に押しこんでいった。

「ああ、おいしかった」ジュリアがトースト一枚と紅茶の朝食を終えるころには、トーマスは大量の食事をお腹につめこんでいた。それから部屋を見まわし、使用人たちに目をやってからつづけた。「ごめんなさい。ゆっくりはしていられないんだ。今日は、僕たちが明日ファローに帰ることを知らせに来ただけだから」

「帰る？　ずいぶんと急なのね。社交シーズンはまだ終わっていないのに」

「お母様がぎゃあぎゃあとうるさくて」トーマスがいくぶん乱暴な表現を使った。「あなたたち二人と街で会ってから、ずっといらいらしどおしだよ。どうしてあそこまでジュリアを嫌うのか、僕にはさっぱりわからない」

フィービとジュリアには理由は明らかだった。パメラ・セントレジェがジュリアの美貌《びぼう》に嫉妬《しっと》しているのはわかりきっている。だがそれを彼女の息子に言うことはためらわれた。

「そのうえ、昨日ヴァリアンおじさんと口論までしたんだ。たぶんおじさんがあなたたちを訪問したせいだと思う。おじさん、帰るときには板きれみたいにこわばった顔をしていた。僕にさよならも言ってくれなかったんだよ。いつものおじさんなら絶対にそんなことないのに。お母様が怒らせたに決まっているよ。そうしたら今朝になって、今すぐ田舎に帰るって言いだす始末だ」

「今日ってこと？」ジュリアは驚いて尋ねた。

「本人はその気だよ。いったん機嫌を損ねたら、誰が取りなしてもだめなんだ。今、使用人たちを駆けずりまわらせて荷造りをしている。おかげで誰にも見られずにこっそり屋敷を抜けだせたってわけ。でも馬車が荷物でいっぱいになるころには、もう出発には遅すぎる時間になっていると思うよ。お母様は日が暮れてからの旅は嫌いだし。追いはぎが怖いんだって」母親の突飛な行動には慣れっこだと言わんばかりに、トーマスは肩をすくめた。「だからどのみち出発は明日になるよ。たぶん夜明けと同時にね。お母様はフィッツおじさんに同行してもらうつもりらしい。ほら、おじさんは見てのとおりの人だろう? いかにも軍人そのものでさ」

「せっかくの滞在を切りあげることになって残念ね」フィービが同情をこめて言った。

けれどもトーマスは手を振って、その考えをあっさりと打ち消した。「ううん、かえってよかったんだ。ロンドンは死ぬほど退屈だった。だって来る日も来る日もあの家庭教師と二人で、古い博物館巡りばっかりしていたんだから。一、二度は貸し馬を走らせたけど、でもたった一、二度なんて、全然乗れなかったのと同じだよ」日常動作は多少ぎこちないトーマスだが、乗馬の腕前は確かで、しかも自分の馬を走らせる姿は見事だった。その彼が日課の乗馬もできない環境は、さぞかしつらかっただろう。

「あなたには田舎の屋敷のほうが快適ね」

トーマスはうなずいた。「そうなんだ。正直に言うと、ずっとファローに帰りたくて仕方がなかった。しかもお母様は手紙に書いてあることをなんにも話してくれないし。少なくともおもしろいことは何一つ。話してくれたのは、退屈なビーズリーさんのことくらいなものだよ——僕があのばかげたカードパーティに興味があるわけないのに」

フィービがわかるわとうなずいた。「あなたが興味あるのは、テオ・ハンティングトンが新しいハンター馬で塀を乗り越えようとして脚を折った、みたいな話でしょう？」

「そう、それ！」トーマスが声を張りあげて身を乗りだした。「仕方がないなあ。彼っていつも完璧《かんぺき》に飛び越えられると思うらしいんだけど、塀にぶつからなかったためしがないんだ。ハンター馬が怪我《けが》をしていなければいいんだけど」

フィービが頬をゆるめた。「大丈夫。ちゃんと早足で家に戻ったそうだから、安心して。馬が戻ったことで、テオに何かあったってこともみんなにわかったらしいの。だから捜しに行ったんですって。でも牧師の奥さんからの手紙によると、彼はそのことにかんかんで、今では馬も売りたがっているとか」

「ほんと？」トーマスはこの話に興味を持った様子だった。「だったら僕が名乗りを上げたいな。あ、でもヴァリアンおじさんがいいと言ってくれるかなあ。おじさんには出発前に手紙を書いておこう。フィッツおじさんには田舎に戻る道中で話せばいい。フィッツおじさんとヴァリアンおじさんさえいいと言ってくれたら、やつには何も言わずに済むよね」最後のくだりでは嫌悪感もあらわになっていた。

その言葉でここに来たもう一つの目的を思いだしたのだろう、トーマスはジュリアに向き直った。「ところで僕たちの計画はどうなっている？　ストーンヘヴンはもう捕まえた？」

「いいえ」ジュリアはどうにも居心地が悪くなり、体をもじもじさせた。失敗したことを若い友人に告げるのは気が進まない。「捕まえられなかったのよ。ナナリーが何度かやってみたんだけど、デ――いえ、ストーンヘヴン卿は手ごわくて。一度なんて、ナナリーは目のまわりに黒あざまで作ったの。だからわたし……別の計画を立てたのよ」

「別の計画！　どんな？　それでうまくいった？」

「いいえ。どれもうまくいかなかった」ジュリアはうんざりしながら答えた。

「それでいったい何をやったわけ？」

「わたし考えたのよ……彼って女性好きでしょう？　だからその……わたしがちょっと変装して、そして――」

「何？　まさか女の色気を使って話をきき出そうとしたとか？」トーマスが突然大声で笑いだした。「そんなの、無理に決まっているよ。僕にきいてくれたら、だめだって教えてあげたのに。あいつが女好きだなんて、僕はそう思わないな。お母様がどうしてあいつを嫌っているかっていうとね、捨て身で誘惑しようとしたのに全然相手にされなかったからだよ。しかも僕の知る限り、一度や二度じゃないはずだ」

自分の計画案をあまりにあっさりと切り捨てられ、ジュリアは思わずかっとなった。

「決めつけちゃだめよ。彼は確かに女好きだわ。現にわたしのことが好きだったもの。でも、それでも例の件に関しては、口を割らせることができなかった。だから、だから結局最後までやり通せなくて」

トーマスが眉をひそめた。「何をやり通せなかったって？　ジュリア！」彼の声が急に険しくなった。「いったい何をしたの？　何をやり通せなかったの？」

「別に非難されるようなことは」ジュリアはそこで口ごもってから、正直につづけた。「というか、それほど極端なことは何も。わたし……」声がしだいに小さくなって途切れる。

「とんでもないよ！　僕には考えられない！」声変わり途中のかすれた声が、彼の男としての怒りを多少和らげて響かせた。「いったいどうしてそんなことを思いついたの？　今ごろ、あなたのことであれこれと噂《うわさ》を広めているかもしれないんだよ」

「彼はわたしが何者か、気づいていないわ。わたしはこの先も謎《なぞ》の女性のまま」

「でもいつ、どこでばったりでくわすか――ひょっとしたら、あなたのそのにんじん色の髪からセルビーの髪を思いだして、関連づけているかもしれないんだよ」

「言っておくけど、わたしの髪はにんじん色じゃありません！」ジュリアは反論した。

「それに彼はわたしたちを関連づけたりしないわ。だって理由がないでしょう。この先彼と顔を合わすことなんてないと思う。彼がグリーンウッドに来ることはないし、わたしがバッキンガムシアに行くことも、またロンドンに来ることもあるとは思えない。とにかく、大したことではないの。それにセルビーの汚名さえすすがれるなら、たとえそのとんでもない女がわたしだったと知られたってかまわないのよ。問題は失敗したこと。そして真犯人がセルビーではなく、ストーンへヴン卿だと証明する方法がわからないってこと」

三人ともそこでしんと黙りこみ、それぞれの思いに浸った。しばらくして、トーマスが口を開いた。「まだ彼を拉致《らち》するって手があるじゃないか。数日食事も水も与えなかったら、きっと口を割るって」

「言ったでしょう——わたしたちは三度やってみたの。そして全部失敗した。彼はものすごく腕が立つのよ。ナナリーは、何人か人を雇わないと無理だと言っているわ。でもわたしはこの計画に部外者を入れたくない。危険すぎるもの」

「危険といえば、何もかもがそうよね」フィービが賛同した。「たとえむりやり口を割らせても、今度は彼を拉致した罪であなたを告発してくるかもしれないし」

その悲観論は、ジュリアとトーマスが揃《そろ》って手を振って退けた。

「プライドの高い人だもの、女性にやられたなんてことはきっと口が裂けても言わないわ」ジュリアは安心させるように言った。「それにわたしが署名入りの告白書を取って、彼がトーマスだけでなくセルビーにしたことを世間に知らしめたら、彼はすっかり面目を失うわけだし。そんな人の言葉を誰が信じる？　誰が気にかける？」

「問題はやつを捕らえることだ」トーマスも同意した。「前に決めていたあの小屋に連れこんだら、大丈夫、きっと口を割るって。セルビーにあんなことをする男だよ、腰抜けに決まっているじゃないか。しかもとことん腰抜け」

この言葉に、ジュリアは小さく不安を覚えた。自分自身もずっとそう信じていた。トーマス同様に、やったことの卑劣さを考えるとストーンヘヴン卿は度胸も勇気もない男に違いないと。けれどもここ数日そばですごしてみて、もう以前ほどそう思えなくなっている。けれどもそのときフィービの発した言葉が、ジュリアの頭からほかの思考をすべて吹き飛ばした。「力ずくが無理なら、あとは罠《わな》を仕掛けるとか」

ジュリアはとたんに背筋を伸ばし、義姉をまじまじと見つめた。「フィー！　それよ！　あなた、冴《さ》えているわ！　彼を罠にかけて小屋に連れこめばいいのよ！」

「どうやって？」トーマスがぶっきらぼうに尋ねた。

ジュリアはクリームにありついた猫のように、にっこりとほほ笑んだ。「それは心配しなくて大丈夫。わたしに考えがあるの」

ジュリアはカーテンを引き、馬車から外をのぞいた。まだストーンヘヴン卿の姿はない。緊張で胃が引きしまるのを感じ、ジュリアはふっと息をついた。彼がまだ怒っていて、来てくれなかったらどうしよう。

頭に浮かんだ計画はトーマスには教えず、こんな最後の最後になってアーミガー邸にこっそり出入りしていたことがお母様にばれたら大変よと、さっさと彼を追い立てた。トーマスは、不公平だと不服を言ったが、ストーンヘヴン卿の件が片づいたら真っ先に――もちろんフィービのあとだけれど――知らせるからと言い含めた。そして彼が帰ってから、フィービに思いついた計画の内容をざっと説明した。フィービは何か不測の事態が起きたときに安全が確保できないことと危険性が気になってならない様子だったが、それ以外に方法はないのだと言うとしぶしぶ了解してくれた。

ジュリアはさっそくストーンヘヴン卿宛《あて》に短い手紙をしたためた。時間をかけて何度も書き直し、ようやく望みどおりの文章を書き終えると、通りで手ごろな浮浪児を見つけて彼のもとに届けさせた。あとは七時まで待つだけだった。手紙には、七時にマダム・ボークレールの館《やかた》前で会いたいと書いておいたのだ。

今、七時五分前。約束の時間の十分前に、ジュリアはナナリーに馬車を館の筋向かいに止めさせた。万が一ストーンヘヴン卿が早く来た場合に、会いそびれたくなかったのだ。ジュリアはふたたびカーテンをすばやく引いた。すると見覚えのある人影が近づいてくるのが目に入った。

ジュリアは安堵《あんど》で目を閉じ、感謝の祈りを捧《ささ》げてから馬車の扉を開けた。彼がすぐさまジュリアの姿に気づき、通りを横切ってきた。ジュリアは腰を浮かせて扉から身を乗りだし、ストーンヘヴン卿の目をできるだけ馬車の屋根に向けさせまいとした。御者台ではナナリーが手綱を握っている。ナナリーはコートの襟を立て、帽子を深々とかぶっていたが、それでもストーンヘヴン卿が自分をこれまでに三度も襲った男だと気づく可能性は皆無ではなかった。

けれどもストーンヘヴン卿は御者にまったく見向きすることなく、ジュリアに歩み寄ると、手を取ってお辞儀をした。「ジェシカ」体を起こすと、彼は怪訝《けげん》な表情で見つめた。「馬車のなかに」ジュリアはそう言うと、奥に座り直した。

ストーンヘヴン卿は言われたとおりにして扉を閉じた。その直後、馬車はゆっくりと滑りだした。前もってナナリーにそう指示しておいたのだ。

ジュリアとストーンヘヴン卿は互いの顔を見つめ合った。そして結局ジュリアから先に目をそらした。「ごめんなさい。いったい何から話せばいいのかわからなくて」

「僕もだ。正直言って戸惑っている。このあいだの夜、僕は君を傷つけたのだろうか？それとも君はただ僕を翻弄《ほんろう》しているだけなのか？　君に怒ればいいのか、謝ればいいのか、それすら僕にはわからない」

「どちらでもないから安心して。本当よ。あの日のわたし、さぞかし滑稽《こっけい》だったでしょうね。それに非常識だった」

「僕はただ不安だった。だから君のあとを追ったんだ。どうして僕から逃げだしたのかがわからなかった」

「わたし……怖かったの」

「僕が？」

「いいえ。違うわ。いえ、少しはそうかも。わたし……なんていうか、あなたが思っているほど経験豊富な女じゃないのよ。正直に言うと、少しあなたに夢中になりすぎている気がして。それが怖いの」ジュリアはそこで言葉を切り、問いかけるような視線を投げかけた。「怒らないでくれる?」

ストーンヘヴン卿が小さくほほ笑んだ。「君のそんな気持ちを知って、不機嫌になる男がいるものか。だがそれが逃げだしたこととどうつながるのか、僕にはわからない」

「わたし……わたし、ちゃんと心を決めてあの場所に行ったの。でも、でもいざとなるとできなかった。あなたはわたしよりずっと世慣れた人だし、それにわたしは圧倒されていて」

ストーンヘヴン卿が身を乗りだして手を握った。「つまり、僕に抱かれたくなかったということかい?」

ジュリアはうなずいた。「あそこではいやだったの。あの夜は。ヴォクソールガーデンズのボックスのソファで抱かれるなんて、どうしてもできなかった」

「ばかだな。僕だって、あそこで君を抱くつもりなどなかった。まさか、君がそんなふうに思っていたとは。僕は君を屋敷に連れていくつもりだったんだ。屋敷ならプライバシーも守れるし、ひと晩じゅう誰にも邪魔をされることはない。あんな場所で抱こうとしたと思うなんて、僕を見くびりすぎだよ」

「ロンドン流には慣れていないの。言ったでしょう、田舎から出てきたばかりだって」

「不安なら不安だと言ってくれてよかったんだよ。そうすれば不安を取り除いてあげることもできた」

「そこまでとても気がまわらなかったわ。すっかり動揺してしまって。わたしを許してくれる？」

「何を言うんだ、ジェシカ……もちろんだよ。それどころか、君が許しを請う必要はどこにもない。僕は君の心を傷つけたのではないかと、そればかりを案じていた。僕のしたことを君が許してくれなければどうしようかと。あの夜から君のことが頭から離れなかった。何がいけなかったのか、どうすれば修復できるのか、気が狂いそうなほどそればかり考えていたんだ。今日の午後君からの手紙を受け取って、どれだけほっとしたことか」この二日、怒りと苦悩と不安に順繰りに襲われていたことはあえて告げなかった――彼女のことがどうしても頭から離れず、心がすさんで仕方がなかったことも。

「本当？」ジュリアは心底意外に思った。うまい言い訳をごまんと並べなければ、怒りを解いてもらえることはないと思っていた。自分の行為が男性にとってどれほど屈辱的なものかはよくわかっている。

「本当だよ」ストーンヘヴン卿はほほ笑み、ジュリアの手を唇に近づけた。「そのうえであらためて君に尋ねたい。もう一度会ってもらえるかどうか。君とこの先に進める望みはあるのかどうか」

ジュリアはほほ笑んだ。「そんな質問に答えられるほど大胆な女じゃないけれど、でも嘘《うそ》もつけないわね。ええ、望みはあるわ」ジュリアは視線をそらした。「実を言うと、今夜はどうかしらと思って……」

「僕の予定は空いている」ストーンヘヴン卿は言った。「御者に住所を知らせよう」

「それはだめ」ジュリアは慌てて遮った。「あなたのお屋敷には行けないわ。なんていうか、常識がないでしょう?」彼がおかしな表情を浮かべた。さすがに今の言い方には無理がある。ジュリアは急いでつづけた。「場所はわたしに心当たりがあるの。誰の目にもつかない場所。ケント州よ」

「君の家?」彼が驚いたように尋ねた。

「その近く。小さいけれど、とても居心地のいい家で——そこなら完璧に二人きりになれるの。誰にも気づかれずに……」もったいぶるように口をすぼめる。「お願い、行くと言って」

「今すぐ? しかし一度屋敷に戻って、支度をしたほうがよくないかな。街を出るわけだし——僕はほとんどなんの支度もしてきていない」

「だめ」ジュリアは気だるげに座席の隅に寄りかかり、誘うようにほほ笑みかけた。「それはできないわ。だってわたしはあなたを誘拐するつもりなんだから」

「誘拐?」ストーンヘヴン卿がジュリアの冗談に調子を合わせ、片方の眉を跳ねあげた。「僕を誘拐する目的はなんだい? 言っておくが、誰も身の代金は払わないよ」

「そんなものはいらないわ。目的はね、あなたをわたしの奴隷にすること」

薄暗い馬車のなかにいても、自分の言葉で彼の表情が微妙に変わったのがわかった。欲望が顔にみなぎっている。「そうか」ストーンヘヴン卿がかすかに早口で言った。「それじゃあ僕はいったいどう君に仕えればいいのかな?」

「わたしの言うがままになって」ジュリアは茶目っ気たっぷりに答えた。

「もう、なんて意地悪な娘だ。僕はもはや石のように硬くなっている。まだ君に触れてもいないのに」

その言葉で頬がかっと熱くなり、ジュリアはどうか彼に気づかれていませんようにと祈った。ストーンヘヴン卿が向かいの席から手を伸ばし、手を引いてジュリアを膝に抱きあげた。「どうやら」くぐもった低い声で彼は言った。「長い旅になりそうだ」そして顔を寄せてキスをした。

アーミガー家の領地までの三時間、ストーンヘヴン卿に余計な疑いを抱かせずに関心をつなぎ止めるためには、多少のキスや抱擁は許さざるを得ないと覚悟はしていた。それどころか、本音を言えば心の奥底でそれを楽しみにもしていたのだ。どのみち、純潔を奪われるところまでは行き着かないのはわかっている。彼は目的地に着くまで行為にふけるだろう——そして着いたときには、手遅れになる。

ジュリアは抵抗もなくキスを受け入れた。彼はまた以前の夜と同じようにするのだろうか？　あの密《ひそ》やかで荒々しい場所に触れて、胸の膨らみに唇を寄せて。ストーンヘヴン卿の手に胸の膨らみを包まれたとき、ジュリアは満足の小さな吐息をついた。わたしったら、本当にふしだらな女。でもなんていい気持ち。

ストーンヘヴン卿は何度も何度もキスを繰り返した。ジュリアの唇が柔らかく腫《は》れあがってしまうまで。ジュリアも思わず本能に屈して自分からキスを返した。こんな機会はまたとない——おそらく誰かと結婚でもしない限り、経験できるものではないのだからと自分に言い訳をしながら。ジュリアは舌を彼の舌に絡め、口のなかを大胆に探った。彼もその大胆さをいやがらなかった。息がますます熱く湿度を増し、ときおりそこに苦悩の証《あかし》とも喜びの証ともつかない低い声が混じった。

彼は片腕でジュリアの背中を支え、もう片方の手で休むことなく体をまさぐりつづけた。胸の膨らみを包みこんで頂を硬くなるまでいたぶると、次に下腹部から脚をなでつけ、今度はその手をスカートのなかに忍びこませてじかに脚をなであげていく。彼の手がついに熱く湿った欲望の中心部にたどり着いた。ジュリアは息をのみ、彼の手を締めつけるように脚をぎゅっと強く閉じた。その行動に反応して、ストーンヘヴン卿が体を震わせる。彼が喉元に顔をうずめてきた。

「ああ、ここでやめておかないと。自分の行動に歯止めが利かなくなる」肌に唇を寄せたまま、彼がかすれた声で言った。

ジュリアは頭が欲望で朦朧《もうろう》として、とてもまともな言葉を返せそうになかったので、ただうなずいて同意を示した。彼の言うとおり。歯止めが利かなくなったら大変なことになる……体はそのことを求めているけれど。

ストーンへヴン卿が長い吐息をついて、ジュリアの体を膝から下ろしてスカートを元に戻した。二人は向かい合わせで座り直し、一言も発さずにただ互いの顔を見つめていた。その時間がまるで数時間にも思えた。ジュリアは全身がいまだ熱く燃えているのを感じた。馬車の揺れや動きに刺激され、下腹部の炎がますます強まっていく。なんとか気持ちをそらそうと、彼以外のありとあらゆる場所に目を向けた。彼がどんなに残酷な男か、彼が兄に何をしたかも必死に思い起こした。そばのカーテンをめくりあげ、月明かりに照らされた風景を眺めてもみた。けれども体にこみあげる欲望からは逃れようがなかった。

「髪を下ろしてみてくれないか」ストーンへヴン卿が向かいの席からかすれた声で言った。

ジュリアは意外に感じて目を向けた。「今、なんて？」

「髪を下ろした君が見たい」

「で、でも……」ジュリアは迷った。でもさっきまで二人がしていた行為に比べれば、ずいぶんと些細《ささい》なことに思える。ジュリアは手を伸ばして髪を留めていたピンを外した。解かれた華麗な巻き毛が次々と肩にこぼれ落ち、やがて顔のまわりから肩にかけて炎のような赤い髪が豊かに波打った。

ストーンヘヴン卿に目を向けると、彼は微動だにせずに見つめていた。窓から差しこむ月明かりに、欲望で表情をなくした顔と暗くて判別しにくい瞳が浮かびあがっている。

「こっちへおいで」かすれた声で彼が言った。

その声にも、目の前の表情にもジュリアは抗《あらが》えなかった。向かいの席に移ると、ストーンヘヴン卿の手が隣の席に導いた。そしてジュリアを少し横向きにして背中を自分に向けさせ、身ごろの背後についている無数のボタンを外しはじめた。そこでようやくジュリアも彼が何をしようとしているのかを察した。

「だめよ」声にならない声で言いながらも、その場からはぴくりとも動かなかった。たとえ布地が左右に分かれ、背中が大きく開いたのがわかっても。

「心配しなくていい」ストーンヘヴン卿が小声でつぶやいた。「君がいやがることは絶対にしないから」

わたしがいやがるかどうかは問題ではないのよ。ジュリアは泣きそうな気分だった。

「でも――」

喉までこみあげた言葉が急に途切れた。彼が唇を背中に押しあてたのだ。背中の滑らかな肌に、優しく、軽く、熱いキスが押しあてられていく。彼の両手が前にまわって胸の膨らみを包んだ。そうして胸を愛撫しながら、口で背中を探っていく。ジュリアの喉の奥から、泣き声ともあえぎ声ともつかぬ声がもれた。

「やめて」小声でささやいた。「わたし、もうだめ」

「僕もだ」ストーンへヴン卿がジュリアを膝の上に抱きあげた。彼自身が欲望で硬くうずいているのがまざまざと伝わってくる。「だけど、やめられない」

「でも、やめなくちゃ」

荒い息づかいが聞こえたと同時に、彼がドレスの前面を引き下ろした。解放された気分だった。さらに袖《そで》から手首を引き抜き、ジュリアの上半身をあらわにする。そして飢えた光る瞳でまじまじと見つめた。彼の手がゆっくりと胸の膨らみをうごめき、素肌を愛撫しはじめた。夜気が乳首をくすぐり、先端をとがらせる。ストーンへヴン卿は人差し指で片方ずつ順になぞり、敏感になった先端をさらにとがらせた。胸が硬く張りつめ、痛いほどだ。ジュリアはこの前の夜と同じように、そこに彼の唇を感じたくてたまらなかった。

ようやくストーンへヴン卿が片方の乳首に舌をはわせはじめ、ジュリアの希望は叶《かな》えられた。熱い快感が体を駆け抜け、思わず身を反らせる。ストーンへヴン卿は両方の乳首を順に軽く舌で翻弄し、ジュリアの息が荒くなりだしたのを見計らって、今度は片方をしっかりと口にくわえ、吸ったり摩擦したりはじいたりと、口全体を使って愛撫を始めた。ジュリアは彼の膝の上で、小さくすすり泣くようにもだえた。そしてそんな自分の動きに彼がさらに反応してくれるのがうれしかった。

ストーンヘヴン卿は乱暴にスカートをめくると、口で胸の愛撫をつづけながら脚の内側をなでていった。そしてその手がジュリアの秘めた部分にたどり着く。欲望で熱く濡れたその場所は今、彼の手と下着一枚で隔てられていた。彼は唇を肌に寄せたまま低いうめき声をあげ、指をリズミカルに動かして、ジュリアの敏感な部分を覆う湿った下着を優しく刺激しはじめた。

ストーンヘヴン卿は顔を上げて、ジュリアを見つめた。素肌が月明かりに白く浮きあがっている。華麗な髪が流れるように胸元を覆い、巻き毛が胸の膨らみを二分している。乳首はふっくらとルビー色に輝き、その先は誘うようにつんと突きだしていた。彼女が不器用ながらリズムに合わせて腰を動かす姿が、ストーンヘヴン卿の欲望をさらに駆り立てた。これほど愛らしい光景を見たことがあるだろうか？　この瞬間ほど、一人の女性をほしいと思ったことがあっただろうか？

だが、まだだめだ。それははっきりしている。こんなふうに馬車の座席で、なんの情緒もなく、慌ただしく彼女を抱きたくはない。ストーンヘヴン卿は深く息を吸いこんで手を離し、頭を座席のクッションにもたせかけた。

「デヴェレル？」ジュリアがぼうっとした声で尋ねた。欲望の証だろう、声がかすかに震えている。

ストーンヘヴン卿はぐっと息をのみ、無言の嘆願を聞き流した。やがて目を開け、彼女を見る。さっきと同じく、美しい光景だ。ストーンヘヴン卿は巻き毛を一筋手に取ると、その髪で物憂げに彼女の乳首をさっとなで、それがもたらすセクシーな効果をじっくりと眺めた。その光景がおのれの下腹部にも熱い渦を巻き起こす。

「ここまでにしておこう」彼は悔しさのにじむ声で告げた。

ジュリアが、今この瞬間に最も聞きたくなかった言葉だった。体はすっかり炎となって燃えさかっている。彼に触れられた場所がどんどん熱く燃え、体がばらばらになって飛んでいきそうなほどだ。実際下腹部では、何かが今にも爆発しそうなほど激しくうごめいている。

それでも彼が正しいのはわかっていた。ジュリアは唇を閉じ、惨めな不服の声が喉から飛びだしそうになるのを抑えた。彼は低い声をもらし、ジュリアを胸に引き寄せると、息ができないほど強く抱きしめた。

「そんな目で見ないでくれ。決心が鈍ってしまう」彼が髪に口を寄せ、欲望に震える声でつぶやいた。「君のように魅力的な女性ははじめてだ。僕はこれほど誰かを求めたことなどない」

「わたしもよ」ジュリアは素直に認めた。意識しなかったが、自分の声がやけにかすれて低く聞こえる。

しばらくしてストーンヘヴン卿はジュリアの体を離し、わずかに遠ざけると背中を向けさせた。背中のボタンを留めていく。彼の手はかすかに震え、何箇所か留める場所を間違えるほどだった。ジュリアはよろめくようにして向かい側の席に戻り、隅で小さくなって目を閉じた。またも欲望が噴きださないかと不安で、彼を見ることさえできなかった。

これほど混乱して、わけがわからなくなったのは生まれてはじめてだ。どうしてこの人とこんなみだらな行為ができたのだろう？　彼の腕のなかでこんなふうに感じておいて、その相手を縛りあげて口を割らせるなどということが本当にできるのだろうか？　ああ、なんてこと。どうしてこんなことになってしまったの？　こともあろうか、デヴェレル・グレイへの欲望で体がうずくなんて――この世の誰より憎むべき相手なのに。頭が全然働かない。体がほてって、この混乱を冷静に考えることすらできない。

馬車は容赦なく刻々と目的の小屋に近づいている。いったいどうやって計画を実行すればいいの？　もはや実行に移す自信はどこにもない。でもどうすればいい？　ナナリーに計画を忘れてくれと言える？　フィービの顔を見て、体が自分を裏切ったから独断で敵を逃がしたと報告できる？　第一、ストーンヘヴン卿にはなんて言えばいいの――これは間違いだったと？　本当はベッドをともにするためではなく、襲うためにここまで連れだしたのだと？　ジュリアは声をあげて泣きたくなった。それと同時に彼の腕に身を投げだし、分別は忘れて今ここで自分を奪ってほしいと懇願したかった。

馬車が速度を下げ、小道に入ったのがわかった。ほどなくして道がさらにでこぼこしだして速度が落ちる。目的の小屋はもうすぐだ。ジュリアは身を起こし、唾《つば》をのんだ。ストーンへヴン卿に目をやり、そこでまた胃がきゅんとなる。彼は目を開け、ジュリアを見つめていた。表情までは読み取れなかったが、今自分が考えていたことを知ったら、彼はなんと言うだろうとジュリアは思った。

計画は中止。意気地がないだけでなくて大ばか者だとは思うけれど、それでも今の自分に計画を遂行できないのは明らかだ。馬車が止まったら、ナナリーに指示は忘れてほしいと言おう。それからなんとかストーンへヴン卿を言いくるめて、また馬車でロンドンに引き返してもらおう。自分はこのまま田舎の屋敷にとどまるのもいい。どのみちフィービやみんなに合わせる顔がない。

馬車が一度大きく揺れて、ぴたりと止まった。ストーンへヴン卿が即座に取っ手に手をかけて扉を開け、飛びおりてから、ジュリアに手を差しだした。ジュリアはストーンへヴン卿とナナリーの二人にどう話そうかと考えながら、のろのろと彼につづいた。扉から身を乗りだし、ストーンへヴン卿の手を取ろうと手を伸ばす。突然、彼の背後に暗い影がぬっと現れた。ジュリアは息をのんで叫んだ。「やめて！」

けれどもその瞬間、ナナリーはストーンへヴン卿の後頭部に向けて思い切り棍棒《こんぼう》を振り下ろしていた。ストーンへヴン卿は地面に崩れ落ちた。

8

ジュリアは金切り声とともに馬車から飛びおりた。「ナナリー！　なんてことをするの！　まだだめ！」ジュリアはうつ伏せに倒れたストーンヘヴン卿《きょう》の体のそばで、不安げにひざまずいた。「どうしよう——動かないわ。息はある？」

「ばかなことを言わないでください。息はしてるに決まってます。俺《おれ》はちょいと頭を殴っただけなんですから。どうせこいつの口を割らせるためになかまであとをつけていくなら、ここで殴って小屋に引きずりこんだほうが楽だと思ったんですよ」

「ああ……」ジュリアは低いうめき声をあげた。ストーンヘヴン卿の頭を逆向きにして、念入りに指でまさぐる。「血が出ているわ」

ポケットからハンカチを取りだすと、ストーンヘヴン卿の頭にできた瘤《こぶ》にあてた。

「俺に任せてください、ジュリーお嬢さん。今さらびくびくしたって始まらねえ。やっちまったことは、手遅れってもんだ。俺はこの男を小屋のなかに連れていきます。お嬢さんは馬とここで待っていてください」

ナナリーは身をかがめてストーンヘヴン卿の脇《わき》の下に手を入れ、上半身をぐっと持ちあげると、そのままずるずる下半身を引きずりながらあとずさった。そうやって細い小道をゆっくりと古い羊飼いの小屋に向かっていく。ストーンヘヴン卿を監禁するために、ジュリアとトーマスが二人で片づけ、補強しておいた小屋だ。ジュリアは身を翻し、馬たちのもとに向かった。先頭馬のくつわを外し、鼻をなでながらなだめるように声をかけてやる。

とはいえ、本当になだめたいのは馬より自分自身なのは本人もよくわかっていた。

ナナリーの言うとおりだわ。ジュリアは小さくつぶやいた。わたしは臆病《おくびょう》風に吹かれている。自慢の勇気はいったいどこへ行ったの？　大好きだった兄への忠誠心は？　馬車のなかで敵にちょっと誘惑されたくらいで、汚名をすすぐのをあきらめようとするなんて。ひどく惨めで、情けない気分だった。けれどこの罪悪感が何に対するものなのかがわからない。ストーンヘヴン卿を捕らえたことなのか、自分の計画を放《ほう》りだしたくなったことなのか。

ジュリアは低くうめき、馬の首に額をつけた。計画の段階では、何もかもがもっと明快で簡単なことに思えたのに。

「済みましたぜ、お嬢さん」背後からナナリーの声が聞こえた。「悪魔は縛りあげておきました。身動き一つできないようにしっかりとね。そろそろ意識も戻るころだ」ナナリーがジュリアを不安そうに見つめた。「怖くなったんですかい、お嬢さん？」

ジュリアは少し恥じらいながらうなずいた。「たぶんそうだと思うわ。本当に突然なんだけど、いざとなると、急にやり遂げる自信がなくなってきて。わたし、どうかしたのかしら？　ねえ、どうすればいい？」

「俺が言えることではないですよ、お嬢さん。気持ちが変わられたってことですかい？」

「わからないわ」男の愛撫《あいぶ》に心を乱されたからだなどと、ナナリーに言えるはずもなかった。そう考えると、問題はまさにそこにある気がする。ストーンヘヴン卿がお金を横領し、その罪を兄になすりつけたと信じる気持ちは今も変わらない。自分たちの生活が壊れた責任が彼にあることも確信している。とすれば、以前と変わったのは気弱になったことだけ。欲望に振りまわされて、優柔不断になったことだけだ。

ジュリアは背筋を伸ばして胸を張った。「ごめんなさい。わたしったら少し気弱になっていたみたい」

ナナリーが安堵《あんど》の表情を浮かべた。「でももう大丈夫」顎を上げる。主人の奇妙な態度に混乱を覚えていたのだろう。

「俺も一緒に行きますよ。目が覚めたかどうか確かめないと」

「わたしなら平気だから。もう尻込みなんてしない。あなたは馬たちと一緒にいてちょうだい」

彼が従順な生き物に目をやった。「こいつらなら大丈夫です。けど、どうせあの男だってまだ話す気分じゃねえでしょうし、お嬢さんは俺と一緒にいったんグリーンウッドに戻られたらどうです？　あの男は一晩やきもきさせておいて」

「それもそうね。じゃあ目を覚ましたかどうかだけ、見てくるわ」

ジュリアはきっぱりと顔を上げて、扉に向かった。ナナリーがついてきたのがわかったが、もう何も言わなかった。一つ大きく深呼吸して扉を押しあけ、小屋のなかに足を踏み入れる。

ストーンヘヴン卿は頑丈な椅子に座らされ、両脚を椅子の前方二本の脚にくくりつけられていた。上半身は椅子の背と一緒に縄でぐるぐる巻きにされ、身動き一つできなくなっている。彼は顔を上げ、目を見開き、部屋のなかを見まわしていた。脚と腕の筋肉がぴくぴくと動いているのが見てとれる。手足を動かして、縄の強度を測っているのだろう。ストーンヘヴン卿が戸口に顔を向けた。表情が曇り、混乱があらわになった。

ジュリアに目を留めると、彼は目を細め、その顔はさらに険しさを増した。「よくもこんなまねをしてくれたな、この女狐《めぎつね》！」

ジュリアは内心びくりとした。怒りは覚悟していた。罵《ののし》られるのもわかっていた。けれど彼の言葉がこんなにも胸にぐさりと突き刺さるとは思ってもいなかった。

「おい、いいか、そんな口の利き方をするいわれはどこにもない」ナナリーが大きな拳《こぶし》を握りしめ、前に進み出た。「貴様の頭を殴ったのは俺だ。ジュリーお嬢さんじゃねえ」

「へえ、今度はジュリーかい？」ストーンヘヴン卿は蔑《さげす》むように言うと、ジュリアの顔を穴があくほどまじまじと見つめた。「もう一人の娘はどこへ行った？　あの素直な娘は？　内気で傷つきやすくて、逃げだす――」

「貴様、耳が聞こえんのか？　黙れ、と言っただろう！」ナナリーが怒鳴りつけた。「主導権は貴様じゃなくて俺にあるんだ。いいか、坊主。それに女主人に話しかけるときは、頭のなかに礼儀ってものを持て」

「彼女は僕の女主人でも恋人でもなんでもない」

ストーンヘヴン卿の舌がその言葉を皮肉っぽく強調した。

「あなたはもう行って、ナナリー」ジュリアは慌てて言った。この忠実な使用人がこのままとどまっていたら、ストーンヘヴン卿にとことん煽《あお》られ、結局手を出さずにはいられなくなる。たとえ相手がこんなふうに椅子にくくりつけられていても。

「ナナリー？」ストーンヘヴン卿が眉を跳ねあげた。「父親か？　それとも夫なのか？」

ナナリーが目が細めた。ジュリアは急いで手を振り、彼にこの場から立ち去らせようとした。「あとは一人で大丈夫。あなたも言っていたように、彼は完璧《かんぺき》に縛られているし、これなら傷つけられる心配はないでしょう？　わたし一人なら彼もへたに抵抗しないで、もっと穏やかになると思うの」男同士の意地の張り合いが状況を余計に悪化させるのだとは、思っていても口にしなかった。

ナナリーがストーンヘヴン卿に名残惜しげな一瞥《いちべつ》をくれた。「お嬢さんがそうおっしゃるのなら仕方ない。俺は扉の外にいますから」彼はあえて意味ありげに付け加えた。

「わかったぞ。貴様、あのときの追いはぎだ！」ストーンヘヴン卿が突然声を張りあげ、ナナリーをにらみつけた。「やっとわかった。僕としたことがどうしてこの関係に気づかなかったんだ。三度襲って、ことごとく失敗したものだから、今度は女を使ってきたんだな」

ナナリーの目にふたたび怒りの炎が燃えあがり、ジュリアは急いで彼の腕に手をかけて部屋の外へと追い立てた。そして御者の背中で扉を閉め、緊張を感じつつストーンヘヴン卿を振り返った。一瞬たりともゆるまない険しい憎悪のまなざしを浴びながら、丸太小屋の埃《ほこり》だらけの床を歩き、彼から一メートル足らずの場所で足を止めた。

「僕としたことが、なんて愚かな！」彼の顔は怒りで蒼白《そうはく》で、黒っぽい瞳だけがぎらぎらと光っていた。「これじゃあ発情した雌馬を追いかけまわす種馬じゃないか――君の肉体に目が眩《くら》んで、罠《わな》だと気づきもしなかったとは！」

「話はあとにしましょう」ジュリアは心の平静を保つために、あえて冷ややかに告げた。ストーンヘヴン卿の侮辱がもたらす痛みをどうしても悟られたくなかった。

「話す！」彼が声を張りあげた。「それが君たちの望みか？　それなら今すぐ喜んで話してやるよ――僕の話す内容を君らが気に入るとは思わないけどね」

「ここで一晩すごしたら、あなたも少しはおとなしくなるんじゃない？」ジュリアはかっとなって吐き捨てた。

ストーンヘヴン卿があざ笑うように声を張りあげた。「ばかばかしい、君は僕という人間がまるでわかっちゃいない。まったくあきれた娼婦《しょうふ》だ！　こんなことをして僕が君たちに屈すると本気で思っているのか？　金を払って解放を求めるとでも？　いったい何を企《たくら》んでいる？　金を払わなければ銃で撃つか？　飢え死にさせるか？　そんなことをしたら、身の代金などいっさい手に入らないぞ。それとも何か？　そう言って脅せば、僕が飢えや監禁を恐れて降参するとでも思ったか？　いいか、君たちの時間と手間が省けるように教えてやる。僕は何があろうと屈しない。永久にここに閉じこめておいてもいいぞ。それでも君たちの手には一シリングも渡さん」

ストーンヘヴン卿はうんざりした顔で首を横に振った。

「君は選択を間違ったな。あのままいけば、僕は君に白紙委任状を渡していた。そうすればたっぷり手当をもらって、家も構えて、宝石と流行のドレスに囲まれて優雅に暮らすこともできたんだ――あのまま君お得意の誘惑に徹していさえすれば。だがこれで結局、君はニューゲートの刑務所行きだ。君も外にいるあの猿も、この件に荷担した人間全員ね」

「ほかの人は関係ないわ。この件の全責任はわたしにあるの」

ストーンヘヴン卿が意味深に目をぐるりとまわしてみせた。「ほう、そうか。ついうっかりしていたな。概して強盗計画の首謀者が売春婦というのはよくある話だ」

「わたしは売春婦じゃない！」彼を殴りたくて、ジュリアの手がうずいた。

「傷ついたか？」ストーンヘヴン卿が気取った笑みを浮かべた。「図星をつかれるのは痛いというからね。まあ確かに売春婦というのは誤った表現かもしれないな。厳密に言えば、君は体を売ってはいない。ただ僕を騙《だま》すのに使っただけだ。となると、売春婦よりはユダと呼ぶほうがしっくりくるな」

「わたしはあなたを騙していない。こうなったのはあなた自身の欲望のせいでしょう」ジュリアは言い返した。「理性が体を支配していたら、あなたはこうしてここにいることもなかった。違う？」そこで手を前に掲げた。「いいの。何も言わないで。答えは明らかだから」

「馬車のなかで、君の体が見せた反応と同じくらいに？」

ジュリアは眉を片方跳ねあげた。「どういうことかしら？　わたしはあなたを騙したんでしょう？　そう言ったのはあなたじゃない」

痛いところを突いたのだろう。ストーンヘヴン卿の瞳に新たな怒りが燃えあがった。彼は唇をゆがめて、吐き捨てた。「失《う》せろ。僕は君たちの脅しになど屈しない」

「いいわ」ジュリアは扉に向かいかけた。取っ手に手をかけたところで、振り返る。「明日の朝、あなたがまだ同じ調子でさえずっているかどうか確かめに来るわね」

ストーンヘヴン卿が憎々しげに唇をゆがめた。「どうぞ、ご勝手に。さっさと帰って休むといい。そして自分がどれだけのものを失ったかをよく考えるんだ。ジレンマに陥るだろうよ――脅しなど、成功しなければなんの価値もない」

ジュリアは嫌悪のまなざしを投げかけると、扉を開けて外に出た。しっかりと閉じて鍵《かぎ》をかけ、その鍵をポケットに押しこむ。それから顔をしかめて馬車に戻った。

怒りは喜ばしかった。小屋に足を踏み入れ、あんなふうに体の自由を奪われたストーンヘヴン卿を目のあたりにしたときの動揺を瀬戸際で食い止めてくれた。彼から嫌悪と軽蔑《けいべつ》のまなざしを向けられるたびに、感じたいたたまれなさも。彼から売春婦呼ばわりされたときの心の痛みも。

ジュリアは羊飼いの小屋から自宅である優雅な領主館に戻るまでのあいだ、マントのように怒りを体に巻きつけ、馬車の片隅で身を丸めていた。彼が自分を呼んだときの蔑称がいらだたしかった。大悪党は彼のほうなのに、どうしてあんな言い方ができるわけ？　反抗的な態度が腹立たしく、そのストーンヘヴン卿が数時間あの小屋のなかにたった一人で残されて、いったいどんな表情を浮かべるだろうかと思うと意地の悪い満足感で頬がゆるんだ。

けれども怒りはさほど長くつづかなかった。屋敷にたどり着くころには、熱く燃えさかっていた怒りも消え、あとにはやるせなさと喪失感だけが残っていた。屋敷のなかは暗かった。もちろんベッドの支度もされていないだろう。使用人たちはジュリアの帰宅を知らないのだから無理もないことだった。ジュリアは田舎の風習で鍵のかかっていない裏口からそっと屋敷のなかに入ると、蝋燭《ろうそく》の灯だけを頼りに自分の部屋に上がった。わびしい光景だった――部屋のなかは暗く、ベッドはカバーに覆われてシーツも付いていなかった。暖炉には、夜の冷気を追い払う暖かな炎もない。

部屋のなかを見まわすと、気分がいっそう落ちこんだ。ジュリアは暖炉脇のふかふかした椅子に腰を下ろし、膝に肘をついて両手で頭を抱えた。

失敗だった。今でははっきりとわかっていた。どうしてもっと早く気づかなかったの？ こんなに向こうみずな計画に突き進んでしまう前に。デヴェレル・グレイは威嚇や脅しに屈するような人じゃない。それよりはるかに強くて、たくましい人だ。犯した罪の性質から、彼は臆病者だと信じこんでいた。その段階では、確かにそう思っても仕方がない部分もあっただろう。でもストーンヘヴン卿という人物を多少知るようになってからも思いつづけていたなんて。彼が圧力を加えたくらいで口を割るような人ではないと気づかなかったなんて。愚かで思いこみが激しかったとしか言いようがない。

ひどく憂鬱《ゆううつ》な気分だった。彼の自己評価に間違いはなさそうだ。敵に屈するような人ではない。どうあろうと決して真実は語らないだろう。監禁されたからといって罪を認めるような人ではない。強い人だ。頑固なうえに、怒りでその頑固さをいっそう強めている。今夜彼の目にありありと表れていた――屈するくらいなら、むしろ死を選ぶと。彼が何も話してくれなかったら、どうすればいいの？　飢え死にさせる？　たたきのめす？　あのまま小屋のなかに放っておく？　だめ。わたしにはできない。あの人の言うとおりだ。威嚇は、相手に譲歩の意思がなければ何も成し遂げない。

ジュリアは自分の曖昧《あいまい》な計画を思い返した。ストーンヘヴン卿が白状しなかった場合はどうするかなんて、トーマスやフィービと一度も話し合ったことがなかった。白状しないことがあるなんて、まったく頭になかった。今ならわかる。わたしたちはただ自分たちが信じたいことを信じていただけなのだと。何をどうするかは、何度も何度も話し合った。けれどもどの筋書きのなかでも、ストーンヘヴン卿はきまって自分たちの望みどおりに行動していた。彼が自白を拒否するとは予想すらしていなかった。

ジュリアは低くうめいて、両手で頭を抱えた。彼が言ったほかの言葉のことは考えたくもない。彼が自分を呼んだ言葉、名誉をずたずたにするあの蔑称のことは。けれども考えずにはいられなかった。もちろん、彼からどう思われているかが問題なのではない。問題なのは、自分のしたことがひどく恥ずかしくなっていること。目的のためならどんな手段も正当化されると思っていた。セルビーの社会的評価を救うためなら自分を敵と同じ水準まで貶《おとし》めてもかまわない、日陰の女を演じたところで実際に寝ることはないのだからと自分に言い聞かせてきた。でも寝る、寝ないの程度が本当に問題なのだろうか？　売春婦のふりをして、そういう女性として振る舞うのは、自分を売っていたことにはならないのだろうか？　キスや抱擁を許すことも、情報を得る見返りに自分の体を差しだしたのと同じだったのでは？　昔から強情な性格だった。それは認める。でもこれまでその強情さをあやまった行動に向けたことは一度もなかった。今はそれが不安で仕方ない。

ストーンヘヴン卿を解放しなければ。ジュリアの目に涙がこみあげた。おそらくこれでセルビーが横領犯ではないと証明することは不可能になるだろう。ストーンヘヴン卿がこれからも醜聞や懲罰とは無縁に暮らしつづけることを思うと、悔しくてならない。でもこれ以上彼を小屋に監禁しつづけることになんの意味があるだろう？　彼は決して屈しない。それにこのまま彼が飢えや渇きで苦しむようなことになれば、自分はさらに罪深くなるだけだ。

つかの間涙に暮れると、あとは気分がすっきりした。それでも今度の件で一点だけ、救われたことがある。ストーンヘヴン卿にこちらの正体を気づかれていないこと。彼はお金目当てで誘拐されたと思いこんでいるし、こちらも運よくセルビーのことはまだ一言も口にしていない。彼はわたしをジェシカ・ナナリーだと思っている。ナナリーが一度〝ジュリー〟と呼ぶのを聞いているが、どうやら彼はセルビーの妹の名がジュリアだったことも覚えていない様子だ——ひょっとするとそもそも最初から知らなかったのかもしれない。フィービともども社交界に出ていかなければ、彼と顔を合わせることもないだろうし、彼がミス・アーミガーとして知っている挙動のおかしな眼鏡女と自分を結びつけるとも思えない。つまり少なくとも彼がこちらの言動を世間に言いふらし、アーミガー家の家名にまたも泥を塗ることはないわけだ。

ジュリアは立ちあがると、そっと階段を下りて裏口から外に出た。駆け足で庭の外れの馬小屋に向かって、まずは馬具部屋からくつわと鞍《くら》を手に取り、それからずらりと並んだ馬房の前を抜けて自分の雌馬クローバーのもとへと急ぐ。クローバーはうれしそうにいなQなき、ジュリアの胸に頭をこすりつけてきた。ジュリアは鼻をなでてやりながら、にんじんを持ってきていなくてごめんねと小声で詫《わ》びた。それから手早くクローバーの頭にくつわをつけ、革紐《かわひも》を結ぶと、馬小屋の外へと連れだした。そのあいだもずっとびくびくしていた。どんなに小さな物音でも、馬小屋の二階で暮らす馬番が気づいて様子を見に下りてくるかもしれない。もちろん一目でジュリアだとわかるだろうから引き止めることはないだろうが、声を出す可能性はある。そうすれば間違いなくナナリーも起きてきて、説明を求められる。彼にストーンヘヴン卿を解放すると告げる勇気はなかった。これまでのナナリーの努力をすべて水の泡にするわけだから。

ジュリアはクローバーを庭から、踏み台代わりとなる切り株のある場所へと引いていった。切り株のそばで、鞍をつける作業に取りかかる。その作業のあいだも幾度となく手を止めて、なでながらこの数週間会えなくてどれだけ寂しかったかをクローバーに語りかけた。そうして鞍をつけおえると、切り株にのって鞍にまたがり、羊飼いの小屋に向けて出発した。白っぽい月明かりの下、足元を確認できるように愛馬をゆっくりと走らせながら、そのあいだにストーンへヴン卿をどうやって解放しようかとあれこれと思案を巡らせた。

　屋敷を出るときには細かなことは何も考えていなかったが、あらためて考えてみるといくつか問題点が浮かびあがった。自分はただ縄を切って馬で立ち去り、彼は彼で自力で小屋から街道へ出てくれればいいと考えていたのだが、もし彼が小屋を出て、最も近いコテージに助けを求めたとすると、すぐにそこがアーミガーの領主館にほど近いファローだと気づくだろう。そうなると、この誘拐がセルビーと関《かか》わりがあると疑いを抱くかもしれない。それだけは絶対に避けなければならなかった。いっそ馬を置いて逃げてくる？　そうすれば彼はその馬でロンドンにつづく街道に出て、ここがアーミガー邸とどれだけ近いか気づくことなく、ロンドンまで戻ってくれるかもしれない。でもできればそれも避けたい。そうなったらいちばんのお気に入りの馬を手放すことになる。ジュリアはここにきてまた、自分がどれだけ無分別かを思い知らされた気がした。やはりナナリーを起こして彼をロンドンまで連れ帰ってもらい、そこで解放すればよかった。計画を断念することでどれだけナナリーを怒らせることになっても。

　一瞬、屋敷に引き返してそうしようかと思った。でもナナリーのことだから、馬たちをじゅうぶん休ませてからでないと動いてくれないだろう。これ以上この件を先延ばしにしたくない。何時間も飲み物も食べ物も与えず、あんなに劣悪な環境下にストーンへヴン卿を置いておくなんて、ひどく罪悪感を感じる。それに日の光のもとで彼にじっくりと顔も見られたくない。ジュリアはついに結論を出した。手を縛った縄はそのままにして、椅子からだけ解放することにしよう。ずっと同じ姿勢で縛られていたのだから、筋肉はおそらくしびれているはずだ。椅子から縄を外しているあいだに攻撃される心配もないだろう。両手は縛ったまま目隠しをして馬の背に乗せ、ロンドンにつづく街道に連れていく。そこで彼を離してから、屋敷に戻るのだ。あとは彼がその近辺に誰が住んでいるかを尋ねることなく、馬車を拾ってロンドンに帰ってくれるのを祈るだけ。

しばらくして、前方の木々のあいだに小屋が浮かびあがった。ジュリアは気持ちを引きしめ、丸太小屋の前で馬を止めた。そして馬の背から降り、クローバーを若木にくりつけると勢いよく小屋に向かった。

板の隙間《すきま》からオイルランプの鈍い光がもれていた。さっきつけたままにしておいたものだ。些細《ささい》なことだが、それでも彼を真っ暗な闇《やみ》のなかに残しておかなかったと思うだけで、少し気持ちが楽になった。ジュリアは扉に手を伸ばしたところでためらい、気持ちを落ち着かせるためにすっと深呼吸してから、取っ手をまわした。

右側でかすかに何かが動く気配を感じた。だが身構える間もなく、鋼鉄のような腕がジュリアの両手の動きを封じこめる形で巻きつき、手で口を覆ってきた。

一瞬恐怖で体が硬直したが、次の瞬間には声をあげてもがきはじめた。けれども叫び声は口にあてられた手で抑えこまれ、全身をどれだけばたつかせても、体に巻きついた腕はますますきつく締めつけてくる。それでもジュリアは戦わずに負けたくなかった。

どうやって縄を外したの？　相手がストーンヘヴン卿なのは間違いなかった。別の誰かがたまたま彼を監禁している小屋の周囲に潜んで、自分を襲おうと待ちかまえていたとは考えにくい。それでも彼が縄を解くのは不可能にしか思えない。ナナリーはきつすぎると思うほどに強く縛りつけていた。あえて猿ぐつわは咬《か》ませなかったが、どんなに声を張りあげても、この半径数キロの範囲内にそれを聞きつける人は誰一人住んでいない。

ジュリアは必死で足を後ろに蹴《け》りあげた。一、二度彼の脚にあたったものの、両腕を固定されているこの状況ではとうてい勝ち目があるとは思えなかった。彼はジュリアを地面に押さえつけると、自分に顔が向くようにくるりと上向かせ、両脚のあいだに体を挟んで効率よく押さえこんだ。彼のたくましい太腿に脚を締めつけられると、その体勢の親密さを意識せずにはいられない。彼の手が次に両手をつかんでそれを体の前に持ってこさせようと、いったん口元を離れた。ジュリアは叫び声を張りあげた。誰にも聞こえないと知りつつも、何かをしないではいられなかった。次の瞬間、ストーンヘヴン卿の大きな手がジュリアの両手首を押さえこみ、ジュリアは腕を微動だに動かせなくなった。彼はジャケットのポケットから上品なハンカチーフを取りだし、それをジュリアの口につめこんで、叫び声を殺した。

次に地面から縄を拾いあげて、手首をしっかりと縛りつけた。彼がその作業を終えるころには、ジュリアはなんとかハンカチーフを吐きだし、ふたたび金切り声をあげていた。だが両手さえ縛りつけてしまえば、今度は猿ぐつわを咬ませることだけに専念できる。ストーンヘヴン卿はふたたびハンカチーフを手に取るとそれを唇のあいだに押しこみ、その端を後頭部でしっかりと結びつけた。ジュリアは無力感に駆られ彼をにらみつけた。ストーンヘヴン卿が茶化すように眉を上げた。

「縛られる側に立った気分はどうだい？」

彼はジュリアの脚に沿って体をずらし、両足首を手でつかむとそこも縛りあげた。それからおもむろに立ちあがってジュリアを見下ろすと、薄明かりのなか、自分の仕事をとくと眺めた。満足だったのだろう、彼は手を伸ばしてジュリアも立ちあがらせた。そしてねじれて背中に押しやられていたマントでもう一度念入りにジュリアの体を包み、首元のリボンも結び直した。おまけにマントのフードをできる限り深く引き下ろして、わざわざそばに近づいてのぞきこみでもしなければ見えない状態まですっぽりと顔を隠した。

ジュリアは唾《つば》をのみこんで、恐怖を抑えた。彼はわたしをどうする気？　体が自由になったあと、どうしてわざわざ待ち伏せていたの？　どうして逃げなかったの？　少なくとも醜聞は免れるだろうという希望は急速に失せていた。今は世間の評判だけでなく、命までもが危うい状況だ。わたしへの復讐《ふくしゅう》を目論《もくろ》んでいなければ、こうして待ちかまえていた理由が思いあたらない。どんな形で復讐するつもりなのか、考えただけで身震いが走った。これまでずっとじらしてきたもの、罠にかける餌《えさ》にしてきたものをここで本当に奪うつもりなのはじゅうぶん考えられる——つまり肉体の喜びを。

ジュリアはどうにか体の震えを静めようと、目を閉じた。怯《おび》えていることを気取られたくない。今夜、彼に純潔を奪われるかもしれない。でもたとえそうなっても打ちひしがれた姿は絶対に見せたくない。

そのまま小屋のなかに引きずりこまれ、強姦《ごうかん》されるものとばかり思っていたが、意外にも彼は身をかがめてジュリアを腕に抱きあげると、丸太小屋ではなく馬に向かった。そしてジュリアをうつ伏せにして馬の背に放り投げた。頭と脚が馬の胴を挟んでだらりと下がり、息ができなかった。格好は屈辱的で、しかも頭に血が下がる。彼はそのあいだに自分の長い脚に合うようにあぶみを調整すると、雌馬をつないでいた縄を解き、優しく語りかけてから鞍にまたがった。彼の手がさっとヒップをかすめるのを感じた。身をこわばらせたが、彼はとうてい優しいとは言えない手つきでジュリアの体をひっくり返して抱えあげると、自分の前に横向きに座らせ、両腕を体にまわして胸に引き寄せた。手綱を軽く打ち、踵《かかと》で脇腹をたたく。馬は前に進みだした。

彼がかすかに残る轍《てつ》に沿って、屋敷とは反対方向のファローに向かって進みだしたのを見て、ジュリアは胸をなで下ろした。だがトーマスの屋敷にたどり着くはるか手前で、もう少し道らしい道に行きあたると進路をそちらに取った。しばらくそのまま進むと、ついにホイットニー村へとつづく広い街道に出た。足元の地面がどんどん移り変わるなか、ジュリアはただ無力に座っていた。手足を縛られ、猿ぐつわを咬まされている状態で、あがいても無駄なのはわかっている。目的地にたどり着いたら、そこがどこであれ、逃げる隙があるかもしれない。そのときがチャンスだ。足首を縛られたまま逃げるのがどんなに困難かは、今はあえて考えたくなかった。

ついに村にたどり着くと、ストーンヘヴン卿は雌馬を宿の庭に入れた。ジュリアの体に緊張が走った。また新たな恐怖が沸き起こる。彼は誘拐罪でわたしを警官に引き渡す気なの？　地元の巡査なら、すぐに身元に気づかれてしまう。

真夜中だった。宿も暗く、静まり返っている。だがストーンヘヴン卿はためらうことなく大声で宿の主人を呼んだ。先に馬を降りて、ジュリアも抱え下ろす。そしてフードがじゅうぶん顔を隠しているのを確認してから腕に抱きあげ、おそらく女性だろうという以外は何もわからないようにジュリアの頭を胸に引き寄せた。羽織ったマントが、顔同様に縄で縛られた両手足もうまく隠していた。

ストーンヘヴン卿は扉に近づくと、拳をたたきつけた。「亭主！　開けてくれ。部屋がいる！」

扉の向こうから、静かにしろよとくぐもった怒鳴り声が聞こえ、しばらくして丸々とした宿の主人が扉を開けた。ナイトキャップにナイトシャツ、その下に慌ててズボンだけを引っかけた格好だ。

「こんな真夜中にどういうつもり――」扉を開けるなり主人は怒りを爆発させかけたが、蝋燭の灯に、身なりも身のこなしも明らかに上流階級の人間らしい男が浮かびあがるのを見て、即座に言葉を止めた。蝋燭の灯を掲げ、目の前の紳士が腕に抱えているものに目を凝らす。

「妻の具合が悪い。すぐに部屋を用意してもらいたい」

ジュリアは身をくねらせ、猿ぐつわごしになんとか声を出そうとした。彼の言葉がまたも強姦への恐怖を呼び起こし、そうなると発見される不安はもはや脅威にもならなかった。けれども体にまわされたストーンへヴン卿の腕に強く動きを封じられ、さらに手で顔を胸に押しつけられた。

「見てのとおり」彼は何事もないようにつづけた。「妻は話すこともできない。かなり弱っている」

「それは大変だ。さあ、どうぞなかへ」宿の主人はあとずさると、扉を持ったままストーンへヴン卿をなかに通した。「奥様はどこがお悪いのです？　医者を呼びにやりましょうか？」

「いや、それには及ばない。旅をすると、よくこうなってね。あまり丈夫な性質ではないものだから」宿の主人の目が、ジュリアの馬が一頭ぽつんとたたずむ庭に向けられたのに気づいて、ストーンヘヴン卿はつづけた。「この少し手前で、馬車が故障してね。御者が今修理をしてくれている。だが妻があまりに具合が悪そうなので、僕は妻を連れて馬で今夜の宿を探しに来たわけだ」

「それはそれは、奥様には何よりでしょう」どうあれ利益は大歓迎の主人がラウンジを抜け、二人を二階へと案内した。「奥の部屋にしておきましょう。そこがいちばん静かですから。裏は庭だし、隣の部屋は空いていますからね」

主人の言葉が恐怖でジュリアの心臓を締めつけた。けれどストーンヘヴン卿は満足げに答えた。「それはありがたい」

宿の主人が扉を開け、シーツを温めるためのベッド温め器かご婦人用の熱い煉瓦《れんが》でもお持ちしましょうかと尋ねた。

「いや、結構。我々なら大丈夫だ。僕は妻のことをよく知っている。一晩ぐっすり眠ればよくなるだろう」

宿の主人は扉脇の小さなテーブルに蝋燭を置くと、お辞儀をして出ていった。ストーンヘヴン卿は身をかがめて、扉に鍵をかけた。そしてジュリアを部屋の奥まで運んで、ベッドの上に放り投げた。はずみでフードが後ろに外れ、マントの前合わせが左右に割れる。ジュリアは自分の格好を痛いほど意識した。手足を縛られ、猿ぐつわを咬まされて身動き一つできず、しかもスカートが膝までめくれあがり、ストッキングに包まれた脚があらわになっている。

ストーンヘヴン卿がのしかかるように近づき、全身にゆっくりと視線をはわせてにやりと意地の悪い笑みを浮かべた。「さてと」彼が言った。「これで君は完全に僕の支配下に入った」

9

ストーンへヴン卿《きょう》がベッドの、ジュリアのすぐ脇《わき》に腰を下ろした。彼の体重でマットレスが沈み、おのずと体が彼のほうへと近づく。ジュリアは必死で離れようともがいた。彼がふっと頬をゆるめた。体の前面に手を滑らせ、胸の膨らみと下腹部をなでる。感情はまったく見せず、ただ自分の立場のみを誇示するように。ジュリアは屈辱で顔を真っ赤に染めて身をよじった。いたたまれなかった。馬車のなかであれほど親密に触れられ、裸の胸を見られたときよりもはるかに恥ずかしかった。

「そうだ。僕さえその気になれば、ここで君の体を奪うのはたやすいことだ」ストーンへヴン卿は語りかけるように言った。「君にさんざんいたぶられた見返りを主張しても罰はあたらぬだろう」ジュリアの乳首がドレスの生地を押しあげていた。そのつぼみを人差し指と親指で挟んで軽く転がす。そんな屈辱的な刺激にも乳首が硬く反応するのを感じて、ジュリアは背筋がぞっとした。「怯《おび》えているのか？　なぜだ？　それが君の生業《なりわい》だろう。見知らぬ人間に触れられるのは慣れているはずじゃないか」

ジュリアは猿ぐつわの奥から怒りの声をあげ、彼をにらみつけた。

「まあ、心配することはない」ストーンヘヴン卿は手を離して立ちあがりながらつづけた。「こんなあやしげな状態で君の体を楽しむつもりはない。はっきり言わせてもらえば、この姿を見ているだけでもうんざりだ。蛇とベッドをともにしたほうがまだましだよ」

その言葉がぐさりと胸に刺さったが、それでも安堵《あんど》感から体の力が抜けた。おそらく彼はあまりに自尊心が傷ついて、欲望を認める気にはなれないのだろう。怒りの根源は、騙《だま》し討ちをされたことでもばかにされたことでもない。これほどまでに怒っているのは、おそらくこれまでのことが演技だったと思っているから、情熱を感じているふりをされたと思っているからだ。でももちろん、自分の情熱がただの演技ではなかったとここで認めるわけにはいかない。

「そろそろ猿ぐつわを外そうか。君と話がしたい。しかしもし大声をあげるようなことがあれば、宿の亭主に洗いざらい説明して警官を呼んでもらう。君はニューゲートで最期を迎えたいかな？」

ジュリアは首を横に振った。ストーンヘヴン卿は一瞬推し量るようにジュリアを見つめてから、ハンカチーフの結び目をほどき、口から外した。

口のなかが綿のようにからからだった。たとえ叫び声をあげようとしても、あげられそうにない。もちろん声を出して人を呼ぶつもりはなかった。今、最も避けたいのは人目を引くこと。宿の主人はもちろん、巡査にまで駆けつけられてはどうしようもない。ストーンヘヴン卿の目的は知らないけれど、今のわたしの目標はただ一つ、自分が何者か気づかれることなく、監獄に入れられることもなく、彼から逃げだすこと。

ジュリアはなんとか声を出そうとしたが、かすれた音しか出てこなかった。咳払《せきばら》いをして唇をなめ、もう一度試みる。「それで、あなたは何が望みなの？」

「心配するな、大したことじゃない。君の共犯者の名が知りたい。この件を計画し、僕を利用しようと決めた人物の名だ」

「さっき言ったでしょう。それはわたし」

ストーンヘヴン卿が顔をしかめた。「君は僕をばかにしているのか？　この件に関《かか》わった人間が少なくともあと二人はいるはずだ──馬車を操っていた男ともう一人。いずれにしても通りで襲いかかってきたときにはそうだった。君を餌《えさ》にしようと思いつく前の話だがね。それで全員か？　どちらの男も、とても誘拐計画の首謀者には見えなかった。どちらかといえば、どこかの屋敷の使用人という風貌《ふうぼう》だ。誰かが君たちに報酬を払っているのは間違いない。僕はそれが誰かを知りたい」

ジュリアは顎をこわばらせて、彼を見つめ返した。これ以上話しても無駄だ。こういう計画を女性が一人で企てたなど、彼は頭から信じる気がない。

「僕となんらかの接点がある人物なのは確かだ」ストーンヘヴン卿が思考にふけりながら

つづけた。「僕のことを知りすぎている。行動も、どこに住んでいるのかも、どうすれば――」そこでジュリアに険しい視線を投げかけた。「どうすれば関心が引けるのかも」

「知識なんてなくても、女が男に対する最大の武器なのは誰でも知っていることよ」ジュリアは冷ややかに返した。

「狡猾《こうかつ》なやつだ」彼はジュリアの言葉を無視してつづけた。「僕がマダム・ボークレールの館《やかた》に出入りするのを知っている人間、しかも広い意味で社交界と接点のある人間。ひょっとするとそいつが君に、淑女らしい話し方や身のこなし方を仕込んだのか？　君とはどういう関係だ？　ぽん引きなのか？」

　その言葉の意味を理解するのに一瞬の間があった。つまりそれって、彼の空想上の男がわたしに売春の客を斡旋《あっせん》しているということ？　突然、怒りがめらめらと燃えあがり、恐怖を瞬時に吹き飛ばした。ジュリアは背筋を伸ばし、目に怒りを燃やした。「なんて無礼な！　よくもそんなことが言えるわね」

　ストーンヘヴン卿が嘲《あざけ》るように鼻を鳴らした。「おやおや、またお上品な淑女に逆戻りかい？　そうだな、それが違うとしたら、たぶん君は女優だ。その演技力、その品行、ぴったりじゃないか。図星だろう？　君と君の愛人は劇場に出ているのか？」

「あなたにわたしの品行がとがめられるわけ？」ジュリアは噛《か》みついた。「あの馬車のなかやヴォクソールガーデンズで自分がしたことは何？　あなたが聖人のようにわたしの激しい誘惑をはねつけたとでも?」ジュリアはぞっとすると言わんばかりに口をゆがめた。「ほんと、男らしい態度だこと。自分からあの手この手で誘惑しておきながら、誘惑されたのは自分だと逆に相手を非難するなんて。あなたが放蕩者《ほうとう》でなかったら、きっとこんなにもやすやすと誘惑はされなかったでしょうよ!」

「言っておくが、欲望に流されるのと冷血に罠《わな》を仕組んで人を陥れるのとはわけが違う。後者には心がないからね」

「だったらあなたは? ぬけぬけと嘘《うそ》をつかないでちょうだい。あなたこそ、道徳心も感情も心もないじゃない。あなたはたとえ溺《おぼ》れている人を見つけても、服を濡《ぬ》らすのはいやだと土手で冷ややかに眺めている人よ」

声に毒気を感じたのだろう、ストーンヘヴン卿が眉を上げた。「どういうことだ? 君は僕のことを何も知らないはずだろう? それなのにどうして僕の人格をそんなふうに批判する?」

ジュリアは言葉につまった。いけない。怒りに流されて、もう少しで自分が何者でなぜこんなことをしたのかを口走ってしまうところだった。危ない。へたをすれば取り返しのつかないことになる。これまで身元に関して何がなんでも口を閉ざしてきたのは、これ以上家族を醜聞に巻きこまないためだった。でもこうなってみると、やはり別の意味でも身元は知られないほうが安全だという気がする。まんまとセルビーに罪をなすりつけたのに、その真犯人が実は自分だと疑われていると知ったら、ストーンヘヴン卿だって黙ってはいないだろう。その疑惑を他人に言いふらさないように、口封じを目論《もくろ》む可能性もある。

「だってあなたみたいなタイプの男性はよく知っているもの」ジュリアはむっつりと告げると、ふたたび黙りこんだ。

「話を元に戻そう――共犯者の件だ。彼らについてはずいぶんと話しにくそうだから、まずは簡単なことから始めようじゃないか。僕の頭を殴った男のことだ。やつは何者だ？ ナナリーと呼んでいたが――君の親族か何かか？ それとも君の名は偽名なのか？」

「親族ではないわ。わたしたちはどちらもナナリーなんて名前じゃない。ほらあれよ、そのう、身元を隠すためにでっちあげた名前」

「やつの本名は？」

「知らないわ」

「おいおい、自分の共犯者の名も知らないというのか？」

「姓は知らないと言ったの。名前はたしか――フレッド。ほかの名で呼ばれているのは聞いたことがないわ」

「もう一人のほうは？」

「もう一人？」

「前に拉致《らち》されそうになったときには、男が二人いた」

「ああ。それはウィル。彼は手を引いたの──人を襲う度胸はないって」

「それで首謀者は?」

ジュリアはあきれたと言わんばかりに目をくるりとまわして、口をつぐんだ。

「話したほうがいいぞ。僕は根気強い男だ。真実を聞くまで──もしくは、君が警官に洗いざらい話すまで気長に待つ」

「あなたはわたしを警察に引き渡したりしない」自分で思う以上に、声は自信に満ちていた。「そんなことをしたら、もう一人の男のことがわからないままじゃない──あなたがすごく興味のあることだと思うのに」

「へえ。どういうことだい?」表情は冷静でとぼけていたが、瞳に炎がゆらめいたのをジュリアは見逃さなかった。

肩をすくめて、メイドの訛《なまり》をまねてみる。「だって、あたい──いえ、わたしをこんな面倒なことに巻きこんで、あげくに気取った話し方まで仕込んだのはあんたに関わりのある人かもしんない」

「僕の?」

「そう。あたいは飲み屋で働く貧しい娘だった。そこにちょうどあんたみたいな上流階級の旦那《だんな》さんが来てね。仕事を辞めたあたいに、声をかけたってわけ。〝なんならジェシー、わたしと一緒に来ないか? 大金が稼げるぞ〟って。もちろん、あたいは喜んでついてった。そんなおいしい話、断れるわけねえっしょ？　その旦那さんはあたいを豪勢な二頭立ての馬車に乗っけて、立派なお屋敷に連れてってくれた。そうしたら、そこに女の人が一人いて、今度はその人がちゃあんとした話し方を教えてくれたってわけ」そこでジュリアはすっかり訛を取り、貴婦人らしい話し方で尋ねた。「ね、ずいぶん見事な仕事ぶりでしょう？」

「実にね」ストーンヘヴン卿は乾いた口調で同意した。

「おまけにきれいな服までどっさり買ってくれて。ほら、わたしが着ているこういうやつ。それから歩き方と、前かがみになったり椅子の背に寄りかかったりしない座り方も教わって。ほんと、あのときは大変だったわ」

「だろうね。それで、その退屈な教育の目的はなんだい？」

「決まっているでしょう、あなたを罠にかけること。ほかにある？　その旦那さん、言ってた。〝やってやる〟ってね。しかもわたしが使ったら、父さんに鞭《むち》でぶたれそうな言葉であなたを呼んで。あの旦那さん、あなたのことがよっぽど嫌いなのね」

「その紳士の名は？」

「さあ。アンドリューと呼べって言われたから、わたしはそう呼んでいたけど。ほんとの名前かどうか。わたしにいろいろと教えてくれた女の人はいつもご主人様と呼んでいたけど」

「どうしてその男は僕のことが〝よっぽど嫌い〟なのかな？」

「さあねえ。そういえば一度だけ、あなたは盗人だって言ってたことがあるわ」ジュリアはまじまじと彼を見つめた。

「盗人！」ストーンヘヴン卿が片方の眉を跳ねあげた。「いったい僕が何を盗んだと？」

「そこまでは知らないけど」ジュリアは皮肉るようにつづけた。「盗んだものがたくさんありすぎて、どれのことなのか自分でもわからないんじゃない？」

ストーンヘヴン卿はため息をついた。「君はずいぶんと腰の入った嘘つきのようだ。くだらない思いつきばかりを並べている。僕は誰からも何も盗んでいない。どんなに胸に手をあてても、自分に恨みを抱く人物に心当たりもない。ましてや、僕を誘惑させるためにわざわざ手間暇かけて君を仕込むほどの恨みは。その話し方、歩き方、物腰――謎《なぞ》の貴族の邸宅で、数週間教育を受けたくらいで身につくレベルのものではない。おそらく長い年月をかけて体に染みついたものだ。僕はむしろ、君はそういう話し方や振る舞いをする環境に生まれ育ったんだと見ている。僕の勘では、若いころから奔放で、男と駆け落ちして家名に泥をぬった良家の令嬢ってところだな。おそらく相手はダンス教師――いや、ひょっとすると旅一座の役者かもしれない」

「あなたは役者に何か思い入れでもあるの？」ジュリアは尋ねた。「だからそんなことを言うんでしょう？」

「黙れ！」ストーンヘヴン卿は背を向けて、ベッド脇の小さなテーブルに手のひらを打ちつけた。はずみでオイルランプがぐらぐら揺れる。「君のようにずうずうしい女性ははじめてだ。少しは動揺しないのか？　誘惑、誘拐、しかも現行犯で捕らえられたら——今度は堂々とあからさまな嘘をつく！　しかしどうやら嘘がいちばん得意なようだ」

「あら、得意なことはたくさんあるのよ」ジュリアは穏やかに返した。彼の煮えくり返る怒りを静めたほうが得策だと理性がこれほど告げているにもかかわらず、なぜこんなにもストーンヘヴン卿を煽《あお》らずにいられないのか、ジュリアは自分でもわからなかった。わかっているのは、これが彼に対して残された最後の武器だということだけ。戦わずして負けるのだけは絶対にいやだった。

ストーンヘヴン卿が鼻を鳴らした。「そうだろうね。しかもおそらく大半はベッドのなかでのことだろう。しかし、今夜はとりたてて君の技量を見せてもらうつもりはない。僕を誘惑して解放させようと思っているなら、悪いがお門違いだ」

「そんなことを考えるわけがないでしょう。あなたに触れられるなんて、想像するだけでぞっとするもの。どんなに大金を積まれても、わたしに我慢できるのはせいぜい軽い抱擁までね」

「それが本音だとしたら、君は実に優れた女優だ」ストーンヘヴン卿が顎をこわばらせて吐き捨てた。「君のような女性には会ったことがない。こっちがそのそぶりを見せただけで頬を紅潮させ、乳首をとがらせ、パンタレットをぐっしょり濡らし――」

ジュリアは言葉にならない怒りの叫び声をあげて、ベッドの上から跳ねあがった。縛られていなければ彼に飛びかかり、噛みついてひっかいていたことだろう。けれども足首を縛られていたものだから、ベッドから勢いよく跳びあがったとたんにバランスを崩し、床にたたきつけられた。

ストーンヘヴン卿は怒鳴り声をあげ、すぐに駆け寄って抱き起こした。「頭がどうかしているのか？　どうしてこんな無茶をする？」

ジュリアは落ちた衝撃で肺が潰《つぶ》れ、おまけに腕と腰は痛むし、涙目になるほど強く頭を打ちつけるしで一瞬声も出なかった。そして声が出るようになったころには、すでに怒りは静まっていて、冷ややかな言葉を返せるようになっていた。「あなたを殺してやりたかったのよ」

「事実を指摘されて傷ついたか？」

ジュリアはなんの感情もないまなざしを向けた。「事実？　あなたは単なる肉体の反応を言っているだけでしょう？　誰だって、体がひとりでに反応することくらいあるわ。わたしがさっき話したのは感情のこと。わたしがあなたのキスや愛撫《あいぶ》を本気で喜んでいたと思うの？　だったら、もしわたしがあなたを罠にかけるためにわざとそう反応したんだと言ったら、ショックかしら？」

返事代わりに、彼の瞳に小さな怒りの炎が宿ったがすぐに抑えこまれた。彼は何も答えず、ただジュリアをもう一度腕に抱きあげるとベッドに戻した。

マントを脱がせ、扉のそばのフックにかける。それからジュリアの前にしゃがむと、足を手に取り、靴を片方ずつ脱がしはじめた。

彼の手の感触に背中をぞくぞくするような感覚が駆け抜け、ジュリアは噛みつくように言った。「何をしているの？」

「靴を脱がせている。君は靴を履いたまま眠りたいのか？」

「いったいなんの話？」

「今夜はどうあれ、もうどこにも出かけないからね。それに君も一晩ぐっすり眠ったら、気が変わってもっと協力的になるかもしれない。大丈夫だ、少なくとも僕のほうは、一晩寝たら機嫌が直る」

「こんな状態で眠れると思う？」ジュリアは縛られた両手を掲げてみせた。

「僕があの椅子に両腕両脚をくくりつけられていたとき、眠れるかどうか――いや快適に座っているかどうかさえ、気にかけてもらった覚えはないけれどね」

ジュリアはその言葉で顔に表れた罪悪感を覆い隠すことができなかった。彼がかすかに意外そうに言った。「どうした？　自分の放った矢に射抜かれたか？」

「あ……あなたを傷つけるつもりはなかったのよ」こんな言い方では許してくれと言って

いるように聞こえてしまう。それだけはいや。ジュリアは顎をあげ、挑むように彼を見た。

「でもやむを得なかったのよ。あなたが快適かどうかは考えてもいなかったから」

「そうだろうね。だが僕は君ほど冷酷じゃない」

意外にも、ストーンヘヴン卿は足首の縄を解きはじめた。「いくら君でも」彼は言った。「扉から逃げだそうと思うほどばかではないだろう。扉には鍵《かぎ》がかかっているし、君を捕らえることなど僕には雑作もない。そうなったら、情けはすっかり捨ててまた足首を結ぶだけだ」

ストーンヘヴン卿はこれまで足首を縛りつけていた縄を取ると、それを片方の手首に結びつけた。両手を結びつけている縄のちょうど真上だ。

「何をしているの？」

「もう少し動けるようにしてあげようと思ってね――それでも完全に解き放せば、面倒を起こされるのはわかっている。そうだろう？　何しろ君は僕がこれまで出会ったなかで最もやっかいな女性だ」彼はジュリアをベッドの足元に近づけると、縄のもう一方の端を壁に最も近い支柱に結びつけた。「今から両手の縄も解くが、もう一度さっきと同じ忠告をしておく。少しでも争おうとか、逃げようとかというそぶりを見せたら、すぐにまた縛りあげる。そのときは今よりもっとひどい状態になることを忘れるんじゃない」

ジュリアはわかったとだけうなずいてみせた。彼に感謝はしたくなかった。

　両手の縄が解かれ、ジュリアはこらえきれずに安堵の吐息をもらした。無意識に、手首についた赤い痕《あと》をさする。ストーンヘヴン卿は手首を見つめると、顎をこわばらせ、ふいに目をそむけた。

「備品はそこだ」彼が手で壁側を示した。テーブルの上に洗面器と水差しが置かれ、竪琴《たてごと》形の椅子の背にタオルがかかっていた。その隣に平凡な茶色い木製の洗面台。その奥に尿瓶が隠されているのはジュリアも知っている。

　それを見るとどうしてもストーンヘヴン卿に感謝を感じずにはいられなかった。そういった配慮を何一つ示さなかった自分に、またも気がとがめる。

　ストーンヘヴン卿は扉に向かった。「しばらく外に出ているよ。言っておくが、僕は縄結びが得意でね。僕が君なら、自分とベッドの支柱を結びつけている縄を解こうなどと時間の無駄になることはしない」

「逃げる気なんてないわ」ジュリアは言った。「今のところはね。先のことまではわからないけど」

　ストーンヘヴン卿が振り返り、眉を跳ねあげてからかうような表情を向けた。ジュリアは腰に手をあて、喧嘩《けんか》腰で見つめ返した。「そんな目で見なくていいわよ。ちゃんと約束するから！」

「君の約束は確かにあてになるからね」ストーンヘヴン卿は皮肉った。

心にあった感謝の念が一気に吹き飛び、ジュリアは彼をにらみつけた。「さっさと行って！　どうとでも好きなように思ってくれていいわ！」

ストーンヘヴン卿はあてつけるようにお辞儀をすると、部屋を出ていった。彼が鍵を持って出たらしく、表からかちりと鍵のかかる音がする。ジュリアは誰もいない扉に向かって顔をしかめ、舌を突きだした。それから自分に与えられた機会を有意義に使うことに気持ちを集中させた。

片手をベッドの支柱につながれたままでやりにくかったが、それでも小用を済ませると気分はだいぶ楽になった。手と顔を洗うのにはさほど不自由もなく、洗い終えたあとはずいぶんとすっきりした。これであとは髪のブラシさえあれば完璧《かんぺき》なのだが、あいにくブラシは見あたらず、ジュリアは指を櫛《くし》代わりにして髪を梳《す》くしかなかった。馬車のなかでストーンヘヴン卿に求められるまま下ろしてから結いあげていなかったので、髪はかなりひどくもつれている。

ジュリアはふっとため息をつき、ベッドの隅に腰かけて彼が戻るのを待った。手首にまわされた縄とその結び目、そしてベッドの支柱にまわされた結び目を念入りに調べてみる。確かに今は解かないと約束した。でも今後の参考のために調べないとは言っていない。けれど残念ながら、彼の縄を結ぶ能力は本人の申告どおりだった。ジュリアには一生かかっても解けそうにない。ナイフがあればなんとかなるだろうが、あいにく刃物の類《たぐい》はいっさい持ち合わせていなかった。

そのときふと、ストーンヘヴン卿はあの小屋のなかでどうやって縄から抜けだしたのだろうかと思った。ナナリーもかなり頑丈な結び目を作っていたはずだ。何か切るものを使ったとしか思えない——ひょっとしてなんとか手の届く場所にナイフを隠し持っていたとか？　いいえ、それは考えられない。きっと小屋のなかの何かを使って、縄を切ったのだ。ここにも何か使えるものがあるかもしれないと、ジュリアは部屋のなかを見まわしてみた。手の届く範囲にあるものといえば、洗面器と水差しだけ。ひょっとしてそのどちらかを割れば、その破片を使って縄が切れるかもしれない。実行は明日の朝。逃げないなんて約束しないで、壊れた陶器でできるだけのことはやってみよう。ジュリアはいちばん近い窓から外を見ようと首を思い切り伸ばしてみた。そばに木でも生えていれば、それを伝って下まで下りられるかもしれない。けれどもあいにく部屋のなかが明るすぎて、外の状況は何も見えなかった。

背後で扉の開く音がした。ジュリアはぎくりと跳びあがり、体ごと振り返った。外を見るのに必死で、廊下の足音に注意を払うのを忘れていたのだ。

「無駄だよ」ストーンヘヴン卿が腹立たしいほど陽気な声を出した。「僕も部屋の外から見てみた。そこには木も生えていなければ、格子も役に立ちそうな配水管もない。落ちれば下に真っ逆さまだ」

ジュリアは射るような目を向けると、そのまなざしが公爵夫人のように冷淡で尊大に見えることを祈りながらベッドに腰を下ろした。ストーンヘヴン卿が扉に鍵を差しこみ、かちりと鍵をかけた。彼がそのまま鍵を差しこみ穴に残したことに気づいて、ジュリアはわずかに希望をつないだ。ひょっとしたら鍵を外せるかもしれない――ベッドに縛りつけているこの縄から抜けだせさえすれば。ストーンヘヴン卿が上着を脱ぎ、念入りに椅子の背にかけた。次にしわくちゃになって乱れたネクタイを外し、シャツの裾《すそ》をウエストベルトから引っ張りだす。このまま目の前で裸になるつもりだろうかとジュリアはうろたえたが、彼は靴と長靴下以外は何も外さなかった。

洗面台に向かい、袖《そで》をめくりあげて手を洗いはじめる。そこでジュリアははじめて彼の手首を目にして息をのんだ。乾いた血の痕が幾筋もついている。とりわけ左手に多く。あらためて見ると、シャツの袖にも血痕《けっこん》が付着している。

「どうした?」視線に気づいてストーンヘヴン卿が顔を上げた。

「あなたの腕」ジュリアは指で示した。「何があったの?　どうして血が?」

ストーンヘヴン卿がかすかに驚いたように手首の血痕に目を向けた。「ちょうど縄を切った場所だな。だからその短い縄が手元に残ったんだよ。君の友人の縛り方はなかなか頑丈でね。切って抜けだすしか手がなかった」

「でもどうやって?」のこぎりの歯形のように残る傷跡を見て、背筋がぞくりと寒くなった。

「君が残していったランプのガラス管だ。どうにか椅子を近くまで動かして、ランプを倒して割った」

ジュリアはいたたまれなさを感じて、目をそむけた。この人が自由になるためにそこまでやるなんて、考えてもいなかった。そこまで精神的に強い、強情な人だとは気づきもしなかった。怪我《けが》を負わせるつもりなんてなかったのに。当初から頭を殴る予定だったことは棚に上げて、ジュリアは思った。でも敵は敵。少しくらい怪我を負わせたくらいでひるむわけにはいかない。

ストーンヘヴン卿が一瞬考えこむようにジュリアの顔を見つめ、それからふたたび洗顔と手洗いに戻った。それが済むとベッドに向かい、カバーをめくりあげた。そんな彼に、ジュリアはいくぶんきつい声で言った。「わたしをひと晩じゅう、ここに立たせておくつもり？」

「君が受けるべき罰からすれば、まだましなほうではないのかな？　しかし、僕はそこまで冷酷じゃない」

ストーンヘヴン卿はベッドの隅に近づくと、意外にも支柱にまわされた縄の結び目を解きはじめた。その縄でまた両手が縛られるものと思い、そんな状態で眠ることを考えて、ジュリアはため息をついた。けれどもストーンヘヴン卿はその縄をジュリアのもう片方の手首ではなく、自分の手首に縛りつけはじめた。そのあまりの意外さに、ジュリアはぽかんと彼を見つめた。

「何をしているの？」

「夜のあいだに、君が逃げないようにね。こうしておけばどんなにぐっすり眠る性質でも、君が縄を解こうとしたら目が覚めるだろう。まあ、僕はとりわけ眠りの深い性質ではないんだが……」

「ちょっと待って。それってつまりあなたとわたしが――」いったんベッドに目を向け、それからストーンヘヴン卿に視線を戻すと、たちまち頬が熱くなった。

「そう、僕たちは一緒に眠る。しかし君の大切な貞操のことは心配しなくていい」彼は〝大切な〟という言葉をあてつけるように強調して、ジュリアの貞操を自分がどれだけ大切なものと受け止めていないかをあえて示した。「すでに明らかにしたと思うが、君の企てを知ってからはベッドに連れこみたいという欲望はいっさいなくなった」彼はいかにも宣誓するようにそこで小さくお辞儀をしてみせた。「君もそうだろうが、僕は君には指一本触れないと誓う」

ジュリアはふんと鼻を鳴らした。「それではわたしも言わせてもらうわ。あなたもそうでしょうけど、わたしもあなたの誓いなんてまったく信じていない。いざ女性をベッドに連れこんだら、男性が貞節を維持できるとは思えないもの」

ストーンヘヴン卿が眉を上げた。「言っておくが、今この時点で僕は眠ることしか考えていない。しかし、君がどうしても床で寝たいというなら、君の両手をもう一度縛り直してベッドの支柱につないでもいっこうにかまわないんだよ」

「よして！」ジュリアは埃《ほこり》だらけの床を見て、ぞっとした。「わたしもベッドで寝るわ」むっつりと同意した。

お先にどうぞと、彼がベッドを示した。ジュリアはそれに従ってベッドカバーの下に潜りこむと、縄が伸びる限り遠くへ体を滑らせた。彼に背を向け、板のように体を硬直させて全神経を張りつめる。彼の体重でマットレスがたわむのがわかった。そしてふっと息で蝋燭《ろうそく》の火を吹き消す気配も。部屋のなかに闇《やみ》が訪れる。彼がわずかに身じろぎをしたと思うと――ジュリアには不可能としか思えないほどすぐに――彼の息づかいがゆるやかに、そして規則正しくなっていった。もう眠ったの？　ジュリアはなんとなく腹立たしさすら覚えた。もちろん、近づこうとされなかったのは喜ばしいことだ。でも、こんなになんのためらいもなく眠りに落ちられると、ばかにされている気さえする――こちらは神経が最大限に張りつめて、まんじりともできずにいるというのに。

ジュリアはため息をつき、少しでも快適な姿勢を取ろうと寝返りを打ったり体の位置を変えたりしてみた。そのうち縄を伝って手をそっと滑らせ、彼の腕とつながっている結び目に触れてみる。

「眠っているあいだに縄をほどこうとしても無駄だと言ったはずだ」突然、闇のなかから声が響いた。「それに、僕はきわめて眠りの浅い性質でね」

ジュリアは言葉を返さずに、ただもう一度背中を向けた。やがてついに疲労に屈して、眠りに落ちた。

宿のカーテンは薄く、夜明けとともに太陽が寝室を照らしたが、窓から差しこむ程度の日差しでは、疲れ果て、夜明け間際にようやく眠りについた二人が目覚めることはなかった。ジュリアがついに眠りから引き離されたときには、もはや昼に近かった。

きっかけは暑さだった。体が焼けつくように熱かったのだ。ジュリアは夢のなかで、ぎらぎらとうだるような暑い日に日差しが照りつける草原を歩いていた。歩いても歩いても、遠くに見える木々にはいっこうにたどり着けない。喉がからからに渇き、体は汗ばみ、肌は焼けつくように熱かった。やがてゆっくりと夢から醒《さ》め、ジュリアは目をしばたたいた。

体を包む熱気は本物だった。どっしりとのしかかる重みをなんとか押しあげようともがいてみる。そこで自分がいる場所に気づいてはっとした。ここは宿屋、そしてこれはストーンヘヴン卿の腕の重み。目がぱっと大きく見開く。脳がふたたび働きはじめる。

ジュリアはストーンヘヴン卿と二人、ベッドの真んなかに横たわっていた。背後から背中を抱かれ、まるで引きだしにしまったスプーンのようにぴたりと一つになって。ヒップにまざまざとあたる彼の欲望の証《あかし》がしきりに前後に動くのが感じられた。縄でつながれている腕は背中側にあったが、彼の空いているほうの腕はゆったりと背後からジュリアの体を抱き、脚の片方も脚に絡みついている。何より動揺したのは、前にまわされた彼の腕が親しげに胸の膨らみを包みこんでいたことだ。

彼の体はまるでかまどのようだった。ジュリアは熱くて息もできなかった。おまけに肌がぞくぞくとほてり、下腹部が重くうずいている。胸は張りつめ、頂はとがっていた。彼から実際には何もされていないのに、体がこんなにも興奮している。わたしはいったいどうなっているの？　心底憎んでいる男性にどうして体がこんなに反応するの？

ストーンヘヴン卿が小さなうなり声をあげ、体をこれ以上ないほどさらに密着させた。ジュリアはヒップを突きだしたくてたまらなくなっている自分に気づき、必死でこらえた。彼が何かわけのわからないことをつぶやいて、髪に鼻をすり寄せる。首筋に彼の息を感じ、次の瞬間には、肌に唇の温かく滑らかな感触を感じた。

ジュリアは低い声をあげると、振り返り、気力を振り絞って彼の体を引き離した。勢い余ってベッドから突き落とす。ストーンヘヴン卿はどさりと床に落ち、いったい何事かと目を見開いた。けれどジュリアの満足感もつかの間、結局彼と縄でつながれた腕に引っ張られ、直後に自分も彼の体の上に転がり落ちていた。

ストーンヘヴン卿が激しく怒鳴った。「僕を殺す気か？　それとも宿にいる全員をたたき起こしたいのか？」

「あなた、触ったじゃない。触らないと言ったのに！」ジュリアは逃れようともがいたが、縄でつながれた手と片側にあるベッドとに阻まれ、結局縄に引っ張られる形でまたもストーンヘヴン卿の体に重なり落ちた。そしてまぎれもない彼の体の反応をじかに感じ、頬がこれ以上は不可能なほど真っ赤に染まった。

ストーンヘヴン卿がその表情を見て、くすりと笑った。「こうなったのは君のせいだよ。僕は何もしていない」

「もうっ！」ジュリアはなんとか転がって彼から体を離した。そして腕をつながれたまま、ぎこちなく並んで横たわった。「さあ起きて。これ以上あなたといるくらいなら、監獄に入ったほうがましよ」

ジュリアはなんとか立ちあがった。彼もつづいて起きあがる。そしてジュリアがスカートの裾に踵《かかと》をひっかけ、またもよろめいて倒れそうになったときには、手を伸ばして支えてくれた。ジュリアはすぐさまスカートをまっすぐ直すと、彼の手から腕を引き離し、激しい目でにらみつけた。

「だとしたら、君は監獄という場所がどんなところかわかっていない」ストーンヘヴン卿はやんわりと返した。

ジュリアはその言葉を無視し、ドレスの裾を揺らして変わったところがないかを確認した。部屋の奥の鏡に目をやり、心の底から嘆きの声をあげる。「ああもうっ、まるで溝のなかで眠ったみたい！」

「まさか。ばかなことを言うんじゃない。埃一つついていないじゃないか」

ジュリアは目を細めた。「あなたっていつも朝からこんなに無愛想なの？」

「あいにくといつも起きた瞬間から身構えている」ストーンヘヴン卿が意地の悪い笑みを浮かべた。「特に快適な夢からむりやり引き離されたときにはね」

その目の表情を見れば、どういう夢だったかは容易に察しがついた。ジュリアは唇をむっつりとゆがめ、奥の鏡に向かった。「ブラシがないというのに」嘆きの声をあげる。「この髪を見て」

ストーンヘヴン卿は言われたとおりにもつれた巻き毛に目をやった。いかにも情熱的な一夜をすごしたばかりの女性という風情だ。そのことを考えただけで、下腹部が大きく反応した。目を覚ましたときの奇妙な陽気さはもはやどこにもなかった。これほど手ひどく裏切られながら、いまだ目の前の女性に欲望を抱いていることが腹立たしくてならなかった。全身がぞくぞくとうずいている。何よりいらだつのは、さっきまでこの女性を抱いている夢を見ていたことだ。彼女はあばずれだ。さすがに聖女とまでは思っていなかったが、それでも好意や情熱は返してくれる女性だと思っていた。自分が与える物品だけでなく、自分という人間を求めてくれる女性だと。贈ろうとしたブレスレットを突き返されたことで、その思いはさらに強まった。彼女のパトロンになりたがる男はおそらく数えきれないほどいる——それでも彼女は自分を選んでくれたのだと。

もちろんその考えがどれほど愚かだったか、今ではもう身に染みている。彼女は僕を騙していただけだった。少なくとも自分自身を与えるつもりなどなかった。ただ仲間が誘拐しやすいように連れだしただけだったのだ。

ストーンヘヴン卿は暗い視線を投げかけ、自分の頭にある考えをわずかたりとも口にしないようにした。それではあまりに無防備すぎる。代わりにストーンヘヴン卿はブラシがないという彼女の不満に話題を向けた。「櫛なら僕が持っている」

ストーンヘヴン卿は彼女を引っ張った状態で椅子に歩み寄り、上着の内ポケットから櫛を取りだした。ジュリアはその櫛を受け取り、さっそく髪を梳《と》かしはじめた。けれども右手が縄につながれている状態では、ストーンヘヴン卿の手まで引っ張りあげることになってぎこちない。ジュリアがうんざりとした目を向けると、ストーンヘヴン卿が手から櫛を奪い取って、その視線に応《こた》えた。

「僕がやろう」

ストーンヘヴン卿は彼女の美しい髪を一束手に取ると、慎重にもつれをほぐしながら櫛で梳きはじめた。髪に残っていた薔薇《ばら》の甘い香りが漂ってくる。昨夜手で感じた感触がよみがえり、下腹部の血の巡りが速く、激しくなる。ストーンヘヴン卿は彼女の髪の一房一房に櫛を走らせた。なかなか言うことを聞かない巻き毛が指に絡みつく。絹のように柔らかな手触りだ。喉がこわばった。口のなかがからからになる。ひょっとして息づかいが荒くなったのが彼女に聞こえていないだろうか？

聞こえていた。そして驚いていた。たとえ眠っていなくても、彼は自分が主張しているほどわたしに嫌気を感じていない。それを知ると、ある種の喜びがこみあげるのをジュリアは否定できなかった。彼の存在がやけに意識される。体温も息づかいも髪に触れるかすかにざらつく肌も。下腹部に熱いものが押し寄せる。

ジュリアは頭をさっと彼の手から離した。「も……もういいわ」

豊かな髪をさっと背中に振り払う。ストーンヘヴン卿は空中ではたと手を止め、それから櫛をたんすの上に放《ほう》った。背を向け、部屋の奥の洗面台に歩いていく。当然ながらジュリアも引きずられて歩かざるを得なかった。洗面器には古い水が入っていた。もちろん捨てる必要がある。それはつまり、窓辺に近づいて、窓を押しあげ、洗面器を持ちあげて、窓に近づけることを意味していた。それぞれの動きのたびに、彼の手がジュリアの手を強引に引っ張り、ジュリアはそれに従うしかなかった。二人は二度、体と体をぶつけた。彼が水差しから洗面器に水を入れ、それを手ですくおうとかがんだ。ジュリアの手と腕も同時に引きずられる。

彼がいらだちの声を吐き捨て、ついに手首の縄の結び目に手を伸ばした。ジュリアは身を硬くした。逃亡が急に現実味を帯びてきたのだ。ストーンヘヴン卿はただ結び目だけに気を取られ、ジュリアのもう片方の手が容易に水差しの取っ手に届くことに気づいていなかった。片手で結び目をほどくのは簡単ではなかった。ストーンヘヴン卿は眉間《みけん》に皺《しわ》を寄せ、そのことに集中した。そしてついに結び目が解けた。

「やったぞ」彼は声をあげ、手首から縄を取り除いた。

自由になったとたん、ジュリアは力いっぱい水差しを彼に向かって振り払った。頭にあてるつもりだった。けれども彼はとっさに後ろに飛びのき、水差しは胸から肩にかけてかすめただけだった。そこで水差しを逆さまに振りあげた。二人のあいだに水がびしゃりとこぼれる。ストーンヘヴン卿の足元がわずかに背後に揺らぎ、幸運なことに、こぼれた水で足を滑らせて尻餅《しりもち》をついてくれた。

ジュリアはすかさず扉に駆け寄り、鍵をまわした。彼が怒鳴り声をあげて立ちあがり、追いかけてくる。ジュリアは急いで扉を押し開け、外に飛びだした。

10

ジュリアは飛ぶように廊下を走り抜け、階段を駆けおりた。ストーンヘヴン卿《きょう》の裸足《はだし》の足音がどんどん迫ってくる。彼はジュリアより足が速く、階段も一段飛ばしで駆けおりて、結局階段の下で追いつかれた。ジュリアの腕をつかんで、振り向かせる。

「どういうつもりだ！」目はぎらぎらと光り、顔は怒りで真っ赤だった。

「放して！」ジュリアは自由になった手足を激しくばたつかせて、体をねじった。蹴《け》りあげた足が彼のむこうずねに命中し、彼が激しい怒鳴り声をあげる。

「何をする！　おとなしくしないか！」ストーンヘヴン卿に抵抗を抑えこまれ、もつれ合いながらジュリアの背中がどすんと音をたてて壁にぶつかった。

このころには両腕が脇《わき》に固定される形でストーンヘヴン卿の腕が巻きついていて、さらに彼は脚に全体重をかけて両脚を壁に押さえこんできた。

「やめて！　放して。息ができない！」

「息ができなければ、しゃべれるわけがない」ストーンヘヴン卿はジュリアの顔に目をやった。頬が紅潮し、にらみつける目は怒りできらきらと輝いている。ゆるやかに弧を描きながら肩を覆う髪は、まるで厚い赤褐色のカーテンだ。その美しさにストーンヘヴン卿はまたも胸を打たれた。

彼女の体の柔らかさがまたもまざまざと伝わってくる。体にこみあげる衝動をなんとか無視しようとしたが、それもまた難しかった。来る日も来る日も熱い欲望を抱きつづけてきた相手だ。どうやら昨夜の正体露見でも、その熱は冷めきらなかったらしい。昨夜もう彼女と寝る気はないと宣言したが、あれは詭弁《きべん》だった。彼女が欲しくてたまらなかった。指一本触れずに隣で横たわるのは、まさに自制心との闘いだったのだ。そして今朝だ。唐突に床にたたき落とされ、その上から彼女のたおやかな肢体が落ちてきたのは、ちょうど彼女と裸でベッドにいるみだらな夢を見ていたときだった。下腹部が岩のように硬くなっていた。あの美しい髪を櫛《くし》で梳《す》く作業も、なんの助けにもならなかった。

こうして体が触れ合うと、今朝の騒動で体がもつれ合ったときの感触がよみがえり、またも欲望で体がうずきだす。愛欲が理性をのみこもうとしている事実が彼女へのいらだちにさらに拍車をかけた。大声で怒鳴りつけたかった。彼女の体を揺さぶり、そのなかに身を沈め、彼女が切ない声を張りあげるまで激しく愛したかった。ストーンヘヴン卿はその幻想をなんとか頭から振り払おうとした。はずみにふっと視線が彼女の口元に落ちる。それからさらに下へ。ドレスの身ごろが水を浴びて濡《ぬ》れていた。ただでさえモスリンは薄い生地だというのに、下に着ている薄い綿のシュミーズまでぐっしょりと濡れ、透けているのも同然の状態だ。乳首の濃い薔薇《ばら》色のつぼみがくっきり浮きあがり、おまけに先端が布地を押しあげている。ストーンヘヴン卿は一つ震える吐息をついた。

二人の体勢から、ジュリアもまた彼の下半身を意識して急に息苦しさを覚えていた。壁に体を押しつけられた衝撃のせいだと自分に言い聞かせたが、彼が全身をぴたりと押しつけてきたときからなのはわかっている。彼の欲望のうずきが下腹部に押し寄せてくるのだ。

「放して！」ジュリアは声をあげ、全身で彼の体を押した。はずみで腰が前に動き、彼自身に触れて強く刺激する。

ストーンヘヴン卿の瞳に獰猛《どうもう》な光が宿り、喉の奥から低いうなり声がもれた。彼の唇が飢えたようにジュリアの唇に覆いかぶさる。ジュリアはひるんだが、急に体から力が抜け、自分の足では立っていられないほどになった。彼の口が歯と舌と唇を使って、ジュリアをむさぼり尽くしていく。唇が触れ合った瞬間から、ジュリアのなかで抵抗しようという思いはすっかり吹き飛んでいた。抵抗するどころか彼に両腕を脇に押しつけられている状態では首にしがみつけないと、不満すら覚えていた。

情熱の炎が二人を包みこんだ。こんなところでジュリアのスカートをめくりあげてはいけない、壁際で彼女を奪ってはならない。ストーンヘヴン卿のなかに、かろうじてその分別だけは残っていた。彼女を抱きたいという欲望になんの不合理さも感じなかった。おかしな話だが、裏切られていっそう欲望が強まった気さえする。下腹部をジュリアの腰に押しつける。彼女が喉の奥からもらす甘い声にいっそう興奮が高まった。両腕をヒップにあて、激しく唇を奪いながら、彼女をぐっと床から抱えあげる。炎が頭のなかにまで達していた。このままジュリアを抱いて二階に上がり、自分たちの部屋に連れ戻すこと以外は何も考えられなかった。

二人とも、宿の玄関扉が開いた音に気づかなかった。つづく話し声にも、入ってきた足音にも。それどころか宿に入ってきた数人がいっせいにあげた驚きの声すら、まったく耳に入らなかった。

そのとき部屋じゅうに大きく男性の声が響いた。「これは驚いた！ ストーンヘヴンじゃないか！」

ストーンヘヴン卿とジュリアは、急に頭からバケツいっぱいの冷水を浴びせられたように、その場で凍りついた。ストーンヘヴン卿が体にまわした腕をゆるめ、二人同時に声のほうへ顔を向ける。二メートルほど先から唖然《あぜん》とした顔で自分たちを見つめている三人の人物がいた——男性、女性、十代の若者。ジュリアにしてもストーンヘヴン卿にしても、まさかここで会うとは思っていなかった面々だ。

「フィッツモーリス」ストーンヘヴン卿は憂鬱《ゆううつ》な声を出した。

「ジュリア！」フィッツモーリス少佐の隣にいたパメラ・セントレジェが声を張りあげた。

このときばかりは明らかに当惑した声だった。

母親の隣に立っているトーマスは何も言わず、顎を落としてじっと目を見張っている。

ジュリアはみるみる真っ赤になった。ストーンヘヴン卿が小さく悪態をつく。

「ジュリア、あなたここで何をしていらっしゃるの？　しかも——まあよくもこんなことを！」パメラはまくし立てた。「いったい何を考えていらっしゃるわけ？」

ジュリアは心の底からうなり声をもらし、意外にもストーンヘヴン卿の胸に顔を隠すようにして身を縮めた。

「お兄様があんなひどいことをなさったというのに、それだけで飽きたらずに今度はあなた？」パメラはジュリアの気持ちなどいっこうにかまう様子もなくつづけた。「こんな宿屋で、しかもあばずれ女みたいな格好で！」パメラの目が二人の格好——裸足で、ストーンヘヴン卿はシャツの裾《すそ》をズボンから出しているし、ジュリアの髪は乱れている——を意味ありげに眺めた。「お気の毒なフィービ」彼女はため息をついた。「かわいそうなギルバート。このぶんではもうアーミガー家の人たちは顔を上げて、表も歩けやしない」

「ジュリア？」ストーンヘヴン卿がつぶやいた。ようやくパメラが呼んだ名にぴんときたのか、身をこわばらせる。「どういうことだ？」

ストーンヘヴン卿がジュリアの顎の下に指をあて、顔を持ちあげて自分を見つめさせた。

パメラの言葉を裏づける、苦悩と屈辱の表情。ストーンヘヴン卿はそこですべてをのみこんだ。「そうか」声にならない声をあげる。「だから……」

彼の言葉を遮るように、トーマスがはじめて口を開いた。「お母様、お母様は間違っている。サー・セルビーは何も悪いことなんてしていない！　それに」忠実につづける。

「ジュリアだってそうだと思う」

「確かに」確信など何もないまま、フィッツモーリスが同意した。

「トーマスったら、ばかなことを言わないで」パメラは含み笑いをもらした。「あなたの大好きなジュリアが何をしていたかは明らかじゃないの。でも言っておきますけど、彼女が悪いことをしたかどうかなんて問題じゃないのよ。問題なのはね、彼女がこうしてこんな宿屋に、こんな朝っぱらからストーンヘヴン卿と二人でいること。しかも二人とも、ほらご覧なさい。こんな格好で、わたしのような未亡人でさえ赤面するほどいちゃいちゃしている。こんなふしだらなところを誰かに見られたら、彼女の評判は台無し。そうですわよね、ジュリア？」

ジュリアは振り向き、石のような表情でもう一人の女性をとらえた。言われなくても、自分の評判が風前の灯火《ともしび》なのはわかっている。パメラはきっと嬉々《きき》としてその噂《うわさ》を周囲にまき散らす。でも事態はパメラが思う以上に深刻なのだ。ストーンヘヴン卿に何者かを知られてしまった。彼の唖然とした目が、これでようやく誘拐の理由に納得がいったと告げている。これまでも憎んでいただろうけれど、これで憎悪は二倍に膨れあがったことだろう。しかも、彼を横領とセルビーを破滅に追いやった罪で疑っていることにも気づかれたに違いない。おそらくたとえ自分も世間的に多少の犠牲を払うことになろうと、わたしのふしだらな行動は公にするに違いない――そうなったら、パメラがどうしようともう同じことだ！　彼はきっとセルビーのときのように、わたしの評判が地に落ちるまで手をゆるめない。そうしたらたとえ横領の罪で彼を告発しようと、もう誰もわたしの言葉に耳を傾けてはくれない。

負けた。完敗だ。セルビーの汚名をすすぐどころか、また家名を新たな醜聞に巻きこんで、ギルバートとフィービの状況をますます悪化させてしまった。

「こうなったら仕方がない」ストーンヘヴン卿が明るい声で言った。「どうやら彼らに打ち明けるしかなさそうだ」

ジュリアははっと彼に顔を戻した。いったいなんの話をしているの？　一瞬、彼は頭がどうかしたのかと思った。覚悟をしていた嵐《あらし》のような表情とは逆に、笑みまで浮かべて自分を見つめている。別の男性がこの表情を浮かべていたら、自分に特別な愛情があるのかと勘違いしたことだろう。けれども、それはありえない。

「何を？」ジュリアは暗い声で尋ねた。

「仕方がないだろう？　母に真っ先に知らせたかったが、状況が状況だ。ここでフィッツモーリス少佐とセントレジェ夫人に僕たちのビッグニュースを打ち明けるしかない」ストーンへヴン卿は三人を振り返ると、いまだジュリアの腕から下がる縄を彼らの目から隠すために、片腕をジュリアの肩にまわしてしっかりと引き寄せた。

「お騒がせして申し訳ない」彼はつづけた。「まだ誰にも知らせていなかったものでね。レディ・ストーンへヴンに報告するまでは内緒にしておきたかったんだよ。今ちょうどそこへ向かう道中でね」

「ストーンへヴンに？」フィッツモーリスが困惑した顔をした。「しかし君の領地はバッキンガムシアだろう？」頭は上等ではなかったが、それでもバッキンガムシアがここと正反対に位置することくらいはわかっているらしい。

「そうだよ」ストーンへヴン卿はすらりと答えた。「だがその前にジュリアの屋敷に寄る必要があった」

「そうか」フィッツモーリスはぽかんと見つめつづけていたが、パメラの顔はいかにも疑わしげだった。

ストーンへヴン卿がよしてくれと言わんばかりに身振りで示した。「しかし仕方がないな。なんせ君たちに見られてしまったんだから。認めるよ、僕とジュリアはとても品行方正とは言えない行為をしていた」ストーンへヴン卿はほほ笑んだ。「しかし罪は犯していない。どうか責めないでくれ。ここは大目に見てくれないか。なんせ新婚なんだ。ジュリアと僕は特別許可証を得て、昨日結婚したんだよ」

その言葉のあとに、深い沈黙がつづく。フィッツモーリス少佐はいつも思考速度が人より遅かった。けれどもほかの誰もが唖然として声も出せないなか、フィッツモーリスの顔が誰よりも早く晴れやかになった。

「なんだ、そうか！」彼は勢いよく声を張りあげた。「それでようやく合点がいった。おめでとう、友よ」歩み寄って、ストーンヘヴン卿の手を握る。「こんな日が来るとは思いもしなかった。それからジュリア」フィッツモーリスに声をかけられ、ジュリアは力なく笑みを返した。「君の幸せを心から願っているよ、レディ・ストーンヘヴン」

ジュリアは青ざめた。「よして！　そんなふうに呼ばないで！」

「君にとっては、彼女は今もジュリアなんだよ、フィッツ」ストーンヘヴン卿がすらりと言い繕った。「それはこれからも変わらない」そしてセントレジェ親子に顔を向けた。「そうだトーマス、君も僕たちを祝福してくれるだろう？　君がジュリアを大好きなのは僕も知っている」

「も、もちろん」トーマスは言葉につまりながら、問いかけるような目をジュリアに向けた。ジュリアはわざと顔をしかめてみせた。これがでっちあげだと気づいてほしかった。彼の母親の前ではそれを口にするわけにはいかない。「おめでとうございます、ストーンヘヴン卿。そしてジュリア」

「あらまあ……ずいぶん意外だこと」パメラがわざとらしい口調で言った。「ストーンヘヴン卿の言葉を信じていないのがありありと伝わってくる。それでも彼の眼前で言い争う気はなさそうだ。

「そうでしょう?」ストーンヘヴン卿がほほ笑みかけた。「僕でさえ、ジュリアがイエスと言ってくれたとき、自分の幸運が信じられなかった」

「朝食を一緒にどうだい?」フィッツモーリスが真実味のあふれる声で誘ってきた。

「我々はそのために寄ったんだ——ファローに戻る途中でね。着いても食事が用意されてないのはわかっているから。しかし、ここで偶然君たちに出会うなんて、実に運がいい」

「ああ。本当にそうだ」ストーンヘヴン卿が乾いた口調で言った。「しかしせっかくだが、今回は断らざるを得ない。今夜確実にストーンヘヴンに着くには、そろそろ出発するしかないからね」彼は三人に向かってお辞儀をした。「申し訳ない」

彼は返事を待たずして、〝花嫁〟に顔を向けた。「そろそろ失礼しようか。まだ旅の支度が残っている」

ジュリアは罪悪感を感じてためらった。ストーンヘヴン卿は嘘《うそ》をついているのだと打ち明けるべきではないだろうか。けれどもストーンヘヴン卿はジュリアの体をむりやり前に向けさせると、証拠の縄がぶら下がった腕を彼らの目から遠ざけるように体の前に隠し、引っ張るようにして階段を上がっていった。そしてすばやくジュリアを部屋のなかに押しこむと、後ろ手に扉を閉め、慎重に鍵《かぎ》をまわした。そしてジュリアを振り返る。

ジュリアは一瞬茫然《ぼうぜん》と彼を見つめた。突然、動揺の名残からか膝ががくがくと震えはじめ、よろめくように椅子に座りこむ。「どうしよう！　わたしたち、これからどうすればいいの？　こんなの最悪だわ！」

「それは、こっちの台詞《せりふ》だ。しかし今は嘆いたり、非難したりしている時間はない。すぐにここを発《た》つんだ。ぐずぐずしていると連中があれこれと質問を思いつきかねない――たとえばなぜ君の屋敷ではなく、街中の宿屋に泊まっていたのかとかね」

「どうしてわたしたちが結婚したなんて言ったの？」ジュリアは声をあげて立ちあがり、部屋のなかをうろうろと歩きはじめた。

「考えるまでもないことだろう。君の評判を救うにはそれしかなかった。君は尻軽女に見られようといっこうに平気なんだろうが、僕は良家の令嬢の評判を落としたごろつきにされるのはごめんだ」

「でも、このままで済むわけがないわ！　わかっているでしょう？　すぐに彼らも真実に気づく。そうしたら醜聞がさらにひどくなるのよ！」

「彼らに真実はわからない」ストーンへヴン卿はシャツの裾をズボンのなかに入れると、腰を下ろして、長靴下と靴を履きはじめた。「そんなとんでもないことにはならないよ」彼はジュリアを身振りで示した。「君も靴を履くんだ。すぐに出発する」

「でも、そんなことを言ったって」ジュリアは大声で泣きたい気分だったが、とりあえず言われたとおりに腰を下ろし、靴を履いた。「実際わたしたちは結婚していないんだし、ほとんど――」

「その点はすぐに手を打つしかない」彼が厳しい顔で答えた。

ジュリアは目を見開いた。ゆっくりと立ちあがる。「つまり、わたしと結婚するということ？」

「当然だろう。ほかにどんな手がある？」

「でもお互いに憎み合っているのに！」

「僕の聞いたところでは、結婚している男女というのは概してそういうものらしい」ストーンヘヴン卿は軽い調子でそう言うと、肩をすくめて上着の袖《そで》に手を通した。「僕たちとの違いは、結婚後にそうなるのではなく最初からってことだけだ」

「冗談を言っている場合じゃないでしょう！」

「そうかな。僕にはぴったりな場合に思えるけれどね。笑いながらのめば、苦い薬もましに感じられる」

ジュリアは彼をにらみつけ、いらだちの声をあげた。

「さてと、君の支度が整ったら、まずは宿の主人から僕のぶんの馬を借りて、隣街まで移動しよう。そこなら駅馬車が雇える。君の馬は一緒に連れていこう。君の屋敷に送り返すことも考えたが、ひょっとするとストーンヘヴンに着いてから必要になるかもしれない」

「わたし、あなたの領地には行かないから」ジュリアは事もなげに言い放った。

「その話なら、もっとふさわしいときに」

「だめよ！　今ここで話し合わなくちゃ。これ以上先に進む前に。こんなこと、何もかもばかげているわ。結婚なんてできるわけないじゃない。あなたがわたしとの結婚を望んでいるはずもないし、わたしだってあなたと結婚したいとは思っていない」

「君の気持ちはじゅうぶんわかっているつもりだ。僕の君への気持ちにしても、品のいいものだと取り繕うつもりはない。しかし今は自分たちがどうしたいかなど問題ではないんだ。問題は義務を果たすことだ」ストーンヘヴン卿が射るようなまなざしをジュリアに向けた。「君は自分が今どんな苦境に立たされているか、わかっているのか？　僕たちはあられもない姿を二人の人間に目撃された。いずれ国土の半分にはくだらない噂をまき散らされる。フィッツモーリスには口をつぐむだけの判断力がない。パメラは人を苦境に陥れるのが何より好きなタイプだ。君の世間の評価は台無しになるだろう。救われる道はただ一つ、僕と結婚することだ」

「わかっているわ。わたしだってばかじゃない」ジュリアは反論した。「でもあなたには、それだけの犠牲を払う理由がないでしょう？　わたしたちは互いに嫌っている。しかもあなたの家にとってわたしとの縁組は重荷でしかないはずよ。アーミガー家は今恥辱にまみれているもの」

「君が生きるか死ぬかというときに、僕一人で逃げろと？　僕もずいぶん見くびられたものだ」

「わたしの評判が台無しになったからって、だからどうだというの？」ジュリアは少しやけぎみに言った。「どうせ結婚なんてしそうにもないし。このまま一生グリーンウッドでフィービと暮らすんだもの。セルビーが——あなたがセルビーをあんな目に遭わせたから、今だって誰からも相手にされていない！」

「僕がセルビーをあんな目に遭わせた？　気にくわない性格だとは思っていたが、少なくとも今の今まではこれほど愚かだとは気づかなかった。僕はセルビーに何もしていない。すべてセルビーが自分でしたことだ。彼が愚かで弱かったんだよ。自分で自分の名を汚した。人として罪に向き合う勇気もなく、結局、君たち三人まで巻きこんでしまった」

「セルビーのことをよくもそんなふうに！」ジュリアは拳《こぶし》を握りしめて、彼をにらみつけた。「兄は誰よりも立派な人だったわ！　すばらしくて優しくて。あなたみたいな冷血人間よりずっとずっと勇気もあった」

「頭の切れる人物だったことは間違いない」ストーンヘヴン卿は乾いた口調で言った。「横領をする人物というのは、えてしてそういうものだ」そこで手を上げて、怒りの反撃を食い止める。「しかし、今問題なのは君のことだ。セルビーが家名を傷つけたのは確かだ。しかし、ここで君まで醜聞を引き起こしたら、事態は悪化する一方だろう。わかるか？　君の噂が巷《ちまた》にあふれ返る。そうなればセルビーに関する古い噂も、せっかくこの二年で収束しかけていたというのにまた蒸し返されるわけだ。自分はそれでもかまわないとしたって、義理のお姉さんはどうなる？　甥御《おいご》さんは？　どちらの件も、二人にはまったく関係のないことだろう。それなのに苦痛を強いられ、また新たな苦痛を強いられようとしている。レディ・アーミガーはまだ若い。一生ケント州に閉じこめるのは気の毒というものだ。それでもこれまでの人生があったのだから、彼女はまだましだろう。だがギルバートはどうなる？　子供時代にこんな二つの醜聞に見舞われて、あの子の人生はどうなるんだ？　たとえ社交界じゅうにふしだら女の烙印《らくいん》を押された叔母がいなくても、父親の汚名を抱えて生きていくだけでじゅうぶんに厳しいものなんだぞ！」

ジュリアの目にこらえきれず涙がこみあげたが、それでも必死にこぼれ落とすまいと抵抗した。「わかっている！　わかっているわよ！　あなたに言われなくても。計画に失敗したら、どうなるかは最初からわかっていた」

「それなのに実行に移したのか？」ストーンヘヴン卿は激昂《げっこう》のあまり首を横に振った。「セルビーにそっくりだ――感情のまま衝動的に突っ走る。君はセルビーの悪事を発見した僕に復讐《ふくしゅう》を思い立った。そして失敗したら面目を失うこともすべて承知のうえで、こんなばかげた計画を立てた」

「危険を冒すだけの価値はあると思ったの」

「君はそれでいいだろう。だがご家族はどうなる？」彼はいやみな口調でつづけた。「結果を考慮し、義務を果たすことがアーミガー家の家風でないのはよくわかった。しかし、今度ばかりは本気で正しいことをするべきじゃないのか？　ほかはどうあれ、とにかく君の甥御さんのために」

「よくもそんなことが――」ジュリアはかっとなりかけた。

「感情的になるのはよせ。馬に乗ったら、気が済むまで僕を怒鳴りつければいい。だが今はとにかく宿を離れることが先だ」

ストーンヘヴン卿は最後にもう一度部屋のなかを見まわしてから、そっと扉を開けて外の様子をうかがった。廊下に出て、あとにつづくようにとジュリアに合図をよこす。ジュリアはなんの表情も見せずに無言のまま従った。彼に腕を取られ、忍び足で階段を下りていく。ストーンヘヴン卿は外で待つようにと身振りで告げてから、宿の主人を捜しに酒場へ入っていった。

ジュリアは外に出ると、いらだちまぎれにベンチに腰を下ろし、ストーンヘヴン卿を待った。次の瞬間、玄関扉が開き、トーマスが飛びだしてきた。

「ジュリア！　ちょうど出ていくのが見えたんだ」

ジュリアは警戒するように扉に目をやった。「ほかの人も見ていた？　パメラとは話したくない」

「ううん。大丈夫。お母様と少佐はまだ食事中。僕、ずっと注意して見ていたんだ。だからそっと抜けだしてきた。話がしたくて」苦悩のにじむ顔で、ジュリアを見つめた。「嘘だよね？　あいつと結婚なんてしていないよね？」

「ええ。もちろんよ。ああトーマス、すごくややこしい状況になっているの。デヴェ――いえ、ストーンヘヴン卿はあなたたちに変なところを見られたから、そう言っただけ。わたしたちは結婚していない。わたしが彼と結婚するはずがないってことはあなただってわかっているでしょう」

「ああ、よかった！　でも、いったいどうしてここにいたの？　彼とキスをしていたのはどうして？」

「それはあのね、違うのよ、彼はそのう――ああトーマス、長くて複雑な話なの。今はちゃんと説明できないわ」

「それで、何かわかった？」トーマスが急《せ》き立てた。「彼は閉じこめられて、何か白状した？」

「そういうことだったのか！」

背後から聞こえたストーンヘヴン卿の怒鳴り声に、二人はびくりと振り返った。会話に夢中で、玄関扉が開く音にまるで気づかなかったのだ。二人はぽかんと彼を見つめた。

「これでわかったぞ」ストーンヘヴン卿が声を轟《とどろ》かせた。「つまり、セルビーの罪を暴いた僕に復讐しようとしたわけじゃなかったんだな？　色仕掛けで僕をあの小屋に連れこんだのは、何かを告白させるためだったのか！」

ジュリアはストーンヘヴン卿が顔を真っ赤にして怒る勢いにひるんで、唾《つば》をごくりとのんだ。なんとか顎を持ちあげて言葉を返す。「ええ、そうよ。そうでなければ、小屋のなかにあなたを閉じこめる理由がないでしょう？」

「セルビーの醜聞で傷ついた償いに、慰謝料でも要求するつもりなのかと思っていた。ついでに少し苦しめてやろうと――手に入らない餌《えさ》を目の前にぶら下げて、椅子にくくりつけて惨めな夜をすごさせようとしたのだと。無理のある話だとは思ったが、人というのは憎悪と悲しみで頭がいっぱいになると、わけのわからないことをしでかす。つい手近な相手に怒りをぶつけてしまうものだ」ストーンヘヴン卿はそこで言葉を切り、考えこむようにジュリアを見つめた。「それで、僕にいったい何を白状させようとした？」

「僕のお金を盗んだのはあなただったってことだよ！」トーマスが両脇で拳を握りしめ、熱い口調で自分よりずっと年長の男に挑んだ。

「なんだって？」ストーンヘヴン卿が唖然とした顔で彼を見つめた。「君は頭がどうかしているのか？」

「違う。それどころか、あなたが考えていた以上に利口だったってことだ」

ストーンヘヴン卿が苦々しい笑い声をあげた。「まさか本気で君の金を横領したのが僕だと？　こんなばかげた話を聞いたのは、生まれてはじめてだ」

「ばかげた話なんかじゃないわ。あなたには身に覚えがあるはずよ」ジュリアは追撃した。「あなたはお金を盗み、それをあたかもセルビーの仕業のように見せかけた。自分勝手な目的のために、兄やわたしたち家族全員を破滅させたのよ」

ストーンヘヴン卿の口元が白くなった。「本気で言っているのか——僕がトーマスの財産をかすめ取ったと。ウォルターから寄せられた神聖な信頼はおろか、自分の名誉も家族までも裏切ったと。いや、それだけでは飽きたらず、わざと長年友人だった男を貶《おとし》めるようなまねまでしたと？　友人その人だけでなく、彼の家名までも貶めたと？」

その目の表情にひるんだが、それでもジュリアは背筋をこわばらせ、落ち着いた声で答えた。「ええ。わたしはそう信じている」

ストーンヘヴン卿が奇妙な吐息を吐き捨てた。「そうか」彼は目をそらした。「自分を誘惑していた女狐《めぎつね》が実は上流階級の令嬢で、しかも自分への個人的悪意から練った計画だったと知ったときには、これ以上はないほど驚いたが、その君にまだこれほどの衝撃を与えられるとはね」そしてトーマスに目を向けた。「それで君も——君もこの話を信じているんだね？」

トーマスはわずかに怖《お》じ気《け》づいたが、それでも立場を変えずにうなずいた。

「君からその程度の人間だと思われていたとは」ストーンヘヴン卿はそこでいったん言葉

を切った。「残念だがトーマス、ミス・アーミガーと僕はすぐにここを出発しなければならない。これから数日は、やらなければならないことが山積みだ。だがいいかい、ミス・アーミガーは僕と結婚する。彼女がさっき話した軽率な打ち明け話は、絶対に他言しないでほしい。僕に対しては尊敬の念も何もないだろうが、君のジュリアへの好意がどういうものであれ、願わくばそのジュリアのために黙っていてもらいたい」

「僕は何があってもジュリアを傷つけるようなことはしない！」トーマスが語気を強めた。

「よし。君さえ母君とフィッツに事実を言わなければ、ジュリアが傷つくことはないだろう」

「わかっています。僕だってそれほどばかじゃない」トーマスは真摯《しんし》に告げた。

「それから、君に約束しよう。ミス・アーミガーと協力してこの横領事件をもう一度徹底的に調べてみる。近いうちに必ず、本当に金を盗んだ人間は誰なのかが彼女にもわかるだろう」ストーンヘヴン卿は挑むような目をジュリアに向けた。

ジュリアも負けじとその視線を跳ね返した。「力ずくで犯人はセルビーだと信じこませるつもりなら、それは無理だから」

「そんなことをするわけがない。だがそのうち君も理性と論理に目覚めてくれることを願っているけれどね」ストーンヘヴン卿は言葉を切った。「さあ、そろそろ出発の時間だ、ミス・アーミガー。いいね？」

「ええ」ジュリアは言葉をのんだ。トーマスを振り返り、抱きしめてささやく。「わたしなら大丈夫よ。それに、なんとしてでも彼から真実を引きだしてみせると誓うわ」

ストーンヘヴン卿はジュリアを連れて、馬小屋に向かった。「宿の主人に言って、馬ではなくて一頭立て二輪の軽馬車を貸してもらうことにした。速度は出ないが、ドレス姿の女性にはそのほうが快適だ。いいだろう？」

ジュリアは小さく安堵《あんど》の吐息をついた。彼には口が裂けても言うつもりはなかったが、乗馬服ではなく昼間用のモスリンのドレスで馬にまたがるのは、いい物笑いの種だと気が重かったのだ。昨夜は暗かったし、羊飼いの小屋まで急いでいたこともあって、スカートを気にすることもなく馬にまたがったが、昼間となると、乗馬服を着ていない姿は衝撃とまではいかなくても、かなり滑稽《こっけい》に映るはずだ。

「ありがとう」ジュリアは彼の目を見ずに言った。

「どういたしまして」同じぎこちなさでストーンヘヴン卿も答えた。

馬丁がジュリアの雌馬を後ろにつないだ馬車を引きだしてくると、ストーンヘヴン卿はジュリアをなかに乗せ、自分は御者台によじ上って手綱を取った。そして彼らはきわめてのろくさい速度で宿を出発した。

「宿の主人の話では、駅のある最も近い街はスワンレーらしい。そこから、バッキンガムシアに向かう」

「いかにもわたしには口を挟む権利はないっていう言い方ね」ジュリアは挑むように言った。「計画を台無しにして申し訳ないけれど、バッキンガムシアへはあなた一人で行って。ロンドンまでは一緒に行きましょう。わたしはそこで降りるわ」

ストーンヘヴン卿がちらりと目を向けた。「君の頭はどこまで気まぐれにできているんだ？」

「わたしはあなたと結婚しない。そんなの、不合理よ」

「同感だ。僕もときどき結婚は不合理そのものだと思う」彼はさらりと返した。「しかし、残念ながらそれが世間の認める生活様式だ」

「話題をすり替えないで、ちゃんと話して。わたしはわたしたちの結婚の話をしているのよ。それには理由がないでしょう」

ストーンヘヴン卿がわざとらしく大きなため息をついた。「この議論はもう済んだと思っていた」

「済んでいないわ、全然。あなたにはわたしと結婚する理由がないでしょう？　あなたにその義務はないわ。アーミガー家と婚姻関係を結ぶなんて、あなたやあなたのご家族にとっては支障にしかならない。しかもわたしとだなんて。パメラ・セントレジェはこの話をみんなに言いふらすに決まっているのに」

「僕だって、彼女が言いふらす話に登場しているんだよ」彼は優しく諭した。

「でも男性の場合はわけが違う。あなただってわかっているはずよ。確かにみんな、舌打ちして首を横に振るかもしれない。ご婦人方のなかには、あなたは放蕩《ほうとう》者だからとパーティに招待するのをやめる人も出るでしょう。でもそれだけ。あなたが社交界から追放されることはない」

「ああ。そして僕たちが結婚したと知れば、君たちもそうならない」

「あなたにそこまでしてもらう理由がないと言っているの」ジュリアは彼をにらみつけた。どうして彼はそこまで気高い振る舞いに固執するわけ？　そんな人ではないとこっちにはわかっているのに。「あなただって本当は関《かか》わりたくないんでしょう？　ずるい……〝女狐〟となんて。〝売春婦〟となんて」

ストーンヘヴン卿がおもしろがるように眉を跳ねあげた。「なんだ、気にしていたのか？」

「あなたはわたしを嫌っている」彼の言葉を無視して、ジュリアはつづけた。「それにわたしがあなたを嫌っていることも気づいている。そんなわたしたちにどんな結婚生活が待っているというの？」

「これまでのことからすると、長い憎悪の日々かな」彼が返した。振り返って、鋼鉄のようなまなざしをジュリアに向ける。「いいかい、よく聞くんだ。君との結婚は僕の意思だ。僕が君をどう思っていようと関係ない。前にも言ったが――これは面目の問題だ。それと義務の。僕も君と同じく屈辱的な姿を目撃された。確かに社交界から受ける罰はさほど厳しいものではないだろうが、一定の汚点はのちのちまでつきまとう。人々の心に、君を誘惑しておきながら結婚もせず、分別のない行動の責任を君一人に負わせたとんでもない男だと残ることになる」

「でも責任はわたしにあるの！」ジュリアは言い返した。「わたしは自分が何をしたか、わかっているわ。あなたはわたしが何者かも、良家の生まれであることも知らなかった。わたしは身持ちの悪い女を装っていたの。あなたからどう言われようと、わたしは自分が引き起こした結果と向き合う心構えはできていた」

「そうだね」彼は皮肉な口調で同意した。「僕は確かに君が何者かも、何をしようとしているのかも知らなかった。知っていたら、もう少し理性的に行動しただろうとは思う。だがどういう状況であれ、僕も過ちを犯したことに変わりはない。分別のない行動をした。縄を切ったとき、あのまま立ち去ることもできたのに……いや、立ち去ればよかったんだ。それなのに怒りを抑えきれずにその場にとどまり、君を捕らえた。君をあの宿屋に連れて入ったのは僕の責任だ。二人でいるところを目撃されたのも。しかもあんな場面を」

彼の視線が口元に落ちた。否《いや》が応でも、あのときの情熱的なキスの記憶がよみがえる。今もまだはっきりと心に焼きついていた。彼の唇の味も、感触も、身が焦げるほどの熱さも。ジュリアはぶるりと身を震わせた。

「それに」ストーンヘヴン卿は視線を道に戻し、抑揚のない声でつづけた。「たとえ目撃されていなくても、僕は君と関係を持った。なんというか、夫だけに許されるような親密な関係を。君を見て、触れて……」声がしだいにかすれる。

ジュリアは熱気が押し寄せるのを感じて、顔をそむけた。ただの言葉なのに、どうしてこんなふうに感じてしまうの？「よして。お願い。わたしたちは……その、正確な意味では……」

「ああ。セックスはしていない」彼がざらつく声で返した。「君の純潔は奪わなかった。少なくともその罪は手前で回避できたわけだ。それでも、夫しか目にする権利のない君を知っているのは事実だ。道義的にも法的にも、きちんとした形を取ることが僕の義務であり、責任だろう」

「でもわたしはあなたと結婚したくないと言っているの！」過去の苦痛に煽《あお》られ、ジュリアは声を張りあげた。「あなたがいちばん気にしているのは、自分が人からどう見られるかでしょう？　でもわたしはそうじゃない。わたしには偽りの結婚生活を送ることなんてできない。残りの人生、兄を破滅させた男性と結婚して暮らすくらいなら、恥辱にまみれて生きていったほうがましよ！」

「僕はセルビーを破滅させてなどいない！」彼の黒い瞳に怒りが燃えあがった。「君は頭がおかしいのか？　そもそもどうして僕があの金を盗んだなんて考えられるんだ？　しかもそれを使ってセルビーを破滅させた？　セルビーは友人だったんだぞ」

ジュリアはあきれて目をくるりとまわしてみせた。「わたしにあなたみたいな友人がいなくてよかったわ」

「この話には無理がある。いったい何を根拠に僕がトーマスの金を盗んだというんだ？」

ジュリアは嘲《あざけ》るような目を向けた。「あなたが誰よりわかっているはずよ」

「いいから言ってくれ」

「でも、わたしにはどう立証すればいいのかわからないわ。だから、あなたに白状させたかったんだもの」

「色仕掛けで誘惑して？」ストーンヘヴン卿が眉を曇らせた。「そういえば、ヴォクソールガーデンズのボックス席で君がおかしな質問をしたのを覚えている」唇に茶化すような笑みが浮かんだ。「いったいどんな計画だったんだい？　盛りあがったときにすかさず、〝そういえば、トーマスの信託財産からお金を横領したのはあなたでしょう？〟と尋ねるとか？　しかしそんなことをすれば、さすがに場がしらけるだろう。そうは思わなかったのか？」

「そうよ、うまくいかなかった」ジュリアはむっとした顔を彼に向けた。「いいじゃない。それで自分にその計画は向いていなかったとわかったんだから」

「いや、君は実に有能だったよ」彼の瞳にさっと意味ありげな炎が浮かんだ。

「でも望んでいた情報は得られなかった」

「だから誘拐することにしたのか」

「そう。もともとその計画だったの。でもなかなか実行が難しくて。ナナリーが、あなたはジャクソンのところでボクシングを習っているって言っていたわ」

「たまにね。ところで、僕の頭に瘤《こぶ》を作ったそのナナリーってやつは何者だい？」

「彼を責めないで」真剣な口調でジュリアは言った。「何もかもわたしの考えだったの。彼は忠実で、わたしのためならどんなことも厭《いと》わない人よ。でもわたしさえ命じなければ、そんなことはしなかった」

「つまり今回のために雇った暗殺者ではなくて、もともとの使用人ってことか」

「殺そうとなんてしていないじゃない！」ジュリアはひどく驚いて反論した。

「言葉が過ぎたのならあやまる。だが彼に殺すつもりはなく、ただ頭を殴って縛りあげるのが目的だとどうして僕にわかる？　それに彼には何度か襲われたが、そのうちの一度でも僕が銃を携帯しているときだったらどうなっていた？　僕は彼を撃ったかもしれないんだぞ。実に浅はかな計画だ」

「お褒めいただいてありがとう。どうやらわたしはあなたほど犯罪に向いてはいないみたいね」

「それだ、それじゃあ話題を元に戻そう。たしか君が僕を盗人と決めつけた理由を話してくれるところだった」

「フィービやトーマスやわたしのように、セルビーがそんなことはしないと考えるところから始めたら、すぐにわかるはずよ」

「その根拠は……？」語尾が問いかけるように上がった。

「だってわたしたちはセルビーを知っているもの」ジュリアはぴしゃりとはねつけた。

「なるほど。つまり彼が犯人ではないと証明するものは何一つないんだな」

「そうよ、ないわ。あったら、とっくに公表している。でもわたしは兄を知っているもの。そんなことをする人じゃない。思い切り想像力をたくましくして、万が一兄がお金を盗むことを考えたとしたって、絶対にトーマスからは盗まない。弟のように思ってきた相手なのよ」

「実にすばらしい兄妹《きょうだい》愛だと思うよ。しかし人というのはとことん追いつめられたら、生来の性格からは考えられないこともしてしまうものだ。そしてどんなにすばらしい人間でも秘めた欠点がある。その欠点がやがて盗みにつながり、そして――」

「セルビーのことを話しているの？」

「そうだ。セルビーは根っからの博打《ばくち》好きだった。大金を賭事《かけごと》でなくし、借金に追われ、行きづまって信託財産から奪い取ることを思いついた可能性もある。ひょっとしたらまた運が巡ってきたときに返済するつもりだったのかもしれない。しかしそのときは巡ってこ

「兄が賭事にのめりこんでいたのはわたしも知っている。自分から話してくれたのよ。わたしがマダム・ボークレールの館《やかた》のことをどこで知ったと思う？　でもフィービと出会ってからは違うわ。彼女と結婚して、ギルバートを授かって、兄は変わったのよ。この四年はすっかり身を落ち着けていた。それまでだっていくら羽目を外しても、領地やほかの財産を危険にさらすことまではしなかった。でもフィービと結婚してからは、領地の管理に関心すら抱いて本当によくやっていたの。それに関してはちゃんと確信があるわ。フィービは領地の管理人と帳簿の確認をするのが嫌いでね。仕事の話にはいつもわたしを同席させるの。だからわたしは兄がフィービとギルバートにどれだけの蓄えを残したかを知っている。セルビーはお金を必要となんてしていなかった」

「人知れず金を必要とするときもある」

「用途の知れないお金をセルビーが必要としていたってこと？　戯言《ざれごと》だわ！　事実は、セルビーにはトーマスからお金を盗む理由も意図もなかったってことよ。たとえその両方があったとしても、兄は誇り高くてそんなことを実行できる人じゃない。わたしたち三人はセルビーをよく知っている。だからそんなことはありえないとわかるの。だから惑わされずに事件を直視できたの。そんな――」ジュリアはさりげなく身振りで周囲を示した。「若いころは確かにね」ジュリアは顔の前で手を振って、その考えを一蹴《いっしゅう》した。

なかった」

「事実に？」ストーンヘヴン卿が言葉を継ぐ。

「間違った手がかりに」ジュリアは言い直した。

「つまり僕は惑わされたと」

「いいえ。あなたがほかの人を惑わしたと言っているのよ」ジュリアは両手をぐっと握りしめた。ストーンヘヴン卿に対してあまりに率直に話しすぎていないかと、我ながら少し不安になったのだ。

彼が硬い表情を向けた。「つづけて」

「わたしたちにはセルビーが有罪じゃないとわかっていた。そうなると、誰かが兄を犯人に見せかけるために証拠を仕組んだことになる。信託財産やそれに関わっている人間をよく知っている人物。少なくとも兄がジャック・フレッチャーという偽名を使っていたことを知っていた人物。ばかげたただのおふざけが、結果として命取りになりかねないと考えそうな人物」

「つまり君は、セルビーの知人で信託財産にも通じている人間から、犯人候補は僕しかないと考えたわけだ」

その言葉ににじむとげとげしさに萎縮《いしゅく》するのはいやだった。ジュリアは落ち着いた表情を彼に向けた。「それが最も論理的でしょう。管財人はあと三人。フィッツにはこんなことを考えつくだけの知性はないし、ヴァリアンはあなたよりセルビーと親しかった。それにこの件はすべて、あなたから始まっている。あなたがみんなに手紙を見せ、セルビーが信託財産から横領したという話を世間に広めた。わたしには考えるまでもなかったわ――そしてフィービにも、トーマスにも。実際に横領して、セルビーを罠《わな》にかけた人物があえてその噂を広めたのだろうと思った」

「僕がセルビーの横領を発見し、それを隠さなかったから真犯人だと？」

「自分で捏造《ねつぞう》した証拠だからこそ、余計に効果的に見せられたんじゃない？」ジュリアはかっとなって言い返した。「誰も見落とすわけがないわ。だってあなたが確実に人に見つかるように慎重に作りあげた手がかりなんだもの。でなければどうしてあんなにすぐに公にする？　告発すると声高に宣言する？」

「どうするのがよかったというんだ？」ストーンヘヴン卿が瞳をぎらつかせて声を張りあげた。「トーマスの信託から誰かが金を盗んでいるのを見つけても、何もするなと？　盗んだ男がはじめて街に出たとき以来の知り合いだから、何も言わずに黙っていろと？　君の道義心はその程度のものなのか？　だが僕は違う。ウォルターとは、長年心からの親友だった。悪事を見逃して親友を裏切るなど、僕にはできない。たとえそれが友人の仕業であってもだ。セルビーを告発することが僕にたやすかったと思うか？　頼むから、起きたことに対して何かしらの理由付けを、何かしらの説明をしてくれと祈らなかったと思うのか？　だが彼はしなかった。どの手紙のこともいっさい答えられなかった。経費を求めた理由さえ挙げられなかった。彼はただ否定しつづけただけだ。彼の行動を正当化する証拠は何一つなかった。セルビーがやったことなのは明らかだ。それは誰の目にも明らかだった。信託財産に金を請求する四通の手紙。すべて彼の筆跡で彼の署名入り。しかもその金はセルビーが長年使っていた偽名のもとへ送られている。それが冗談だったかどうかは問題ではない。その名はセルビーの分身だ。それは誰もが知っている。セルビーは手紙を書いた理由も言えなかった。その金がトーマス・セントレジェのために使われたかどうかも証明することができなかった」

「できなくて当然でしょう！」ジュリアは声を張りあげた。「だって、そんなことはしていないんだもの。事実でもない証拠にどう異議を唱えろというの？　書いてもいない手紙を書いた理由をどう答えろというの？　だから兄は否定したの。でもあなたは巧みに蜘蛛《くも》の巣を張り巡らせて、逃げられないようにした。そして否定することでいっそう有罪に見えるように仕組んだ」

「有罪だから、有罪に見えたんじゃないか」ストーンヘヴン卿は一蹴した。そして一度大きく深呼吸をしてから、なんとか声を落ち着けた。「彼は君のお兄さんだ。そして君は彼を深く愛している。つらいのはわかる。お兄さんの行動はどうしても受け入れがたいだろう。僕にとっても信じがたいことだ。だが証拠を見れば、犯人がほかにいるとはとうてい考えられない。ジュリア、お兄さんは自殺したんだよ。それも彼が有罪だという、まぎれもない証拠だろう？」

「兄は自殺なんてしていない！」

「頭に銃口をあて、引き金を引く行為をほかにどう呼べと言う？」ストーンヘヴン卿が無情にも言い返した。

「あれは事故よ。ときどき聞く話だわ。たぶん銃の掃除か何かをしていて、銃が暴発したのよ。だって兄は狩りをしに行ったんだもの」

「いや、そうじゃない。あれから僕は狩猟小屋の管理人と話したんだよ。セルビーが狩りをした気配はまったくないということだった。駆けつけたら、彼は自らを撃っていた。それだけだったと」

「自殺のはずがない」ジュリアは揺らぐことなく繰り返した。「自殺については、フィービもそうじゃないかと考えている。誰もに背を向けられて、追いつめられたんじゃないかと。でも兄はそんなに弱い人じゃなかった。わたしたちをこんな状況に残していくような人じゃなかった」

「まったく！　どう言えばわかるんだ？　彼は自殺した。横領を告白し、自殺すると書き遺《のこ》した遺書があったんだ！」

一瞬しんと静まり返った。

「なんて？　兄はなんて書き遺していたの？」

ストーンヘヴン卿がため息をついた。「これ以上の恥辱に耐えられない、自分の犯した罪の重さはわかっている、だから命を絶つと。彼は横領を認めたんだよ」

「信じない」ジュリアの声が震えた。「わたしは信じない」

「それじゃあヴァリアン・セントレジェにきいてみるといい。セルビーから狩猟小屋で会いたいという手紙が届いたとき、偶然彼も僕の屋敷にいた。君も知ってのとおり、セルビーの狩猟小屋はうちからさほど離れていないからね。気は進まなかった。詫《わ》びるにしても、言い訳をするにしても、もう一度一から反論し直すにしても、とにかく彼から出向いてくるものと思っていたからね。しかし、僕は出かけていった。ヴァリアンも同行した。そして二人で死んでいる彼を発見した。そばの机に手紙があったんだよ。そのなかで彼は周囲に詫び、罪を認めていた」

「でもどうして――あなたとヴァリアンが発見者だってことは知っていたわ。でも遺書のことなんて、誰も一言も話してくれなかった」

「そう。それは……僕とヴァリアンで判断したことだ。レディ・アーミガーに遺書を見せたところでなんの役にも立たないと。ただでさえ悲しんでいる家族に知らせたくない内容が書かれていた」

「ひどい！」ジュリアはぐっと拳を握りしめた。彼に殴りかかりたい気分だった。「どうしてわたしたちから遺書を隠したりしたの？　わたしたちには知る権利があるでしょう。

フィービだって、夫の最期の言葉を読みたかったに違いないじゃない。なぜ遺書を隠す権利が自分たちにあると考えたりするの？」

「僕たちは最善だと思うことをした」

「最善だと思うこと？」ジュリアは頬を炎のごとく燃やし、嘲るように繰り返した。「最善のことは真実を話すことよ！　フィービもわたしも、もう子供じゃない。セルビーの死を受け入れられたのよ、遺書だって受け入れられたと思う。その遺書をわたしに読ませて」

「あまりに大胆に……何があったかを告白している手紙だ。君はわかっていないが、君やレディ・アーミガーにとってどれほどつらいものになるか」

「ええ、わからないわ。だって何が書いてあるか知らないんだもの。あなたとヴァリアンが、わたしたちを子供扱いするのが最適だと判断したせいで」

「子供扱いなどしていない！　一人の男を心から愛している妹と妻だから、そうしたんだ。君たちを守るためにしたことだ」

「守ってくれなんて、頼んだ覚えはないわ。これから頼むつもりもない。わたしはその遺書が見たいの」ジュリアは目を細めて彼を見つめた。「それとも何？　ヴァリアンと違って、わたしとフィービがその遺書に疑惑を持ちそうだから隠しているの？　フィービやわたしならそれが偽物だと簡単に見破りそうで怖いから？」

ストーンヘヴン卿の指先に力がこもった。顎が険しくこわばる。一瞬ジュリアは彼が怒鳴りだすのかと思った。だが話しだしたときの声は、低く抑制された、冷ややかなものだった。「いいだろう。君に遺書を見せよう。遺書はストーンヘヴンの僕の書斎にある。それを読めば、君も事実を受け入れるしかないだろう」

「事実はもう受け入れているわ」胃のなかがひどくざわついていた。吐き気がしそうなほどに。これでロンドンで駅馬車を降りる可能性はなくなった。今はもう目的地はストーンヘヴン以外に考えられない。

11

　それから目的地まで、二人はほとんど言葉を交わさなかった。スワンレーに着くと、ストーンヘヴン卿《きょう》は駅馬車を借りた。そして宿駅の特別室でたっぷりと朝食をとるあいだに、宿のメイドにジュリアのためのヘアピンとブラシを買いに行かせた。ジュリアには意外にも思える優しさだったが、それでも心底うれしかった。短い道中でも、宿駅の庭でも、自分に向けられた奇妙なまなざしが気になっていたのだ。髪を肩に下ろしたまま屋外に出る女性はいない。しかも自分でもわかるくらい、髪はひどく絡み合ってぼさぼさだった。

　なんとかまとめあげられる状態まで髪を梳《と》かすのに、数分は要した。髪を梳かしながら、鏡のなかでちらりと目を上げる。ストーンヘヴン卿が腕を組んで部屋の奥から自分を見つめていた。とたんに息が苦しくなった。髪をてばやく頭のてっぺんに持ちあげ、そこで一つにまとめた。かなりの量の髪が顔のまわりにこぼれ落ちている。ジュリアはそれらを指に巻きつけて、艶《つや》やかな巻き毛の房を三本作った。これまで自分で結いあげた最高の出来とはいかなかったが、いつもの侍女の手がないのだからそれは仕方がない。彼女はこの手のことにかけては実に腕がいいのだ。でもこれで少なくとも見苦しくはないだろう——悲しいくらいくしゃくしゃのドレスにさえ目をつぶれば。

ストーンヘヴン卿はそのあいだに紙に何かをしたため、今ちょうどそれに封をするところだった。

「君もレディ・アーミガーに手紙を書いておけばどうだろう?」やけに礼儀正しい口調で彼が言った。「僕は仕事のことで管理人にいくつか指示をしたためた。ロンドンを通過する際に、配達を頼むつもりだ。君もひょっとしたらお義姉《ねえ》さんに連絡しておきたいことがあるんじゃないかと思ってね」

「そうさせていただくわ、ありがとう」ジュリアも同様に礼儀正しく答えた。

インクにペンを浸し、フィービ宛《あて》に短い手紙をしたためた。

親愛なるフィービへ

この手紙を読んだら、さぞ驚くでしょうね。でも今は詳しい説明をしている時間がないの。安心して、わたしは無事よ。今、バッキンガムシアにあるストーンヘヴン卿の領地、ストーンヘヴンに向かっているところ。彼いわく、彼はわたしと結婚して、今はわたしをお母様に紹介するために故郷に向かっているそうなの。もちろん、事実ではないわ――結婚うんぬんに関しては。でも彼が故郷に持つ重要な情報をどうしても確かめたいから、わたしも同行することにしたの。

追伸、わたしの衣類をトランクにつめて送って。

この手紙でフィービが混乱するのはわかっていた。それでもこれ以上は時間がなくて書けなかった。駅馬車がすでに庭で待っている。ストーンヘヴン卿の屋敷に着いたら、あらためてこれまでの経緯を詳しく手紙に書くことにしよう。ジュリアはインクを乾かすために上から砂を振り、軽くたたいてから、紙を折りたたんで蝋《ろう》で封をした。

その手紙をストーンヘヴン卿に手渡すと、二人は急いで馬車に乗りこんだ。先頭馬の上に真っ赤な上着を着た御者が乗り、馬車ががたがたと横揺れしながら動きだす。馬丁の一人が乗馬従者としてジュリアの雌馬で随行していた。ストーンヘヴン卿は礼儀正しく自ら進行方向の反対側を選び、ジュリアの向かい、しかも最も遠く離れた席に腰を下ろしていた。

息のつまる沈黙が数分つづいたのち、ストーンヘヴン卿が目を閉じて座席のクッションに寄りかかった。本当に眠ろうとしているのか、自分と一緒にいることから逃れる唯一の手段としてそうしているのか、ジュリアにはわからなかったが、いずれにしてもこの状態のほうが快適には違いなかった。気を楽にして過ぎていく田舎の風景を眺めることもできたし、さらには考え事もできた。その結果、やはりフィービ宛の手紙にもう少し詳しく書き足したほうがいいだろうと思い直した。そこでロンドンの駅宿に着くと、ジュリアは手紙にどうしても少し書き足したいことがあると申し出た。その後ストーンヘヴン卿はジュリアの手紙と自分のものを馬丁の一人に持たせて送りだし、数分後取り替えた新たな馬たちで、馬車はふたたびロンドンを出発した。

今度目を閉じたのはジュリアのほうだった。そしていつしかぐっすりと眠ってしまっていた。眠ると時間のたつのが速くなる。午後の半ばに、彼らは馬車を止めて軽い食事をとった。そのあとまたも馬車に乗りこんだが、二人とも長く馬車に揺られつづけたせいですっかりくたびれ、狭い空間に一緒にいるぎこちなさを気にかける余裕すらもはやなくしていた。車窓の風景から、ジュリアはそこがセルビーの狩猟小屋の近くであることに気づいた。それだけで、胸が痛いほど締めつけられた。

フィービ――というよりも、アーミガー家の領地管理人――は昨年その狩猟小屋を売却した。使わない家を維持する余裕はないという領地管理人の助言に従ったのだ。フィービも頭では理解していたものの、小屋であれなんであれ、セルビーが好きだったものを売り払う気になるのに二年の歳月を必要とした。

すでに外は暗くなっていた。馬車に座りつづけたせいで体がどんよりと重く、節々が痛みだしたころ、馬車はようやく見事な樹木の立ち並ぶ長い私道に入り、蜂蜜《はちみつ》色の石造りの上品な屋敷の前で止まった。二人が近づくと玄関扉が大きく開かれ、従僕がお辞儀をして出迎えた。

「旦那《だんな》様！　急なお戻りで驚きました」

「歓迎されていないのかな」

「まさか、そんなことはございません。レディ・ストーンヘヴンもさぞお喜びになるでしょう。今カラサーズが旦那様のご到着を知らせにうかがっております」

「それならよかった。母は居間に？」

「はい、おそらく」

「ジェニングズ、こちらはミス・ジュリア・アーミガー。僕の婚約者だ」

「婚約――」従僕は驚きの叫び声を喉につまらせ、見開いた目をジュリアに向けた。「そ、そういうことでしたか。おめでとうございます、旦那様。ストーンヘヴンにようこそ、ミス・アーミガー」

「荷物は特にない。御者に料金を支払っておいてくれ。ミス・アーミガーと僕はこれから母に会いに行く」

二人は階段の上にたどり着くなり、廊下に飛びだしてきた上品な女性とばったりでくわした。彼女はストーンヘヴン卿の姿を見て満面の笑みを浮かべ、両手を差しだした。

「デヴェレル！　まあ、あなたらしくないじゃないの――わたしたちをこんなにあたふたさせて！　どうして戻ってくることを知らせなかったの？」どこか皮肉めいた言葉も、温かな笑みが完璧《かんぺき》に打ち消していた。

「つい甘えが出たんですよ、母上のお優しさに」彼は母の手を取り、ぎゅっと握りしめてから彼女を胸に抱き寄せた。「それと使用人たちにたっぷり給金をはずんできた事実にもね。正直に言うと、今朝急に戻ることに決めたんです。手紙を書いたところで自分たちよりせいぜい二時間ほど早く到着するだけだし、直接会って説明したほうがいいと思ったもので」

ストーンヘヴン卿はジュリアを振り返った。彼の母親も、黒い瞳に好奇心を輝かせてそれにつづく。どうやら、ストーンヘヴン卿の髪や瞳の色は母親譲りのようだ。レディ・ストーンヘヴンも彼と同じように瞳も髪も黒い。違いは彼女の髪には、右のこめかみに一筋くっきりと白いものが走っていることだけだ。それでも息子とは異なり、彼女は小柄で少しぽっちゃりとしていて、明るく陽気な表情を浮かべている。粋《いき》に着こなしている優しいグレーのドレスは上品なうえに高価な生地のもので、一目で一流の仕立て屋の作品だとわかった。

「母上、僕の婚約者、ミス・ジュリア・アーミガーを紹介します。ジュリア、こちらが僕の母、レディ・テレサ・ストーンヘヴンだ」

一瞬凍りついた沈黙が落ちた。レディ・ストーンヘヴンがぽかんとジュリアを見つめ、それからその目を息子に向けた。「婚約者？」小声で繰り返す。「アーミガー？」

「はい」

「なんていうか——びっくりするような知らせだこと」彼女はジュリアを振り返った。「ごめんなさい。わたしったら、礼儀をどこかに置き忘れていたわね。はじめまして、ミス・アーミガー。お会いできてうれしいわ」

彼女が握手を求めて手を差しだした。そのときジュリアは彼女の指に茶色や黄色や緑といったさまざまな色合いの奇妙な染みがついていることに気づいた。レディ・ストーンがその視線の先に気づき、ふふっと含み笑いをもらした。「心配しないで。汚れているわけじゃないの。大丈夫、ちゃんと洗ってあるわ。ただ一度染みつくと、なかなか取れないみたいなのよ」

ジュリアは頰を染めて、彼女を見つめた。「ごめんなさい」

「あら、いいのよ。知らない人は、みんなびっくりするの。あなたはお上品すぎて尋ねられないようだから、わたしからお話しするわね。わたし、絵を描《か》くの。たいていは油絵なのだけど、最近いちばん関心があるのが壁画」

「また壁に絵を描いていらっしゃるんですか、母上？」

「二箇所だけよ」彼女は言った。「それにあなたの寝室じゃないから」

「それは助かった」

レディ・ストーンヘヴンがむっとした顔をしてみせた。「あら、なんだかわたしの絵を嫌っているみたいな言い方ね」

「そんなことはありません。僕が母上の才能を認めているのはご存じでしょう？　それでも夜中にふと目覚めたときに、部屋の奥に立つギリシア人の集団が目に入るのは気分のいいものではないんですよ」

彼女はふうっとため息をついた。「我が息子がこんなに融通の利かない男になるとはね」

「そうじゃありません。ただの臆病《おくびょう》者なんです」

そんな会話を交わしながら、ストーンヘヴン卿は二人の女性の腕を取り、廊下を渡ってこぢんまりとした趣のある居間へと入っていった。

「まあ、すてきなお部屋！」ジュリアが感嘆の声をあげた。家具はどれもとりたてて新しいものではなく、統一もされていなかった。それでも部屋は明るくてほのぼのとしていて、快適さと実用性と美しさがうまく調和している。

「気に入ってくださった？」レディ・ストーンヘヴンがほほ笑んだ。「ありがとう。この部屋はわたしのお気に入りなの。空いている時間はいつもここですごしているわ――もちろん仕事部屋にいるとき以外はだけど」彼女が身振りで椅子を示した。「二人とも、お腹《なか》はすいていない？　軽くお夕食はいかが？」

「それはありがたい」ストーンヘヴン卿が答えた。「昼間、途中で軽い食事をしただけなんですよ。残念ながら紅茶を飲む間もなかった」

「家の者はもう夕食を済ませたの。でも料理人に頼めば、すぐに何か適当な食事が用意できるから」

「残り物でじゅうぶんだよ」

レディ・ストーンヘヴンがベルを鳴らしてメイドを呼ぶと、それに応じて執事自らがやってきた。実に堂々とした雰囲気の人物で、彼はまじめな口調でストーンヘヴン卿に挨拶《あいさつ》をすると、レディ・ストーンヘヴンに向かって、食事は旦那様たちがお着きになってすぐに支度に取りかかっているので、まもなくトレイにのせて運んでこさせますと告げた。

「待ってくれ、カラサーズ、おまえにミス・ジュリア・アーミガーを紹介しておきたい。近いうちに僕の妻になる女性だ」

さすがに仰天したのだろう、慎重に表情を抑制している男の顔が一瞬素に戻った。「旦那様！」いくぶん自分を取り戻すと、彼は流暢《りゅうちょう》につづけた。「ぜひお祝いを申しあげさせてください」執事はジュリアを振り返って、お辞儀をした。「ミス・アーミガー、実にすばらしいお知らせをうかがいました。どうぞごゆっくりおくつろぎください」

執事が扉を閉めるなり、ジュリアはストーンヘヴン卿を振り返った。「どうしてみんなにあんなことを言いつづけるの？　わたしたちが結婚しなかったとき、困ったことになるのはあなたよ」

レディ・ストーンヘヴンが眉を上げた。「あなたたち、結婚しないの？　でも婚約したのでしょう？」

「ええ、しました」ストーンヘヴン卿が答えた。

「いいえ、していません」同時にジュリアも答えていた。

二人は互いの顔を見つめた。

「おやおや」レディ・ストーンヘヴンが言った。「正直に言わせていただくとね、ちょっと頭が混乱しているわ」

「当然ですよ、母上。僕自身もまだいくぶん面食らっているほどですから」

「申し訳ありません、レディ・ストーンヘヴン」ジュリアは真摯《しんし》な口調で言った。「わたしたちがどうかしているのだと思われても、仕方がないのはわかっています」

「そんなことは思わないわよ。そんな――いえ、ほんの少しね」

「正直にお話しすると、実はある出来事があって、ストーンヘヴン卿はどうしてもわたしと結婚しなければならないと考えられたんです。わたしはそんな必要はないと申しあげたのですけど」

「親しくしているところをパメラ・セントレジェに目撃されたんですよ、母上」ストーンヘヴン卿が説明した。「彼女はどちらの友人でもないし、そのことを社交界じゅうに触れまわるのは目に見えている」

「まあ、そうなの」レディ・ストーンヘヴンはいくぶん曖昧《あいまい》な返事を返した。

「でも、誤解なんです」ジュリアは言った。これで目の前の感じのいい女性に嫌われただろうと思うと、いたたまれない気持ちだった。

「ええ、もちろん」ストーンヘヴン卿も口添えをした。

「そうでしょうね」レディ・ストーンヘヴンは言った。「デヴェレルは堅物すぎて、品のないまねができるとは思えないもの」

「なんですか、まるで僕が気取り屋みたいに」

「そうは言っていないわ。行動より考えるほうが先にくる人だと言っているの」

ストーンヘヴン卿が片方の眉を上げて、つぶやいた。「母上はご存じないから……」

「え、何？」

「別に。とにかく我々が結婚するしかないのは明らかなんです。現にその場でパメラには、僕たちはすでに結婚したあとだと話してしまったんですから」

「あなたはどうしてもみんなに話さなくては気が済まないようね」ジュリアは噛《か》みつくように言った。「どうして胸にとどめておけないの？」

「まあまあ、落ち着いて」レディ・ストーンヘヴンが熱くなったジュリアをなだめた。

「心配しなくて大丈夫よ。たとえ実際の結婚がパメラに話したあとになったとしても、うちの使用人たちはそれを口外したりはしないから。みんな、わたしたちに忠実なの」

「違うんです。わたしは噂話《うわさ》を心配しているんじゃない。言っておきますが、わたしは彼と結婚するつもりはないんです！」

レディ・ストーンヘヴンが唖然《あぜん》とした表情を浮かべた。「でも世間の目を考えたら、結婚しなくちゃならないと思うけれど」

「そうなんです」ストーンヘヴン卿が語気を強めた。「ジュリアは世間知らずで、それが理解できないんですよ。いや、ひょっとすると頑固すぎて受け入れられないのか、それともその両方なのか」

「わたしは世間知らずじゃないわ！　頑固さで言えば、あなたはわたしの十倍も頑固じゃない。わたしは何度も結婚しないと言ったのに、それでも結婚すると言い張っているんだから。醜聞なんてどうでもいい。わたしはあなたと結婚したくないの！」

男の母親の前で失礼とも取られかねない言葉を口走ったと気づき、ジュリアは遅まきながら振り向いて彼女に詫《わ》びた。「申し訳ありません、レディ・ストーンヘヴン。彼があなたのご子息なのはわかっています。でもわたし、彼とは結婚できないんです」

「お気持ちはわかったわ」レディ・ストーンヘヴンは立ちあがった。「わたしがこれから何をするつもりか、ご存じ？　あなたをお部屋にご案内しようと思っているのよ。ひどくお疲れなご様子だし、少しさっぱりしてからお食事をして、早くお休みになられたほうがいいわ。召使いに、トレイはお部屋に運ぶように申しつけておきます。それでいいかしら？」

「ありがとうございます」ジュリアは、レディ・ストーンヘヴンの優しさ――しかもこの一連の出来事を受け止める懐の深さに驚かずにはいられなかった。ジュリアの姓から、醜聞の渦中にある一族の人間であることは気づいているに違いなかった。こともあろうか息子がなんの前触れもなくその娘を屋敷に連れてきて、将来の義理の娘だと告げたのだ。しかもはしたない場面を目撃されて否《いや》が応でも結婚しなければならないといういわくつきで。おまけにその当の娘からは、息子との結婚をきっぱりと拒絶までされた。

それでもレディ・ストーンヘヴンはきわめて親切で、まるで特別変わったことなど何もなかったような態度だ。彼女はにっこりとほほ笑むと優雅な足取りで廊下を進み、ジュリアを広くて上品な寝室へと案内してくれた。

「ここは薔薇《ばら》の間よ」彼女は言った。「お客様のために用意している部屋なの。デヴェレルが突然お客様を連れてきたのは、はじめてではないから――そのお客様が女性なのははじめてだけれど」

「申し訳ありません、レディ・ストーンヘヴン」

「そのことはもう考えないで」彼女は詫びの言葉を手で振り払った。「さっき言ったでしょう。わたしたちは常にお客様用のお部屋を用意しているの。わたしはただメイドの一人に、ベッド温め器でシーツを温めさせただけ。五月とはいえ、さすがに夜となるとシーツが少しひんやりするから。そう思わない？」彼女は返事を待たずに、ドレッサーの上のオイルランプに蝋燭《ろうそく》を近づけ、明かりを灯《とも》した。温かな光が部屋にあふれる。「はい。これでよし」

ジュリアは広々とした部屋を見まわした。家具はレディ・ストーンヘヴンの居間にあったものよりもさらに上品でさらに存在感の薄い、落ち着いたもので統一されていた。ベッドカバーはくすんだ緑色のブロケード織りで、二脚の椅子のブロケード織りのシートとお揃《そろ》いだ。どちらも窓にかかる重厚な緑色のベルベットのカーテンによく合っている。壁の色は温かなクリームローズ色で、床板の堅さをうまく和らげていた。けれどそれより何よりジュリアが真っ先に気づいたのは、一つの窓をぐるりと囲むようにしてねじれた薔薇の蔓《つる》が描かれていたことだった。ところどころにふっくらとしたピンクの花も咲いている。壁にこんなふうに絵が描かれているのを見るのははじめてだった。しかもきわめて巧みな絵で、まるで本物の薔薇の花が咲き乱れているようだ。

「なんてきれい！」ジュリアは声をあげ、窓辺に近づいた。そして女主人を振り返る。「これもお描きになったんですか？」

レディ・ストーンヘヴンがうなずいた。「ええ。気に入ってもらえてうれしいわ。数週間前、わたしの義理の弟がこの部屋に泊まったのね。そうしたらその絵を変だ変だと言うの。でも仕方ないわね、スチュワートは昔からまるで遊び心のない人だもの」彼女もジュリアの脇《わき》に来て、自分の作品を眺めた。「これは、わたしが壁に描いたはじめての絵。ある日、突然強い衝動に駆られてね。どうしても薔薇の間に薔薇の絵を描きたいって思ったの。わたしたち、その前からこの部屋をそう呼んでいたのよ。ここの窓から薔薇園が見えるものだから。昼間はそれはきれいな風景なの。それでね、一度思いついたら、描きたいって気持ちがどんどんどんどん膨らんで、ついに抑えきれなくなって実行に移したってわけ。召使いたちは、わたしの頭がどうかしたんだと思ったみたい。でもきっと、この数週間でまたその考えを強めたわね。わたしね、今度は仕事部屋の壁にギリシア神の壁画を描いたの。次は回廊に沿って別の壁画を描こうかと思案中」

そこでレディ・ストーンヘヴンは考えこむように、言葉を切った。「でも、この屋敷はもうデヴェレルのものなわけだし、あの子の許可を得なくちゃだめよね」

「彼ならきっといいと言ってくれますわ。お母様をずいぶん大切に思っていらっしゃるようだから」

「ええ。あの子、優しいところもあるのよ——どうやらあなたにはそんな一面は見せなかったようだけど。お気の毒に。あの子、ずいぶん傍若無人な態度だったんじゃない？」

レディ・ストーンヘヴンはジュリアの腕を取って椅子に導いた。そしてジュリアが腰を下ろすと、自分も隣に腰かけ、内緒話を促すように身を乗りだした。

「自分のやり方を通すことに慣れていらっしゃる方だから」ジュリアは認めた。そこでにっこりとほほ笑んで、首を振る。「こんなこと、彼のお母様に話すことではありませんね。わたしったら、本当に礼儀知らずだわ」

「そんなことはないわよ。ただ正直というか率直というか、わたしの知っている若い女性とずいぶん違うのでなんだか新鮮だわ。彼女たちは自分の意見なんてとうてい口にしないもの」レディ・ストーンヘヴンはにこやかにほほ笑んだが、やがて真剣な口調で言った。「それにわたしは自分の息子を知っているもの。なんといってもわたしが育てたわけだから。ときとして、あの子がひどく横柄な態度に出るのも知っている。自分が正しいと思ったら――頑《かたく》ななくらい常に正しくあろうとするのだけど――脇目もふらずに突き進むことも。自分以外の人間の感情などおかまいなし。あの子の父親もそうだったわ。亡くなった人のことは言いたくないけれど。でもいい人でね、腹を立てつづけることもできなかった」

「レディ・ストーンヘヴン……」ジュリアはとっさに身を乗りだし、年上の女性の手を取った。「彼に話してくださいませんか？　こんなことは間違っていると説得してください。お母様の言葉なら彼もきっと聞き入れるでしょう」

レディ・ストーンヘヴンがその手をぎゅっと握った。「でもね、あの子が間違っているかどうか、わたしには確信がないの。デヴェレルがいつもの厳格なやり方であなたを怒らせたのは確かでしょう。あの子の横暴なやり方に屈したくないあなたの気持ちもよくわかる。無理もないことだわ。でもね、こと名誉に関することとなると、デヴェレルの判断はいつも正しいの。その彼があなたの評判を救うにはこうするしかないと言うなら、たぶんそのとおりだろうと思うのよ」

「何をしようと、焼け石に水なんです！」ジュリアは声を張りあげると、レディ・ストーンヘヴンの手を放して立ちあがった。「わたしの家名がすでに恥辱にまみれているのはご存じなのでしょう？　名前から気づかれていると思いますけれど」

「ええ。おそらくセルビーに縁のある方だろうということは。わたしもあの元気な若者のことを考えない日はないわ。デヴェレルはウォルターとすごすことが多くて、とりわけ彼と親しくしていたわけではないけれど、それでもサー・セルビーは何度か訪ねてきてくれたのよ。狩猟小屋を訪れたついでだと思うけれど。礼儀正しくて、とても楽しい人だった。彼が来てくれると屋敷のなかがぱっと明るくなったものよ」

ジュリアはほほ笑んだ。熱い涙が急にこみあげる。「ええ。確かに。セルビーはどこにいてもそうだったんです」

「お兄様が恋しいのね」

「ええ。とても」ジュリアはため息をつき、ふたたび椅子に腰を下ろした。「でもこれでおわかりでしょう？　わたしはすでに恥辱にまみれているんです。セルビーの未亡人もわたしも、今ではめったに屋敷の外には出ません。地元にいるときもです。ですから何があろうとわたしの立場は今よりほんの少し悪くなる程度。わたしたちの醜聞で、こちらにかけるご迷惑とは比べものになりません。こちらの家がアーミガー家との縁組を心から望まれるとはとうてい思えないんです」

「まあ、そうね。デヴェレルの妻に迎えたい相手の、最有力候補とはいかないかもしれない。でもね、あなたをとても気に入っているのも確かなの。それにいかなる場合でも、デヴェレルに責任逃れはしてほしくないわ」

「でも彼が結婚しなければと考えたこと自体が間違いなんです！　わたしたちは何もしていないんですから」

「それはそうなのでしょうけど。でも見えてしまったものはね」彼女は小さく肩をすくめて、つづけた。「それとね、すでに醜聞がつきまとっているからこそ、世間はあなたを余計に過酷な状況に追いこむんじゃないか、わたしはそれも心配なの。もちろん不公平な話よ。でも残念ながら世間というのはそういうもの。シーザーの妻のように、あなたは決して世の疑惑を招いてはならないのよ」

「わたしは彼に救ってもらいたくないんです。彼の手は借りたくない」

「そうでしょうね」

「彼と結婚したくない！　結婚なんてできない！」

「お兄様のことがあったから？」

「ええ」ジュリアはストーンヘヴン卿の母親が理解を示してくれていることにほっとして、どさりと椅子に寄りかかった。

「横領事件を公にして、セルビーを死に追いこんだ責任がデヴェレルにあると考えているのでしょう？　当然だわ。わたしがあなたでも、同じように思ったでしょう。でもきっとデヴェレルはあなたの論理にいらいらしたわね。ときどき思うときがあるの。あの子は義務や名誉への思い入れが強すぎて、何かに欠けているんじゃないかって。同情心がないわけじゃないのよ。セルビーのことではひどく悲しんでいたし、残念にも思っていた。でも、たぶん人に共感する気持ちに欠けているのね。人が自分の論理と異なる行動をとったとき、その理由をあの子は理解できないの」

「あなたは理解してくださるのですか？　わたしが彼と結婚できない理由を」ジュリアはこの言葉だけで、レディ・ストーンヘヴンが引き下がってくれることを願った。冷血な横領犯が実はあなたの息子だと考えているなど、できれば口にしたくない。

「もちろん」彼の母は優しい笑みで答えた。「でも問題は、今のところあなたには結婚から逃れるすべはないこと」彼女は手を伸ばし、ジュリアの手を軽くたたいた。「心配しないで。夕食を食べて、もうお休みなさい。明日はきっとすべてがいい方向に向かうわ。一緒に知恵をひねって、もっといい解決法はないか考えましょう」

「ありがとうございます」ジュリアはレディ・ストーンヘヴンに対する強い感謝の気持ちでいっぱいになった。息子が突然ジュリアを家に連れ帰り、自分の婚約者だと告げたのだ。強く拒絶されるものとばかり思っていた。猛烈に嫌われるのは覚悟していたのだ。けれども彼女は寛大で優しく、おまけに理解まで示してくれた。涙が出そうなほどの強い感動だった。もしデヴェレルが本当の横領犯だと暴いたら、レディ・ストーンヘヴンはどうなるのだろう？ どう思うのだろう？ そう考えると、ジュリアは気が重くなった。

レディ・ストーンヘヴンが扉に向かった。そして取っ手に手をかけたところで、肩ごしに振り返って告げた。「あなた、本当にデヴェレルのことをなんとも思っていないの？」

ジュリアは頬がかっと熱くなるのを感じた。答えられなかった。彼に対してなんらかの感情があることは否定できない。でも、どれも憎むべき欲望が形を変えたもので、相手の男性の母親に告白できる類《たぐい》のものではない。

ジュリアは言葉につまりながらなんとか返事を返そうとしたが、その前にレディ・ストーンヘヴンはただほほ笑んで、部屋を出ていった。

12

ジュリアがストーンヘヴンの客間でおいしい食事をとり、いつになく早い時間にベッドに入ろうとしていたころ、義理の姉はロンドンの屋敷で部屋のなかを行ったり来たり歩いていた。その日の午後、ナナリーがジュリアがいなくなったという知らせを持って屋敷に飛びこんできたのだ。

「いなくなった?」フィービは尋ねた。「いったいどういうこと?」

「申し訳ねえです、奥様。どこにもいらっしゃらねえんです。ご領地からファローまで馬で捜しまわったんですが。馬番にもあちこち捜させたんです。けど誰もお嬢さんが屋敷に戻っていらしたのを知らねえものですから、俺《おれ》の頭がどうかしているんだと思っているみてえで」ナナリーは顎をこわばらせた。「俺のせいです――あんな無茶な計画に賛成するんじゃなかった」

「なんてこと」フィービはどさりと椅子に沈みこんだ。「でもいったい……」

「ストーンヘヴンのことで? 心配なのはそこなんです。ストーンヘヴンの姿も見えねえんですよ」

「なんてこと」フィービが真っ青になって繰り返した。

ナナリーがうなずいた。「お嬢さんが見つからねえんで、小屋に行ってみたんです。もぬけの殻でした。扉が大きく開いていて、なかに縄の切れっぱしと床に落ちて割れたオイルランプのほや」それでも彼はガラスの破片に血の痕がついていたことまで口にするのは押しとどめた。

数分後従僕がジュリアからの手紙を持ってきて、フィービの不安はいくぶん静まった。従僕の話だと、使者が玄関まで届けてきたらしい。フィービはその手紙を二度読み返して眉をひそめ、それからナナリーと頭を付き合わせたが、同じく彼にも事情はまったくのみこめなかった。

「どうしてストーンヘヴン卿《きょう》と一緒なの？」フィービが嘆きの声をあげた。「いったいどうなっているの？　困った状況だというのはわかるけれど」

ナナリーが悲しげにうなずいた。「変ですよ、奥様。どうしてストーンヘヴンがジュリーお嬢さんと結婚したがるんです？　お嬢さんからあんな目に遭わされたあとだってのに。道理に合わねえ」

「わたしさえこの計画に賛成しなければ！」フィービが嘆いた。「ジュリアが自分から進んで彼と一緒に行ったとは思えない。きっとむりやり連れていかれたんだわ」

「けどここに、重要な情報を確かめたいって書いてありますぜ」

「ひょっとしたらこの手紙も無理に書かされたのかも——わたしたちの心配を静めて、助けに来させないために。それとも、もしかしたらジュリアが彼を罠《わな》にかけようとしているのかしら。彼と結婚するふりをして屋敷のなかに入りこんで、何か証拠を探そうとしているとか。だとしたら危険よ。何をしようとしているか知られたら、とんでもないことになってしまう」

「俺が今すぐストーンヘヴンの屋敷に行って、どうなっているのか確かめてきます」

「あなたはだめ。ストーンヘヴン卿があなたをなかに入れるはずがない。誰かが事情を確かめなければならないのなら……」フィービが胸を張った。「わたしが行くわ」

御者の顔に驚きがよぎり、彼は声を絞りだすように言った。「わかりました、奥様」

ナナリーが部屋を出ていったあと、フィービは動揺を抑えきれずに数分うろうろと部屋を歩きまわり、それから腰を下ろして慌ただしく手紙をしたためると、それを従僕の一人に託した。そのあとまたうろうろと歩きはじめ、通りから物音が聞こえるたびに窓辺に駆け寄って表をのぞきこんでいた。時が過ぎるにつれ、ジュリアに対する不安はつのる一方だった。そしてついに玄関扉をノックする音が聞こえたときには、玄関広間に飛びだし、来客を一刻も早く部屋に引きずりこみそうになるのをこらえるだけで精いっぱいだった。

従僕からジェフリー・ペンバートンの来訪を告げられると、フィービはもはや矢も楯《たて》もたまらず、椅子から跳びあがって両手を前方に伸ばして駆け寄った。「ジェフリー！ ありがとう、来てくださったのね」

「フィービ！ いったい何事です？」ジェフリーはいつもの冷静な顔に、ほんの少し不安の皺《しわ》を刻んで尋ねた。「手紙が、なんというか、せっぱつまった雰囲気でしたが」

「そうなの！ 大変なの！ ジェフリー、ジュリアのことなのよ」

「そうだと思いましたよ」ジェフリーはフィービをソファに導いた。「さあ、座って気持ちを落ち着かせて。あなただって、ご存じでしょう？ ジュリアは怪我《けが》をするようなまねはしない。ただ周囲の人間をおろおろさせるだけだ。あれだけ世話のやける娘はほかにいませんからね」

「でもね、ジェフリー。今度ばかりは違うのよ――これまでとは違うの。彼女、バッキンガムシアに行ったの！」

「バッキンガムシア？」ジェフリーがかすかに驚きの表情を浮かべた。「まあ、特別に行きたい場所でもないが、しかしそれがそんなに悪いことですか？」

「違うのよ、違うの。あなた、わかっていらっしゃらないわ。あそこにはストーンヘヴン卿の屋敷があるの」

「ストーンヘヴン卿！ 彼女、まだ例の件に？ もうとっくにあきらめたのかと思っていた」

「いいえ。あきらめるどころか、ジュリアは彼を誘惑したの」

ジェフリーの眉が跳ねあがった。「なんとまあ！　あきれたことを。するとジュリアは彼をバッキンガムシアの自宅に連れていったわけですか？」

「いいえ、そうじゃないの。ジュリアが彼を連れていったのはグリーンウッドよ。そこにある羊飼いの小屋。そこで彼に真実を話させるつもりだったの」フィービはうめき声をあげ、両手で頭を抱えた。「ああ、どうして止めなかったのかしら？　わたしったら、きっとどうかしていたんだわ」

「まあまあ、そんなに自分を責めないで」ジェフリーがぎこちなくフィービの背中をたたいた。「ジュリアは誰かに止められるような娘じゃない。どうあれ自分の思うとおりに行動する。たとえ、あなたでも止めるのは無理でしょう」

「でもわたしは何もしなかった！」フィービの声が泣き声に変わりだした。

「おやおや。ああ、泣かないで」フィービの涙を見て、ジェフリーからいつもの冷静さが消えた。「そうだ。ブランデーがいい。きっと気分がよくなるでしょう」

ジェフリーは慌てて壁にかかった呼び鈴の紐《ひも》を引き、従僕の一人がやってくると、フィービにさっと視線を走らせてブランデーを申しつけた。「急いでくれ」

従僕はすぐにブランデーを持って現れ、ジェフリーはフィービを説き伏せて口に含ませた。燃えるような液体が喉を焦がし、フィービは目をしばたたいた。「まあ」

「いいんですよ。これで気分も落ち着くでしょう。ブランデーは最高の薬ですからね」この持論を立証するように、ジェフリーはスニフターに残ったブランデーを自ら飲み干した。

「さてと」少なくともこれで自分は落ち着いたと、彼は話を元に戻した。「ジュリアが彼を連れていったのがグリーンウッドだとすると、このバッキンガムシアの件はそれにどう関係するんです?」

「彼は逃げたのよ! 少なくともわたしたちの推測では。今朝ナナリーが慌てて羊飼いの小屋が空っぽだったとここに来ましたの。ストーンヘヴン卿もジュリアもどこにも見あたらないと」

「ナナリー?」ジェフリーが少し途方に暮れた顔で尋ねた。

「うちの御者です。ジュリアがストーンヘヴン卿を誘拐するのに手を貸したんです」

「それはまた変わった使用人だ」

「ジュリアに忠実な人なの。それとセルビーにも」

「しかしその者にしても、二人に何があったのかは詳しく知らないわけでしょう? 彼女がバッキンガムシアに行ったとどうしてわかるんです?」

「ジュリアから手紙が届きましたの。それですっかり混乱してしまって。使者が届けてきたんです。差しだし場所はロンドン。彼女はグリーンウッドにいるものとばかり思っていたのに。おかしいでしょう? 彼女は手紙に、自分は無事だから安心するようにと書いていたわ。そのうえでこれからバッキンガムシアに向かう、ストーンヘヴン卿が自分と結婚したがっていると！」

「結婚！」ジェフリーが繰り返した。「確かですか？　にわかには信じられないが」

「ええ。ずいぶんととんでもない話に聞こえますけれど、でも確かにジュリアはそう書いていました——しかもその直後に、自分は彼と結婚する気はないという一文まで添えて。よろしければ、ご自分の目でお確かめになって」

フィービは彼にしわくちゃになった手紙を差しだした。「彼女、衣類を送ってほしいとまで書いてきたんですよ——ストーンヘヴンに！」そして手紙を裏返した。「裏を見てください。チークの箱も一緒にと書いてある。ちょっとおかしいと思われません？」

「実にそのとおりだ！　いったいチークの箱がどう関係するんです？」

「さあ、わたしには。すごく奇妙ですわ。これは、彼女が記念の品をしまっている箱なんです——押し花とか、ダンスカードとか、でも、たいていは手紙」

「どうしてそんな古い記念品が必要なのだろう？」ジェフリーが首をひねり、フィービはただ肩をすくめた。

「唯一考えられるのは、これがジュリアからわたしへの何かしらのメッセージだということ」

「メッセージ？」ジェフリーがぽかんとした表情を浮かべた。「ほかに伝えたいことがあるなら、なぜそう書かないんです？」

「もしかするとストーンヘヴン卿が肩ごしにのぞきこんでいたんじゃないかしら。だから書きたいことも自由に書けなかった。彼女はわたしに何かを知らせたかったのかも。そうでなければ何かを求めていたのか。それなのにそれが何かもわからないなんて、わたしったらなんてばかなの！」

「違う、違う。そんなことはありません。ああ、もう泣かないで」

フィービは激しく動揺していたが、それでもジェフリーの恐怖に駆られた顔を見ると、さすがに笑みがこみあげてきた。「大丈夫、泣いたりしませんわ。それにしてもジェフリー、ジュリアはわたしに何を知らせようとしていたのかしら？」

ジェフリーは手のなかの手紙を見下ろした。そして一瞬の間をおいて、彼は言った。

「彼女、頭でも殴られたかな？」

「ジェフリー！」フィービが悲鳴のような声をあげた。

「いや、それほど理屈に合わないってことですよ。たとえばもし僕がどこかの女性にさらわれて、逃げだしたとする。その直後に自分をさらった女性に結婚を申しこんだりすると思いますか？　しかも結婚を申しこんだあげくに拒絶されて、それでもその彼女をバッキンガムシアに連れていくなんて。そんなことはありえない」

「そうですわね。でもどうしてジュリアはそんな道理に合わないことを手紙に書いてよこしたのかしら？　やっぱりストーンヘヴン卿がむりやり書かせたとしか」

「むりやり、自分と結婚する気はないと書かせるんですか？　本音を言わせてもらうとね、フィービ、僕には彼女が酔っているとしか思えない」

「酔っている！　つまり、お酒を飲んでいるということ？」

「それしか説明が思いつかないんですよ」ジェフリーが言った。「頭を殴られたって説は気に入らないようだし」

「でも、彼女がお酒を飲むなんて。これまでだってせいぜいシェリー酒をグラスに一杯ほどしか飲んだことがないのに！」

「まあ、それもそうですね」ジェフリーは認めた。

二人は一瞬黙りこんだ。「ひょっとしてすべてが戯言《ざれごと》とか」一瞬のちにジェフリーが言いだした。

「ジュリアはわたしにこんな冗談を言ったりしません」フィービが抗議した。

そのとき従僕が扉をノックして、ふたたび部屋に入ってきた。「奥様、ヴァリアン・セントレジェ様がおみえになりました」

「まあ、どうしましょう」

「あのフィッツモーリスも一緒かい？」ジェフリーが不審そうに尋ねた。

「いいえ。セントレジェ様お一人でございます」

フィービはジェフリーに不安げな視線を投げかけた。こんな状況のとき、最も避けたいのが儀礼的な訪問だ。けれどもひょっとしてヴァリアンなら、自分たちの直面している問題に何かしらの光を与えてくれるかもしれない。「いいわ、お通しして」

しばらくしてヴァリアンが部屋に入ってきた。「ああフィービ、いつもながらお美しい。それにペンバートン。僕がこちらにお邪魔するときは、いつも君も来ている気がするよ」

「それはまあ、親族だからね」ジェフリーは言い訳のつもりでそう言った。

「なるほど」

「お元気でした、ヴァリアン？」フィービが笑顔で声をかけた。「どうぞおかけになって」

「ええ、おかげさまで。ですが、今夜はにわかに信じがたい話を耳にしたもので、お尋ねしなければとうかがったんです」

「何かしら？」フィービは胃がきゅっと縮まるのを感じた。

「実は、つい先ほどクラブでフィッツモーリスに会いましてね。驚きましたよ。ご存じかとは思いますが、彼はトーマスとパメラに付き添ってファローに発《た》ったばかりだったんです。向こうに着いたら、一日二日はゆっくりしてくるものとばかり思っていました。ですが話を聞くと、パメラがひどくぴりぴりしていたのでとんぼ返りをしたというじゃありませんか。まあ、パメラならありえないことではありません。しかしこともあろうか、彼女をそこまで興奮させたのはジュリアとストーンへヴン卿の話だと言うんです」

「まあ」フィービがこわばった唇の隙間《すきま》から声を絞りだした。「いったい二人のどんな話かしら？」

「実は、フィッツモーリスたちはホイットニーの宿屋で偶然二人にでくわしたそうなんです。そこでストーンヘヴン卿から二人が結婚したと聞いたと」

「結婚」ジェフリーが唖然《あぜん》とした声で繰り返した。「もうすでに？」

「ではご存じだったのですね？」ヴァリアンは驚いて言った。「二人は結婚する予定だったんですか？　わたしは何も聞いていなかった」

「いいえ、わたしたちも何も知らなかったんですの。今日の今日まで」フィービは慎重に言葉を選んだ。世間という海はいつ風向きが変わるか、わからない。ジュリアとストーンヘヴン卿がすでに自分たちは結婚をしたと報告しているときに、彼らの結婚を否定してさらなる醜聞の種は作りたくなかった。けれどもジュリアが戻ってきて、それが真実ではないと告げたときのことを考えると、事実であるふりもできない。「今日ジュリアから手紙が届きましたの。あなたが驚かれたのと同様に、わたしもびっくりしましたわ」

「妙な話です。あの二人はお互いをほとんど知らないはずなのに」ヴァリアンはじっと考えこんだ。「ジュリアはセルビーの――というより、例の横領事件を調べるつもりだと言っていました。ひょっとするとその過程で偶然出会ったのでしょうか」

「そうかもしれませんわね」

「それにしても、実にデヴェレルらしくない。彼は衝動的に行動することなどめったにない男なんです。いえ、非常にいいやつですよ――忠義に厚く、喧嘩《けんか》になったとき、彼ほど心強い味方はいない。しかし、決して軽率な行動に出る男ではない」

「そのうち詳しいこともわかるでしょう」フィービはほほ笑みながら告げた。

そのあともしばらくヴァリアンは軽く世間話をしながらとどまっていたが、フィービもジェフリーもさほど話に乗らずにいると、まもなく暇《いとま》を告げた。彼が出ていき、扉が閉まるなり、フィービはジェフリーに向き直った。

「どう思われます？」

「ますます混乱した、としか言いようがないでしょう。ジュリアは手紙にストーンヘヴン卿が自分と結婚したがっていると書いてきた。けれど自分は彼と結婚したくないのだと。ストーンヘヴン卿は、自分たちはすでに結婚したと告げた――こともあろうかパメラ・セントレジェとフィッツモーリスに。どちらもこのうえなく噂《うわさ》をまき散らしてくれそうな人物だ。フィッツモーリスは話していいことかどうかを区別するところまで知恵がまわらない。セントレジェ夫人は何よりも噂好きときている」ジェフリーはそこで言葉を切り、賢明にも言い直した。「いや、その言い方は正しくないな。彼女が何よりも好きなのは自分自身。噂話は限りなく一番に近い二番手だ」

「パメラをよくご存じなの？」フィービが尋ねた。

「僕が？　まさか」ジェフリーは首を横に振った。

「きれいな人ですが、彼女は常に男にちやほやされなければ気が済まないタイプだ。そういう女性は疲れます。それに彼女はアーミガー家が好きではない。いまだにセルビーのことをあれこれ言いつづけている。そんな人間のそばで、親族を侮辱する言葉を聞いていられますか？　確かに僕はアーミガーではない。それでもセルビーはいとこなんです」

「わかっていますわ」フィービは彼にほほ笑んだ。「そこがあなたのいいところですもの、ジェフリー」

ジェフリーはわずかに戸惑いの表情を浮かべた。「とにかく、今は」彼は咳払《せきばら》いをした。「ジュリアのことを……」

「ええ、そうでしたわね。ごめんなさい。わたしったら気が散りやすくて。今はジュリアのことをどうするか、考えなくては」

「しかし、僕たちにできることがあるかな」

「わたし、ずっと考えていたんですの、何時間も。わたしには、ジュリアが助けを求めてきたとしか思えないんです」

「それは、衣類のトランクを送ることですか？　それとも記念品の小箱のこと？」

「いいえ。もちろんそれもありますけれど。でも彼女が求めているのは、わたしがそばに駆けつけることだと思うんです」

「え？　しかし、あの手紙にそんなことは一行もありませんでしたが」

「メッセージが隠されている気がするんです。以前ジュリアと一緒に読んだ本のなかにね、女主人公が婚約者に手紙を送るくだりがありましたの。監禁されている状況下で、あなたとは結婚しないことにしたという手紙を婚約者に送ったんです。その手紙のなかで、彼女はアレース像のことを持ちだしていました。その像の下であなたとよく待ち合わせをしたものだと。でも二人はどんな像の下でも一度も待ち合わせたことなどなかったんです。アレース像という言葉から、婚約者はぴんときました。彼女は戦士を必要としているのだと、自分が軍神アレースになることを求めているのだと」

「なるほど」ジェフリーは感銘を受けた様子だった。「だが僕なら、たとえギリシア神の名を出されても、とうていそんな意味には取れなかったな。ギリシア神話の勉強は大嫌いでね。連中がいかれた変人集団に思えてならなかった――暴れまわって白鳥やら雄牛やらに姿を変えたり、娘たちを木に変えたり」

　混乱の最中ではあったが、それでもフィービは忍び笑いをこらえきれなかった。「そうね。あなたのおっしゃるとおり。でもだからこそ、ジュリアはわたしに何かしらのメッセージを送ろうとしているのだと思うの」

「彼女が戦士を必要としていると？」ジェフリーが疑いぶかげに尋ねた。

「それはわかりません。ただ助けを求めているとしか。だって、どんなに考えてもあの箱に特別な意味があるとは思えないんですもの。その箱がほしいというのがすごく変だということしか。彼女は、何かがおかしいということに気づいてほしいんじゃないか。わたしにはそう思えてならないんです。だって変でしょう、すごく。自分に何ができるかと考えたら、やはり彼女のもとに駆けつけることしかできない。わたし、ストーンヘヴンに行きます。まさかあちらだって、わたしを追い返したりはしないでしょう。未来の花嫁に親族の慰めや支えすら許さないなんて、それこそ奇妙ですもの。ねえ、どう思われます？」

「そうですね。もしあなたが追い返されるようなことがあれば、それこそジュリアが意思に反してとどめられているのが明らかになる。しかし、本当にそうなのでしょうか？　ストーンヘヴン卿がそんなことをするとはとうてい思えない。先ほど話に出たギリシア野郎なら、まだ納得いくんですが」

「わたしにはわかりませんわ。でもジュリアがわたしを必要としているのは確かだと思うんです。ですから行かなくては」

「しかし、あなたお一人では無理だ」ジェフリーが語気を強めた。

フィービが澄んだ青い瞳を向けた。そのときジェフリーは、もう自分が逃れられないことに気づいた。「ようやくわかりましたよ。あなたは僕に付き添いを求めていらっしゃるのですね？」

「お願いできます、ジェフリー？」フィービが両手を固く胸の前で組み合わせて、身を乗りだした。「あなたにこんなお願いをする権利が自分にないのはわかっています。でもほかに頼れる人がいないの。わたしの家族は、兄のロバート以外みんなノーサンバーランド州にいるし、その兄だって住まいは遠く離れている。手紙で知らせて、それからここまでやってきて、兄だって出発にあたっては考える時間も必要でしょうし、そんなこんなを考慮したら到着は何日先になるかわからない。わたしは明日にでも行きたいのに」

「明日！」ジェフリーは声を張りあげた。「だめですよ、フィービ、それは無茶だ。明日の朝までに出発の荷物をまとめることなど、とうていできない」

「やってみなければわかりませんわ。確かに朝までに支度を整えるのは無理かもしれない。でもがんばれば、お昼までには出発できるでしょう。バッキンガムシアはさほど遠くありません。夕方までには着けるとお思いになりません？」

「どうでしょう。僕は一度も行ったことがないし」ジェフリーはめったにロンドンを離れないことで有名だった。彼がロンドンを離れるのは家族の誰かが亡くなったとき――それもごく身近な親族のときだけだと言われている。

「わたしはセルビーと何度か行ったことがありますの。一日で到着できましたわ。しかもグリーンウッドからで」

「なるほど。あなたがそうおっしゃるのなら、そうでしょう。しかし、今から明日の昼までで、じゅうぶんな旅支度ができるものかどうか」

「大丈夫ですとも」フィービはきっぱりと答えた。「あなたの荷造りは側仕《そばづか》えに任せられるのでしょう?」

「もちろんです」ジェフリーは、それ以外は考えられないと言わんばかりの驚きの表情を浮かべた。「しかし、ほかにもやることはあります。銀行に行っていくらか資金を用立てなければならないし。金も持たずに、遠出をするわけにはいきませんからね」

「まあ、ジェフリー!」フィービが顔を輝かせて、ほほ笑んだ。「それでは、ストーンへヴンまで付き添ってくださるのね?」

ジェフリーはわずかにぎょっとした顔になり、動揺のにじむ声で答えた。「ええ、そのつもりです」

「ありがとう!」フィービはとっさに手を伸ばして、彼の手を取った。「なんていい方なの。頼りがいのある方だとはわかっていたけれど」

「当然ですよ。僕はあなたの下僕です」ジェフリーはそこでいったん言葉を切り、のらくらりとつづけた。「それではそろそろ屋敷に戻って、支度を始めることにしましょうか」

そのあまりに気乗りのしない表情を見て、フィービは噴きだしそうになった。話の流れからジェフリーの側仕えは旅支度をそつなくこなす人に違いない気がしたし、それについてはさほど気の毒には思えなかった。それよりもバッキンガムシアまで付き添ってもらえるのが心からうれしかった。一人で行くだけの勇気があればいいが、その自信はない。フイービは自分がどれだけ彼を頼りにしているか、彼の親切にどれだけ感謝をしているかの証《あかし》として、ジェフリーの腕に手を添えて玄関まで見送った。そして玄関にたどり着くころには、ジェフリーはすっかり機嫌を直し、苦難に見舞われた乙女を助ける自分に誇らしささえ感じているようだった。

彼がいつもの上品なお辞儀をして帰っていくと、フィービはとにかく翌朝までに自分と息子と息子の乳母の三人分の荷物をまとめるという、頭の痛い仕事に取りかかった。

ここ数日の興奮でくたびれ果てていたジュリアは、翌朝遅くに目を覚ました。前日着ていた衣類はきれいに洗濯されたうえにドレスの裾《すそ》の小さなかぎ裂きまで繕われて、広げられている。ジュリアはレディ・ストーンヘヴンから借りたナイトガウン――ジュリアには滑稽《こっけい》なほど短すぎて、ふくらはぎまでしかなかった――を脱ぐと、自分のドレスに着替えた。そして髪を梳《と》かしてピンでまとめあげると、ここにフィービに送ってほしいと手紙に書いた衣類のトランクが届いていればどんなにいいかとは思ったものの、それでも少なくとも見苦しい姿ではなくなった。

ジュリアはデヴェレルからここに保管していると聞かされた例の遺書を見せてもらうため、気を引きしめて一階に下りていった。そのためだけにここに来たのだと強く自分に言い聞かせる。デヴェレルが頑《かたく》なに主張しつづけている結婚うんぬんの話はいっさい頭から追い払いたかった。

けれども食堂に入っていくと、そこにはデヴェレルの母親の姿しかなかった。彼女はジュリアの姿を目にするなり、満足そうにほほ笑んだ。「まあ、起きていらしたのね。さあ、かけてちょうだい。ハムエッグはいかが？　紅茶は？」彼女はサイドボードの脇《わき》に控えている従僕に合図をした。「残念なのだけれど、デヴェレルはいないのよ。管理人と領地の視察に出かけたの。なんせ戻ってきたのはひと月ぶりだから。きまじめな子なのよ。ごめんなさい、朝からわたしと二人だなんて、気づまりでしょう？」

「とんでもない、ご一緒できてうれしいです」ジュリアは答えた。お世辞ではなく、彼の母親とすごすのは本当に楽しかった。けれども彼がいないと聞いて気が抜けたのも事実だ。すぐに遺書を見られないことに落胆しただけだとは思うけれど。

「まあ、あなたったら優しいことを言ってくださるのね。でもわたしだって愚かじゃないわ。こんなおばあさんとすごすよりハンサムな若者とすごすほうがいいことくらい、わかっていますとも」彼女はにっこりとほほ笑んだ。「よく眠れたかしら？」

「ええ、ぐっすり」昨夜は心のこもった食事をいただいてゆっくりとお風呂に浸《つ》かったあと、ここ何年もなかったほど早い時間にベッドに入った。考えてみると、敵の陣地のど真んなかであっという間に眠りに落ちたのだから、意外といえば意外だ。それだけ疲れていたということだろうとジュリアは思った。「休んでいるあいだにドレスの洗濯までしていただいて、ありがとうございます」

「何か着るものをお貸しできたらと思ったんですけれどね。ほら、わたしのクローゼットにあるものはどれも、あなたには幅が大きくて丈の短いものばかりでしょう？　でも今衣装係に手持ちのドレスから、裾の折り返しが大きくて丈が延ばせそうなものを探させているの。それならとりあえず丈を直すだけで、あなたにも着られると思って」

「ご親切にありがとうございます。わたしも義理の姉に手紙で着替えを送ってくれるように頼んでいますから」頬が赤くなった。「こんな状態でどうしてこちらにうかがったのか、不思議にお思いでしょうね――着替えもナイトガウンも持たず、侍女さえ連れないで」

「そうね、ほんのちょっぴり」レディ・ストーンへヴンは認めた。「人間ですもの、好奇心は持つわ。でも話したければ自分から話してくださるでしょうし、話したくなければ、それはそれでね。だってわたしたちみんな、ちょっとした秘密を抱える権利くらいあると思わない？　何もかもみんなに説明しなければならないなんて、ぞっとするわ」

「でも、わたしのこと……恥知らずな人間だと思われたでしょう？」

「ばかなことを言わないでちょうだい。デヴェレルが恥知らずな人を未来の花嫁として連れてくるわけがないでしょう。さてと……あなたさえよければ、屋敷のなかを案内してさしあげたいのだけれど、どうかしら？」

「ええ、ぜひ。とても楽しそうだわ」

実際にそのとおりだった。ジュリアに自分をテレサと呼ぶようにと告げたレディ・ストーンへヴンは一緒にいて実に心地よく、屋敷についてもこれまでそこで暮らしてきた人々についても高い見識を備えていて、通り過ぎるいろんな部屋で、そこで起きた楽しい逸話を語ってくれた。しかもそこかしこに彼女の趣味のよさが表れていた。前夜案内された居間ほど居心地のよい雰囲気の部屋はなかったが、それでもどの部屋もきわめて感じがよく、上品ながらくつろいだ雰囲気もあって、古きよき時代の家具を残しながら現代風の新しいものも取り入れられていた。そして最後に案内されたのが、レディ・ストーンへヴンの仕事部屋だった。

客室の窓辺に描《か》かれた蔓《つる》の絵は見ていたものの、彼女の作品がここまで壮大ですばらしいものだとは、正直想像もしていなかった。ジュリアは畏敬《いけい》の念でしばしたたずみ、アトリエの壁一面に描かれたアテネの風景の壁画をとくと眺めた。彼女はほかの淑女たちのように、ただの趣味で絵を描いているのではない。本物の芸術家だ。

「どれもこれもすばらしいわ！」ジュリアは感嘆の声をあげ、壁際にずらりと立てかけられたキャンバスを眺めながら、部屋のなかをゆっくりと歩いてまわった。

「気に入ってくださった？　本当に？」レディ・ストーンへヴンが子供のようにうれしそうな顔になった。

「もちろんです」

「よかった。ときどき、みんなただお世辞を言ってくれているだけじゃないかと不安になるの。売れたときは確かにうれしいのだけれど、でも代理業者を通すでしょう？　買ってくださった方が絵をどう思ってくださっているのか、わたしにはまるで聞こえてこない。お友だちはね、ほら、たとえこれが子供の落書きみたいなものでも褒めてくれる人たちなのはわかっているから」

「作品をお売りになっているんですか？」

「全部ではないけれどね。わたしが手放してもいいと思えるものだけ。だから絵はたくさんあるの。隣の部屋にはもっと置いてあるし、屋敷のなかのあちこちにも飾ってある。お友だちに差しあげたものもあるわ。お金を介さないときのほうが、気が楽ね。もちろん自分の名前を使っては売らないのよ。売るときは、T・A・エマソンを名乗っているの。エマソンはわたしの旧姓。誰もT・Aがテレサ・アンの略だとは気づいていないわ」

二人はそのまましばらく絵画と彼女の仕事について話をした。ジュリアはテレサの仕事部屋と隣の保管部屋にあるキャンバスを順にじっくりと鑑賞していった。どれだけの時間がたったのだろう、デヴェレルの声を聞くまでそれすら意識すらしなかった。「ここだろうと思ったよ」

声を聞いただけで急に強い欲望の波が押し寄せ、ジュリアは愕然《がくぜん》とした。震えながら振り返る。乗馬服のままのデヴェレルが保管部屋の開いた戸口にゆったりと立っていた。彼の姿を目にしただけでここまでうれしくなる自分に、ジュリアはいらだちを覚えた。部屋が急に明るさとぬくもりを増し、空気さえも甘く感じられる。彼がほほ笑みかけた。一瞬彼の顔に優しく温かい、崇拝するような表情が浮かぶ。数日前、ジュリアの正体に気づく前に見せたのと同じ表情だ。ジュリアも思わずほほ笑み返した。彼が一歩足を踏みだす。

そこでふいに彼の足が止まり、表情が一変した。ぬくもりが引っこみ、冷ややかなよそよそしさと茶化すような表情に代わっている。ジュリアが何者で、二人のあいだに何があったのかを思いだした顔だ。ジュリアは胸を締めつけられる気がした。急に喉がこわばり、緊張が走る。

「まあ、デヴェレル！」レディ・ストーンヘヴンが声をかけた。「よかったわ。ずいぶんと早く戻ってくれたのね」

「そう早くもないんですよ、母上。もう昼です。ハンマートンとの話は片づきましたよ。少なくとも今日のところは」

「まあ、すてき。それじゃあ、一緒に昼食がとれるわね」

「ええ」

「デー――いえ、ストーンヘヴン卿」ジュリアは前に進み出た。「お約束した手紙のことですけど」

デヴェレルが顔を曇らせた。「わかっている。ちゃんと見せるよ。だがまずは僕も着替えをしたい。昼食のあとでどうだろう?」

ジュリアがうなずくと、彼は部屋を出ていった。

その後、食事のあいだもデヴェレルはどこかよそよそしく冷ややかで、会話はもっぱら母親とジュリアに任せていた。彼が加わらなくても生き生きとした食卓になるよう、ジュリアは精いっぱい努めた。ひょっとしたら彼は遺書を見せると約束したことを悔やんでいるのかもしれない。うがった見方をすれば、遺書が本当に存在するかどうかもあやしいものだ。もしかすると兄の有罪を納得させようとでっちあげただけかもしれない。

食事のあと、デヴェレルはジュリアを自分のオフィスに案内した。ずらりと本棚が並び、調度品を重厚なマホガニーで揃《そろ》えた広い部屋だ。最も目を引くのが中央に据えられた大きな机で、デヴェレルが部屋に入って扉を閉めるなり向かった先もそこだった。彼はジュリアを振り返った。

「本当にいいんだね?」ふいに彼が尋ねた。「君に見せると言ったとき、僕はどうかしていたんだと思う。こんなものを見たところで、君はつらくなるだけだ。そもそも、だからヴァリアンと相談して隠しておくことに決めたのに」

「見たいわ」ジュリアはさらりと返した。「本当にあなたが持っているならの話だけれど。それとも最初から作り話だったの?」

「もちろん持っている」デヴェレルは言った。「君と違って、僕には日ごろから嘘《うそ》をつく習慣などない」

デヴェレルはポケットから小さな鍵《かぎ》を取りだすと、机の引きだしの一つを開けた。しばらくなかをまさぐって一枚の紙を取りだし、表情のない顔でジュリアに差しだす。

緊張で胃がぎゅっと縮んだ。心臓の鼓動が速まる。ジュリアはかすかに震える指でその紙を受け取った。見覚えのある筆跡が目に飛びこんできたとたん、目眩《めまい》に襲われた。そばにある椅子に腰を落とす。兄の筆跡だった。急に恐怖が押し寄せた。ジュリアは勇気を振り絞って、紙面に気持ちを集中させた。

これを見つけてくれた人へ

この手紙が読まれているころには、わたしはもうこの世にいないだろう。わたしの人生にこんな罪まで加えることになって、残念でならない。だが、もはやこれ以上罪悪感を抱えて生きつづけるのは無理だ。わたしはトーマスの信託財産から金を横領した。トーマス、どうかわたしを許してほしい。悪いことなのはわかっていた。しかし誰にも知られずに金を用立てなければならなかった。ほかに方法が思いつかなかった。よくある話だが、わたしには女性がいた。ロンドン在住で、わたしはできるだけ彼女に会いに通った。言い訳はしない。彼女への愛に溺《おぼ》れたのだ。まともな判断力すら失っていた。道徳心も何もかも、かなぐり捨てていた。彼女をつなぎ止めておくのは大変でね――非常に金のかかる女だった。屋敷、馬車、宝石、ドレス。すべてを与える必要があった。二つの家庭を維持するだけの金銭的な余裕など、わたしにはない。しかも出費を秘密裏に処理するのは困難きわまりなかった。そこでトーマスの信託財産に手をつけた。悪いことだ、とんでもないことだ。今ならそう思える。だがそのときは自分を抑えることができなかった。

おのれの狂気のせいで、自分の人生も周囲の人間も台無しにした。これ以上恥辱には耐えられない。わたしを許してくれ、フィービ。わたしのしでかしたことを。できればギルバートが父親を恨まないようにしてほしい。わたしは二人を心から愛していた。だから自分の愚かさで二人が傷つくのを、これ以上見るのには耐えられない。

文末に、セルビーの大胆で力強い署名があった。涙で文字がかすんだ。耳の奥でうねるような轟音《ごうおん》が聞こえはじめる。胸がむかむかして、吐きそうだ。「ああ!」ジュリアはうめき声をあげ、口に手をあてた。けれども喉の奥からこみあげるむせび声を止めることはできなかった。「セルビー!」

ジュリアは泣きだした。激しい絞りだすような嗚咽《おえつ》が体を震わせる。両手で顔を覆った。意識のどこかでデヴェレルが小さく悪態をつくのがわかった。彼は三歩で机をまわり、ジユリアを椅子から立ちあがらせた。胸に引き寄せ、しっかりと抱きしめる。

「悪かった。僕を許してくれ。君に見せるべきじゃなかった。僕がばかだったんだ。ついかっとなって、冷静な判断力を失っていた。許してくれ」

彼が優しく意味のない慰めの言葉をつぶやきながら、髪と背中をなでてくれる。ジュリアは彼にしがみつき、その力強さと思いやりに感謝して心の底から泣き声をあげた。彼が髪にそっと唇を寄せるのがわかった。

「デヴェレル」ジュリアは吐息まじりにささやいた。

「ジュリア」デヴェレルが顔の側面に、そして額に唇を寄せた。ジュリアが顔を上向ける。そこで唇が重なり合い、この二日、互いに抑えこんできた欲望が炸裂《さくれつ》した。

ジュリアは小さくうめき声をあげ、両手を彼の後頭部にあてて強く引き寄せた。苦悩と不安、そんなこの一週間の騒がしい感情が一気に噴きだし、情熱の炎となって燃えあがった。ジュリアは彼に対して火がついていた。全身に活気が満ちてうずきだす。デヴェレルはどれだけキスをしても満たされないように、貪欲《どんよく》に唇をまさぐった。彼の両手がジュリアの背中から丸いヒップをなでるように下り、そこでぐっと力をこめ、下半身を自分の下腹部に向けてぐっと引き寄せる。彼の欲望の証がまざまざと伝わり、荒い息づかいが聞こえてきた。ジュリア自身の情熱も今まさに絶頂に達しようとしていた。腿のあいだが熱く湿っている。体の芯《しん》がまるで蝋《ろう》になったようだ。彼の指がヒップの柔らかな肉を刺激しはじめると、ジュリアの体は小刻みに震えた。

デヴェレルがまたささやくように名前を呼んだ。彼の唇が頬を伝い、耳へと移動する。

「よかった」彼はキスをしたり、軽く噛《か》んだりと耳を弄《もてあそ》びながらささやいた。「やっとわかってくれたんだね。真実に気づいてくれた」

ジュリアの体がこわばった。頭のなかで警告音が鳴り響く。即座に体を離し、鋭い疑惑の目を彼に向けた。「どういうこと？」

「え？」デヴェレルはうろたえていた。「いや、だってこれで僕が君の思うような人間じゃないとわかっただろう？　あれはすべてセルビーの――」

「違う！」ジュリアは急に激しい自己嫌悪に駆られて彼の腕を振り払い、よろめきながらあとずさった。こんなにも簡単にセルビーを見捨てるわけにはいかない！　なんの疑問も持たずに手紙の内容を信じて、この人の腕に落ちるわけにはいかない！「違うの。わたしは……わたしには……」

ジュリアはすぐさま身をかがめて、抱き寄せられたときに落とした手紙を拾いあげた。そして小さな泣き声とともに手紙をぎゅっと握りしめ、背を向けて部屋から駆けだした。

13

　ジュリアは部屋に駆けこんで扉に鍵《かぎ》をかけると、ベッドに身を投げだし、気が済むまで泣きじゃくった。いったいどうしてあんなことをしてしまったのだろう？　これではセルビーを裏切ったも同然だ。汚名をすすぐとあれほど固く誓ったのに、最初の障害物でくじけてしまうなんて。遺書を見て、その筆跡に気づいて、一瞬、誰もが言うようにやはり犯人はセルビーだったのだと信じそうになった。さらには、敵の胸にすがるようなまねまで。その男が、そもそも兄をこんな目に遭わせた元凶だというのに。

　ジュリアは惨めさにさいなまれ、自分を責めながらしばらくベッドに横たわっていた。フィービがそばにいて、話を聞いてくれたらどんなにいいか。けれどもそう思った直後に、こんな手紙はとてもフィービには見せられないと思い直した。義姉が知ったら、どんなに傷つくか。デヴェレルとヴァリアンが遺書を隠したのも同じ理由からだったことを思いだすと、またもいらだたしさが胸いっぱいにこみあげた。ジュリアはその怒りを反動にして、ベッドから起きあがった。

立ちあがって顔を洗ってから、ベッドに投げだした手紙をもう一度手に取り、椅子に座って読み直してみる。裏返して手紙の裏をじっくりと眺め、割られた封蝋《ふうろう》を思案げに指でなでた。そしてもう一度表に返し、また最初から読んでみた。これで三度目。そしてそのまま眉をひそめて考えこんだ。

やがてジュリアは意を決して立ちあがると、背筋を伸ばして一階に下りていった。まっすぐデヴェレルのオフィスに向かい、扉をノックする。彼の声が応《こた》えた。ジュリアは胸のざわつきをこらえてなかに入った。デヴェレルが机上の仕事から目を上げ、ジュリアに気づくと即座に立ちあがった。

「ジュリア！」大きな机をまわって前に出てくる。「もう大丈夫かい？」

ジュリアはうなずくと、背後の扉を閉めた。「ええ。少し部屋で考えていたの」

「どうか僕を許してくれ。君の精神状態を考えると、僕の行為は言い逃れのできない、許されないことだ。君の弱みにつけこむようなまねをした」

ジュリアは彼の、慎重に制御された落ち着いた表情を見つめた。つい今しがた熱い情熱でキスを交わした相手と同一人物にはとても見えない。「そのことはいいの。わたし、この手紙のことで話があって」

「そうか」彼の顔がさらに表情を抑えこんだ気がした。「そうだろうね」

「これを書いたのは、セルビーじゃないわ」

デヴェレルがため息をついた。「予測はしていたよ」彼は机の前の椅子を示した。「さあ、かけて。話を聞こう」

ジュリアが椅子に腰を下ろすと、デヴェレルは机の隅に軽く腰をつけ、腕組みをして忍耐強い表情を向けた。「そんな目で見ないで」ジュリアは言った。「わたしだってばかじゃない。そう信じるだけの理由はちゃんとあるんだから」

「なるほど」

「わたしも最初は筆跡に騙《だま》されたわ。そもそもこの横領に関《かか》わった手紙がこれと同じくらいセルビーの筆跡にそっくりだったとしたら、誰もがそれをセルビーからの手紙と信じたのも無理はないと思う。でも逆に考えると横領に使われた手紙が偽物なら、この遺書も偽物と考えるのが道理でしょう」

「確かに」

「上からものを言うのはやめて、ちゃんとわたしの言うことを聞いて！　この遺書を何度も読み返すうちに、わたしのなかでいくつかはっきりしたことがあるの。まず第一に、やはりどうしてもセルビーが自殺したとは思えないということ。兄は闘士だったわ。何があろうとフィービやギルバートやわたしを見捨てて逃げだすような人じゃなかった。そんなことは卑怯《ひきょう》者のすること。あなただって知っているでしょう？　セルビーは決して卑怯者ではなかった」

「ああ。その点は君の言うとおりだ。だがどんなに強い男でも気弱になることはある――逃れようのない証拠を突きつけられて、逮捕は免れないと悟ったんだろう。パメラは犯罪としての捜査を要求していた。彼は家族をさらなる醜聞に巻きこまないように、自ら死を選ぶことで捜査を打ち切らせたんだ。裁判で有罪と確定し、横領犯として刑務所に送られるようなことになれば、君たち家族はもっと悲惨な目に遭っていた」

「わたしたちを醜聞から救うためだったなら、どうして横領を告白する遺書なんて遺《のこ》したの？　しかも愛人の存在まで認めて」そのことを口にしたとたん、第二の疑問が頭に浮かんだ。デヴェレルはこんな決定的な遺書をどうして世間に公表しなかったのだろう？　これならセルビーの有罪を決定づける確かな証拠となるのに。

「罪の重さに耐えきれなかったのだろう。だからこうなった。彼はもともと善良な人間だった。それでいて道を踏み外してしまった。愛人への情熱から、本来の姿からは考えられない行動へと駆り立てられたんだ。そして罪悪感にさいなまれた。だから告白せずにはいられなかったのだろう。だが罪を犯した屈辱に正面から向き合うことができなかった」

「戯言《ざれごと》よ！」ジュリアは納得のいかない説をばっさりと切り捨てた。「この遺書が捏造《ねつぞう》と考える理由がもう一つあるの。セルビーはフィービを愛していた。その兄が彼女を裏切るわけがない。ロンドンに愛人を隠していたなんて、考えられないわ」

「よくある話だよ」デヴェレルが告げた。「たとえ妻を愛している男でも」

「そうなの？　じゃあ、あなたも結婚したらそうするつもり？　たとえわたしが――」ジュリアはそう言いかけたところで言葉をのみこみ、髪の根元まで真っ赤になった。二人のあいだの空気が、突如として官能の香りを帯びはじめる。「べ……べつに、そういう意味では……」

「僕と君とのことはまったくの別問題だ」デヴェレルの瞳に奇妙な光が宿った。

「そうよね」ジュリアはさりげなく返した。「でも、とにかく、セルビーはフィービを愛していたの」

「ひょっとするとレディ・アーミガーも夫の頭を殴って、縛りあげたとか？」

ジュリアは返す言葉がなく、ただ彼をにらみつけた。二人はそのまましばらくにらみ合っていたが、やがてデヴェレルが立ちあがり、窓辺に歩み寄って外の薔薇《ばら》園に目を向けた。

「確かに」慎重な落ち着いた声で彼は切りだした。「セルビーは奥さんと息子を愛していただろう。愛人がいたからといって、二人を愛していなかったことにはならない」

ジュリアは顔をゆがめた。「なだめるような言い方はよして。わたしは、あなたより兄という人を知っている。フィービの前に愛人がいたことだって。でも彼女と結婚してからは一度もそんなことはなかった。兄の口からこの愛人という女性のことを聞いたことはある？　ヴァリアンは？　フィッツは？　どこかのクラブでそんな噂《うわさ》を耳に挟んだことはある？」

「いや、噂は一度も聞いたことがない。フィッツやほかの友人たちが知っていたかどうかは、僕には不明だ。ヴァリアンは、そうだな、遺書を読んだときは驚いている様子だった。だがあのときは互いに彼の死にひどく衝撃を受けていて、彼がその女性のことを知っていたかどうかまで気がまわらなかった。セルビーの口からも一度も聞いたことはない。しかし僕は、ウォルターやヴァリアンほど彼と親しくなかったからね。若いころは親しくもしていたが、ここ数年はなんとなく疎遠になっていた。はっきり言えばウォルターが亡くなって以降はほとんど会っていなかった」

「そうだとしても、セルビーに愛人がいたのなら、誰もそれを知らないのは変だと思わない？」

「誰も知らないとまでは断定できないだろう。君は火のないところに煙を立てようとしているんだよ。第一、なんの証拠もないだろう。ジュリア、あるのは根拠のない信念と想像だけ。それに対してこっちにはセルビーの筆跡で、自分がやったと告白している手紙がある」

「おかしな点はほかにもあるのよ。一つは、フィービとギルバートのことにほとんど触れていないということ。あるのは、二人を愛しているという短い一文だけ。もし本当にセルビーが書いた遺書なら、もっといろいろと掘り下げて書いてあると思うの。それにわたしは兄が義姉《あね》をフィービと呼ぶところなんて一度も見たことがない。いつだって、愛称で呼んでいたわ。たいていはフィー、たまにディライトのときもあったけれど」

「いいかいジュリア、君の気持ちはわかる。だがこれはセルビーのこの世で最後の声明なんだ。どちらかといえば、あらたまったものなんだよ。妻を愛称で呼んでいなくてもなんの不思議もない」

「セルビーなら愛称を使ったわ。みんなに呼び名をつけて、いつもその名を使っていたんだから。わたしのことはジュールかジュリー。ギルバートのことはジンジンと呼んでいた。ギルが言葉を覚えて自分の名前を言えるようになったとき、その音がいちばん近いからって」

デヴェレルは明らかに納得していない様子で、肩をすくめた。

「いいわ。次もどのみちあなたにはわかってもらえないでしょうけど、でもわたしにはすごく重要なことなの。この遺書には、わたしのことがどこにも出てこないのよ」デヴェレルの疑《うたぐ》り深い表情を見て、ジュリアは慌ててつづけた。「ええ、そうよね。人は遺書にわざわざ親族全員のことを書かないと言いたいんでしょう？　でもセルビーとわたしは特別だったの。フィービとギルバートが現れる前は、わたしは兄にとって唯一の肉親だった。両親はどちらももうこの世にはいないから。兄はしょっちゅう手紙を書いてくれたものよ。大学で地元を離れているときも、結婚して落ち着く前、気ままにロンドン暮らしを楽しんでいたころも。結婚してからだって、屋敷を離れているときは手紙をくれたし、そうでなければフィービ宛《あて》の手紙のなかで一行か二行わたしのことに触れたり、愛していると伝えてくれと頼んだりしていた。そんな兄が死を目前にして、妹に一言も言い遺さないなんて考えられないわ。わたしにはわかるの」

「ジュリア……」

「兄に関する妹の知識だけではじゅうぶんでないと言うなら、ほかにもう一つ、明白な証拠があるのよ。この遺書の封印を見て」ジュリアは遺書を彼に手渡し、手紙がたたまれ、封印された場所にある赤い蝋の断片を示した。

デヴェレルは蝋を見てから、ジュリアに目を上げた。「これがどうだと?」

「その蝋に押されている印。それはセルビーの印鑑指輪の文様よ。兄はそれを手紙の封に使っていたの。でもこの遺書が書かれた当時、その指輪は兄の手元になかった」ジュリアはいったん言葉を切り、このことがいかに重要なのかを強調した。「亡くなるひと月かふた月前に、その指輪をなくしていたのよ。使用人総出で屋敷じゅうをひっくり返して捜させていたからよく覚えている。兄にとってはとても大切なものだった」

「僕たちが彼を発見したとき、その指輪は指にはめられていた。きっとそれ以前に狩猟小屋に置き忘れていたんだろう。だから見つからなかった。小屋に戻ったときに見つけたんだ」

「違うってば！」ジュリアは椅子から跳びあがった。「あなたって、本当に腹立たしい人ね！　あなたこそ、最初から決めつけているじゃない。わたしが何を言おうと聞く耳すら持っていない！」

デヴェレルが奇妙な目を向けた。そこでジュリアははっとした。ここまで必死に、まるで公明正大な立会人か誰かに対するみたいに、この手紙は偽物だとわかってもらおうとしてきたけれど、よくよく考えるとそれもおかしな話だ。もし本当に横領をしたのが彼だとすれば、この遺書が偽物であることくらい彼はとっくにわかっているはず。

「ああ、もう」ジュリアは奇妙としか言いようのない感情に襲われ、どさりと椅子に腰を落とした。「そうよね。わたしったらどうしてあなたにこんな話をしているのかしら？」

「ジュリア、君は自分の言っていることがわかっているのかい？　この遺書が偽物だとして、同じ人物が一連の手紙を捏造したのだとすれば、その人物がセルビーを殺したことになる。そうでなければ、その人間が遺書を書く理由がないだろう」

ジュリアはかすかに胃のなかにむかつきを感じた。自分の言葉にそんな意味があるとは考えたこともなかった。でも確かに彼の言うとおりだ。ただセルビーが自殺をしたり、遺書のなかにあるような行為をするはずがないと、その疑いを晴らすことだけに夢中になっていたけれど、そのとおり遺書が偽物だとすると、兄はそれを書いた人間によって無惨にも殺害されたことになる。

「ジュリア、君の気持ちはわかる。お兄さんの有罪は認めたくないだろうし、彼が自殺したなど信じたくもないだろう。だが君はただ乱暴な憶測を話しているだけだ。君の話を裏づける証拠はどこにもない」

「わたしはセルビーを知っているわ」

「人というのは変わるんだよ。あやまちも犯すし、時と場合によっては日ごろからは考えられない行動に出ることだってある」ジュリアは石のように黙りこんだまま、デヴェレルを見つめ返した。彼はつづけた。「君の推測どおりだとしたら、何者かがお兄さんの筆跡を本人ですら自分のものと認めるほどそっくりにまねたことになる。その人間がセルビーの筆跡で何度も金を要求する手紙を書き、しかも〝ジャック・フレッチャー〟という名を使って、それがすべてセルビーの仕業だと見せかけた。それから彼を殺すひと月かふた月前に彼の印鑑指輪を盗んでおき、遺書を捏造して、その指輪で封印をした。そしてたまま屋敷ではなく狩猟小屋に滞在しているときを見つけて彼を殺し、机の上に捏造した遺書を置き、そのうえでまた彼の筆跡で手紙を書いて僕を呼び寄せ、その遺体を発見させた」

「そんな言い方をすると、なんだか不自然に聞こえるわね」ジュリアは認めた。

「ほかにどんな言い方がある？　仮に君の説が正しいとするなら、こういうことだろう」デヴェレルはそこで言葉を切った。「ここ数年で僕も学んだことがあってね。正しい答えというのは概して最も単純で、最も素朴なものだ」

「そういう話を出すってことは」ジュリアは沈んだ声で切りだし、立ちあがった。「どうやらこれ以上話しても無駄なようね。最初から信じる気はなさそうだもの」

彼女は背を向けて、扉に向かった。背後から彼の声が呼び止める。「ジュリア！」

ジュリアは振り向き、問いかけるように見つめ返した。

「本当に僕が犯人だと思っているのか？　僕が金を横領し、その罪をセルビーになすりつけたと？　狩猟小屋に行って、彼を殺したと？」彼のハンサムな顔が沈んでいた。

ジュリアの心は揺れた。わたしは本気でデヴェレルがお金を横領し、セルビーを殺したと思っているのだろうか？　ほんの数分前、この遺書はセルビーが書いたものではないことを彼にわかってもらおうと、それだけで頭がいっぱいだった。彼がすでにそれを知っているなどとは考えてもいなかった。しかも一つ、どうしても引っかかっていることがある。彼が首謀者だとしたら、どうしてセルビーの有罪を決定づける遺書をわざわざ隠したのか。そして何よりも、この胸のざわつき。デヴェレルが殺人犯だと考えただけで、泣きだしたいほどつらくなる。

「誰かがやったことよ」ジュリアは声を絞りだすように答えると、背を向けて部屋をあとにした。

デヴェレルは彼女が出ていくのを見送った。返事は漠然としたものだったが、先の糾弾から考えるとずいぶん和らいでいた。それでも以前と同じように、荒涼としたむなしさが胸に広がる。まるでそこに決して埋めることのできない穴が空いているように。

ジュリアとの関係は悪化の一途をたどっている気がする。最初は彼女の裏切り。キスや抱擁もすべて嘘《うそ》だったのだと、騙されていたのだと知ったときはひどくショックだった。そこへたたみかけるように、彼女から無実の兄に罪をなすりつけた真の横領犯だと思われていると知らされ、あげくに今度は殺人犯。

デヴェレルは無意識に拳《こぶし》を握りしめていた。無性に何かを殴りたくてたまらなかった。なぜ彼女はあれほどまでに強情なんだ？　どうしてあそこまで頭からセルビーを信じる？　だが何を言っても無駄だろう。それが彼女の愛し方なのだ。全身全霊で愛するのが。どんなに心地いいだろう――そんなふうに彼女に愛されたら。デヴェレルは危険な領域に入りこんだ思考を押しとどめた。ジュリア・アーミガーの愛などほしくない。彼女はいざとなったら人を裏切りかねない女性だ。

だがよくよく考えると、彼女のそうした行動もすべて信念の強さゆえだ。おのれの利益や、誰かを傷つける目的で嘘をつく人間ではない――相手が自分や自分の愛する者に害を及ぼす場合は別として。

しかしそんなことはどちらでもいい。どのみち、その愛を受ける可能性は誰より少ないのだから。彼女に憎まれている。名誉を救うにはほかに手がないという状況下でさえ、彼女は結婚を拒んだ。結婚するより恥辱にまみれて生きていくほうがいいとまで言い放ったのだ。嫌われているのはこのうえなく明白だろう。

これ以上結婚すべきだと主張しつづけるのは愚かとしか言いようがない。だが、あの意地の悪いパメラ・セントレジェに結婚したと話したあとだ。ほかに手だてはない。いっそこのまま口を閉ざし、ジュリアにおのれのまいた種を刈り取らせるほうがいいのかもしれない。そもそも、このばかげた計画を仕組んだのは彼女なのだから。

そう思うと、意思に反してふっと唇にやるせない笑みが浮かんだ。彼女以外に、こんな計画を思いつく女性がいるだろうか。すべてを危険にさらしてまで、兄の汚名をすすごうとするとは。確かに行動は向こうみずだ。それでも愛と勇気に満ちている。そしてあのキス……あれが育ちのよい、未経験の若い女性のキスだとは今でも信じられないくらいだ。だがジュリアがそうであることは間違いない。彼女の貞操にわずかでもあやしい影があれば、あのパメラ・セントレジェが吹聴《ふいちょう》せずにはいないだろう。

思考が無意識のうちにジュリアと交わした偽りのキスの記憶から二人の婚姻のベッドにまで及び、気づくと下腹部が硬くなっていた。彼女から仕掛けられた罠《わな》やどう思われているかを知った今もまだ、欲望を感じつづけていることが煩わしくてならない。昨日は一日じゅう馬車のなかに二人きりで閉じこめられ、頭のなかは彼女でいっぱいだった。機会をうかがっては胸を盗み見て、その膨らみが手のなかでどんなにたっぷりと柔らかかったか、乳首がどんな感触だったか、そんなことばかり考えていた。するとおのずと二人で交わしたキスの記憶や長い首筋の柔らかさ、唇で体をなぞったときに彼女がもらしたかすかな吐息などが次々に脳裏によみがえってどうしようもなかった。あげくに今日の午後だ。彼女が泣きだしたとき、最初は本能的にただ慰めようと近づいただけだった。けれども柔らかな体を全身で受け止めたとたん、欲望に火がつき、思わず唇を求めていた。まったくそんな抑制も利かないとは、我ながら情けないにもほどがある！

しかもそれをジュリアに悟られたと思うと、さらに情けなかった。彼女の欲望がただの見せかけだったと知って以降、おのれの欲望を抑えきれずにキスをしたのはこれで二度目だ。彼女ももう自分がどれだけの影響力を持つか、気づいているだろう。そして当然のごとく、こっちは彼女になんの影響力も持ってはいない。彼女はキスや肉体や手の動きを冷静に操り、欲望をかき立てて自白に追いこもうとしてきた。少しでも本気で愛し合う気があれば、できることではない。彼女はこちらが欲望にあえいでいるあいだ、どうすればひざまずかせられるかを頭のなかで冷静に計算していたのだ。それを思うと、デヴェレルの顎がぐっとこわばった。

だが……今日の午後、ジュリアはキスに応えてきた。間違いない、あれは演技ではなかった。彼女は兄の遺書を読んで動揺し、涙に暮れていた。あの瞬間の彼女に計算が働いたとも思えない。あれは、時の経過とともにわずかなりとも彼女の殻が破れている証《あかし》ではないのか？　慣れてくると同時に彼女も何かしらの感情を持ってくれている証ではないのか？

デヴェレルは自分の考えが向かおうとしている方向に我ながらうんざりして、低いうめき声をあげた。そんな理由で彼女と結婚しようとしているのではない。義務と名誉のためにそうしようとしているのだ。それが紳士たる者の取るべき道だから。欲望とはなんの関係もない。

デヴェレルは机の奥の椅子に戻った。ジュリアが残していった遺書が目に留まる。それを手に取り、じっくりと読んでみた。ジュリアの指摘は単なる盲信的な解釈としか思えなかった。この遺書を前にしてもセルビーの無実を信じられるのは、愛する妹くらいのものだろう。その妹にしても、兄を信じるためにはデヴェレルを黒く塗る必要があった。親切な男なら、このままジュリアにセルビーの無実を信じさせてやるのだろう。だがそれが正しいことでないのはわかっている。自分に向けられたジュリアの目に疑惑と嫌悪感を見るのはもううんざりだ。こうなったらなんとかして自分は犯罪者ではないと証明しよう。彼女がこの事件を徹底的に調べ直すというなら、それに手を貸すのもいいだろう。彼女にはつらいだろうが、本当の横領犯は兄だと――僕に対するこの判断は間違っているのだと、きちんと理解させてやるほうがいい。

ジュリアは完全にうんざりしていたけれど、仕方なく同じドレスで夕食に下りていった。

衣類の荷が届いたら、このドレスはいっそ火にくべてしまおう。午後の遅い時間に、レディ・ストーンヘヴンの衣装係が女主人のドレスを持って部屋に来てくれた。ドレスはジュリアのために精いっぱい手直しが施されていた。裾《すそ》は目いっぱい延ばしてあった。それでもジュリアには丈が滑稽《こっけい》なほど短く、くるぶしの上までしかない。結局何日も着つづけているドレスのほうがまだましだろうという結論に至った。

一階に下りて夕食前に集まる居間に入ると、レディ・ストーンヘヴンが穏やかなグレーの日中用ドレスで待ってくれていた。いつもの優しさで、ジュリアに合わせて自分も夕食用のドレスアップを控えてくれたのだ。ジュリアはうれしかった。レディ・ストーンヘヴンのことはあっという間に大好きになっていた。こんな女性からどうしてデヴェレルのような息子が生まれたのか、理解できないほどだった。

三人でまさに夕食を始めようとしていたとき、玄関扉を大きくノックする音が響いた。

「変ね」レディ・ストーンヘヴンが言った。「いったいどなたかしら?」

デヴェレルが玄関広間に足を踏みだしたところで、従僕がノックに応えて扉を開けた。

「驚いた!」彼が声を張りあげた。「ペンバートンじゃないか!」

「どなたですって?」レディ・ストーンヘヴンが困惑して尋ねた。

「まあ!」ジュリアは即座に椅子から立ちあがり、玄関広間のデヴェレルのもとに駆け寄った。

玄関扉から入ってきたのは、まぎれもなくジェフリー・ペンバートンだった。「ジェフリー！」

ジェフリーが広間に目を向け、ジュリアに気づいた。「ジュリア！　まったくこのおてんば娘が。フィービにもジュリアなら心配はいらないと話したが、やはり思ったとおりだ、馬みたいに元気そうじゃないか」

ジュリアは玄関扉に向かって歩み寄った。デヴェレルと彼の母親もあとにつづく。「いったいここで何をしているの？」

「ここで何をしているかだって？　君を追ってきたに決まっているだろう。言っておくが、ここに来るまでは大変だったんだ。とぼけた乳母が忘れ物をしたと言うから取りに戻ったら、結局トランクの底に入っているし。それもお気に入りのおもちゃだと言うじゃないか。まったく、すぐにほしいとぐずりだすのがわかっていながら、どうしてトランクの底にしまったりする？」

「誰のこと？」ジュリアはぽかんといとこの顔を見つめて尋ねた。「誰の乳母？　誰がぐずるの？　いったいなんの話をしているの？」

「誰って、君の甥《おい》に決まっているだろう。君は知らないようだが、子供というのは癇癪《かんしゃく》を起こすと手がつけられない」

「ギルバートのこと？」

「そうだよ、もちろんギルバートだ。ほかに誰がいる？　おいおいジュリア、大丈夫かい？　あんなおかしな手紙をフィービによこして、彼女を混乱させたと思ったら、今度は甥が誰かも忘れたのか？」

「つまり、ギルバートも一緒に来ているの？　ギルバートとフィービも一緒に？」

「当然じゃないか。まさか僕が一人でここへ来たとは思わないだろう？」ジェフリーが驚いた顔をした。「フィービが、どういうわけか君が危険にさらされていると思いこんでいて、一緒に来てほしいと頼まれたんだ」彼はデヴェレルとレディ・ストーンヘヴンにちらりと目をやり、ばつの悪い表情を浮かべた。「いや、もちろんばかげた話だよ。僕にはわかっていた――君がただこちらを訪問しただけだと」

ジュリアはジェフリーの言葉を無視して、つづけた。「フィービはどこ？」

「外の馬車のなかだ。まずは僕がノックをして、様子を確認したほうがいいと思ってね」

「ああジェフリー、なんてすばらしいの！」ジュリアは衝動的にいとこを抱きしめ、彼を驚かせてから、玄関扉を飛びだした。「フィービ！」

馬車の扉が開き、フィービが飛びだしてきた。彼女の息子もあとにつづく。ジュリアは二人に向かって階段を駆けおりた。

「来てくれてうれしい！」ジュリアは両手を広げてフィービを抱きしめた。

「わかっていたわ！」フィービはかすかに泣き声になっていた。「あなたに必要とされているのはわかっていた。何があったの？　彼にむりやり連れてこられたとか？　ナナリーからあなたの姿が見えない、ストーンヘヴン卿《きょう》にも逃げられたと聞いて、どれだけ心配したか！　そのうえ、あの奇妙な手紙でしょう？　しかもそのあとヴァリアンが訪ねてきて、フィッツから聞いた話ではあなたと彼がすでに結婚したらしいと言われるし。それって本当なの？」

「いいえ、まさか。わたしは彼と結婚するつもりはないもの。でもむりやり連れてこられたわけでもないの。まあ、確かに最初はむりやりだったわ。でもそのあとわたしが何者か彼にばれてしまって、それでパメラから逃れるために一緒に来たってわけ――いやだと言っても、強引に連れてこられたとは思うけれど。彼って強情な人だから。それにわたしもここに来たら、横領事件のことがもっと詳しくわかるかと思っていて……」

そこでジュリアは口ごもった。まだフィービに遺書のことを話す決心はついていなかった。なんといっても、あれは偽物だ。彼女に見せるのは、わけもなく傷つけることにしかならない。でもここで何かしらは話す必要があるだろう。デヴェレルが〝重要な情報〟を持っていることは、手紙に書いてしまっている。

「でも結局大したことではなかったの」ジュリアは必死に頭を働かせながら、ゆっくりと言葉をつづけた。「彼、ほら彼はセルビーから受け取った手紙を持っていたのよ。自分宛の、狩猟小屋で会いたいという手紙。彼はそれをセルビーが自殺をした証拠だと考えているの。でもそんなの、なんの証拠にもならない。ほかの手紙と同じで、捏造されたものなんだもの」

「ジュリーおばちゃま！ ジュリーおばちゃま！」無視されるのに飽きたのか、ギルバートがスカートを引っ張りながら声を張りあげた。「僕、歯が抜けたんだよ。ほら」ギルバートがにっと大きく口を開き、ぽっかりと空いた前歯の隙間《すきま》を見せた。

「すごい、やったわね！ いつ抜けたの？」

「ここへ来る途中」フィービがそう言って、くすりと笑った。「ジェフリーにはお気の毒なことをしてしまったわ――ギルがまだべっとりと血のついた戦利品を見せたものだから、彼、気分が悪くなってしまって」

「ジェフリーおじさんに、いたずら小僧って言われた！」ギルバートが胸を張った。

「まあ、そんなことを？ あなた、おじさんを困らせたんじゃない？」

「困らせてないよ！」ギルバートが膨れた。「ときどき僕の兵隊さんも貸してあげたもん」件《くだん》のおもちゃはいまだ彼の手にしっかりと握られている。ギルバートはそれを叔母に差しだした。「それに一緒にゲームもしたよ。ねえ、お母様？」

「ええ、そうね。わたしたち、牛や馬や羊を数えながら来たの。すごく楽しかったわ」フィービが瞳をきらきらと輝かせた。

「ふうん」ギルバートがスキップで階段に向かうなか、ジュリアは義理の姉に目を向けた。

「ジェフリーが馬や牛や羊を数える姿なんて、なかなか想像できないわね」

フィービが笑い声をたてた。「なんだか彼には悪いことをしてしまったみたい。本当に親切な方ね。わたしね、一人で来るのが怖かったの。だから罠にかけるようなまねをして、強引に付き添ってもらったのよ。でも馬で来てもらえばよかったわ。ほんと、わたしったら気が利かないんだから。ギルバートったらね、道中うるさいくらい彼を質問攻めにして、おまけにあの子、いつものように乗り物酔い」

「まあ、大変」

「そうなの。四度も」フィービはその点を強調するように指を目の前に出した。「そのたびに、道の脇《わき》に馬車を寄せて止まったのよ。もちろんジェフリーは進行方向に背を向けて座ってくれたの。ギルバートを前向きに座らせるために。そのほうが気分が悪くなりにくいから。でも決定的だったのは、ギルバートが指を口のなかに入れて、さっきの歯を揺らしはじめたとき。ほら、想像がつくでしょう？　あの子ったら、その歯を得意げに引っ張りだしたの、血をべっとりつけたまま――わたし、あんなに恐怖で引きつった男性の顔、はじめて見たわ」

ジュリアも声をあげて笑った。「残念、わたしも見たかったわ！　見物料を払ってもいいくらい」ジュリアは腕をフィービの腕に絡め、ギルバートにつづいて玄関扉に向かう階段を上りはじめた。「さあ、なかに入ってレディ・ストーンヘヴンに会って。わたし、彼女にもあやうくデヴェレルと結婚させられそうになっているの」

フィービはちらりと横目でジュリアを見た。デヴェレル？　いつの間に憎むべきストーンヘヴン卿からデヴェレルに変わったのだろう。いったい、ここで何が起きているのかしら？

14

屋敷のなかに入ると、ジェフリーがストーンヘヴン親子と話をしていた。

「レディ・ストーンヘヴン」ジュリアはほほ笑みながら、フィービを前面に押しだした。「わたしの大切な義姉《あね》を紹介しますわ。レディ・アーミガーです。フィービ、こちらがレディ・ストーンヘヴン。とってもよくしていただいているの。ストーンヘヴン卿《きよう》、あなたはご存じよね？」

「以前お会いしたことがある」デヴェレルはそう言うと、茶化すような目をジュリアに向けた。「そういえば、そのとき君は眼鏡をかけていたんだったね、ジュリア」

彼の母親が奇妙な目で息子を見た。「いったいなんのこと――いつものあなたのおもしろくもない冗談かしら」彼女は前に歩み出て、フィービの手を取った。「レディ・アーミガー、よく来てくださったわね。うれしいわ」

フィービはばつの悪い表情で応じた。「こんなふうに突然お邪魔して申し訳ありません。ジュリアから手紙を受け取って、その、心配でいたたまれなくなったものですから」

「気になさらないで」レディ・ストーンヘヴンは陽気な口調で言った。「ジュリアが結婚しようというときだもの、彼女を支えたいとお思いになるのも当然よ。ジュリアだって、あなたがいらしてくれてさぞ心強いでしょう。家族にそばにいてほしいと願うのはごく普通のことですもの。非難されなければならないとしたら、それはデヴェレルのほう。婚礼のことを何も話してくれないんですもの」

「わたくしどもは村の宿に泊まりますから」フィービは結婚の話題はあえて聞き流して告げた。

「何をおっしゃるの。よしてちょうだい。そんなところで落ち着くわけがないでしょう。ここに泊まってくださいな。広いばかりの古い屋敷ですけれどね。数分もあれば、あなた方のお部屋は用意できますから。お客様を迎えられるなんて、こんなにうれしいことはないわ」

フィービは不安げな表情を浮かべていたが、それでも小声で感謝を告げた。その言葉を聞いて、ギルバートはそろそろ自分が出てもよいころだと悟ったらしかった。

彼は玄関を入った瞬間から一心にデヴェレルを見つめつづけていた。そしてここに至ってついに口を開いた。「あなたが悪い人？」

「え？」デヴェレルは少年を見下ろした。

「ギルバート、だめよ！」フィービが真っ赤になって息子をたしなめ、ジェフリーは手で目を覆ってうめき声をあげた。

「お母様が、みんなでジュリーおばちゃまを悪い人から助けに行くんだって言っていた。あなたのことでしょう?」

「ギルバート!」フィービは慌てて息子の口を手で塞《ふさ》いだ。「ごめんなさい、ストーンヘヴン卿。この子ったら……なんというか……」

「それで?」デヴェレルは眉を上げ、聞く姿勢を見せた。

「デヴェレル、およしなさい」レディ・ストーンヘヴンが割って入った。「お客様に失礼ですよ」

「そうですね、母上」デヴェレルはギルバートに向き直った。「いいかい、坊や。男というのはみんなときどき悪い人になることがあるんだ。認めるよ、僕もそうなるときがある。君はどうだい、悪い子になるときがあるかな?」

ギルバートはどことなく誇らしげに、うなずいた。「しょっちゅうだよ。昨日は乳母に悪魔の子って言われた」

「そんなことを言われたのか? そりゃあきっとひどく怒らせたんだろう」

「リボンを借りただけなんだ。そうしたら台無しにしたって言って」ギルバートは怒りの表情でつづけた。「でもなくしたんじゃないんだよ。子猫の首に巻いただけなんだ。だってお散歩させるリードがなかったから」

「リボンなら、きっときれいなリードになっただろう」

「そうなんだ！」ギルバートはデヴェレルが理解を示してくれたことに感激した様子だった。どうやら彼には見せる価値ありと踏んだらしい。ポケットに手を入れて例の歯を取りだし、デヴェレルの前に差しだした。「ここに来る途中で歯が抜けたんだよ」

背後でジェフリーが意味不明な言葉を発して背を向けた。けれどもデヴェレルは膝を曲げ、子供と同じ目線で戦利品をまじまじと眺め、ギルバートの敬意を勝ち取った。「言っておくがこれはすごくいい歯だ。抜くのは大変だっただろう？」

ギルバートが首を横に振った。「ずっと手で持って揺すっていたんだ。そうしたら突然、ぽん！　抜けちゃった！」そのときのことを思いだしたのだろう、ギルバートは喜びいっぱいの笑みを浮かべた。

「ずいぶん楽しい旅だったようだ」

「うん。それに僕、四回もげろしちゃったんだ」

「馬車に酔うのかい？　それだと旅行に出るのに勇気がいっただろう」

ギルバートはちょっと考えてから、まじめな顔でうなずいた。「うん」

「ときどき僕が二頭立て馬車で連れだしてあげよう。それには幌《ほろ》がないからね。風を顔に受けて周囲の景色が全部見えたら、気分が悪くなったりもしない」

「ほんと？」

「ああ、本当だ」

「ストーンヘヴン卿、ご親切にありがとうございます」フィービがきまり悪そうにもごもごとつぶやいた。「ギルバート、彼を困らせてはだめよ」

「僕、困らせてなんていないよ」少年がある意味正当に反論した。「悪い人が僕と話したがっていたの。そうだよね？」ギルバートがデヴェレルに確認を求めた。

「ああ、そうだ。だけどよかったら僕を〝悪い人〟ではなく、デヴェレルと呼んでくれないかな」

「いいよ」

「ほう、この子はどうやら君のことが気に入ったらしい」ジェフリーが意外そうに言った。

「僕はあなたも気に入っているよ」ギルバートがジェフリーを振り返った。

「そうなのかい？」ジェフリーが目を大きく見開き、その驚きようにジュリアは噴きだしそうになった。

「だって時計とポケットで遊ばせてくれたでしょ。それに僕が靴の上にげろしちゃっても怒鳴らなかった」

「ああ、思いだした。このいたずら小僧。だがあれは仕方のなかったことだ」ジェフリーはそのときのことを思いだしてわずかに青くなりながらも、寛大に言った。

「知っているかい、ギルバート？　ここにいるあいだは一緒に乗馬に出かけることになっているんだ。それから釣りにも。ここにはいい池があるんだよ」デヴェレルがいたずらっ子のような表情をジェフリーに向けた。「しかも僕たち男だけで行くんだ――君とジェフリーおじさんと僕と」

ギルバートが歓声をあげて跳びあがり、次々に質問を浴びせはじめた。ジェフリーは突然自分の身に降りかかった災難を逃れようと、必死に応戦を試みた。

そんな二人をなだめるようにレディ・ストーンへヴンが割って入り、料理が冷めてしまうからそろそろ食事に戻りましょうと告げた。おいしい食事が台無しになったら、料理人がかんかんに怒ってくるわよと。夕食のテーブルにはすでに執事があらたに二人分の席を用意してくれていて、ギルバートと乳母はメイドに案内されて子供部屋に向かった。席に着くとレディ・ストーンへヴンはフィービに、屋敷に子供を迎えるのは久しぶりでとてもうれしいことだと告げた。

「ほら、わたしの一人息子ときたらね」彼女は非難めいたまなざしをデヴェレルに向けた。「思いやりがなくて、これまで跡継ぎを授けてくれなかったの」そう言ってからジュリアにうっとりとほほ笑みかける。「でも運がよければ、これで状況は変わるかもしれないわね」

夕食のあと女性たちは居間で心地よいおしゃべりを楽しみ、デヴェレルはジェフリーのぴりぴりした神経を和らげようと書斎で一緒にブランデーを飲んだ。そのあとは男性陣も合流してみんなでしばらく礼儀正しい会話を交わしたりしたので、そろそろ休もうかという話になってそれぞれが寝室に引きあげるまで、フィービは義妹と個人的な会話を交わすことも、頭から離れない疑問の答えを得ることもできなかった。

フィービの部屋に関しては、前もってジュリアが一緒にすごしたいので自分と同じ部屋にしてほしいと告げていた。そしてフィービは、着替えを手伝ってくれたメイドが出ていくなりジュリアに向き直った。

「何があったの？」彼女は息もつかずに尋ねた。「どうして結婚するという話になったの？　どうして記念の品をしまってある箱が必要だったわけ？」

「持ってきてくれた？」ジュリアは少し不安げに尋ねた。

「衣類のトランクのなかよ」フィービはドレスがいっぱいにつまった旅行トランクを指さした。

「あなたは最高の友人だわ！　そして最高の家族！」ジュリアはトランクに駆け寄ると、蓋《ふた》を開け、折りたたまれたドレスや下着をまるでトランクいっぱいの至宝の宝石でも見るようにうっとりと眺めた。「ああ！　自分の衣類がそばにあることがこんなにもうれしいなんて！　三日も同じドレスですごすのがどんな気分か想像できる？　テレサが気を利かせて洗ってくれたけど、どれだけ惨めだったか」

「テレサって？」

「レディ・ストーンヘヴンよ。すてきな人でしょう?」

「すごく感じのいい方ね」フィービがうなずいた。「ストーンヘヴン卿が彼女の息子だなんて信じられない」

「そうでしょう?」ジュリアはチーク材の箱を取りだすと滑らかな表面を大事そうに手でなでて、それから蓋を開けた。なかにはリボンで束ねられた手紙の束が入っていた。

「わたしにはわからないわ」フィービが言った。「どうしてその箱が必要だったの? 何かの秘密のメッセージ?」

「手紙がほしかったのよ。だって――」ジュリアは自分のうっかり屋の舌が暴走しそうになっていることに気づいて、ぐっと言葉をのみこんだ。フィービに遺書の存在を知らせるわけにはいかない。セルビーが書いたものではないと証明するまでは、まだ。「これをちゃんと検証したら、セルビーが書いたとされている手紙に反論できるでしょう? セルビーが書いたんじゃないって」

「なんだ、そうだったの!」フィービは声をあげて笑いだした。「そのこと、わたしがジェフリーに話すまで言わないでね。わたしったら、あなたはてっきり助けを求めているのだと思っていて。ほら、本で読んだあの少女みたいに……」

ジュリアも笑いだした。「いやだ、嘘《うそ》。あのアレース像が出てくる話?」

「そう。でもジェフリーは半信半疑だったの。〝ギリシア神なんていうやっかいな連中〟

は信用できないって」

ジュリアの笑い声がさらに大きくなった。「ジェフリーの言葉が聞こえるようだわ。彼には退屈な人たちにしか思えないでしょうね、きっと」

「それどころか、頭のおかしな連中って呼んでいたわ」

「それってあたっているかも」ジュリアは笑いすぎてこぼれてきた涙を手で拭《ふ》いた。「もう、ジェフリーったら」

「でもね、彼はすごく親切だったのよ。わたしたちをここまで連れてきてくださって。本当は気が進まなかったでしょうに。でもまあ、その話はここまで。それより、何があったのかを話して！　どうしてストーンヘヴンに来ることになったの？　なぜストーンヘヴン卿はパメラに、あなたたちが結婚していると言ったりしたの？」

「まあ座りましょう。ちゃんと話すから」ジュリアは高いベッドによじ上ると自分の隣をぽんぽんとたたき、フィービがその要請に従った。「ナナリーの言ったとおりよ。デヴェレルは縄を解いていたの。でも小屋からは逃げだしてはいなかった。わたしが戻るのを待ちかまえていたのよ――しかもおかしなことにね、わたしは彼を逃がそうと小屋に戻っていったわけ。この計画がうまくいくとは思えなくなって。彼は頑として何も話しそうになかったしね。その段階ではまだ彼はわたしが何者か気づいていなくて、身の代金目的で自分を誘拐した犯人の一人だと思っていたわ。わたしもその誤解を正すつもりはなかった。

それから彼にホイットニーの宿屋に連れていかれたの。でも運よく、宿の主人に顔は見られなかった。デヴェレルはわたしを自分の妻だと話していたし、わたしが縛られているのを悟られないように外套《がいとう》で体をすっぽりと包みこんでいたから」

「縛られていたの？」フィービの顔が真っ青になった。「なんてこと、ジュリア！」

ジュリアはいつも穏やかな義姉の表情の変化を見て、即座に悔やんだ。「あなたにそこまで話すことはなかったわね。ごめんなさい。でも大したことなかったのよ。傷つけたりもされなかった。彼はひどく怒っていたけれど――でもそれは当然のことだし」ジュリアもその点は認めた。「彼は自分を襲った集団のことをしつこく問いただしてきたの。根負けして作り話もしたんだけれど、信じてもらえなかった。それで、いろいろとあって結局……」その夜の詳細はほとんど飛ばして、簡潔にまとめあげた。「次の朝、わたしはなんとか階段の下まで逃げだしたの。彼も追ってきて、そこで羽交いじめにされてもみ合っているうちに」キスのことまで話す必要はどこにもないわよね？「フィッツモーリス少佐とパメラ・セントレジェが扉から入ってきたってわけ。おまけにトーマスまで一緒に！フィッツに付き添われて屋敷に戻る途中だったそうよ。ファローに到着する前に、遅い朝食をとろうと宿に立ち寄ったっていう話だった」

「ジュリア！」フィービの顔に恐怖がありありと浮かんだ。「なんてこと！あなた、へたをすると大変なことになるわ！」

ジュリアはため息をついた。「デヴェレルもそう言ったわ。だから彼はパメラたちに、自分とわたしはすでに結婚した夫婦だからなんの問題もないと話したのよ。ほんと、その場で一蹴《いっしゅう》しておけばよかった。だってそうでしょう？　もしわたしが結婚しなかったら——いいえ、結婚していないと知れたら、もっと大変なことになる」

「結婚しなかったら？　でもジュリア、結婚以外にどんな道があるというの？」フィービはつめ寄った。「朝、一緒に宿屋にいるところを目撃されたんでしょう？」

「靴も履かずにね」ジュリアはその光景の恥ずべき要素をさらに追加した。「しかも二人とも、明らかに起き抜けだったし」

フィービの顔がさらに青くなった。「どうしましょう。きっとパメラはあちこちに言いふらすわ。あのヴァリアンだって、すでにこのことを知っているのよ。フィッツが戻ってきてすぐに話したの。あの男性に秘密なんて守れるわけがない」

「ごめんなさい、フィー……」目に涙がこみあげ、ジュリアはフィービの手を取った。「わたしが彼と結婚しなければ、とんでもない醜聞を巻き起こすのはわかっている。でも——」

「言わないで！」フィービは静かにむせび泣いた。「ジュリア、あなたは彼と結婚をしなくてはだめ」

「いやよ！　あなただっていやでしょう、フィービ？　どうして彼と結婚ができるの？

あんな目に遭わされたあとで」

「でも……もしそれがわたしたちの勘違いだったら？」フィービが不安げに言った。「お金を取った犯人が彼でなかったとしたらどうなるの？　彼がやったという確実な証拠はどこにもないのよ。あなたの評判を守るためにすでに結婚しているふりをしたことだって、彼の行動は紳士らしい立派なものだわ。そうしなくちゃならない理由は彼のほうにはなかったんだから。パメラたちにこれまでのことをすべて打ち明けることもできた。そうなっていたら、あなたはもっとひどい醜聞に巻きこまれていた」

「彼は……」ジュリアは小声でつづけた。「彼はこれが自分の義務だと言ったの。あの夜わたしをさらって危険にさらしたのは自分だからと」

「お金を横領して、その罪を他人になすりつけるような人がそんなことを言うかしら？」

フィービは下唇を噛《か》みしめた。「今夜、ギルバートにもとてもよくしてくださっていたわ。子供にどう言えばいいのかも、ちゃんと心得ていらした」

「だからといって横領犯ではないってことにはならないでしょう。ギルバートがセルビーの息子だから、罪悪感を感じていたのかもしれないし」

「それはわからないわ。でも、もしわたしたちがなんの罪もない男性にこんなことをしてきたのだとしたら？」フィービが不安に怯《おび》えた目を義妹に向けた。

「そんなこと、わからないじゃない。彼がお金を横領しなかったという証拠もないわけだし」むくむくと疑惑がこみあげ、ジュリアは顔を曇らせた。その疑惑をなんとか抑えこもうとする。まさか自分が間違っていたなんて。そんな可能性は恐ろしくてとても直視できない。なんだか足元にぽっかりと大きな穴が空いた気がする。もしわたしが無実の人を陥れようとしていたのだとしたら？　罪のない人に断固として背を向けつづけていたのだとしたら？

「無理よ！」ジュリアはベッドを飛びおり、部屋のなかを行ったり来たり歩きはじめた。「こんなことのあとにどうして彼と結婚できるの？　あんなことをしたのに。あんな目に遭わされたのに。わたしたちに未来はないわ！　彼はわたしを憎んでいるもの。この先一生、自分を憎んでいる男性と生きていくなんてできない。無理よ。できっこない」ジュリアは振り返った。瞳がきらりと光る。「わたしにだって自尊心というものがあるの。彼の慈悲にすがるわけにはいかない。一生恩に着せられるかもしれないのよ。結婚したことでわたしの名誉を救ってやったと」

ジュリアはうんざりした表情を作ってみせた。

「そうね」フィービはジュリアの落ち着きのない動きを心配そうに見守っていた。「もちろんいやならいやで、無理に彼と結婚する必要はないわ。わたしも深く考えずに言っただけ。今夜はもうこの話はよしましょう」

「ありがとう」ジュリアはわずかに眠たげな目を義姉に向けた。「ごめんなさい。無理強いされるのはいやなの……それにこんなにも長く彼を憎んできたものだから」ジュリアの声が小さく、苦悩に満ちたものに変わった。「彼が犯人ではなかったらどうなるのかしら？　ほかに誰が考えられる？　セルビーじゃないわ。セルビーのはずがない」

「もちろんよ！　彼のわけがない」フィービも断言した。「そんなふうに考えてはだめ。さあ来て。もうベッドに入りましょう」

ジュリアはうなずき、ベッドによじ上った。二人はぎこちない沈黙のなかでベッドカバーの下に潜りこみ、眠りが訪れるのを待った。


翌朝ジュリアは、ほとんど眠った気がしないまま目を覚ました。デヴェレルとの結婚のことがどうしても頭から離れなかった。朝食のあとで散歩にでも出ようかしら。そうすれば少しは考えがすっきりするかもしれない。

フィービとともに朝食部屋に入っていくと、レディ・ストーンヘヴンがテーブルについていた。彼女は笑顔で二人を迎え入れた。

「残念ね、デヴェレルはもういないのよ。今朝早く、ギルバートちゃんを連れて出かけたの。今ごろ、釣りができそうな場所を探しているんじゃないかしら」彼女はきらきらした瞳をジュリアに向けた。「デヴェレルは絶対にあなたも一緒に行きたがるからと言ったんですけどね、わたしがゆっくり眠らせてあげなさいって説得したの」

ギルバートが早朝からどれだけ元気はつらつかを知っているフィービとジュリアは、思わず笑い声をあげた。「ありがとうございます」ジュリアは心から感謝をこめてそう言った。

「お気の毒だわ」フィービがつづけた。「あの子のお守りがどれだけ大変か」

「ああ見えて、デヴェレルは子供の扱いがうまいのよ」彼の母親がいかにも誇らしげに言った。「かわいそうなトーマスとは出だしが悪かったのだけど、でもそれは主にトーマスの母親が原因ね。パメラはデヴェレルを嫌っていてね。トーマスがまだ幼いころ、デヴェレルにできるだけ近づけないようにしていたの」

「パメラがやりそうなことね」ジュリアも同意した。「でも彼女、どうして彼を嫌ったんです？　ハンサムな男性にはあきれるほど目がない女性だと思っていましたけど」

「デヴェレルも確かにハンサムよね？」レディ・ストーンヘヴンは言った。「でもわたしはね、パメラがそこまでの男好きだからこそ、デヴェレルを嫌うようになったんだと思うのよ。ウォルターはデヴェレルの親友だったわ。その親友を傷つけるようなまねをデヴェレルがするはずがないでしょう？」

フィービが目を大きく見開いた。「つまり、パメラがストーンヘヴン卿に言い寄ったとお考えですか？」

テレサが肩をすくめた。「息子は何も言わないわ。でもパメラの態度を見ていると、何を望んでいるかは明らかだったから。しなを作ったり、ことあるごとに腕に触れたり、ずいぶんとあからさまでね。ウォルター以外はみんな気づいていたんじゃないかしら。ウォルターみたいないい男性がどうして彼女なんかの虜《とりこ》になったのかしらね。そのあと突然パメラはデヴェレルに対してひどくよそよそしくなったの。息子がウォルターに会うことすら、邪魔をしだした——ウォルターがここを訪ねようとしたら、急に彼女が体調を崩してファローを離れにくくなったりだとか、デヴェレルが彼らを訪ねる計画を立てたら、ちょうど時期を同じくして家族で数週間バースに静養に行くことにしたりだとか。まあ、何かにつけてそんな調子。彼女が息子に腹を立てる出来事があったのは明らかよ。わたしに考えられる理由はただ一つ、パメラの態度があまりに大胆で遠慮がなくなってきたものだから、デヴェレルがはっきりと拒絶したんじゃないかってこと」

「まさか、そんな!」フィービはショックを受けた様子だった。「とても信じられない」

ジュリアはうんざりと吐息をついた。「わたしは信じられるわ。あの女性なら何をやってもおかしくない」

「どの女性?」

三人の女性がいっせいに戸口に目をやり、そこに立つジェフリーの姿に気づいた。

「まあ、ジェフリー!」ジュリアがにっこりほほ笑んだ。「わたしったら、目を疑ったわ。あなたが十一時前に起きてくるなんて思わなかった」

彼は部屋のなかに進みながら傷ついた表情を返すと、レディ・ストーンヘヴンが示した椅子に腰を下ろした。「普通ならそこまで寝ていたいところなんだが」彼は首を振り、ため息をついた。「田舎が騒がしいのをすっかり忘れていたよ」

「騒がしい？」笑みに縁取られた瞳で、ジュリアは尋ねた。

「ああ。木の葉の揺れる音とか犬の遠吠《とおぼ》えとかそういう音だ。ひと晩じゅうどこかの鳥がほうほう鳴いていたし、夜明けには鳥の集団がこれでもかこれでもかとさえずりはじめる。ああ、もういったい……」

ジュリアはくすくす笑いはじめたが、フィービは彼の手を軽くたたいて同情するように言った。「お気の毒だったわね。コーヒーをいれましょうか？　それとも紅茶？」

「コーヒーがいいな」ジェフリーはわずかに気を取り直した。「田舎ではみんな、とんでもない時間に起きるものだと思っていたが、それも無理はない」

「わかるわ」レディ・ストーンヘヴンが言った。「太陽が昇るのと同時に目覚めるなんて、人間の性質には逆らっていますもの」

「そう、それなんですよ」ジェフリーは彼女の理解に顔を輝かせ、くすくす笑いつづけているいとこをぎろりとにらみつけた。「どうせ君には理解できないだろうよ、ジュリア。君はいつだって元気があり余っている。どのみち早起き派だろう？」

「そのとおり」ジュリアはきびきびと答えた。「早起きをしたほうが、いたずらをする時間がたっぷり取れるもの」

「このおてんば娘」彼は熱のこもらない声で言うと、たっぷりとした朝食をお腹《なか》につめこんで打ちひしがれた神経をなだめにかかった。

「ジェフリー、レディ・ストーンへヴンが画家だってこと、あなた知っていた?」ジュリアが尋ねた。それから今度はテレサに向かって、つづけた。「ジェフリーは美術品の収集家なんです」

「そうなの? まあすてき」

ジェフリーは申し訳なさそうにほほ笑むと、この一風変わった習慣を弁解するように言った。「気分転換のための趣味みたいなものですよ」

「わかるわ。猟犬を連れて狩りに出るより、ずっと楽しいものね」

「まさにそのとおり」ジェフリーが大げさに身を震わせてみせた。

「レディ・ストーンへヴンの作品はすばらしいのよ」ジュリアはつづけた。「ねえ、あとで彼女の仕事部屋を見せていただいたらどうかしら?」

「ジュリアったら、そんなことを言って。わたしが恥をかくじゃないの」レディ・ストーンへヴンが言った。

「だって本当のことですもの。わたしはこの目で作品を見たんですよ。今さら素人のふりをなさってもだめ」

「いえ、そんなつもりはないのよ。ただ、わたしは愚かな自尊心が強すぎるのかしらね。いいわ。ミスター・ペンバートンさえよろしければ、喜んで作品をお見せしましょう――それにレディ・アーミガーにも」

フィービとジェフリーのどちらもぜひ見たいと主張したので、朝食を終えるとすぐにレディ・ストーンヘヴンが二人を案内することで話は決まった。すでに仕事部屋を見せてもらっていたジュリアはそれを辞退し、自分は散歩に出ようと思うと告げた。

「それがいいわね」レディ・ストーンヘヴンは告げた。「庭の小道を歩いていくとね、しだいに雑木林のなかに入っていくの。一つ、二つ小さなかわいい森があってね、きれいな小川も流れているのよ」

朝食を終えてまもなく、ジュリアは麦わら帽子と軽いショール――木立のなかはひんやりしていることもあるから念のためにとレディ・ストーンヘヴンに勧められて――を身につけ、庭を出発した。足を止めて薔薇《ばら》の花を愛《め》で、甘い香りを吸いこんでから、庭の奥へとつづく小道を進んでこんもりとした木立のなかへと入っていく。

深い雑木林ではなかった。日の光が木々の隙間《すきま》から差しこんでいる。そしてレディ・ストーンヘヴンの言葉どおり、そこには小さなかわいい森があった。樹木が一本、まるで完《かん》璧《ぺき》な椅子を提供するように倒れている。ジュリアはしばらくそこに腰を下ろし、斜めに走る木漏れ日が浮かびあがらせる塵《ちり》の舞いをのんびりと眺めていた。最初は自分の抱える問題をあらためて考えるつもりだった。けれどもなかなか集中できなかった。空気が穏やかすぎて眠気を誘われ、いつしかうとうとさえしはじめていた。

ぴしりと何かが割れる音でジュリアははっと目を見開いた。振り返って音の源を探す。そこには枝を踏み割った動物か人の姿があるものとばかり思っていた。だが何もない。ジュリアは立ちあがった。立ちあがり際、またも同じ音が聞こえた。その直後、自分が今まで座っていた丸太に何かがあたった。ジュリアは丸太に目を凝らし、大きな塊がそこからえぐり取られているのを見て愕然《がくぜん》とした。しかもそのはじき飛ばされた塊の片端に、小さな金属の弾が食いこんでいる。

誰かがわたしを銃で狙《ねら》った!

ジュリアはその弾を見つめたまま一瞬凍りついた。そして次の瞬間、踵《きびす》を返し悲鳴をあげて駆けだしていた。

15

ジュリアは木々をよけ、岩や落ちた木の枝を飛び越え、鹿《しか》のように走った。頭の片隅で、誰かが自分を追って木に激突する音が聞こえるのを願っていたが、何も聞こえてはこなかった。つまずいて転び、肺にわずかに残る息すら押しだされるほど胸から地面にたたきつけられたときさえも。ジュリアは苔《こけ》に覆われた地面に倒れ、必死で息を求めてあえいだ。そうしながらも全神経を集中して追跡者の足音に耳を澄ました。それでも何も聞こえてはこなかった。

用心深く起きあがり、周囲を見まわす。木立は静まり返り、聞こえてくるのは鳥のさえずりだけだ。りすが小走りで木の枝を渡り、尾を揺らしながら明るい目をじっとジュリアに向けてきた。のどかすぎる光景だ。誰かが銃を片手に森のなかを追いかけてきているにしては。

いいえ、銃は二丁よ。ジュリアはそう思い起こした。発砲は連続して二発。銃弾を装填《そうてん》し直すには間隔が短すぎた。おそらくそれ以上の銃は手元になく、つづけて撃つには弾を装填し直す必要があったのだろう。ここまで全速力で逃げてきた。ひょっとしたら相手は弾も空だし、追いかけるまでもないと判断したのかもしれない。そうはいっても相手も同じようにすぐに走りだしていて、今ごろどこかで身を潜めて拳銃《けんじゅう》を構え、こっちが立ちあがるのを待っている可能性も捨てきれない。

ジュリアはさっと身を伏せた。できれば頭を抱えて身を丸めていたかった。でもそんなことはできない。みすみす相手の餌食《えじき》になるだけ。ここから逃げなければ、屋敷に戻らなければ。

上半身を起こしていざ立ちあがろうと身構えたとき、何かの物音が聞こえてきた――小枝や落ち葉を踏みしめる音、低い話し声。突然パニックに襲われ、隠れ場所はないかと周囲を見まわす。

「おーい!」遠くから男の声が聞こえた。

ジュリアは声がした方向に目を向け、必死で姿を追い求めた。銃撃してきた相手が隠れ場所からおびきだそうとしているだけ?

「誰かいるのか? 悲鳴が聞こえたが、誰か怪我《けが》をしているのか?」

ジュリアは身をすくませた。本当に悲鳴を聞きつけて助けに来てくれた人? それともわたしを狙《ねら》って撃ってきた本人? ジュリアはできるだけそっと倒れた木の枝をまたぎ、足の下で落ち葉がかさりと音をたてるたびにひやりとしながら低木の茂みに向かった。そして、はうようにして茂みの反対側の端まで進むと、木陰に身を潜めて密集した枝の隙間《すきま》から目を凝らした。けれども何も見えなかった。誰かが背後から忍び寄ってくる気がして、背中がぞくぞくする。そこでジュリアは密集する低木に背中をあずけて、森に目を向けた。

「おーい！」また呼び声。

「おーい！」別の高い声がつづく。今度は子供のような声だ。

ギルバートだわ！　ジュリアは即座に立ち上がった。

「聞こえるか？」そうするとこれはデヴェレルの声？

「聞こえるか？」またも、どこか楽しげに大人をまねる子供の声がつづいた。

「ギルバート！」ジュリアは大声をあげると、声のする方向に駆けだした。「ギルバート、あなたなの？　デヴェレル？」

「誰だい？　ジュリア？」

遠くから聞こえる音がさらに大きく、力強いものとなった。やがてジュリアがあたりをつけていた方向よりいくぶん右寄りから、馬を引く男性の姿が見えてきた。その脇《わき》に、ポニーの背に乗った小さな少年も。

少年が両手で作った輪を口にあて、大声で叫んだ。「ジュリーおばちゃま！」

「ここよ！」ジュリアは頭上で大きく両手を振り、二人に向かって駆けだした。人の姿を見て、これほどうれしいと思ったのははじめてだった。

「ジュリア！」デヴェレルはジュリアの姿に目を留めるなり、背後の馬を引きずるようにして小走りに駆け寄った。

安堵《あんど》感から、ジュリアはまっすぐデヴェレルの胸に飛びこんだ。デヴェレルが腕をまわしてしっかりと抱きしめる。ジュリアは彼の首にしがみついていた。「会えてよかった！　すごく怖かったの！」

デヴェレルがさらに腕に力をこめ、ジュリアの首筋に顔をうずめた。「ジュリア、ジュリア」唇を肌に寄せ、それから髪に、そして頬にも寄せていく。背後でギルバートが歌でも歌うように一本調子にジュリアの名を唱えていた。

ようやくジュリアも甥《おい》の前でとるべき態度ではないことに、もちろん嫌悪している男性と抱き合っていることにも気づいて、彼の首から腕を下ろした。

「ごめんなさい」

デヴェレルは一瞬ためらったが、それでもジュリアをそっと地面に下ろして体から手を離した。「いったい何があったんだ？　ギルバートと屋敷に戻る途中で奇妙な音を耳にしてね。何事だろうと声の主を捜していたんだよ。何かに驚いたのかい？　それとも道に迷ったとか？」

「そうね……今は迷っているわ」ジュリアはうなずいた。「ここがどこかもわからない。夢中で走っていたから。誰かがわたしを銃で撃ってきたの」

「銃で！」デヴェレルは驚愕《きょうがく》の表情を浮かべた。「確かに君を狙ったのか？」

「確かよ」ジュリアはいらだたしさから吐き捨てるように言った。「弾が、わたしの座っていた丸太にあたったから」

「ばん！　ばん！」ギルバートがポニーの上からどうしても会話に加わりたくなったらしい。指で作った銃を周囲に向け、狙いを定めて発砲するふりをした。

デヴェレルが苦々しげに眉を寄せた。「密猟者だな。とんでもないやつらだ！　動くものすべてに発砲する。今度こそ、隠れ家を突き止めてやる」

密猟者！　ジュリアは安堵のあまり体から力が抜けそうになった。そうよね、そうよ。事故だったのよ、誤射だったんだわ。わたしったら、どうして自分の命が狙われているなんて思ったのかしら？「本当にそう思う？」

「もちろんだよ。ほかに何が考えられるというんだ？」デヴェレルは当惑顔だったが、やがてはっとした表情を浮かべた。「まさか、誰かが故意に君を狙ったと思っているんじゃないだろうね？」

彼の口から聞くととんでもなく突拍子もない考えに思え、ジュリアは顔を赤らめた。

「ど……どう思っていたかはわからないわ。わたしはただ怖くて、逃げたから」

「もちろん、そうだろう。事故であろうと故意であろうと、自分に向けて発砲されたんだ、怖くなって当然だよ。僕だって怯《おび》えたと思う」デヴェレルはジュリアの手を取り、彼女が胸に飛びこんできた際に手から落とした手綱を拾いあげた。「さあ、屋敷に戻ろう。休めば気分も少しはよくなるだろう。詳しいことはうちの猟獣管理人に調べさせる。撃たれたとき、君はどこにいたんだい？」

「それがわからないの」ジュリアは答えた。「もう一度そこにたどり着けるかどうか……。草地だったわ。木立に入って、最初の草地」

彼らは雑木林の出口に向かって歩いた。木々が途切れたところで、デヴェレルは手を貸してジュリアを馬の背に乗せた。そして屋敷までゆっくりと馬の背で揺られつづけるうち、しだいにジュリアの神経も落ち着きを取り戻した。思えば、デヴェレルの言うとおりだという気がする。発砲してきた人はきっと間違えて撃ったのだ。それを誰かに殺されかけたと思うなんて、どうかしている。第一、他人にそこまで恨みを買った覚えはない――デヴェレル以外には。でも彼なら屋敷から追いだすだけで簡単に追い払えるわけだし、それなのに結婚すると言い張っていることからしても、とても殺そうとするとは思えない。それに今朝彼は甥と一緒だった――子供についてよほど無知な人でもない限り、六歳の子がそばにいながら秘密の行動をとれるとは思わないだろう。

それにしてもなぜあれを事故だと考えずに、誰かに狙われていると思ったりしたのか。きっと二度も発砲されたからだ。一度なら事故の可能性もある。でも二度も間近に着弾するなんて偶然としてはありえない。誰であれ、わたしをめがけて発砲したのは間違いない。

あのときは丸太に腰を下ろして、低い位置にいた。おそらく低木の茂みに紛れこんでいただろう。そのうえ帽子と茶色いショール。遠目なら、獣と間違えられてもおかしくない。いいえ、そうとしか考えられない。

時間がたつにつれ、先ほどの出来事がますます非現実的な遠いことに思えてきた。そして屋敷に到着し、ギルバートが興奮した口調でジュリアを見つけた話をまくし立てはじめたころには、その奇妙さがすっかり念頭から消え去り、密猟者の誤射だろうというデヴェレルの説に同調するようになっていた。

「見つけだして、自分がどれだけ重大な過ちを犯したか思い知らせてやる」デヴェレルが険しい顔で断言した。「君が怪我をしたかもしれないんだからな！」

その表情を見て、ジュリアは犯人が密猟者でないことを願いそうになった。デヴェレルが領主としての権利をきわめて真剣に行使するのは目に見えている。

「なんて恐ろしいこと！」レディ・ストーンヘヴンが悲鳴をあげた。

「ジュリア！　大変だったわね」フィービが慰めの言葉をかけた。「二階に行って休まなくちゃ。こめかみにラベンダーオイルをつけてあげる」

「わたしなら大丈夫よ、フィー」ジュリアはにっこりとほほ笑んだ。「どこも怪我をしているわけじゃないから。せいぜいドレスに埃《ほこり》がついたくらい」

「変わったところだ、田舎というのは」ジェフリーが言った。「フィービ、我々はそろそろロンドンに戻るべきではないのかな」

「そうね、ジェフリー、そのとおりだわ。すぐに戻りましょう」

ジュリアはフィービに連れられて二階に上がると、ドレスを脱ぎ、体の汚れをさっと洗い落とした。そしてベッドに入って、ラベンダーオイル入りの湯に浸したハンカチを受け入れた。フィービがどうしてもそれで額とこめかみを拭《ふ》くと言って聞かなかったのだ。今朝の出来事で疲れていたのだろう、ジュリアはすぐに安らかな眠りに落ちた。

目覚めると、召使いがジュリアのぶんの昼食を運んでくれていた。同じトレイに、あとで書斎に来てくれというデヴェレルからの手紙も添えられている。彼のいつにない命令口調にむっとしたが、もともとセルビーの遺書をもらいたいと申し出るつもりだったこともあり、ジュリアは彼の要求を素直に聞き入れて会いに行くことにした。

そっと用心しながら起きあがったものの、体の節々がやけに痛み、いやでも今朝の体験が思いだされた。お腹《なか》もぺこぺこだったようだ。ジュリアは夢中で用意されていた食事を食べるとドレスに着替え、一階のデヴェレルの書斎に向かった。

「ジュリア」部屋に入っていくなり、デヴェレルが机の奥から立ちあがった。「気分はどうだい？」

「もう平気よ。休息の力は偉大だわ」

「どうぞこっちへ。かけてくれ」デヴェレルが椅子まで手を引いていこうとした。

「わたしは病人じゃないのよ」ジュリアはちくりといやみを返した。

「そうだった」デヴェレルが顔をこわばらせ、とっさに手を離した。「もちろん僕の助けなど必要ないのはわかっている」

ジュリアはわずかに罪悪感を覚えた。他人の親切に対して、いつもはこんな言い方はしないのに。彼のそばにいると、自分の悪い面ばかりが表に出てしまう気がする。

「うちの猟銃管理人と話したよ」デヴェレルはつづけた。「今朝君に起きたことを知ると、ずいぶんとショックを受けていた。彼によると、このところ近くで密猟者が出た噂《うわさ》は聞いたことがないらしい」

猟銃管理人は、どんな愚か者でもお屋敷のあんな近くで密猟するなどありえないとまで断言したのだが、それはあえて黙っていた。管理人の言葉で今朝の出来事への懸念が深まっていた。自分のなかで漠然とした危機感がつのっているからといって、ジュリアの不安を煽《あお》るつもりはない。

「彼は草地も調べに行った。さらに数名人員を雇って、周辺の警備を強化することになった」

「何もここを軍隊の駐屯地に変えなくたって」ジュリアは抗議した。「誰が撃ったにせよ、もう戻ってこないのは確かでしょう。向こうだって、いずれ自分の過ちに気づくはずよ。それで戻ってくるなんて愚か者に思えるけれど」本当に密猟者の仕業だろうかと疑問がこみあげたが、ジュリアはそれをぐっと抑えこんだ。だって、それ以外に考えられる?

「そのとおり。しかし、僕としては客人の安全のためにどんな予防措置もとらなければならない」

「そうね。それはあなたが決めることだわ」

ジュリアは肩をすくめて、その話題を終わらせた。

「ところで一つお願いがあるの。セルビーの手紙をわたしにいただけない?」

「遺書のことかい? ジュリア……あんなものにいつまでこだわるつもりだ?」

「遺書と思われている手紙よ。それにわたしは別にこだわっていないわ」

「まさかレディ・アーミガーに見せるつもりじゃないだろうね?」

「まさか。わたしだっていくらなんでもそこまで無神経じゃないわ。セルビーが書いたものではないことを証明するまでは、いたずらにフィービを苦しめるだけだもの」ジュリアはそこでいったん言葉を切り、不本意ながらつづけた。「あなたがあれを義姉《あね》に見せなかった理由も理解しているつもりよ」

「それはどうも」デヴェレルは茶化すように軽く眉を上げてみせた。「そんな言葉が君の口から聞けるとは思わなかったよ」

「いやみはよして。それで、手紙はいただけるの?」

「もちろん」デヴェレルは机の引きだしを開け、手紙を取りだした。「どうぞ」ジュリアがそれを受け取って立ちあがりかけたところで、彼がつづけた。「待って。ほかにもまだ話し合うことがある」

デヴェレルが紋章のついた公式書類らしき紙を机から取りだした。「今日の午後、特別許可証を受け取った」

ジュリアはその場で凍りつき、彼を見つめた。

「これですぐにでも結婚できる。早ければ早いほうがいいだろう。僕たちはすでにパメラ・セントレジェに、結婚していると話してしまった」

「言っておきますけど、話したのはあなたでしょう」ジュリアは声をとがらせた。「わたしは関係ないわ」

デヴェレルは肩をすくめた。「同じことだ。僕たちが今すぐ結婚しなければならないことに変わりはない。今日の夕方はどうだろう。式は教区牧師に屋敷まで来てもらって、ここで挙げればいい。教会のほうがいいと言うなら、それでもいいだろう。今ならレディ・アーミガーとミスター・ペンバートンに立会人になってもらえる」

「待って。わたしは一度もあなたと結婚するなんて言った覚えはないわ」

デヴェレルは顔をゆがめた。「まだそんなことを言っているのか。そろそろほかに選択肢がないことぐらい理解していると思ったが」

「人にはいつだって選択肢はあるわ」ジュリアは反論した。「わたしはあなたと結婚するつもりはありません」

「君の僕への気持ちはじゅうぶん承知している」デヴェレルは硬い口調で言った。「さすがに僕も、僕たちが本物の夫婦になれるとは思っていない。君に、一般に妻が夫に抱く感情を持てと言っても無理だろう。完全に義務としての結婚でかまわない」

「義務」ジュリアは胃のあたりがずしりと重くなるのを感じた。「そこにはないの？　その……」愛という言葉が喉に引っかかって出てこなかった。

「寝室のことを言っているなら、そうだ、別々でかまわない」答えるデヴェレルの目が荒々しく冷たい光を放った。「君の汚れのない肉体にもはやおかしな下心は抱いていない。それに君が過去に見せた偽りの欲望についても、あれが偽り以外のものだったと誤解してもいない」

彼の言葉をなぜこんなにも冷たく感じるのか、ジュリアにはわからなかった。「つまり、見せかけだけの結婚ということ？」

「そう。僕たちの関係でほかにどんな選択肢がある？」

「ないわね、それしか」ジュリアは感覚のない唇をかろうじて動かした。「あなたはそれでいいの——愛のない結婚に縛られても？」

「僕の気持ちは関係ない。君の気持ちもだ。問題は僕たちが今何をしなければならないか。君は自分が家族に対して一定の義務を負っているとは思わないのか？」

「もちろん義務はあると思っているわ」

ジュリアは昨夜フィービにパメラ・セントレジェとでくわした話をしたとき、彼女が見せた恐怖の面持ちを思いだした。フィービがジュリアの世評の破滅を確信しているのは明らかだ。自分はたとえ社交界につまはじきにされようと、その状況を甘んじて受け入れる覚悟がある。たとえ状況が、セルビーの醜聞以降よりさらに悪化するとしても。おそらく今度ばかりは、牧師夫人のような善良な人たちからも背を向けられるだろう。それでも自分を憎み、兄を破滅させた疑惑の残る男性と冷たい、愛のない結婚をするよりはずっとましだという気がする。でも、そのことでなんの罪もないフィービとギルバートが背負う負担はあまりに大きい。この醜聞は二人の人生を大きく傷つける。セルビーのときと同じく、いいえ、それ以上に。二つの連続した醜聞で、二人は破滅してしまう。

惨めだ。自分の勝手な行動がアーミガー家を窮地に陥れる醜聞を招いてしまった。デヴェレルを罠《わな》にかけようと計画を練ったけれど、フィービはその全容までは知りもしなかった。どんな危険も厭《いと》わないと頑《かたく》なに言い張った自分の代償をフィービとギルバートが支払わなければならないなんて、そんなことは不公平すぎる。

ジュリアはデヴェレルに目を向けた。兄を破滅させたこの男性とは絶対に結婚できないと思ってきた。でも本当にその責任は彼にあるのだろうか？　ここ数日でデヴェレルが有罪だという確信もすっかり揺らいでいる。彼はこの遺書を誰にも見せなかった――見せないと決断したのがたとえヴァリアンだったとしても、その気になれば遺書の情報をもらすぐらいは容易だったはずだ。それに何より、こうしてしばらくそばですごすにつれ、彼が窃盗を働いたり、セルビーを破滅に追いこむような人にはとうてい思えなくなった。誰であれ、その横領犯がセルビーを殺害したのだと気づいてからは、ますますその思いは強まった。どんなにそう思いこもうとしても、デヴェレルが冷血な殺人犯だとはとても思えなかった。

自分の愚かで浅はかな行動が二人の人生を危険にさらしている。その事実にジュリアは身のすくむ思いがした。突きつめれば、すべての責任は自分にある。人の意見も聞かずに分別もなく突っ走って、その結果がこの事態だ。自分の行動で家族が破滅から救われるなら、どうしてためらうことがあるだろう。デヴェレルはわたしを憎んでいる。それでも自分の家名を犠牲にする覚悟をしてくれた。それをどうして拒絶できるだろう。

一生、愛がないどころか憎み合いながら結婚生活を送ることを思うと、気が重い。それでもこの申し出を拒絶するのは卑怯《ひきょう》者のすることだ。

ジュリアは胸を張り、正面からデヴェレルの目を見つめた。「わかったわ」そして告げた。「あなたと結婚します」

その日の夕方ストーンヘヴン邸のこぢんまりとした居間で、レディ・ストーンヘヴンとフィービとジェフリーの立ち会いのもと、教区牧師が挙式を執り行った。式の最中もデヴェレルはずっと無表情で、時間が流れるにつれ、ジュリアの心はますます沈んだ。レディ・ストーンヘヴンとフィービは精いっぱい陽気な表情を浮かべていたが、牧師にはずいぶんと奇妙な新郎新婦に見えたことだろう。レディ・ストーンヘヴンが式後の軽食を用意してくれていたのだが、それもひどく陰気な宴《うたげ》となった。ジュリアはときおりフィービが不安そうなまなざしを向けてくるのに気づいていた。

牧師が引きあげたあと、ほかの面々も気を利かせて姿を消し、ジュリアとデヴェレルは二人きりになった。けれど、だからといって状況はどうなるものでもなかった。

「終わったな」デヴェレルからにこりともせずに言われ、ジュリアはただうなずいた。

デヴェレルはしばらくじっとジュリアを見つめたあと、ぞんざいな口調でつづけた。

「これで君もレディ・ストーンヘヴンだ。僕の隣の部屋に移るのが筋だろう」

その称号がやけに遠いものに思えた。自分はレディ・ストーンヘヴンではない、ほど遠いと反論したかったが、ジュリアはただこう返した。「わかったわ。それじゃあ、そうね、そうさせていただくわ」

「君の荷物は使用人に運ばせておく」デヴェレルはいったん言葉を切ってから、つづけた。

「もちろん、僕にそれ以上の思惑はない。君には指一本触れるつもりはないから」

その言葉がなぜかジュリアの心をさらに重く沈めた。ジュリアは目をそらした。「わかっているわ」

「よかった」デヴェレルは少しためらいを見せたものの、やがて背を向けて部屋を出ていった。

ジュリアはそばの椅子にどさりと座りこんだ。涙があふれてくる。デヴェレルは夫としての権利を求めないと言ったのだ。安堵するべきなのはわかっている。自分の衝動的な行動のせいで、自分を疎んでいる相手に結婚を強いることになってしまった。それだけでも罪悪感でいっぱいなのに、そのうえその彼とベッドをともにすることまでは考えられない。それでも今の彼の言葉で、すでに憂鬱《ゆううつ》だった心がさらに沈んでいる。ジュリアは両手に顔をうずめ、ひとしきり涙に暮れた。

そしてしばらくしてから二階の寝室に向かった。周囲に人の気配はなかった。みんな、新婚夫婦を二人きりにしようと早々に自室に引きあげたのだろうか。つまりこの結婚がどういうものか、誰も気づいていないということだ。ジュリアは一人で階段を上がり廊下を渡りながら、奇妙な気分に襲われた。ここはもう自分の屋敷のはずなのに、いまだ客人のままの気がする。ことの重大さがあらためてひしひしと迫り、ジュリアはまたも大声で泣きたくなった。それでもここで自分の弱さに負けたくはなかった。

デヴェレルの隣の部屋の扉が開いていた。ジュリアは足を踏み入れ、なかを見まわした。どうやらそこが新しい自分の部屋らしかった。マホガニーの化粧だんすの上に、ジュリアの銀のブラシや鏡とともに記念品の箱が置いてある。引きだしの一つを開けると、下着やナイトガウンが丁寧にたたまれて並んでいた。衣装棚には、フィービが持ってきてくれたドレスがかかっている。

ジュリアはぐるりとまわって、部屋のなかを眺めてみた。これまで使っていた客間よりもひとまわり大きな部屋で、備えられている家具はさらに上品なものだ。いずれにしても、あまり好きな部屋ではなかった。暗くて陰気すぎる。それにいかにもお金がかかっていそうな風情も、ジュリアには気が重かった。

メイドがドレスからナイトガウンに着替える手伝いにやってきた。少女は引きだしを開け、なかから最もきれいなナイトガウンを選びだした。新婚初夜なのだから、ジュリアも最高に自分を美しく見せたいはずだと疑いもしない様子で。それから彼女は艶《つや》が出るまでジュリアの髪にブラシをかけ、髪を背中に流したまま部屋を出ていった。ジュリアは廊下に面した扉を閉めて、ベッドに入った。

まだとても眠れそうにはなかった。

ジュリアはデヴェレルの部屋につづく扉に目をやった。あの扉に鍵《かぎ》はかかっているのだろうか？　そう思ったとたん即座にその考えを振り払った。何を考えているの？　彼から求めていないとはっきり言われたのに。でも彼ももう寝室に戻っているのかしら？　この部屋に入ってきて以来、デヴェレルの部屋からは物音一つ聞こえてこなかった。すでにベッドに入っているのか、それともまだ寝室にも戻っていないのか。デヴェレルがどこで何をしていようと、わたしには関係ないじゃないの。ジュリアは寝返りを打って扉から顔をそむけ、目を閉じた。

次の瞬間、自分が全身をこわばらせ、隣の物音に耳を澄まして緊張した状態で横たわっていることに気づいた。ジュリアはいらだちの吐息をつき、ベッドカバーをはねのけて起きあがると、蝋燭《ろうそく》に火を灯《とも》した。眠れないなら、本でも読もう。けれどざっと見まわしても、この部屋に本はなさそうだった。ジュリアはデヴェレルの書斎に本棚のずらりと並ぶ広い一角があったのを思いだした。本を一冊借りても、彼はとやかく言わないだろう。なんといってもわたしはもう彼の妻、どんなによそ者の気がしていても、ここはもはや自分の屋敷なのだから。

ジュリアはそっと扉を開けて廊下に滑り出ると、蝋燭が暗い廊下に投げかける小さな揺れる光を頼りに階段を下りていった。デヴェレルが書斎にいるかもしれないと思うと少し不安だったが、扉を開け、なかが暗いのを知るとほっと胸をなで下ろした。ジュリアはオイルランプに火を灯して闇《やみ》を和らげてから、本選びに取りかかった。関心を引くものはなかなか見つからなかった。そしてようやくストーンヘヴンとその一族の歴史について綴《つづ》られた薄い一冊を取りだした。

ジュリアは椅子の上で身を丸めて、丹念に読みはじめた。一時間後、デヴェレルが見つけたときには、ジュリアは同じ場所で寝息をたてていた。ナイトガウン一枚で炎のような髪を肩になびかせて。半月に大きく開いた襟ぐりが片方にずれ、そこから丸く白い肩があらわになっていた。

16

デヴェレルも寝つけなかった。短い祝宴の直後、牧師の接待は母に任せてさっさと書斎に引きあげた。牧師は間違いなく、これほど奇異な挙式ははじめてだと思ったことだろう。

小一時間ほど書斎ですごしたが、読書も仕事も、とにかくジュリアのことを考える以外は何も手につかなかった。望んでいたものを手に入れたというのに、これほどまでむなしい勝利は味わったことがなかった。ジュリアに憎まれている。兄の不名誉と死の責任が僕にあると思われている。彼女は家族を恥辱から救うため、それだけのために結婚をしたのだ。自分をそこまで追いこんだ男をさぞかし軽蔑《けいべつ》していることだろう。

それでも、これから一生ジュリアとともに生きていく覚悟だ。たとえ触れることもキスをすることもなく、永遠に彼女のベッドから締めだされたままでも。楽しい未来図ではない。しかし彼女に名目上だけの結婚にすると誓った。それ以外の形では承知しないとわかっていたから。そんな結婚、本気で望んでいるわけがない。彼女を求めていない。本人にもそう断言し、自分自身にもずっと言い聞かせつづけてきた。だがそんなものは本心ではない。ジュリアに出会ってからというもの、今日まで彼女を抱くことを考えない日は一日たりともなかった。

もちろん愛などと呼べるものではない。罠《わな》にかけようとするような、思いやりのないおてんば娘だ――陽気で才気にあふれ、正義感に燃えているときがあるとしても。しかし彼女はこれまでに出会った誰よりも美しい。だから求めてしまうのだ。この肉体が、愚かしいほど強く。

デヴェレルはどうにも気持ちが落ち着かず書斎のなかを行ったり来たりしていたが、ついに意を決して二階の寝室に向かった。だがそこではさらに落ち着かなかった。隣の部屋から、メイドがジュリアの用事を片づける音がいやでも聞こえてくる。これからこうして毎晩ジュリアと隣り合わせの部屋で眠るのだ……指一本触れないと誓って。そのことがどうしても頭から離れてくれなかった。

デヴェレルは悪態を吐き捨てて寝室を離れ、長い散歩に出かけた。そして屋敷に戻る途中で書斎に明かりが灯《とも》っているのに気づき、様子を見に来たのだった。

そこにジュリアがいた。幼い少女のように椅子の上で両脚を折り曲げ、本を膝に広げたまま寝息をたてている。そっと近づき、しばらく彼女の姿を眺めていた。ナイトドレスは白で、そそるように胸の下で絞られているデザインだった。その薄い生地から乳首の濃い輪郭がくっきりと浮きあがっている。ナイトガウンの身ごろは前面にある三つの真珠貝のボタンで留めるようになっていて、深い半月状の襟ぐりから白い胸元がのぞいていた。しかも寝返りを打ったはずみにずれたのだろう、片方の肩からガウンがずり落ち、露出度はさらに高くなっている。

部屋のなかが急に暑くなった気がした。

デヴェレルは手を伸ばして、ジュリアの膝から本を取り除いた。それがグレー家とストーンヘヴン領の歴史を綴《つづ》った祖父の本だと気づき、思わず眉が跳ねあがった。ジュリアがぐっすり眠ってしまったのも無理はない。デヴェレルは本を閉じて机の脇《わき》に置き、身をかがめて腕をジュリアの脚の下と背中にまわした。そっと抱きあげる。ジュリアは目を覚まさなかった。それどころか吐息をついて、胸に顔をすり寄せてくる。体にじんわりと温かなものがこみあげた。

デヴェレルは身を乗りだしてオイルランプと蝋燭《ろうそく》の火を吹き消し、窓からうっすらと差しこむ月明かりだけをたよりに、薄暗い廊下と階段をここで生まれ育った者らしい確かな足取りで進んでいった。腕のなかのジュリアは柔らかく温かかった。その感触だけで、下腹部がずきずきとうずきだす。頭にふっと疑問がよぎった。ひょっとしてあのキスのとき、彼女が見せた情熱のなかには本物の部分もあったのではないだろうか？　あれほどの巧みな演技が彼女にできるわけがない。あのときの反応は自然で、天真爛漫《てんしんらんまん》とも思えるものだった。順当に考えれば、彼女はまだ男を知らないはずだ。おそらくほかの男と情熱的なキスを交わした経験もないだろう。だとすれば、彼女にあそこまで巧みに欲望を感じているふりができるわけがない……演技ではなかったのかもしれない。本当に感じてくれていたのかもしれない。

胸の鼓動が速まった。階段を上っているせいでないのはわかっている。どうやら致命的な過ちを犯してしまったようだ。彼女を抱えてベッドまで運ぼうなどと考えるのではなかった。起こして、自分の足で歩いてもらうべきだったのだ。そうしなかった理由は自分でもわかっている。もう一度彼女をこの腕に抱きたかったから。デヴェレルは自分がいらだたしくてならなかった。この程度にしか自制心の働かない男ではないはずだった。

思わずいらだちの吐息をつき、その瞬間ジュリアの目が開いた。目をしばたたき、眠たげにデヴェレルを見てうっとりとほほ笑む。心臓が裏返りそうになるほど温かく心地よい笑みだった。しかし次の瞬間、自分が誰でどこにいるのかを思いだしたのだろう、彼女は険しい目でにらみつけてきた。

「何をしているの？」怒ったような声だった。「あなた、誓ったはずじゃ……？」

「誤解をしないでくれ。変な下心はない」デヴェレルは言い返した。そこでちょうど彼女の寝室にたどり着き、彼はまっすぐすばやい足取りでなかに進んだ。「たまたま君が書斎で眠りこんでいるのを見つけただけだ」そして情け深くもここまで運んできた」ベッドにたどり着くと、普通なら決してやらないほど乱暴に彼女をベッドに落とした。「だがどうやらその情けが間違っていたらしい」

ジュリアは柔らかなマットレスの上で、わずかに身をはずませた。怒りを吐き捨てながら、ベッドに両手をついて上半身を起きあがらせる。けれどもその手がナイトガウンを押さえつけてしまい、それでもむりやり起きあがろうとしたためにガウンのボタンの上二つがはじけ飛んだ。ナイトガウンが片側にたるみ、クリーム色の丸い乳房があらわになる。

二人はともに凍りついた。デヴェレルの視線はむきだしの胸に釘《くぎ》づけとなり、ジュリアの視線は彼の顔に釘づけとなっていた。デヴェレルは思わずその柔らかな白っぽい球体に手を伸ばしかけた。ジュリアは息をのみ、気恥ずかしさからとっさに身をすくませる。デヴェレルは何か熱いものにでも触れたように突然手を引っこめた。そして一言吐き捨てると、背を向けて早足で部屋を出ていった。

ジュリアはそのまま、彼が消えた扉を見つめた。あまりにあっという間の出来事で、何が起こっているのか終わるまでわからないほどだった。デヴェレルに熱く飢えたような目を向けられたとき、下腹部がじっとりととろけそうになるのを感じた。彼に触れてほしかった。それなのに気恥ずかしさと強い自己嫌悪から思わず身を引いてしまった。どうして彼に対してこんなにも欲望を感じてしまうの？　憎まれているというのに！

デヴェレルは本物の結婚は求めていないと言った。今日もあの宿屋ででも、自分を騙《だま》していたと知ってからは君にはどんな情熱も感じていないと断言までされたのだ。たとえ触れてきたとしても、それは単なるつかの間のなんの感情もない肉欲だけ。わたしはそんなふうには彼を求めていない……そう思ったところで、ジュリアははっとした。いいえ、どんなふうにも求めていない。そうでしょう？

ジュリアはずり落ちたナイトガウンを戻し、ベッドカバーの下に潜りこんだ。このまま永遠に隠れられて、二度とデヴェレルの顔を見なくて済めばどんなにいいだろう。我を忘れて泣きじゃくりたい気分だった。けれども今度ばかりは涙も出そうになかった。

翌朝、朝食のあと、ジュリアは腰を下ろしてセルビーの遺書をじっくりと調べることにした。フィービが持ってきてくれた記念品の箱を開け、セルビーからの手紙を一通取りだす。そして二通の手紙を並べて置き、一語一語を比べていった。しだいに文字の傾向が明らかになっていた。念のために数年前兄がロンドンから送ってくれた別の手紙を取りだして、それも遺書と比べてみる。

ジュリアは勝利の笑みを浮かべて立ちあがり、三通の手紙を握りしめて軽快な足取りで階段を下りていった。それまでは、昨夜の気恥ずかしい出来事からどんな顔をしてデヴェレルに会えばいいのかと気まずい思いもあったのだが、この発見でそんな不安はどこかに吹き飛んでいた。とにかく一目散にデヴェレルの書斎に向かった。

「デヴェレル！」ジュリアは扉をノックするなり返事も待たずに部屋に駆けこみ、息を切らして言った。

「いったい何事だい？」彼が立ちあがって歩み寄った。ジュリアの興奮した顔を見て、彼の表情も和らいでいる。

「見つけたの！」ジュリアは熱意のあまり彼の手を取り、机へと引っ張っていった。二人のあいだでその行為がなんの違和感もなく、当然のことのように溶けこんだ。

彼女が例の〝遺書〟を真んなかにして、手紙を三通机に並べた。そこではじめてデヴェレルは展開を察し、陽気だった表情を一変して曇らせた。これぐらい察しがついてもよさそうなものなのに。彼女が自分に会いに駆けこんでくるなど、セルビーのことを蒸し返すため以外にありえない。

「ジュリア……」デヴェレルはうんざりとしながらたしなめようとした。

「待って。見もしないではねつけないで。わたし、この遺書をじっくりと調べたの。それでこれがセルビーの筆跡じゃないと確信したのよ。ほら、ここを見て」ジュリアは遺書のなかにある〝y〟の文字を示した。「〝y〟の書き終わりが大きく跳ねて、上の線まで届いているのがわかるでしょう？　ここに、セルビーが大学時代わたしに送ってくれた手紙があるわ。ほら、この〝y〟を見て。ほかの文字と合わせてちゃんと下で止まっている」

「確かに変は変だな」デヴェレルも認めた。

「ほかにもあるの。この遺書は規則正しすぎるのよ」

「どういう意味だい？」

「ほら。セルビーは大文字をいつもほかより大きく書いているわ。それはこの遺書も同じ。でも一概に大きいと言っても、なかには少し飛び抜けて大きなものとか、小さめのものとかがあるの。でもこの遺書の大文字は一定なのよ。すべてきっちり同じ大きさ。それとももう一つ、わたしに宛《あ》てたセルビーの手紙では、文と文との間隔が均等じゃないのよ。でも遺書はその間隔もほとんど均等なの」

「確かにそうだ。しかし、ごくわずかな違いじゃないか。手紙全体を見てごらん」デヴェレルが一枚、そして次の一枚と示した。「そっくりだろう？」

「そうね。精巧に偽造されている。でも本物じゃないわ。わからない？　まだあるのよ。たとえば、〝d〟を別の文字とくっつけるときのやり方。それに小文字の〝i〟のドットの位置。こっちは正確に文字の上に打ってある。でもセルビーの〝i〟の半分は横にずれているの」

デヴェレルはジュリアが示した例を一つ一つ確認し、眉間《みけん》の皺《しわ》を深めた。気持ちがどうもざわつく。「しかしそのセルビーの手紙はずいぶん昔に書かれたものだろう」デヴェレルは指摘した。「年月を経て彼の筆跡が変わったとも考えられる」

「少しは、それもあるかもしれないわね」

「それに、この遺書はひどいストレスのもとで書かれたってことを忘れてはいけない。おそらく彼の思考はひどく乱れていただろう。せっぱつまった状況で慌てて書いた可能性もある」

「ええ。でもだから、余計に変なのよ」ジュリアが誇らしげにほほ笑みかけた。その輝くような顔にデヴェレルは息を奪われた。「遺書の筆跡にいらだちが少しも表れていないの！　すごく一定で整然としている――文と文の間隔も同じ、文字に乱れもない。ほら見て。この遺書はすごく均整が取れていて、規則正しいわ。筆跡も完璧《かんぺき》でしょう？」

「いや……そうは思わないが」

もう一歩だと踏んだのだろう、ジュリアが念を押した。「兄が送ってきたほかの手紙は、考えながら思いつくまま書いてあるの。筆跡を気にしたりだとか、手紙がきちんと見えるかどうかなんて心配もしていない。でも遺書のほうはひどく動揺した状況で書かれているはずなのに、一文字一文字きっちり同じ大きさだし、文と文との間隔も完璧に均等になっている。これってどういうこと？　理由はただ一つ」ジュリアは彼に答える間も与えずにつづけた。「これがまったく動揺していない状態で書かれたものだから。しかもセルビーが書いたのでもない。書き手は自分で考えて書いたのではなくて、何かを慎重に書き写したの。だから書くときに最も気にかけたのが、この手紙がきちんと見えるかどうかということになった」

ジュリアは期待のこもる目で彼を見つめた。デヴェレルはため息をついた。

「確かに少し変だな」彼は認めた。

「少し？　すごく変だと思うけど」

「しかしどれも些細《ささい》なことだ」彼は反論した。「証拠になるほどのものじゃない。セルビーが——」

「あなたったら！」ジュリアはいらだちの声をあげた。「頭からセルビーが自殺をしたと決めつけているのね！　それ以外の意見は聞き入れようともしない。わたしがどう言おうと、結局反論するんだわ。目の前にあることさえ無視して」

「僕だってセルビーの自殺は望んでいない」デヴェレルが硬い声で返した。「君こそ、わざと僕をこの問題の張本人に仕立てあげようとしている。僕はセルビーに悪意を持ったことなど一度もない。神かけて誓う。彼が有罪だとは信じたくもなかった。友人だったんだ。彼の無実をなんとか証明できないものかと必死に手も尽くした」デヴェレルは言葉を切って背を向けた。そしてしばらくたたずんだあと、ため息をついてもう一度ジュリアに向き直った。「わかった。横領の件をもう一度最初から調べ直してみよう。金を要求した手紙はロンドンの信託代理人のオフィスにある。一緒にそこへ行って見せてもらうことにしよう。そうすれば、君宛《あて》のこの手紙とも比較することができる。それからヴァリアンとフィッツともう一度話してみよう。セルビーの謎《なぞ》の愛人について知っている人間がいるかどうかもあたってみることにする」

「いるはずがないわ。だって彼女は存在しないんだもの」ジュリアは断固として言い切った。瞳がふたたびきらきらと輝きだす。「やりましょう、デヴェレル! きっと真実が見つかるわ。これであなたにもセルビーは無実だとわかるはずよ」

「僕はセルビーの無実を最初から知っているはずじゃなかったのかな——真犯人だという理由で」彼がわずかにからかうような目を向けた。

「それは」ジュリアは頬が熱くなるのを感じた。目を見ることができなかった。「も……もうそんなふうには思っていないから」

「そう聞いてうれしいよ」デヴェレルはとっさに手を伸ばして彼女を抱き寄せたくなったが、その衝動をこらえた。真犯人だという誤解が溶けかけたからといって、彼女が触れてほしがっているという意味にはならない。

互いに一瞬ぎこちなく立ちすくんだ。やがてジュリアは手紙をかき集めて扉に向かいかけ、そこでふいに足を止めて振り返った。

「ありがとう」優しい声だった。

デヴェレルは眉を上げた。「なんのことだい?」

「わたしに手を貸してくれること。一緒にロンドンに行って、代理人の手紙を見られるようにしてくれること。わたし、前にも頼んだことがあるの。でも見せてもらえなかった」

彼女の目に宿った感謝の輝きがデヴェレルの胸にやけに響いた。「いいんだよ。僕だって鬼じゃない」

ジュリアはふたたび扉に向かいかけたところで、もう一度振り返った。今度はデヴェレルの顔を見ることなく、早口で告げる。「それと、できればいつか許してね――わたしがあなたにしたこと。何もかもわたしのせいなのはわかっている。わたしと結婚しなくちゃならない状況にあなたを追いこんで。このことは一生、悔やんでも悔やみきれないと思うわ」

デヴェレルは身をこわばらせた。先ほどの言葉で灯ったぬくもりが一気に冷えていく。

「いいから。そのことは言わないでくれ」

山の春のように冷ややかな声だった。デヴェレルから許すという言葉が聞けなかった事実を、ジュリアは惨めさのなかで受け止めた。わたしはこのまま永久に嫌われつづけるのだ。ジュリアは彼の顔を見ることができず、ただうなずいて部屋をあとにした。

二日後、二人はフィービたちと一緒にロンドンに向かった。ジュリアはフィービ、ジェフリーとともにフィービの馬車に同乗し、デヴェレルの提案でギルバートも彼の馬に一緒にまたがった。デヴェレルは馬で同行した。それならギルバートも乗り物酔いに見舞われることなく大喜びだったし、ほかの面々も救われた。

ロンドンに着くと、フィービの馬車はデヴェレルの屋敷の前にジュリアと彼を残し、そのままアーミガー邸へと走り去った。なんだか奇妙な体験だった。ジュリアは玄関扉に向かいながら、ここからいよいよ彼と二人きりの生活が始まるのだと実感した。これまではレディ・ストーンヘヴンやほかのみんなも一緒だった。結婚したというよりはよその邸宅を訪問している気分だった。けれど、ここにはもう誰もいない。急いで迎えに出てきた執事は明らかにデヴェレルが花嫁を同伴することを知らされていたようだ。彼は丁寧にお辞儀をして、ジュリアをレディ・ストーンヘヴンとして迎え入れた。ほかの使用人たちも挨《あい》拶《さつ》をするためにずらりと並んでいた。ジュリアは一人一人に笑顔を向けながら、このうちのせめて数人くらいは名前を覚えられるだろうかと不安に駆られた。

そのあと執事に案内されて、二階の主寝室に向かった。美しいクリスタルの花瓶いっぱいに飾られた花が二人を迎えてくれた。広くて、家具も立派な瀟洒《しょうしゃ》な美しい部屋だった。ジュリアは控えて立っている執事に何もかもが完璧だと讃《たた》えながらも、みぞおちが凍りつくのを感じていた。どうやらデヴェレルは、寝室が二部屋必要なことを伝え忘れていたらしい。

執事が下がり、扉を閉めて二人きりになると、ジュリアはデヴェレルに向き直った。両手の指をきつく組み合わせる。自分をとらえている感情がなんなのか、ジュリアにはわからなかった。怒り、不安、興奮……いいえ、そんなはずはない。これは失望。そうにきまっている。

「申し訳ない」ジュリアの視線を警告と解釈したのだろう、デヴェレルがこわばった声で詫《わ》びた。「寝室を別に用意するようにと、言っておくのを忘れていた。僕の――いや、この寝室に続きの間はない。使用人たちはおそらく思ってもいないし……」

声が途切れた。デヴェレルの当惑をジュリアは驚きの思いで見守った。彼は、花嫁を同伴しても夜は一人で眠るのだということを召使いたちに知られたくなかったのだ。続きの間もあった田舎の屋敷では、それほど奇妙なことにも思われなかったけれど。

「そうね」

「今夜は仕方がない」彼は言った。「僕はソファで寝るよ。君は心配しなくていい」

自分の感じていた感情が心配ではなかったことを、ジュリアは彼に告げるつもりはなかった。

田舎の生活時間にすっかり慣れていたので、二人は早めに夕食をとり、そのあと日常使いの居間に腰を落ち着けた。いやいや二人きりになり、うんざりするほど堅苦しくぎこちない夜になるものとばかり思っていたが、意外にも、デヴェレルがギルバートと彼のポニーに乗る腕前の進歩具合を話しはじめると、会話は大いにはずんで、そのうち二人が乗馬を始めたころの話へと進んだ。二人とも子供のころから大の乗馬好きで話も合い、いつしか笑い声までまじるようになっていった。夜が更けるまで気まずかったり、ぎこちなかったりした瞬間は一度もなかった。ジュリアがあくびをもらし、デヴェレルがさりげなくそろそろベッドに入る時間だと口にするまでは。

　とたんに空気が変わった。ジュリアは熱いものが喉にこみあげるのを感じ、デヴェレルは目をそらした。「いや……つまりだ、君がそろそろ寝室に引きあげるなら、僕は書斎にでも行ってブランデーを一杯やろうかと」

「そうさせていただこうかしら。そろそろ眠くなってきたことだし」やけに気取った口調になるのをどうすることもできなかった。デヴェレルが立ちあがってうなずいたので、ジュリアは椅子を立ち、部屋をあとにした。二階に上がって、服を着替える。内気な二階のメイドが着替えと髪の手入れを手伝ってくれた。

「驚きましたわ、なんて美しい御髪《おぐし》なんでしょう、奥様」ブラシを手にジュリアの髪を梳《す》きはじめたメイドが吐息をついた。「まるで炎のよう。それでいてとても柔らかい」

　ジュリアはケント州に向かった夜、馬車のなかで髪を下ろしたとき……デヴェレルが豊かな髪に指を絡めて、柔らかさを讃えてくれたのを思いだした。こんなことを考えるのは危険すぎる。

「ありがとう」ジュリアは唐突に言うとブラシを奪い取った。

　メイドは膝を曲げてお辞儀をすると、部屋を出ていった。ジュリアは部屋のなかを行ったり来たりしながら、勢いよく髪にブラシをかけた。デヴェレルがかつてどれほど求めてくれようと問題じゃない。要は、今の彼がもうわたしには情熱を抱いていないということ。ベッドをともにするつもりはないとはっきり言われた。そしてもちろん、わたしもそう望んでいる。

自分の考えにいらだち、ジュリアはブラシを置いてベッドに入った。けれどなかなか寝つけなかった。まんじりともしないうちに、扉が静かに開いてデヴェレルが部屋に入ってきた。彼の動きは静かだった。それでもジュリアは意識せずにはいられなかった。彼が服を脱ぐ気配に耳を澄ませる。心を乱すやけに鮮やかな映像で頭のなかがいっぱいになった。シャツを脱ぐデヴェレルの面影をとにかく頭から追いだそうとした。裸になった彼の胸や腕がどんな様子かも、あの夜宿で寄り添って眠ったときの彼の感触も。けれど必死で追いだそうとすればするほど、彼のことを考えてしまい、デヴェレルがソファに横たわったあともずっと、ジュリアの頭は冴《さ》えたままだった。彼の呼吸に耳を澄ましていると、やがてそれが規則正しい一定の眠りのリズムに入ったのがわかった。彼がこんなにも穏やかに静かに眠れるというのが、ジュリアには腹立たしかった。自分はいまだ眠れずに寝返りを打ちつづけているというのに。

ついにジュリアにも眠りが訪れた。だが眠りに入るとすぐに夢を見はじめた。謎めいた官能的な夢だった。

ジュリアは草原を歩いていた。感覚という感覚がやけに敏感になっていた。足に触れる草は柔らかくしなやかで、肌に触れる風はふんわりと温かい。どこからか花の香りも漂ってくる。日暮れだ。地平線上に、沈んでいった太陽のかすかな残光が見える。下腹部が重く温かかった。そのとき自分が一糸まとわぬ姿でいることに気づいたが、とりたてて意外にも思わなかった。全身に夜の空気がまとわりついている。それでも戸惑いはなかった。何もかもが自然だった。その直後、デヴェレルが突然夢のなかに現れたのもごく自然なことに思えた。

ジュリアは足を止めた。するとデヴェレルが肌にそっと触れはじめた。頬に唇を寄せ、その唇が目から首、そして耳へと物憂げに移っていく。全身に強い欲望が押し寄せ、ジュリアは体を弓なりに反らせてさらなる愛撫《あいぶ》を求めた。彼の両手が全身をうごめきはじめる。ジュリアは喜びの渦にのみこまれていった。

デヴェレルはふと目を覚ました。起きあがり、困惑して周囲を見まわす。そのとき何かが聞こえた。ベッドのほうから低く押し殺したような声。おそらく自分が目を覚ましたのもそれが原因だったのだろう。デヴェレルは横たわったまま、耳を澄ました。ジュリアがベッドで寝返りを打っている気配がする。それから低いうめき声。

具合が悪いのか、それとも悪い夢でも見ているのだろうか。デヴェレルは起きあがってベッドのそばに歩み寄った。蝋燭の灯のおかげで、どうにか姿は見える。デヴェレルはたたずんで彼女を見つめた。

ジュリアは寝返りの過程でベッドカバーをはじき飛ばしていた。ナイトガウンは太腿までめくれあがり、白く長い脚があらわになっている。彼女が体を小刻みに震わせると、白いガウンの下で胸の膨らみが上下に揺れた。薄い生地ごしに色の濃い乳首がくっきりと見えている。そのつぼみが硬くとがって、薄い生地を突きあげている。デヴェレルは視線をさらに上方へと移した。

彼女が頭をこちらに向けた。舌がそっと出てきて唇をなめる。ふっくらと濡《ぬ》れた唇はかすかに突き出ていた。顔立ち全体がどこかしらゆるんでいる。ジュリアがふたたび低い声をもらした。片手を腹部にあて、愛撫するように自分の体をなでまわしている。

デヴェレルの喉が干上がった。彼女は悪夢を見ているのではない。官能的な夢の虜《とりこ》になっているのだ。デヴェレルの目の前で、彼女の顔にまぎれもない欲望がよぎった。体を小刻みに震わせる。ジュリアの手が胸を愛撫し、それから腹部にさしかかった。欲求不満のかすかな皺が顔に刻まれる。

彼女の呼吸が速まり、胸が大きく上下するのを見るにつれて、デヴェレルにも欲望がこみあげた。肌はうっすらと汗で覆われ、蝋燭の光を浴びて全身金色に輝いている。ジュリアが腰をくねらせてもだえ、あえぎ声にもうなり声にも聞こえる吐息のような声をもらした。それを目のあたりにして、デヴェレルの体は火がついたように熱くなった。彼女に触れたくてたまらずに体がうずく。だがかろうじて残っていた良心に押しとどめられた。

ジュリアが何か小声でつぶやいた。自分の名前に聞こえたが、彼女が本当に〝デヴェ〟と言ったのか、それともただ希望からそう聞こえただけなのか、判断はつかなかった。デヴェルはごくりと唾《つば》をのみ、触れそうになるのを抑制するように両手に拳《こぶし》を握りしめた。彼女が小さくあえいだ。もう一度。それから全身をこわばらせた。やがて長く低い声をもらし、ゆっくりと緊張を解いていった。

彼女が絶頂を迎えたのはわかっていた。デヴェルはおのれのうめき声を押し殺すために、下唇に歯を立てた。彼女がほしかった。これほど誰かを求めたことはないほどに。だが彼女に対して絶対に手を触れないと誓いながら、今ここで、無防備に眠る彼女を奪うなど、悪党のすることだ。飢えた獣のように襲いかかって彼女の眠りを妨げたら、どれほどの憎しみを買うことか。

デヴェルは自制心と闘いながらしばしそのまま立ちすくみ、やがて踵《きびす》を返して、眠れないとわかっているソファにゆっくりと戻った。

ジュリアはやけに熱っぽく気だるい気分で目を覚ました。おかしなことに腿のあいだがじっとりと濡れている気がする。うずいているというより、どこか不満がくすぶっている感覚だ。それに全身がやけに敏感だった。まるで、肌に空気が触れるのさえ実感できる気がする。ジュリアはベッドから起きあがり、ベルを鳴らして着替えのためにメイドを呼んだ。デヴェレルの姿はすでになかった。誰かがベッドではなくソファで寝たことをうかがわせる形跡も一緒に消えている。

　ジュリアは着替えを済ませると、階段を下りて朝食部屋に向かった。デヴェレルもそこにいた。コーヒーを飲みながら新聞を読んでいる。彼が目を上げて、ジュリアに気づいた。そのとたん、その目に熱い炎が宿った。「ジュリア」

　ぞくりとするものが背筋をはい、ジュリアは突然昨夜の夢を思いだしていた。夢のなかでデヴェレルの愛撫を受け、完璧な喜びに浸っていた。最後には突き上げるような強い衝撃を受けたのも覚えている。下腹部をさいなむ、柔らかく温かく切ないような感覚がますます強まった。

「デヴェレル」自分でも頬が赤くなっているのがわかった。わたしがどんな夢を見たか知ったら、彼にどう思われるかしら？

　デヴェレルが立ちあがって椅子を引いてくれた。ジュリアはなんとか足を前に運んで、そこに腰を下ろした。下ろし際、彼の指先がむきだしの腕をかすかにかすめた気がした。すぐに目を上げたが、彼の顔はまったくの無表情でなんの感情も表れてはいなかった。

「コーヒーでいい？」デヴェレルが尋ねた。

　ジュリアが黙ってうなずくと、彼はコーヒーを注《つ》いでくれた。

「朝食も食べるだろう？」ベルコードに手を伸ばして、彼が尋ねた。

「トーストだけでいいわ」突然胸がつまって、とても朝食が入る隙間《すきま》はなくなっていた。ジュリアはラックからトーストを一枚手に取ると、マーマレードを塗りはじめた。

「ゆうべはよく眠れた？」デヴェレルに尋ねられ、ジュリアははっと顔を上げた。彼が知っているはずがない。単なる儀礼上の質問よ。「ええ。ぐ……ぐっすり」

「よかった。ベッドが……気に入ってもらえてうれしいよ」

「ええ」トーストがまるで砂のような味に思えた。ジュリアは苦心してのみこんだ。下腹部のぬくもりがどんどん強まり、ついにはうずきはじめていた。その衝動を少しでも和らげようと、思わず椅子の上でもじもじと体を動かす。

そしてはたと動きを止めた。ひょっとして今の行動に気づかれた？　こっそりと彼の顔を盗み見る。彼がこちらを見ている。唇にうっすらと笑みを浮かべて。気づかれている！　なぜかはわからない。けれどもどういうわけか、どんな夢を見たのか彼に気づかれている気がする。

「あの……」喉から顔までかっと熱くなり、ジュリアは突然椅子を後ろに引いて立ちあがった。「ちょっ——ちょっと失礼」

背を向け、扉に向かいかけたが、すぐにデヴェレルが追ってきた。ジュリアより先に扉にたどり着くと、扉を閉めて、腕をかんぬき代わりにして前方を遮る。

「だめだ、待ってくれ。行くな」彼の声は低く、まるで吐息のようだった。そしてその目はじっとジュリアの目をのぞきこんでいた。「からかって悪かった。僕は……」デヴェルは言葉を探すようにいったん目をそらした。「僕は嫉妬《しっと》していたんだよ。ゆうべ、夜中に目が覚めてね。そうしたら君の声が聞こえた」

ジュリアは驚きの声をあげ、両頬に手をあててうつむいた。

「だめだ。目をそらさないでくれ」デヴェルは顎の下に人差し指をあててジュリアの顔を持ちあげると、自分を見つめさせた。彼の熱い瞳を見ると、まるで愛撫を受けたように体が震えた。「僕は嫉妬した──ほかでもない、夢に！」

デヴェルは顎の下にあてていた手を開き、それを喉にずらした。「妬《ねた》ましくてたまらなかった」かすれた声だった。「夢のなかで君が誰かに与えているものが」彼は手のひらで首の後ろを支え、親指で優しく喉をなでた。

軽やかな感触を受けてぞくぞくするような戦慄《せんりつ》が走った。その戦慄は親指が触れた場所から全身へと広がり、そして最後に熱いうずきとなって下腹部に集結した。「デヴェル……」

「ゆうべも君に名前を呼ばれた気がした。そうなのかい？」彼の手が喉からはいあがり、顔の側面に触れた。親指が唇の輪郭をなぞる。「僕だったのかい？　ゆうべの──」

「やめて！　お願い、きかないで。わたし……」彼の指先の動きに気をとられ、ジュリアは考えることもできなかった。唇を開けて、彼の親指を口に含みたい。ただそんな抗《あらが》いがたい衝動と闘っていた。

目の表情から何かを察したのだろう。デヴェレルの肌が突然紅潮し、瞳の色が濃さを増した。「僕は君がほしいよ、ジュリア」飾らない言葉で彼は言った。「僕たちはこれから一生、快楽もなくすごすのか?」

「でもあなたは誓ったわ――」

「確かに、夫としての権利は要求しないと言った。だが求めないとは約束していない」

デヴェレルは身をかがめ、軽く唇を触れ合わせた。滑るような、ほんの一瞬の触れ合いだったが、それでもジュリアの体は小刻みに震えた。彼の唇の感触は脳裏に刻まれている。強さも質感も。ジュリアはもう一度それを感じたくてたまらなかった。

「どうだい、ジュリア?」彼は声にならない声で言った。「どう思う?」彼の指が首筋を伝い、さらに下のドレスの胸元まで届いた。「僕は身に染みたよ。自尊心は孤独な夜を作りあげるだけだ」

彼が身をかがめて、首筋にそっとキスをした。ジュリアは抑えきれずに柔らかな吐息をもらした。乳首が硬くなり、彼の手を求めてうずいている。

「でもあなたはわたしを憎んでいる」ジュリアはつぶやいた。

「僕は君がほしい」

「ああ……」ジュリアは両手をこめかみにあてた。「わたしはもう、何をどうすればいいのかわからないわ」

「僕が気持ちをはっきりさせてあげよう」デヴェレルはそう言うと、唇をしっかりと重ねた。

17

まずは優しく、じらすようなキスをした。舌で唇の合わせ目をなぞり、唇がわずかに開くとそこからなかに忍びこむ。デヴェレルは巧みに強弱をつけながら、口のなかをくまなく愛撫《あいぶ》した。ジュリアは身をゆだね、うっとりとキスの快感に酔いしれている。キスをしながら片方の腕で背中を支え、もう一方の手でドレスの上から胸を包みこんだ。彼女の胸はたっぷりと張りつめ、痛々しいほどその頂をとがらせていた。

デヴェレルはドレスのボタンを手探りすると、精いっぱい手早く一つ二つと外していった。こうしているとまるでボタンが際限なくつづいているような気がしてくる。そしてようやく最後の一つにたどり着いたのを知ると、デヴェレルは低いうなり声とともにドレスを一気に引き下ろした。そのあまりの大胆さにジュリアは息をのんだが、同時に体が燃えるように熱くなるのも感じていた。彼がシュミーズのきちんと結ばれたリボンを引っ張り、左右にはらりと開く。そしてジュリアのヒップに手をあてて抱えあげると、胸元に鼻をすり寄せて生地をさらに脇《わき》に寄せ、奥に隠れた膨らみを愛撫しやすいようにあらわにした。

まずは片方のたっぷりとした丸い膨らみからだった。その頂が硬く小さなつぼみになるまで吸い付き、執拗《しつよう》に舌でじらしていく。ジュリアは喉にせりあがる喜びの吐息を抑えることができなかった。その声が彼の情熱をさらに煽《あお》った。デヴェレルはジュリアの体をテーブルまで運ぶと、食器の類《たぐい》を脇に振り払って、その上に横たえた。

「デヴェレル！」ジュリアは小さく驚きの声をあげた。「テーブルで？」

デヴェレルはのしかかるように身を乗りだすと、黒っぽい瞳を獰猛《どうもう》に光らせた。「君を味わいたい」そしてふたたび仕事に取りかかった。

乳首を口に含むと、舌で転がし、なめまわし、吸いつき、ジュリアが喜びにもだえてあえぎ声をこらえきれなくなるまで執拗に翻弄《ほんろう》しつづける。欲望に火がつき、デヴェレルはもはや自分を抑えきれなかった。スカートをめくり、脚をなであげて、ついに熱く湿った欲望の中心へと行き着く。そしてそこに手を触れると、ジュリアは驚きとそして強い興奮で息をのみ、体をびくりと痙攣《けいれん》させた。

下着ごしに彼女を指で刺激する。彼女自身がじっとりと濡《ぬ》れていくのがわかった。この数週間、抑えに抑えてきた欲望が激しく突きあげ、デヴェレルはもはや自分を抑えきれなかった。彼女のストッキングとパンタレットを引き下ろし、濡れたその部分にじかに指で触れる。ぶるりと体に身震いが走った。一瞬動きを止め、必死で自制心を呼び起こす。それから滑らかなひだにあらためてゆっくりと指を滑りこませ、彼女自身を探りはじめた。

愛の奉仕を受けてジュリアが本能的に腰を動かし、甘い声をもらしはじめる。

デヴェレルは低くうめいた。ズボンのボタンを外して、乱暴に体から引き剥《は》がす。大きくなった彼自身がはずむように飛びだした。充血して、どくどくとうずいている。デヴェレルはジュリアの腰に手をあて、抱きかかえるようにしてテーブルの隅へと移動させた。そして欲望で気が狂いそうになりながら精いっぱいそっと彼女のなかに体を沈めていく。慣れない感覚にジュリアは一瞬身を硬くしたが、デヴェレルが小声でささやくと落ち着きを取り戻した。純潔の抵抗を慎重に突き破り、ついに強い歓喜とともに完璧《かんぺき》に一つにつながった。もはやジュリアに一分の隙《すき》なくきっちりと包みこまれている。デヴェレルは長く渇望してきた喜びに心から酔いしれながら、ゆっくりと体を動かしはじめた。ジュリアが切迫した声でデヴェレルの名を叫び、しがみついてきた。突然身を震わせ、彼自身をきつく締めつける。喜びのさざ波が彼女の体を駆け抜けるのが伝わってきた。デヴェレルも耐えきれず、かすれた声をあげて欲望の暗い渦に真っ逆さまに落ちていった。

欲望の赤いもやがゆるやかに晴れていった。体の下にはジュリアの柔らかな肉体。彼女の静かな息づかいが聞こえ、肌のぬくもりが伝わってくる。完全なる安らぎが全身に満ちていた。これ以上求めるものは何もない。これほどの充足感ははじめてだ。やがてゆっくりと今しがた自分がした行為が意識に入ってきた。頭のなかで情景がよみがえり、恐怖で身がこわばる。

　求めるあまり、まるで野獣のようにジュリアの体を奪ってしまった。欲望のまま、こんなテーブルの上にのせて。処女だったのだ、経験のない生娘だった。それなのにまるで売春婦のように扱った。時間をかけることも、優しく動くこともせず、順を踏んで、愛情をもって行為に致ることさえせず、ただ欲望に突き動かされ、性急に荒々しく体を奪った。

　ジュリアは文句も言わず、抵抗もしなかった。だからといって彼女も喜んでいたことにはならない。一方的に熱くなって、約束を破ってしまったのは事実だ。キスをした瞬間から、下半身に支配されていた。だがそれは今さら意外に思うことでもない。ジュリアに対しては最初からそんなふうだった。

　屈辱感がどっと押し寄せた。彼女にどんな顔を見せればいいのだ？　恨んでいるだろう。発情した無神経男だと思われているに違いない。婚姻の権利は求めないと安心させておきながら、これほどまで強引なやり方で求めてしまった。欲望に流された。二度とジュリアの信頼は取り戻せない。

　デヴェレルは身を起こしたが、とても彼女の目を見る勇気はなかった。「悪かった」ぎこちなく衣服を整えながら、硬い口調で告げる。「本当に申し訳なかったと思っている。どうか許してほしい。僕の失態だ……こんなつもりはなかった。もう二度としない。それは約束する」

ジュリアはデヴェレルの言葉に耳を疑い、じっと見つめ返した。ほんの数分前、彼は息もつけないほどの喜びを与えてくれた。こんな感覚ははじめてだった。そのとき気づいたのだ、自分がここ数日否定しつづけてきたことに。彼を愛している。これまでいろんなことが起きたけれど、ずっと逆の意味合いのことを言いつづけてきたけれど、でもデヴェレルを愛している。だからまさに至福の喜びに浸りながら横たわっていたのだ——起きあがった彼から、怒ったような口調で悔恨の念を口にされるまでは。

つまり、自分と違ってデヴェレルは今の行為に喜びも何も感じなかったということだろう。彼にとっては意に反した行為だった。激情に突き動かされて理性を失っただけの。本当は関係を持つことなど望んでいなかったのだ。本当の意味で夫になることなど望んでいなかった。ただ肉欲に流されただけで。

「召使いに命じて、別の寝室を用意させるよ」デヴェレルは半分顔をそむけたままでつづけた。

ジュリアは涙をこらえるだけが精いっぱいで何も言えず、ただ体を起こした。急に自分の無防備な格好が恥ずかしくなって目をそむけ、慌てて衣類を整えはじめる。自分にとってこんなにすてきだったことが、どうしてデヴェレルには怒りと罪悪感をもたらしたりするのだろう？　彼はそんなにもわたしを嫌っていたの？

デヴェレルは背を向けて、部屋を出ていった。

彼の言葉に偽りはなかった。召使いたちはジュリアのために別の部屋を用意して荷物を運び入れた。デヴェレルは外出して、その日はほとんど屋敷にいなかった。戻ったのは夜遅くなってからだった。

ジュリアは一人、惨めな一日をすごした。数ある部屋を見てまわったり、本を読んでみたり、裁縫をしてみたり。しまいにはセルビーからの手紙に戻って、その筆跡と遺書の筆跡の違いをもう一度再確認までした。夕食は巨大なテーブルで一人でとった。召使いたちの視線が気になって居心地が悪かった――挙式からわずか数日後に一人で屋敷に残され、しかも主寝室から別の部屋へと荷物を運びだされた花嫁。夫の愛情を受けていないことは誰の目にも明らかだろう。

翌朝ジュリアは、あの朝食部屋のテーブルでデヴェレルと顔を合わす気になれず、朝食はトレイにのせて寝室に運ぶように申しつけた。そうすれば少しは惨めさに蓋《ふた》ができる気がしたのだ。けれども召使いが運んできたトレイには、一枚のメモが添えられていた。デヴェレルからのもので、今日の午前中に信託代理人のオフィスに行く気があるかどうかを尋ねる内容だった。ジュリアは朝食を一気につめこむと、このためにロンドンに来たのだからと強く自分に言い聞かせながら大急ぎで支度を整えた。そしてセルビーからの古い手紙と遺書を握りしめ、一階のデヴェレルのもとに向かった。

デヴェレルは礼儀正しく穏やかに迎えてくれた。けれども決して目は合わせようとせず、ましてや触れようともしなかった。まるで見知らぬ相手に対するように、慇懃《いんぎん》でよそよそしい態度だ。二人は馬車で信託代理人のオフィスに向かった。向かい合わせに腰かけながらも気持ちは別々の州にいるほど遠く離れ、互いに一言も口を利かなかった。

馬車が止まると、デヴェレルは先に降りて手を差しだした。ジュリアは彼に手をあずけた。手袋ごしだったが、それでも何か伝わるものを感じた。目を上げると、ほんの一瞬だが彼の瞳にも確かに同じものを感じた光がよぎっていた。

二人がヘンリー・カーターの事務所に足を踏み入れるやいなや、奥の部屋から代理人本人が急いで飛びだしてきた。「これはこれは、ようこそストーンヘヴン卿《きょう》！　なんと、うれしい驚きでしょう！　お目にかかれるとは思っておりませんでした」彼が興味深げな視線をジュリアに送った。

「いや。突然思い立ったものでね。僕の妻を紹介するよ、ミスター・カーター。ジュリア、ヘンリー・カーター氏だ。ここ数年トーマスの信託財産を預かってくれている。ミスター・カーター、彼女がレディ・ストーンヘヴンだ」

「レディ・ストーンヘヴン！　お会いできるとはなんという幸運！　なんという名誉でしょう！」彼はそこからさらにデヴェレルの結婚についてや、二人を自分のオフィスに迎えたことを心から喜んでいるといった内容をだらだらと話しつづけた。デヴェレルが彼をその話題から引き離し、自分たちの念頭にある話題へとつなげるのにしばらく時間を要したほどだった。

彼はやっとのことで代理人の長々とつづく賛辞を遮った。「ミスター・カーター、我々が今日こちらを訪ねたのは、サー・セルビー・アーミガーからの手紙をもう一度見せてもらいたいからだ」

代理人の顔がこわばった。「横領に使用された手紙のことですか？」

「まさしく」

「ですがストーンヘヴン卿、わたし――いえ、わたしたちにあの痛ましい出来事を蒸し返す必要があるのでしょうか？」

デヴェレルは軽く片方の眉を上げてみせた。「つまり、見せたくないという意味かな？」

「まさか。めっそうもない」カーターは唾《つば》を飛ばしてまくし立てた。「わたしは別に……いや、言うまでもなくあなた様にはあれをご覧になる権利がおありになる」カーターはくるりと振り返ると、表の事務室に机を並べている二人の若者のうち、一人に指で合図をした。「そこの君、ティズリー君。セントレジェ信託の手紙を出してくれたまえ。ほら……横領のぶんだ」カーターはまるでその言葉が喉に引っかかりでもしたように、ごくりと唾をのんだ。

指名された若者が立ちあがり、壁に並んだ収納棚の一つに歩み寄った。

「信託に関してご質問があれば、ミスター・ティズリーになんなりとお尋ねください。彼ならお答えできるはずです」カーターは硬い笑みでそう言った。「もちろん、彼で間に合わない質問がおありでしたら、わたしは自分の部屋におりますので」

カーターは二人にお辞儀をしてから、奥の部屋に引きあげた。「どうやらカーターはこれを自分の問題ととらえているようだ。管理責任が問われないか不安なんだろう。手紙でどう指示されようと、送金するべきではなかったとね」

「テーブルでご覧になりますか?」ティズリーが数枚の書類を手にして近づいてきた。背が高く、やせぎすの青年だ。長時間座って書類を読んでいるせいだろう、すっかり猫背になっている。

「そうさせてもらえれば、ありがたい」

ティズリーに案内され、二人は事務室から小さな別の部屋へ移動した。長いテーブルが一つと、その周囲にいかにも座り心地の悪そうな椅子が数脚並んでいる。ティズリーは手紙をテーブルの上に置いた。

「ほかに何かご入り用のものはありますか?」彼は丁重な口調で尋ねた。

「今のところはない。ところで、この手紙を処理したのは君かい?」

青年が身を硬くした。「そうです。わたしが手紙を開封しました。用件が資金の引きだしでしたので、当然ミスター・カーターにも見せて承認を得ましたが」

「誤解しないでくれ」デヴェレルはにっこりとほほ笑みかけた。「君の行動が間違っていたと言っているわけじゃない。ただ、実際その金がどう動いたのかに興味があるだけなんだ——たとえば、ここにある〝ジャック・フレッチャー〟にどうやって送金されたのかとか」

ティズリーの眉間《みけん》の皺《しわ》が晴れた。「ああ、そのことでしたら。最初に届いた手紙に住所が書いてありました」彼がいちばん上の一枚を指で示した。「そこへ送ったんですよ」

「君が個人的に持っていったのかい？」

「いいえ。配達人を使って。うちの事務所ではいつもそうしています」

「なるほど。それで誰が受け取ったんだい？　受け取りか何か記録はあるのかな？」

青年がぽかんとした顔になった。「いや、どうだったかな。調べてみます」

「ありがとう。感謝するよ」

青年がお辞儀をして部屋を出ていき、扉を閉めるなり、ジュリアは息せき切ってデヴェレルに向き直った。「あなた、冴《さ》えているわ！　もし実際にお金を手に入れた人物が見つかったら……」

デヴェレルは眉をひそめた。「こんなことはもっと以前に調べておくことだった。なぜこれまで思いつかなかったのか。証拠がどれだけ揃《そろ》っていようと、曖昧《あいまい》な点を残さないように確認すべきだったのに」

「それをこれからやるのよ」ジュリアはテーブルに着き、手紙を読みはじめた。

だが気持ちが沈むのはどうしようもなかった。筆跡はセルビーと酷似している。しかもジャック・フレッチャーという名前……。読み終えたころには、すっかり意気消沈していた。けれどここでくじけるわけにはいかない。ジュリアは持参した手紙を取りだし、信託代理人が保管していた手紙と並べて置いた。そしてデヴェレルと一緒に念入りに見比べていった。

肩ごしにかがみこむ彼の体が、すぐ間近にある。ジュリアはいたたまれないほどに彼を意識した。前日の朝のセックスが頭に浮かんで仕方がなかった。あのぬくもり、あのにおい、あの感触。おのずと体が震えてくる。ジュリアは必死に目の前の手紙に気持ちを集中させた。

「見て。これも〝y〟が跳ねている」ジュリアは最初にお金を請求した手紙を指さした。「ほらこれも。どのyも跳ねているわ。遺書と同じよ。それに間隔の空け方も大文字の大きさも一定」ジュリアが振り向くと、デヴェレルの顔がわずか数センチ先にあった。

デヴェレルが身を起こしてあとずさり、咳払《せきばら》いをした。「とりたてておかしなことでもない。同じ人物が書いたものだ」

「でもこの手紙を書いた人物とは別だわ」ジュリアはセルビーが自分宛《あて》に送ってきた古い二通の手紙を手に取った。「どれも、こっちのセルビーの筆跡とは同じ違いがあるもの」

デヴェレルが眉間に皺を寄せた。「しかしその違いは些細《ささい》なものだ……ジュリア、そんな些細なことを証拠に、どうしてこの手紙がセルビーの書いたものではないと断言できる?」

ティズリーが四枚の紙片を手にして戻ってきた。「受領証がありました、ストーンヘヴン卿。配達人が持ち帰ったものです」

デヴェレルが彼から紙片を受け取り、ジュリアもそれをのぞきこんだ。いちばん上の紙片に〝ジャック・フレッチャー〟という署名がある。

「これ!」ジュリアは興奮に震える指で、署名を指さした。「セルビーの筆跡じゃない。ここにあるほかのものともまったく違っている」

「ああ。君の言うとおりだ」デヴェレルの皺が深まった。次の受領証を見る。一枚目とそっくり同じ署名だ。だが残りの一枚は違っていた。女性の字、しかも〝ミセス・ジャック・フレッチャー〟と書かれている。

「ミセス!」ジュリアは声を張りあげた。頭が混乱して、わずかに吐き気もする。

デヴェレルがちらりと目を向けた。セルビーの遺書とされているものにあった愛人の件を思い浮かべているのは明らかだ。

「違うわ」ジュリアは毅然《きぜん》と言い切った。「そうじゃない」

「ありがとう」デヴェレルは事務員の青年に告げた。「この住所は書き留めさせてもらうよ。そうしたら下げてもらってかまわない」

彼はそう言いながらすばやく書き留めると、書類をすべてティズリーに戻した。そして青年が部屋を出るなり、ジュリアに向き直った。

「セルビーに愛人なんていなかったわ！」ジュリアは語気を強めた。

「明らかに女性の筆跡で、金を受け取っている」

「そうね、でもセルビーの愛人じゃない。セルビーはお金を横領なんてしていない」

「いいかい、次はこの愛人のことを調べるんだ。フィッツモーリスとヴァリアンを訪ねて、この女性に心当たりがあるかどうかを確認しよう。もしそんな女性が存在していたとしたら、名前を突き止める。そうすれば真相にたどり着けるかもしれない」

二人はまず少佐のアパートメントに向かった。執事に案内されてなかに入ると、フィッツモーリスはかなり驚いた様子で跳びあがった。

「デヴェレル！　それにジュリア――いや、レディ・ストーンへヴンと呼ばなくちゃいけないね」

「やめて、お願い。ジュリアでいいわ」

「どうぞかけてくれ。きちんと片づいているだろうか」彼はまるではじめて見るような目で周囲を見まわした。「ほら、僕はご婦人を迎え入れるのに慣れていないから」

「心配しないで。完璧よ」

三人は腰を下ろし、それぞれの顔を見つめた。ついにフィッツモーリスが口を開いた。

「いや、実を言うと、こんなに早く君たちに会えるとは思っていなかった。バッキンガムシアに行ったんだろう?」

「もちろん、母に報告する必要があったからね」デヴェレルはさらりと告げた。「だがもともと向こうに腰を落ち着けるつもりはなかったんだ。ロンドンに戻るしかないだろう、こうなったら」

「そうだね」フィッツモーリスにその話の流れは読めなかったが、理解できないことに慣れている彼はさして疑問を抱くことなく受け流した。

「フィッツ」ジュリアはわずかに身を乗りだした。「わたしたち、セルビーのことであなたにお尋ねしたいことがあって来たの」

「セルビー?」彼はぎくりとした。「セルビーのなんだい? ひょっとして僕が署名した手紙のこととか? あれはまったく記憶にないんだよ。だからといって、そこに何か深い意味があるわけでもない。セルビーはしょっちゅう手紙に連帯の署名を求めてきたし、僕もその都度署名してきた。彼は信託財産のこともトーマスのことも僕より詳しかった」

そこで肩をすくめた。「僕は自分が署名した手紙の内容すら読んだことがない。読んだところでどうせわからないしね」

ジュリアはうなずいた。「そう。でも、わたしたちがおききしたいのはそのことじゃないの。わたしたちが知りたいのは、セルビーに愛人がいたかどうか」

フィッツモーリスがひどくぎょっとしたのを見て、デヴェレルは思わず噴きだしそうになった。「ジュリア、いくらなんでもそういう言葉は」彼は口ごもりつつも言った。

「だってお上品な呼び方を知らないんだもの」ジュリアは言い返した。

「君の言うとおりだ」デヴェレルはもう一人の男を見つめた。「どうだい、フィッツ？君はセルビーが愛人を囲っている話を知っていたのか？亡くなる直前の話で」

少佐の顔が赤らんだ。「デヴェ、よしてくれ……本人の妹さんの前で話すことではないだろう」

「確かにそうね」ジュリアがきびきびと言葉を挟んだ。「でもその妹が知りたがっているの。お願い、フィッツ。礼儀なんて忘れて、本当のことを教えて。わたしにはそれが何より大切なの。慰めのための嘘《うそ》なんていらないわ」

「僕は……しかし――」

フィッツモーリスはすがるようなまなざしをデヴェレルに向けたが、結局救いの手は得られなかった。ついに観念して彼は言った。

「ああ、確かに噂《うわさ》は聞いたことがある」

「どんな噂？」

「彼が、なんていうか、街中の一軒家に売春婦を囲っていて、定期的に通っているということだけ」

「兄がその女性と一緒のところを見たことは？」

「それはない」自分が非難されたと感じたのか、彼はかすかにむっとした顔になった。

「一度も」

「セルビーの口からその女性のことを聞いたことは？」デヴェレルが尋ねた。

「いや。秘密にしておきたいことなら、僕に話すわけがないだろう。そういうのは得意じゃないし」

確かにそうね、とジュリアは思った。

デヴェレルがさらに尋ねた。「その噂を聞いたのがいつごろか覚えているかい？　セルビーがまだ生きていたころだった？」

フィッツモーリスがぎくりとした顔をした。「いや、どうだったかな。考えたこともなかったけど」眉根を寄せて、集中する。「どうもはっきりしない。でも、たぶん――亡くなったあとじゃないかな。一緒になって死んだ人間の陰口をたたくのはどうかと思ったのを覚えているから」

「一緒になって？」ジュリアは背筋を伸ばした。「そのとき、誰と話していたか覚えている？」

「うーん。だめだ。最初に聞いたのがいつだったかは思いだせない。たぶんクラブでだったと思うんだが」

これ以上フィッツモーリスから詳しいことをききだそうとしても無駄だろう。彼が記憶をたどるのはこれくらいが限界だ。そこで二人は今度はヴァリアンを訪ねることにした。彼の家族のロンドン邸はフィッツモーリスの住居からほんの数ブロックしか離れていない。二人はそれまでの気まずさなどどこかに吹き飛んだように、フィッツモーリスとの会話について語り合いながら、歩いてヴァリアン邸に向かった。玉石を敷きつめた道路に入ったところで、ジュリアが足首をひねってよろけた。デヴェレルがとっさに腕をつかんで支えてくれる。ふいに二人とも、互いの肌と肌をひどく意識した。デヴェレルがとっさに身を硬くして手を離す。つかの間の心地よい連帯感が一気に吹き飛んでいた。ジュリアの脳裏に昨日の朝の感覚がどっと押し寄せる。体に触れる彼の手と固いテーブルの感触、彼が入ってきて自分を完璧に満たしたときのあの感覚。

ジュリアは下唇を噛《か》んで目をそらした。そしてそれからは互いに一言も発しないまま、ヴァリアンの屋敷に向かった。

ヴァリアンもまた二人がロンドンにいるのを知ってかなり驚いた様子だったが、本来の礼儀正しさからそのことについて言及するようなことはしなかった。そのうえ彼には、彼の連帯署名のある手紙に署名した覚えもなかった。

「妙だな」ヴァリアンは言った。「この手の手紙にはたいてい目を通していたんだが。不審な点があれば、セルビーに問いただしていた」彼はデヴェレルに目を向けた。「君もだろう？」

「ああ。そうしていた。君たちには口頭で話していたと思うが、僕には送ってきていたから、署名の前に目を通していた」

「だからそんな手紙があれば、記憶に残っているはずだ」ヴァリアンはつづけた。「なんせジャック・フレッチャーなんて名が使ってあるんだから。僕はいまだに彼がなぜあんな名を使ったのかが理解できない。いくらなんでもあからさますぎるだろう？」

「だからあの手紙は兄が書いたものじゃないの」ジュリアがすばやく答えた。「わたしがずっと言っているじゃない。セルビーは愚かな人じゃなかった。もし本当にお金を横領したなら、そんな名前を使うはずがないわ」

「気になるのはそれだけじゃなくてね」ジュリアの割りこみを無視して、デヴェレルがつづけた。「セルビーの愛人のことだ」

「デヴェ！」ヴァリアンがちらりとジュリアに目をやった。

「気を使わないで、ヴァリアン。わたし、遺書を読んだの」

ヴァリアンが眉を跳ねあげた。「彼女に見せたのか？」問いつめるようにデヴェレルに尋ねる。

「わたしが頼んだの」ジュリアが言った。「それに見せてもらってよかったと思っている。見せてもらったからこそ、あの筆跡はセルビーのものじゃないとわかったんだもの」

ヴァリアンが唖然《あぜん》として顎を落とした。「まさか。からかっているのかい？」

「いいえ、ちっとも」

「わずかだが、筆跡に違いがあるんだよ」デヴェレルが控えめに表現した。

「なんと」ヴァリアンの顔はまるで雷にでも打たれたようだった。

「僕はあの遺書で愛人のことを知った。だがどうも納得がいかなくてね。だから、君があの遺書より前にこの愛人の存在を知っていたかどうかを聞いておきたいんだよ。彼女に会ったことがあるかい？　もしくはセルビーから話を聞いたとか？」

「いや。セルビーの口からほかの女性の話が出たことは一度もない。彼はとにかくフィービに夢中だった。彼女に出会ってからずっと。だから愛人を囲っていたって告白したときにはひどく驚いた。いや、もちろんあの遺書のことだよ」

「それじゃあ、あの遺書ではじめて愛人の存在を知ったわけだね？」

彼はうなずいた。「だがそのあと噂を聞いた。相手は絶世の美女だったと――たしか、ブロンドのバレエダンサーとか。名前も聞いたかもしれないが、ちょっと覚えていない」

「その話は誰から？」

「誰？」ヴァリアンは座ったままもぞもぞと体をよじった。「待ってくれよ。たしか……ええと……」手も何かしら漠然と動かす。「いや、どこで、誰から聞いたのかははっきりと覚えていないな。ちょっと……小耳に挟んだだけかもしれない」

その後ヴァリアンとの話を終え、二人で屋敷に歩いて戻りながらジュリアが言った。

「誰から噂を聞いたかってことだけど、ヴァリアンは本当のことを話していると思う?」

デヴェレルはちらりと目を向けた。「君もあやしいと思ったのかい?」

「それじゃああなたも、彼が何か隠している気がしたのね?」ジュリアは、彼と意見が一致したことが妙にうれしかった。

デヴェレルはうなずいた。「その質問のときだけはやけに落ち着かない様子だった。それ以外はきわめて率直に答えてくれたのに」

「なぜだと思う?」

「まだわからない。ひょっとすると噂を聞いたのが淑女の前では口にしにくい場所だったのかもしれないし」

「売春宿とか?」

デヴェレルが突然大声で笑いだした。「おいおいジュリア、なんて大胆な言葉づかいをするんだ」

「わかってる。フィービにも、社交界デビューをしていないせいだと言われるの」二人はしばらく歩きつづけた。「ひょっとして、彼に噂を話した人物のせいとか?」

「え?　ああ、ヴァリアンのことか。そうだ、僕もそうにらんでいる」

二人は角を曲がり、デヴェレルの屋敷がある通りに入った。もう少しで屋敷だというところで、一台の馬車が猛烈な勢いで角を曲がってきたことに二人は気づいた。ケープをまとい、縁のある帽子を深々とかぶった御者が馬を思い切り鞭打《むちう》つ。馬たちは全速力で、ジュリアとデヴェレルめがけて突進してきた。

18

　ジュリアは凍りついた。デヴェレルが彼女の腕をつかんで、脇《わき》に飛びのく。二人は転がるようにしてストーンヘヴン邸につづく階段に倒れこんだ。馬車がすぐ脇を猛スピードで駆け抜けていく。突風がジュリアの肌を打ちつけた。馬車はそのまま通りを駆け抜け、角を曲がって見えなくなった。

「大丈夫か？」デヴェレルが身を起こし、不安げにジュリアをのぞきこんだ。「ええ。た……たぶん」ジュリアもそっと起きあがった。固い石に体を打ちつけたせいで、右半身がまだしびれている。「あの御者、どうかしているわ！」

「酒にでも酔っていたんだろう」

　二人は馬車が走り去った方向に目をやった。だが何も見えない。デヴェレルは先に立ちあがって、ジュリアに手を差しだした。ジュリアはスカートの埃《ほこり》を払い、帽子の位置を直した。ドレスの脇にも汚れがついている。ジュリアがそれを手で払おうとしているときに、袖口《そでぐち》の汚れに気づいたデヴェレルが手を出し、その手が偶然むきだしの腕をかすめた。

彼は即刻手を引っこめ、そのままあとずさった。

「まあ、あれだ」そしてぎくしゃくとした口調で言った。「二人とも、怪我《けが》がなかっただけでもよかった」

ジュリアも今の刺激に気を取られたまま、ぼんやりとうなずいた。二人は家のなかに入った。しだいにデヴェレルの眉間《みけん》に皺《しわ》が刻まれた。

「しかしどう考えても」彼はぽつりと言った。「今のはわざとにしか思えないな」

ジュリアは目を向けた。「どういうこと?」

「馬をまっすぐ僕たちに向けて走らせてきた」

胸に警告が灯《とも》った。「わたしたちを轢《ひ》くつもりだったと?」

「確信があるわけじゃない。ばかばかしい考えだとは思う。しかし君が狙《ねら》われたのはこれで二度目だ」

「三度目なの、実は」ジュリアは小声でつぶやいた。喉を締めつけられたようだった。

「え? どういうことだい?」

「今回のこととは関係がないかもしれないんだけど、フィービと一緒にロンドンに来たあと、何者かがわたしの部屋に押し入ったの。気配で目を覚まして、犯人ともみ合って、わたしの声を聞きつけてフィービやみんなが駆けつけてくれたから、何事もなかったのだけれど。そのときは、たぶん強盗だろうってことで片づいたの。でも変だったのよ。犯人はわざわざ木に登って二階のわたしの部屋に入ってきた。一階から侵入するほうがずっと簡単だったはずなのに。それに金庫も、銀製品や高価な品もすべて一階にあった」

デヴェレルはしばらくじっとジュリアを見つめていたが、やがて首を横に振りながら背を向けた。「いや、まさか。いったい誰がなんのために君を狙うというんだ？」

「わたしが本当の横領犯を見つけだそうとしているからとか？」ジュリアが水を向けた。

デヴェレルが振り返った。彼の動揺は手に取るようにわかった。「横領したのはセルビーだ。ここまで調べた限りでは、そうでない証拠は何一つ見つかっていない」

「でも、わたしを襲った人はあなたほどセルビーの有罪を確信していないんじゃないかしら。それどころか、セルビーが横領犯ではないという確かな根拠を持っている」

自分の言葉がぐさりと彼の胸を突き刺したのがわかった。お互い、それ以上この件には触れなかったが、夕食のあいだじゅうデヴェレルはずっと何かに気を取られている様子だった。そして食事を終えると、おもむろに立ちあがった。

「僕はクラブに行ってくる」とげとげしいとも言える声だった。

「わかったわ」さすがに一人で夜をすごすのは気が進まなかったが、とはいえ彼に残ってほしいとは言えない。この二日、デヴェレルに避けられているのはひしひしと感じていた。

「例の女性のことを知っている人間がほかにいないか、あちこちで尋ねてみるつもりだ」

彼が真剣な目で見つめた。「君にはどこにも出かけてほしくない」

ジュリアは彼を見つめ返した。「なんの話？　わたしがどこに行くというの？」

「確信があるわけじゃない。だが今夜は屋敷から出ないでほしい。何が……何がどうとは言えないんだが、君の周辺でおかしなことが起こりすぎている」

ジュリアはうなずきながら、彼の言葉に胸が熱くなった。抱きたいと思ってはくれなくても、そばにいたいと思ってはくれなくても、少なくともわたしの身は案じてくれている。

デヴェレルは決心がつきかねていた。これほど気持ちが混乱したのは生まれてはじめてだ。ジュリアを腕に引き寄せ、抱きしめたかった。今はどんなことがあろうと屋敷の外に出たくなかった。ここにいて、この目で彼女の無事を確信していたかった。だが、これ以上同じ部屋にいたら、その先に何が起こるかは目に見えている。どれほど誠意を持っていようと、どれだけ強く誓おうと、昨日の朝と同じように襲いかかるのにさほど時間はかからないだろう。もう二度とあんな醜態はさらせない。

この二日はまさに地獄だった。一日目は根気強くとことんジュリアを避けつづけた。自分の卑しい行為を恥じていたうえに、頭のなかがもう一度彼女を抱くことでいっぱいだったからだ。彼女への欲望は、昨日の朝の行為だけでは満たされなかった。それどころか、さらに増幅していた。今日は一日そばにいるしかなかった。ロンドンに来た当初の目的をないがしろにするわけにはいかない。だが彼女とともにすごす時間は、まさに拷問だった。一緒にいるあいだじゅう、体の奥底から何かを打ちつけるような低い鼓動が響いていた。

肌が異常なほど過敏になって、ほんの少し触れ合っただけでも熱い期待で全身の神経という神経が反応した。

だがこの体にまた理性を打ち負かされるわけにはいかない。デヴェレルはついに心を決めた。それにはジュリアを避けるしか手段はない。一生、そんなことがつづけられるかどうかはわからないが。

「君はここにいれば安全だから」デヴェレルは彼女というより自分を納得させるために、そう言った。自分には出かけずにここに残る理由はない。この気持ちは単なる優柔不断さだ。

「そうね」

彼女の感情のこもらない声を聞いて、たぶんジュリアもほっとしているのだろうとデヴェレルは思った。それはそうだろう。この男がまた理性を失うのではないかと、びくびくしながら一緒にいるのが快適なはずもない。デヴェレルはよそよそしい会釈をして、部屋をあとにした。

ジュリアはベッドで身を起こしていた。寝室にはしばらく前に引きあげてきていたが、どうにも寝つけなかった。ベッドに横たわっても、デヴェレルが戻る気配はしないかとついつい耳を澄ませていた。一人になってからは読書をしてすごした。けれどもまったく集中できず、気がつくと事故のこと——誰かが本当に自分を殺そうとしたのかどうか——や、でなければデヴェレルのことばかり考えていた。

きっとわたしはとんでもなくみだらな女なのだろう。一日じゅう、二人であれこれ調査をしているときでさえも、デヴェレルの肉体を意識して仕方がなかった。全身の感覚という感覚が彼に波長を合わせていた。姿を目にするたびに欲望がこみあげた。声を聞くたびに体がうずいた。今ここでこうしていても心がざわついている。眠ることもできず、彼のキスや愛撫《あいぶ》のことしか頭に浮かばず、全身に軽い微熱さえ感じて。腿のあいだが切なくうずいていた。そこをデヴェレルに満たされたときの、このうえない充足感が思いだされて仕方がない。

女性というのはみんな、夫にこんな感覚を抱くものなのだろうか……たとえ夫から求められていないときでも。いいえ、違う。彼はわたしを求めていないわけじゃない。どんなに男性経験が浅くても、あの朝、デヴェレルが自分に欲望を抱いていたことくらいはわかっている。問題は彼がわたしを憎み、そしてわたしに欲望を抱いたこと自体を憎んでいること。彼は欲望に屈したことを自分自身への裏切りととらえている。

そのとき廊下から足音が聞こえ、ジュリアははっと耳を澄ました。デヴェレルがクラブから戻ってきたようだ。そこで知り得た内容を話しに、ここへ来てくれるだろうか？　足音が部屋の前を通り過ぎていく。ほんの一瞬、扉の前で足音がわずかに鈍ったような気がしたが、やがて彼の部屋の扉が開き、また閉じる音が聞こえた。ジュリアはどさりとベッドに背中をつけた。彼は来なかった。ただ報告するためだけでも。

ジュリアはベッドに横たわったまま、隣の彼の部屋から聞こえるかすかな物音に耳を澄ました。歩きまわる姿が思い浮かぶ。カフスボタンを外し、シャツの飾りボタンを外して。

ジュリアは唇を嚙《か》んで寝返りを打ち、枕《まくら》に顔をうずめた。考えるんじゃなかった。余計に心がかき立てられる！

それでも彼の姿が勝手に脳裏に浮かんでくる。シャツが開き、あらわになった広く大きな胸。想像のなかでそのシャツがするりと彼の体を滑り、まずは腕がむきだしになって、それから筋肉で引きしまった平たい腹部が……ジュリアは喉の奥から低い声をもらし、カバーを払いのけた。ベッドから飛びおり、部屋のなかを行ったり来たり歩きだす。心が容赦なく扉へと引きつけられた。しばらくためらったが、やはり我慢できずに扉を開けて外をのぞいた。デヴェレルの扉の下から明かりがもれている。彼は起きているのだ。もしここでわたしが部屋に行ったら……。

だめ。そんなことはできない。そんなこと、慎みがなさすぎる、大胆すぎる。でも、デヴェレルにはわたしの大胆さをいやがらないふしがあった。うまく誘惑すれば、また欲望に屈してくれるかもしれない。ジュリアはひっそりとほほ笑み、無意識に手を体に滑らせた。もう一度ベッドをともにできれば、彼の嫌悪感も少しは薄れてくるかもしれない。そうよ、そうなればきっと彼もわたしに何かを感じてくれる。愛まではいかなくても、せめて何かしらの感情くらいは。

ジュリアは足早に彼の部屋の前に向かった。でもいざとなると気後れする。ノックをするうまい口実が思い浮かばない。そのときふと、今夜彼が外出した目的を思いだした。そうだわ、それを尋ねることにしよう。内容が気になって眠れなかったふりをして。

ジュリアはノックをすると、返事を待たずに扉を開けた。デヴェレルは鏡台の前で、ちょうどシャツの飾りボタンの最後の一つを外して置いたところだった。そして戸口のジュリアを振り返る。すでにコートとアスコットタイは外していた。想像していたとおり、シャツの前が大きくはだけている。滑らかで筋骨たくましく、軽やかな体毛に覆われた広い胸。突然ジュリアの口のなかがからからに乾いた。頭のなかで用意していた言葉はどこかに吹き飛んでいた。

デヴェレルが足を踏みだし、そこで止まった。

「わたし……その、今夜どんなことがわかったかと思って」ジュリアは言った。

「わかった？」彼の目が、白いナイトガウンに包まれたジュリアの体を滑るように見つめた。そしてその視線をいくぶん名残惜しげにジュリアの顔に移した。「ああそうか、あのこと。いや、残念ながら大したことはわからなかった。噂《うわさ》を耳にしたという連中とも話したよ。相手はバレエダンサーだった気がすると言う者もいたし、ベシーかベッツィという名だった気がすると言う者もいた。みんな、パーティで聞いたとか、でなければどこで耳にしたかも覚えていない程度だ。漠然とした記憶でしかない」

ジュリアは彼の胸から目を離すことができなかった。目の前のシャツをもっと大きく開きたい。開いて、そこに手をはわせたい。胸の鼓動が早鐘のように鳴り響いた。「そ……それじゃあ、誰も直接セルビーから聞いた人はいないのね?」

「ああ。どれも噂話の域を出ない」

ジュリアはうなずいた。もうこれ以上、ここにとどまる理由はない。ほかに何か口実が見つからないかと必死に頭のなかを探ってみる。「ブーツ、手を貸しましょうか?」

デヴェレルがぽかんとした顔を向けた。「え?」

ジュリアは彼の光り輝くぴったりとしたブーツを指さした。「あなたの側仕《そばづか》えはここにいないし、ブーツを脱ぐのを手伝ってあげようかと思って」

「それじゃあ頼むよ」声がほんの少しいつもと違った気がした。顔もかすかに引きつって見える。

ジュリアは歩み寄った。「あなたはどこかに腰かけて」

デヴェレルが最も手近な場所にあった、ベッドに腰を下ろした。ジュリアは身をかがめて、両手を踵《かかと》にあてた。そしてブーツを思い切り引き下ろしはじめる。力をこめるごとに胸の膨らみが上下に揺れた。身をかがめているせいで、ガウンの胸元からみずみずしく張りつめた丸い膨らみがデヴェレルの目にも入っているはずだ。デヴェレルはベッドについた両手に力をこめた。

ジュリアが目を上げた。「え？　今何か言った？」デヴェレルは首を横に振り、上下の唇をきつく合わせた。上唇に汗がにじんでいる。少しは動揺してくれているのかしらと、ジュリアはまんざらでもない気分だった。ふたたびブーツに取りかかる。そしてついに足から外すと、それを脇によけ、もう片方に取り組んだ。今度はデヴェレルに背中を向ける格好で彼の脚にまたがり、かがんでブーツを引っ張っていく。

「ジュリア……」彼の手がヒップをなでるのがわかった。

ジュリアはブーツを外して床に置くと、彼に向き直った。デヴェレルの顔が欲望で張りつめていた。燃えるようなまなざしを注いでいる。デヴェレルは両手を太腿の脇にあて、そっと上下になでた。そして低いうめき声をあげると、苦しげにその手を離し、そのまま拳《こぶし》を握りしめて自分の脚の脇に押しつけた。「ずるいよ、ジュリア。これはフェアじゃない。言っただろう、僕は――」

「わかっているわ」ジュリアは早口で遮った。「でもわたし、ずっと考えていたの。子供のこと。わたし、子供は持ちたいと思っている。あなたは？　あなただって跡継ぎはほしいでしょう？」

デヴェレルはジュリアを見据えたまま、ごくりと唾《つば》をのんだ。「つまり君は望んでいると……いいと言っているのか？　関係を持っても？」

ジュリアは大胆な行動だとは知りつつも、うなずいた。「ええ、あなたさえよければ」ここで彼に拒絶されたら、一生屈辱を抱えて生きていくことになるだろう。でも精いっぱいやるだけのことをやっておきたい。この人とこのまま距離を置いて、一生むなしく孤独な結婚生活を送るのはいや。

デヴェレルがジュリアの顔を見つめたまま、のろのろと立ちあがった。「僕さえよければ？」彼が一声、短くかすれた笑い声をあげた。

そして手を伸ばしかける。けれどもジュリアはそこで官能的な笑みを返した。「だめ。今回はあなただけにお楽しみを奪われたくないの。わたしに触れさせて」ジュリアはシャツの身ごろから見える彼の胸に両手をあてた。

彼の体に震動が走るのがわかった。「いいよ」デヴェレルはかすれた声で言った。「君の好きにするといい」

ジュリアは彼の胸に両手を沿わせ、たくましく張りつめた筋肉やあばら骨を探り、腹部から徐々に細くなってズボンのなかへと伝う体毛を指でなぞった。手の動きが進むにつれ、彼の胸が大きく上下する。ジュリアは彼のシャツを腕から外し、ベッドに放《ほう》り投げた。その腕に両手をはわせ、胸部と同じようになぞっていく。それが済むと背後にまわり、今度は背中をなではじめた。手のひらから体の震動が伝わってくる。ときおり鋭く息をのむ音も。それでも彼はやめろとは言わなかった。ただ立って、ジュリアの思うようにさせてくれていた。

ジュリアは一歩歩み寄り、背中に唇を押しあてた。塩辛い味がした。筋肉の固さも伝わってくる。デヴェレルのあえぐような低い声を聞いてとっさにあとずさると、彼は首を横に振った。

「だめだ、やめないでくれ。やめないで……頼む」

ジュリアは彼の背骨にキスをすると、押しあてた唇をゆっくりと下へずらしていった。そして両手は前にまわし、彼の胸と腹部を抱きかかえる。ジュリアは歯と歯のあいだで軽く肌をついばんでは、舌でその跡をねっとりとなぞって唇で癒《いや》した。同時に胸にまわした指先で平たく男らしい乳首を探りだし、弄《もてあそ》びはじめる。彼の肌が熱気を帯びていくのがわかった。柔らかなあえぎ声も聞こえてくる。

「気に入った?」ジュリアが尋ねると、彼は吐息のような忍び笑いをもらした。

「ああ。もちろん。気に入った」

「よかった」ジュリアは悦に入った声で言った。「わたしも気に入ったの」

ふたたび彼の前に移動すると、背中にしたのと同じように胸にもキスを始める。唇が乳首をとらえたとたん、デヴェレルはかすかにびくりとして両手を髪にうずめてきた。ジュリアは昨日の彼の動きをまねて、乳首を愛撫した。彼の呼吸が乱れはじめた。下腹部が大きく硬くなって、どくどくとうずいているのが伝わってくる。まぎれもない興奮の証《あかし》だ。何か新しいことをするたびに、彼自身が熱く応《こた》えてくれている。そこでジュリアははじめて気づいた。わたしは彼が見たい。そしてそこに触れてみたい。

わずかに身を引き、両手を彼のズボンに伸ばしてボタンを外した。デヴェレルも積極的に協力して、下着を足元に落とすとそこからすぐに踏みだし、靴下も剥《は》がすように脱ぎ去った。もはや彼は一糸まとわぬ姿だった。ジュリアは臆《おく》することなく彼の体を隅々まで眺め、そのたくましさと美しさにうっとりと酔いしれた。ますます心がかき立てられる。視線は体から突きだす見事な彼の一部におのずと吸い寄せられた。あの朝は、このたくましさを体で感じても実際に目にすることはなかった。こうして目のあたりにして、これが自分のなかに入って心身ともに満たしてくれたのだと思うと、ある種の畏敬《いけい》の念すらこみあげる。ジュリアはおずおずと手を伸ばして充血したその部分を両手で包み、その手を上下に動かしてみた。

デヴェレルの反応から、この行為が彼をこのうえなく刺激しているのがわかった。彼が唇を食いしばり、全神経を集中させるように顔を引きつらせて目を閉じる。ジュリアは愛撫をつづけた。彼を握りしめた両手を脚のほうへ、それからヒップのほうへと前後に動かしていく。

デヴェレルの忍耐力はもはや限界に達していた。いったん身をかがめてジュリアのナイトガウンを引きあげ、さらには頭から抜き去って裸体をさらす。今度はデヴェレルが愛撫を加える番だった。手を彼女の腹部から脚のあいだに滑りこませ、そっと、リズミカルにその手を動かしていく。ジュリアが喜びにまぶたを痙攣《けいれん》させながら、ふっと吐息をついた。そんな彼女の姿を見て、欲望が拳のようにたたきつけてきた。とっさに身をかがめて、唇を重ねる。

長い、永遠にも思えるキスだった。ジュリアの下腹部にこみあげる熱気はますます強まり、荒れ狂ってまさに爆発寸前だ。彼が抱きかかえて、ジュリアをベッドに横たえた。両腕を広げて彼を迎え入れる。デヴェレルはゆっくりと脚のあいだに体を進めた。少しずつ少しずつ甘美な喜びをもたらしながら、なかに入ってくる。ジュリアは欲望のあまり、涙が出そうになった。ようやく一つになった彼の体を腕と脚で包みこむ。デヴェレルがキスをしながら、腰を動かしはじめた。最初は切ないほどゆるやかな動きだった。それにかえって情熱の炎を焚《た》きつけられ、ジュリアは身をくねらせて彼を急《せ》き立てた。彼の動きが速まった。二人をより高い境地へと、体が一つにつながった部分以外は何も存在しない境地へと突きあげる。ジュリアは彼の背中に指を食いこませ、切ない叫び声とともに情熱を炸《さく》裂《れっ》させた。全身が張りつめ、喜びの波が駆け抜ける。デヴェレルはびくりと頭を起こし、かすれた声でジュリアの名を呼んだ。

そして崩れるように身を重ねる。二人は一つにつながったまま、心地よい喜びの名残に包まれた。

翌朝、ジュリアには世界が以前より明るく輝いているように見えた。目覚めると、デヴェレルは黒っぽいブロケード織りのガウン姿でひげそり台の前に立ち、鼻歌を歌いながら顔に剃刀《かみそり》をあてていた。窓のカーテンが一箇所だけ開け放たれ、そこから金色の光が差しこんでいる。ジュリアは猫のように背伸びをして、心地よい気だるさに浸った。その気配を感じたのだろう、デヴェレルが振り返ってほほ笑みかけた。その笑みに、ジュリアは心がとろけそうになった。「おはよう」

挨拶《あいさつ》を返しながら、昨夜の自分の大胆でみだらな行為を思いだしてわずかに照れくささを感じた。できればその話題には触れてほしくない。安堵《あんど》したことに、彼はその話題を持ちだそうとはしなかった。

デヴェレルは代わりにこう告げた。「今朝は朝食のあと、送金先の住所に行ってみようと思うんだが」

「ええ、ぜひ」ジュリアは興奮のあまりがばりと身を起こし、シーツが裸体から滑り落ちそうになったのを間一髪のところで食い止めた。ジュリアは今の自分がどんなふうに見えているのかわかっていないのだろう。シーツから出ている肩は素肌で、その肩を乱れた明るい巻き毛が覆い、顔には情事のあとのくつろいだ満足感がありありと表れている。デヴェレルは思わず駆け寄って、キスをしそうになるのをかろうじてこらえた。前夜の大胆で自発的な行動から、彼女がいやがっていないことや受け身でいるつもりはないことははっきりわかった。それでもまだどう接すればいいのか自信がない。どんな愛情表現も受け入れてもらえるとは思えない。

ジュリアは、明るい日差しのなかでデヴェレルに裸体をさらすことをわずかに恥じらいながらナイトガウンを身につけた。そして自分の部屋に戻って風呂に入り、鼻歌を歌いながら支度を整えた。

二人は朝食を済ませるとすぐにデヴェレルの馬車に乗りこんだ。信託代理人のオフィスで書き留めた住所はイーストエンドで、あまり品のいい地区ではなく、ロンドンで生まれ育ったベテランの御者でさえ、目的の場所にたどり着くのに何度も馬車を止めて場所を確認しなければならないほどだった。

ようやく捜しあてた住所は扉の上に貸部屋ありと看板が出ている、長細い家だった。デヴェレルは先に馬車を降りてジュリアに手を差しだし、慎重に周囲を見まわした。懐を狙う輩《やから》が今にも飛びだしてきそうな場所だ。デヴェレルは力をこめて扉をたたいた。しばらく置いてもう一度。二度ノックを繰り返したあと、扉が大きく開き、だらしのない格好の中年女が姿を現した。

「もお、わかってるってば。ちいとぐらい待ったっていいだろう」女はぶつぶつぶやいていたが、デヴェレルとジュリアに目を留めるなり目を大きく見開いた。二人の高価な衣装と狭い通りの隅に待たせている馬車にも気づいたのだろう。いぶかしげな表情を浮かべた。「おたくたちみたいな高尚な方が、このジェニー・クーパーになんの用だい？」

「あなたが家主さん？」デヴェレルは尋ねた。

「まあそんなとこだけど」女は用心深く答えた。

「三年前、ここに部屋を借りていた男のことで聞きたいことがあってね。そのときもあなたが管理を？」

女はきっぱりとうなずいた。「ああ、そうだよ。だけどそんな昔の借り手なんぞ、覚えているもんかね。借家人は大勢いるんだよ。思いだせるなんて期待しないでおくれ」

「そうだろうね。しかしひょっとしたら、この借家人は覚えているかもしれない。彼は四つの小包をここに配達させている。借家人宛《あて》に配達人が小包を届けるなんてこと、そう毎日あることではないだろう？」

「どうかねえ」女の顔がずるがしこくなった。「まあ、頭をひねれば思いだせるかもしれないけど。もちろん、あたしにはゆっくり腰を下ろして、そんなことを考えている暇なんぞない。仕事が山のように待ってるもんでね」

「なるほど。いや、力添えをしてもらえれば、もちろんこちらも対価を支払うつもりでいる」デヴェレルは金貨を一枚取りだした。女の目が、金貨と同じくらいに大きくなる。

女家主が手を伸ばしてきたが、デヴェレルはすぐにその金貨を手のひらで包み、背後に隠した。「まずは情報を。支払う価値があるかどうかはこちらで判断させてもらう」

「まったく。こっちは忙しいんだ、もったいぶらないでおくれ」

「そっちが騙《だま》そうとさえしなければ、もったいぶったりはしない。十四号室を借りた男のことを話してくれ」

「紳士だったよ、たしか。この辺に住んでるタイプじゃなけりゃ、覚えているもんかね。きちんとした身なりで、言葉もちゃんとしてた」

「ここに住んでいたのか？」

「まさか。何度か来ただけだよ――女に会うときと、おたくがさっき言ってた小包を受け取るとき」

「女？」ジュリアが弱々しく尋ねた。セルビーの愛人の噂を思いだして、ずしりと胸が重くなった。

「そうだよ、奥さん。何度か女とここで会ってた」

「どんな男だい？」デヴェレルは尋ねた。「その男の名は？」

女家主は顔をくしゃくしゃにした。「いや、そう言われてもね。三年も前のことで……名前？　思いだせるかねえ」

「それじゃあなんでもいいから、覚えていることを話してくれ。話し方も身なりもよかったということだが、それ以外の特徴は?」

「そうはいってもねえ、あんまり記憶に残るような人じゃなかったし。なんというか……平凡な感じで。茶色い髪に茶色い目で、背丈も少し高いくらいだった」女は肩をすくめた。

ジュリアがはっと背筋を伸ばした。「茶色い髪?」興奮しそうになる声をなんとか抑えて繰り返す。「赤ではなかったの?」

「赤? おたくみたいな?」

「ええ、そう」

「ない、ない」女主人はきっぱりと首を横に振った。「それならあたしだって覚えているよ。髪は確かに茶色だった」

全身に安堵が押し寄せ、膝の力が抜けそうになった。デヴェレルに目をやると、彼の瞳にも驚きが宿っている。

「なんてことだ」彼はささやくような声で言った。

「セルビーじゃないわ!」ジュリアは声を張りあげた。突然、目に涙がこみあげる。「セルビーのはずがない。だって彼の髪は真っ赤だったもの」

19

「ああ、そうだ」デヴェレルは茫然《ぼうぜん》とした顔で言った。手にしていた金貨を女主人に渡し、いくぶん感情を抑えた声で告げる。「ありがとう。助かったよ」

二人は女主人に背を向け、馬車に引き返した。ジュリアはデヴェレルの腕に手をまわした。雲間から突然、日の光が差しこんだようだった。

「まだ彼が誰かを雇って、金を受け取らせた可能性もある。部屋を借りた人物が横領犯とは断定できない」デヴェレルが言った。

ジュリアは疑わしげな目を向けた。「あんな大金を盗んでおきながら、それを使い走りの手にゆだねるなんて本気で思っている?」

「いや。君の言うとおりだ」

二人は馬車に乗りこみ、屋敷に戻りはじめた。デヴェレルはどこを見るでもなく窓の外に目を向けていた。

やがて彼は苦しげに吐き捨てた。「僕は無実の人間を告発した」座席のクッションに頭をあずけて目を閉じる。「自分は正しいことをしていると確信していた。それなのに無実の人間を死に追いやってしまったとは」

その姿があまりに痛ましくて、ジュリアは胸を締めつけられた。手を伸ばして、そっと腕に手をかける。「違うわ。あなたが死に追いやったんじゃない。わたしにはわかる。セルビーの死は自殺じゃない。覚えているでしょう？　遺書の筆跡と横領に使われた手紙の筆跡はそっくりだった。あの遺書は横領犯が書いたものよ、間違いないわ。その犯人がセルビーを殺したのよ」

「だが僕はセルビーを知っていた。それなのに信じてやれなかった。長年の友人だったのに。あの手紙を見て、彼がやったと信じこんで、それ以外の可能性を調べようともしなかった」

「証拠があそこまで揃《そろ》っていたんだもの」ジュリアは言った。「わたしでさえ、あの手紙を読んだときは心が揺らいだわ。筆跡が兄とそっくりだった」

「それでも君はセルビーを信じた。証拠よりも」

「あなたがいくらセルビーを知っていると言っても、わたしやフィービとは違う。同じように信じるなんて無理よ」

デヴェレルが不思議そうな目を向けた。「数週間前の君はそんなふうに言わなかった」

「それは、あなたという人を知る前だったから」ジュリアはかすかに頬を染めた。「あなたがどういう人か、わたしは何も知らなかった。どんなに高潔な人かも、どれだけ義務を重んじる人かも。あなたは、それが自分の義務だと思えば、憎んでいる女性に一生足かせをかけられるのも厭《いと》わない人」そこでデヴェレルが何かを言いかけたので、ジュリアは慌ててつづけた。「わたしにもだんだんわかってきたの。あなたのような人がどれだけ深く罪を憎み、熱心に横領犯を追及しようとするか。あなたに、罪を見逃すようなまねはできない。そんなことをすれば、友人のウォルターを裏切ったのと同じになる」

「そうだ」デヴェレルは言った。「だからこそ、違う友人の背信行為を公にしたことが悔やまれる。セルビーの言葉にもっと耳を傾けるべきだった。僕は彼に釈明の機会すら与えてやれなかった。今の女家主の話なんて、発覚した当時にききに来るべきだったんだ。住所はすぐにわかったんだから。それなのにあの手紙を鵜呑《うの》みにして、そんなことすらしなかった」デヴェレルは振り返り、ジュリアの両手を握りしめて真剣なまなざしで目をのぞきこんだ。「あらためて誓う。あの金を横領したのは僕じゃない。真犯人だからセルビーを告発したんじゃない」

ジュリアはほほ笑んだ。「わかっているわ。そんなことはとっくの昔にわかっていた。そうでなければあなたと結婚しなかったわ。ベッドをともになんてできなかった」

デヴェレルはジュリアを腕に強く抱きしめ、頭のてっぺんに頬をあずけた。「君は最高の女性だよ」

涙がこみあげた。ジュリアはそれを瀬戸際で食い止め、あえて陽気な声を出した。「それに、あの女家主の話からもあなたでないのは明らかでしょう？　あなたのこと、いろんな表現をする人がいるでしょうけど、〝平凡な感じ〟だなんて言う女性がいるとは思えない」

デヴェレルが柔らかな笑い声をあげて、頭のてっぺんにキスをした。「ああ、ジュリア……僕を誘拐するなんて、ばかな計画を立ててくれて感謝するよ。でなければ今もまだ、セルビーが犯人だと思いこんでいるところだ」

二人は屋敷に着くと、二階にある小さな家族用の居間に落ち着いた。デヴェレルはベルを鳴らして召使いにお茶を命じると、部屋のなかを行ったり来たりして頭のなかを整理していった。

「こうなったら、なんとしてでもセルビーの汚名をすすがなければならない」彼は眉間《みけん》に皺《しわ》を寄せた。「問題はその方法だ。あの女家主が彼を借家人ではないと証言したところで、世間は納得しないだろう。手紙の一件もそうだ」

「そうね」ジュリアはほんのりと胸が温かくなった。デヴェレルが自分と同じ立場に立ってくれたことに満たされた思いがした。「本物の横領犯を突き止めるしかないわ」

「それに殺人犯だ」彼は険しい声でつづけた。「横領犯がセルビーを殺し、あの遺書を書いたのは間違いない。そしてまんまとセルビーの有罪を世間に確信させた。僕も疑問にすら思わなかった……君が登場するまでは」そこで眉をひそめた。「それと君を襲った一連の〝事故〟――おそらくそれも同一犯の仕業だろう。セルビーの件が殺人とすれば、その犯人が躍起になって君を殺そうとしていると考えるのが筋だろう」デヴェレルはそこで言葉を切った。「君が真犯人を捜していることを知っているのは、誰と誰だい？」

ジュリアは肩をすくめた。「大勢いるわ。まずは、フィービにトーマス。この二人とは一緒に計画を立てたわけだし。それからナナリーをはじめとした一部の使用人たちに、いとこのジェフリー。それとヴァリアンとフィッツにも話したわ。二人が訪ねてきてくれたとき……」しだいに声が尻すぼみになり、ジュリアはデヴェレルを見つめた。

彼はため息をついた。「そうだ。目をそむけてばかりはいられない。ヴァリアンとフィッツは最も有力な犯人候補だろう」

「でもあの二人のどちらかなんて、信じられない」ジュリアは言った。「二人ともセルビーのいい友だちだったし、それに……」声が途切れる。

「君が僕を犯人だと決めつけたときと同じ論理を使うなら、あの二人もじゅうぶんにあやしいことになる」デヴェレルがつづけた。「管財人は皆、有力な候補だ。この信託の仕組みがわかっているうえに、ジャック・フレッチャーという名も知っている。セルビーでも僕でもないとすると、あとはヴァリアンとフィッツしか残っていない」

「それはそうだけれど――でも、あのね、言いにくいんだけど、わたしにはフィッツにこんな手のこんだことができるとは思えないの。あなたは？」

「ああ。そのとおりだ。彼はここまで頭がまわるとは思えない。外見的な面を考えるとどちらでもおかしくないが、ヴァリアンのほうが有力だろう」

「でも、まさかヴァリアンだなんて！」ジュリアは声を張りあげた。「彼は、セルビーが有罪だと信じなかった数少ない一人よ。セルビーがそんなことをするわけがないって、何度も彼が口にするのを、わたしは聞いたわ」

「それぐらいはたやすいことだ。証拠が確実に相手を指すように仕組んだ自信さえあれば。それにそう言っておけば、自分が真犯人だと疑われる可能性も減る」

「確かにそうだけど」ジュリアは首を横に振った。「でもわたしには、ヴァリアンがそんなふうに裏表を使いわけるなんてとても信じられない」

「それじゃあ、ほかの人物かい？　たとえば君のいとことか？　彼なら〝ジャック・フレッチャー〟という名も知っていただろう。それにセルビーからこの信託がどういう仕組みか聞いていたかもしれない」

「ジェフリー？」ジュリアは笑い声をあげた。「それこそばかげているわ。ジェフリーはどういうことであれ、何かに必死になることなんてない人なの。それに、お金にもまったく不自由していない。母方の祖父の唯一の相続人だもの」

「それじゃあフィービは？　彼女もこのことをすべて知っていたはずだ」

それにはさすがのジュリアも目を丸くした。フィービを疑うなんて、自分が告発されたも同然だ。「あなたが言わんとしていることはわかったわ。そうね、確かに今のところヴァリアンが最もあやしい」

「思い返してみると、セルビーから伝言が届いたときに彼が居合わせたというのもかなりの偶然だ。こういう可能性もある。まずは狩猟小屋に行ってセルビーを殺害し、遺書を置いて、さらに彼の名で僕に会いたいと手紙を出したあと、ストーンヘヴンまで馬を走らせた。そうすれば、僕がセルビーと遺書を発見するのを自分の目で確認できるし、僕がセルビーの会いたいという言葉を無視したら、会いに行くように説得することも可能だ」

ジュリアは悲しげにうなずいた。「そうね。それにこの件に関《かか》わったなかでは、彼が最もお金に窮している。同じ一族でも彼のほうは、経済的に苦しいという噂《うわさ》だから」

「その噂は僕も聞いている。成人して、称号は自分が継承するがウォルターは自分よりずっと多くの財産を継ぐと知って、何かしら感じるところはあったかもしれない。富を得るのはウォルターやトーマスでなく、自分だったはずだと考えるようになっても不思議はない」

「そうね」二人は一瞬黙りこんだ。やがてジュリアが口を開いた。「でもどうやったら確かめられる？　憶測じゃだめなのよ、ちゃんと証明しなくては」

「彼を誘拐して、むりやり口を割らせるとか？」デヴェレルがきらりと目を輝かせた。

「もう」ジュリアは彼をたしなめた。「真剣に考えて」

「あくまで一つの可能性だよ」デヴェレルは考えこんだ。「僕よりはヴァリアンのほうが簡単に口を割るだろう。だが、むりやり白状させたところで問題は残る。それが真実だと確証が持てないことだ。それと口を割らせる手段。拷問など僕には考えられない――君だって、あれほど僕を憎んでいながら二時間程度で解放したくらいだ。それに」彼は真剣な面持ちでつづけた。「君がまた色仕掛けを使うことは、僕には認められない」

「ばかなことを言わないで」ジュリアはさらりと受け流した。「自分の計画が端《はな》から間違っていたことくらいわかっているわ。でもなんとか証明する方法を見つけなくちゃ。こういうのはどうかしら。ヴァリアンの似顔絵を描《か》いて、それをあの家主の女性に見せて……借家人が彼だったかどうか尋ねてみるの」

「それはいいかもしれない。似顔絵は君かフィービに頼めるかな？」

ジュリアは首を横に振った。「わたしは不器用でだめ。フィービは淑女の趣味としては結構上手だけれど、ヴァリアンがモデルになってくれないと無理じゃないかしら。でも、どう理由をつけて頼めばいいか」

デヴェレルが考えこむように眉をひそめた。「それなら僕がヴァリアンを訪ねてみるか。セントレジェ邸にならば、小さな肖像画の一枚や二枚はあるだろう。母親というのは我が子の肖像画を描かせるものだからね。探しだして、まあ言うなら、一日二日拝借することにしょう」

「デヴェレル！　あなた、そんなことをしたら泥棒よ」

「どうやら君に悪い影響を受けたようだ」

「わたしも行くわ」ジュリアは言った。「探し物をするなら、一人よりも二人のほうがいいでしょう」

デヴェレルは首を横に振った。「だめだ。君はここに残ってくれ。危険すぎる」

「よして、デヴェレル！　ヴァリアンを訪ねるのにどんな危険があるというの？」

「三度もあんな目に遭っておきながら、まだそんなことを言うのか？」

「それならあなただって同じよ。この前のときは殺されていたかもしれないでしょう。わたしが危険なら、あなただって危険だわ」

「自分一人ならなんとかなる」その言葉にジュリアがかっとなりかけたのを表情で察し、デヴェレルはすぐに抱き寄せて、キスで反論を封じこめた。「だが君も一緒だとなると、どちらかへの配慮がおろそかになる可能性がある」

「でも、デヴェレル……」

「頼むよ、ジュリア。これはお願いだ。この件は僕一人に任せてくれ」

「わかったわ」ジュリアはしぶしぶうなずいた。「あまり納得はできないけど」

「帰ってきたら、すべて話すから」

ジュリアはわざと顔をしかめてみせた。「そういうことを言っているんじゃないの」

昼食を済ませると、デヴェレルはヴァリアンのところへ出かけていった。ジュリアはたちまち時間を持て余した。そんな状況だったので、しばらくして執事からいとこの来訪を告げられたときには胸をなで下ろした。

「ジェフリー！」ジュリアはとっさに立ちあがり、両手を前に差しだして駆け寄った。「会えてうれしいわ。退屈で退屈でどうしようもなかったの」

「おいおい、よしてくれ」ジェフリーは戸口でためらった。「どこかに連れていけと言うんじゃないだろうね」

「まさか。行きたいところはあるんだけど、でもだめなの。さあ入って、座って。世間の噂話を聞かせてちょうだい」

「君たちに関することで持ちきりだよ」ジェフリーはそう答えると、ぶらりと部屋のなかに入ってきて腰を下ろした。輝く黒いブーツからアクセサリー代わりに手にしている金の取っ手のステッキまで、いつものごとく優雅さを絵に描いたような姿だ。「誰も彼も、君とストーンへヴン卿《きょう》の突然の結婚に好奇心をむきだしにしている」

「デヴェレルが、醜聞を抱えた一族の人間と結婚したから衝撃を受けたのね」

「まあそうだね。加えて、それまで誰も噂一つ聞いていなかったせいかな。マンフォードが僕に唐突すぎないかとかなんとか言ってきたから、もちろん身内は少し前から知っていたと言っておいた」

ジュリアはにんまりと笑った。「あら、でもデヴェレルはパメラたちに言ったのよ。誰より先にお母様に報告したいからバッキンガムシアに向かっているって」

ジェフリーが顔の前で手をひらひらさせた。「些細《ささい》なことだよ。それくらいの違いはどうってことない。これだけいろんな噂が飛び交っていれば、みんな、何を信じていいのかもわからないだろう。とにかく、これから一、二週間は話題に事欠かないことだけは確かだ」

「セルビーの告発が間違っていたことも、早く話題に上ればいいのだけど」ジュリアは真剣な口調で言った。「わたしたち、手がかりを見つけたの」そして女家主と会ったときのことをジェフリーに話した。

「それは、かなり期待できそうだ」

「そうなの。おかげで、デヴェレルもわかってくれたのよ。でも世間を納得させるにはまだだめ。それとパメラ──彼女はアーミガー家の人間を悪者にしたくてたまらないみたいだから」

「ああ、実に感じの悪い女性だ」ジェフリーも同意した。そして一瞬考えこんだ。「ということは、もうストーンヘヴン卿を疑っていないんだね？」

「ええ。彼のはずがないということはすぐにわかったわ」

「だから僕が最初からそう言っただろう」ジェフリーがとりすました調子で言った。「それで、真犯人は誰なんだい？」

「それはまだ。それと気になることが一つ。セルビーに噂があったの。愛人を囲っているという」

「嘘《うそ》だろう？　セルビーに？　くだらない。彼はフィービを心から愛していた」

「それはわたしもわかっている。でも確かにあったのよ。これまで二人きりになる機会がなかったから話さなかったけど。フィービに知られたくなかったから」ジュリアは遺書の件や愛人の噂、さらにはその噂を広めた人物を特定できないでいることなどを洗いざらい話した。「最初に誰が噂を流したのかがわかれば、はっきりすると思うの。きっと同じ人物よ――遺書を書いたのと」

ジェフリーは次々に吐きだされる新情報に目を丸くして、ジュリアを見つめていた。

「つまりこういうことかい――その人物がセルビーを殺したと？」

「ええ。それ以外には説明がつかないもの」

「しかし、いったい誰が？」

「憶測は言いたくない」ジュリアは苦しい思いを吐き捨てた。「悪いのは彼だと思いこんでいたときのほうがずっと楽だったわ。彼のことを好きでもなんでもなかったし。犯人はセルビーに近い存在の人よ。信託財産のこともジャック・フレッチャーのことも知っているわけだから。でもまさか親しい存在の人が、兄を殺すなんて」

ジェフリーも動揺したように首を横に振った。

「それに、最初に噂を流した人をどうやって突き止めればいいのか。わたしは社交界に受け入れてもらえていないし――」

「いや、ストーンヘヴン卿と結婚した今では状況は違うはずだ。あのうるさい奥方連中も、君に会いたくてうずうずしているだろう。君宛《あて》にパーティの招待状がどっと押し寄せても、僕は驚かないね。とはいえ、実の兄に愛人がいたかどうかをきいてまわるのもばつの悪い話だが」

「わたしは平気よ。尋ねてみる」

「それはそうだろうが」ジェフリーは考えこむように言葉を切った。「だったら、うちのボールディンに頼もう。側仕《そばづか》えというのはいつの場合も噂の源だからね。そうだ！　思いついた――その愛人の件、セルビーの側仕えに尋ねてみたらどうだい？　本当に存在するかどうか、わかる人間がいるとすれば側仕えだけだ」

「オズグッド！　そうよ！　どうしてもっと早く気づかなかったのかしら？　彼に会いたいわ。あなたの言うとおりよ。わかる人間は彼しかいない。だって彼はセルビーのすべてを知っているんだもの」オズグッドは葬儀の直後に、もはや自分のやるべき仕事はなくなったからと職を辞した。当時ジュリアは頭のなかが真っ白でろくに話もしなかったけれど、今から考えると彼は貴重な情報を持っていたかもしれないという気がする。

「彼、今は男性用品店を経営していてね。それがいい店なんだ。僕も何点か買ったことがある。最近もそこで感じのいいシャツを買ったばかりだ」

「どこにあるの？」

「シャツかい？　家だよ、もちろん。ほかに――」

「違うってば、彼のお店！　わたし、会いに行きたいの」

「だめだよ――一人では！」ジェフリーはぎょっとして声を張りあげた。「そんなことは問題外だ。女性は付き添いもなくボンドストリートを歩くものじゃない。男性向きの店ばかり並んでいるんだから」

「それじゃあ、あなたが連れていって」ジュリアはきっぱりと言い切った。「それならデヴェレルもいいと言ってくれるわ。彼から付き添いなしの外出は止められているの」本当は外出自体を止められたのだが、その点は軽く目をつぶった。

「結局君からどこかに連れていけと言われる気がしたんだ」ジェフリーはどこかしら苦々しい口調で言った。「わかった。行こう」その表情がわずかに明るくなる。「ちょうど新しい手袋がほしいと思っていたところだ」

ジェフリーの腕を取って店に入るなり、オズグッドはジュリアに気づいて、痩《や》せた、陰気とも言える顔を輝かせて駆け寄ってきた。「ミス・アーミガー！　ここでお会いできるとは、なんというれしいことでしょう。この数年、何度あなた方に思いを馳《は》せたことか。あなたやレディ・アーミガーはどうなされているだろうかと、ずっと気になっておりました」

「わたしたちは元気よ、オズグッド。ギルバートも元気にしているわ」

「ですが、あなた様がこんな店のなかに立っていらしてはいけません」オズグッドらしい言葉だった。スーツの生地を切断するのと同じくらい礼儀作法にも長《た》けた人なのだ。「さあ、どうぞ奥の事務室へ」

嬉々《きき》として店員と手袋の見事さについて語り合っているジェフリーを店内に残し、ジュリアは兄の元側仕えと一緒に店の奥へと移動した。オズグッドは大慌てで机の前の椅子がジュリアにふさわしいかどうかを確認してから、ビスケットと紅茶はいかがですかと申し出た。ジュリアはにっこりとほほ笑んで辞退した。

「すてきなお店ね、オズグッド」

「ありがとうございます、お嬢さ――いえ、こうお呼びしなければなりませんね、レディ・ストーンヘヴン」

「まあ、知っていたのね。思いもしなかったわ」

「店で最初にお顔を拝見したときには、ついうっかりしておりましたが、はい、ストーンヘヴン卿とご結婚なされた話はうかがっております。どうかお幸せになってください」

「ありがとう」

「わたくしにこの店が持てましたのもサー・セルビーのおかげです。旦那《だんな》様は遺言でわたくしに遺産を遺《のこ》してくださいました。この店を出すのにじゅうぶんな額を」彼はため息をついた。「ですがもう一度旦那様さえ戻ってきてくださるのなら、こんな店、わたくしは喜んで返上いたします」

「ありがとう。兄を偲《しの》んでくれているのね」

「もちろんです。はじめてロンドンに来た青二才のころから、ずっとご一緒させていただきました」彼は思いを馳せるように頬をゆるめた。「お仕えしたのは、十年にもなるでしょうか」

「オズグッド、今日は尋ねたいことがあってここに来たの。正直に答えてもらえるかしら?」

「もちろんお答えしますとも!」

「たとえ不作法だと思ってもよ……というよりセルビーの妹が尋ねることではないと思っても。これはとても重要なことなの。セルビーの無実を証明するために」

オズグッドはしばらくじっとジュリアを見つめていたが、やがてうなずいた。「わかりました。何をお尋ねになられても、お答えいたします——あのお金を横領したのはサー・

セルビーではないと証明するためなら、どんなことでも」

「兄はロンドンに愛人を囲っていたの？」

男がぽかんと口を開けた。「お嬢様！」

「だから不作法なことでもと言ったでしょう」

「お兄様は夫として誠実な方でした」オズグッドは断言した。「レディ・アーミガーを心から愛していらした。そして奥様も。お二人は絵に描いたような幸せな結婚生活を送られていました」

「ええ、それはわたしも知っているわ。でもセルビーにはロンドンに愛人がいたという噂があるの——誰にも知られずに彼女の生活の面倒を見るために、お金を横領したのだと」

「その噂はわたくしも聞いたことがございます」オズグッドは嫌悪感もあらわにうなずいた。「ですが、信じておりません。単なる卑しい心のなす業でしょう」

「わたしは、それだけではない気がするのよ」

「セルビー様は愛人など囲っていらっしゃいませんでした。わたくしは確信しております。ただ一度、亡くなる直前にロンドンに行くとおっしゃられたときはわたくしも変だとは思いましたが」

ジュリアは困惑して眉をひそめた。「ロンドン？　セルビーは亡くなる前にロンドンになんて来ていないでしょう？」

「ですが、確かにそうおっしゃったんです」オズグッドが断言した。「お亡くなりになる三日前、屋敷を出られたときには、行き先はロンドンとおっしゃっていたのですよ」

「兄は狩猟小屋に行ったのよ。忘れたの？」

「皆様にはそう話されていました。ですが、わたくしにはロンドンに行くのだと。わたくしがいつものようにお供をしたいと申しあげたときのことです。セルビー様はおっしゃいました。それは無理だ、あとのことはわからないが、まずは狩猟小屋ではなくロンドンに行くつもりだからと。そして、屋敷は閉めているので宿を使う、身のまわりの世話はその宿の使用人に頼むから、とも」単なる宿の使用人に自分と同じことをできるわけがないと思ったのだろう。オズグッドは意味ありげに身震いをしてみせた。

ジュリアは彼を見つめた。「どういうこと？　本当はロンドンに向かったのなら、どうしてわたしたちに狩猟小屋に行くなんて言ったの？」

「それはわたくしにもわかりません。旦那様は詳しくはお話しになりませんでした。まるでこっそりとある種の女性にでも会いに行かれるようなご様子で。それからこうもおっしゃいました。〝このことは奥方たちにも内緒なんだよ、オズグッド。だから絶対に言わないでくれ〟まるで口の軽い者をたしなめでもするように！　しかもわたくしに向けてウィンクまで。ほかの殿方でしたら、別の女性に会いに行かれるのだと思いこんだでしょう。しかし旦那様に限ってそんなことは考えられない。ですから、結局狩猟小屋に行かれていたと聞いたときには、やはりロンドン行きの話はわたくしを同伴させないための口実だったのだと思ったのです。旦那様はすでに自殺を決意なさっていた。そしてわたくしがお止めするのもわかっていらした」

「兄は自殺を決意なんてしていない」ジュリアは強い口調で言い切った。「オズグッド、セルビーの死は自殺ではないの。わたしはそう確信しているわ」ジュリアは、セルビーの有罪と情事を告白する遺書がその場に残されていたこと、その筆跡が横領に絡んだ手紙とは一致するがセルビーの古い手紙とは一致しないことを彼に話した。話し終えるころには、オズグッドは頭に激しい衝撃でも受けたように茫然とした目を向けていた。

「なぜ……では、旦那様は本当にロンドンに来られていたと？　最初にロンドンに向かわれて、そのあと狩猟小屋に行かれたのだと？」側仕えは困惑していた。

「それはわからないわ。ほら、あのとき兄は駅馬車を使ったでしょう。だからナナリーも連れていなかった。今から考えると、ずいぶんとこそこそした行動をしていたのね。その行動も自殺という説にぴったりなのでしょうけど、でもわたしは絶対に自殺ではなかったと思っている。だってあの遺書は兄が書いたものではないんだもの！」

「わたくしも、旦那様が自殺なさるとは夢にも思いませんでした」オズグッドは悲しげに告げた。「あんなふうにレディ・アーミガーを残していかれるわけがない。それに屋敷を出発なさった日、サー・セルビーのご様子は断じてこれから死を迎えようとする人のものではありませんでした。すこぶるご機嫌で、笑みすら浮かべていらした。醜聞が出てからの数カ月間、あれほど機嫌のいい旦那様を拝見したのははじめてでした」

「でもセルビーはなぜロンドンに向かったのかしら？　どうしてそのことを内緒にしていたの？」

「わたくしにもわかりません。〝レディ・アーミガーをへたに期待させたくない〟とか、なんとかおっしゃられていましたが」

ジュリアが目を見張った。「期待させる！　何を期待させるの？」

「内容まではお話しになりませんでした。そのとき旦那様はわたくしに――そう、茶目っ気たっぷりな目を向けられたんです。昔の旦那様を彷彿《ほうふつ》とさせる目でした。まだお若くて、危なっかしいことばかりをなさっていたころを。わたくしは旦那様が自殺なさったと聞いて、打ちのめされました。ですがそのとき思ったのです。旦那様はわたくしを心配させないように気高い演技をなされていたのだと。わたくしさえ同行していれば。わたくしさえ一緒にいれば、こんなことにはならなかったのに」

「自分を責めないで、オズグッド」ジュリアは身を乗りだして、元側仕えの手をそっとたたいた。「こうと決めたときのセルビーがどんなふうだったか、知っているでしょう？

あなたを同行させないと決めれば、何を言っても絶対に行かせなかった。それにもし同行していたとしても、四六時中ずっとそばにいられるわけもない。彼を殺したのが誰であれ、きっとあなたの知らないところでこっそりと忍びこんで目的を遂げたでしょう」

「しかし、ずっと困難にはなったはずです」オズグッドはため息をついた。「お嬢様のおっしゃるとおりですね。旦那様が一度心を決めてしまわれたら、わたくしに説得することは無理でしたでしょう」

「それにしても……」ジュリアは下唇を噛《か》みしめて考えこんだ。「ねえ聞いて。わたし、セルビーを殺した犯人と例の横領犯は同一人物だと思うの。とすると、兄があなたに話した内容はあなたを同行させないためではなくて、事実だったってことにならないかしら。兄は本当にロンドンに向かった。旅の目的は心が浮き立つことだった。でもフィービが期待するといけないから、彼女には秘密にしておきたかった。だとしたら、自分の汚名をすぐ証拠がロンドンで見つかると思っていたとしか考えられない」

「お嬢様！　本当にそう思われますか？」

「ええ。だってセルビーが浮き立つ理由がほかに考えられる？　フィービを期待させせたくないなんて言う理由がほかにある？　そうだわ！」ジュリアは突然、椅子から立ちあがった。「わたし、屋敷に戻らなくては。デヴェレルにこのことを知らせなくちゃ。ありがとう、オズグッド。ありがとう。すごく役に立ったわ。これこそ、わたしたちが求めていた情報よ」

「わたくしにできることがありましたら、喜んでお力になります、お嬢様」オズグッドはかすかに戸惑いながらも、期待のこもる表情で見つめた。

「お願いするわ。そのときが来たら、必ず」

ジュリアは急いで店内に戻った。オズグッドも後につづく。いとこのジェフリーは二枚のシルクのハンカチーフを念入りに見比べているところだった。「おやジュリア、いたのか」ジェフリーはどこか心ここにあらずといった調子で言った。「なあ、この二枚、どちらがいいと思う？　このピーコックブルーはちょっと……派手かな？」

「すてきよ」ジュリアは二枚の上品な布きれにはほとんど目をやらずに答えた。「ジェフリー、帰りましょう」

「わかった、そうしよう。ちょっと待っていてくれ。今、買ったものを包んでもらうから。ちょうどいい手袋を見つけたんだよ。もっと頻繁にここに足を運ばなくちゃいけないな。なめし革で、まるで自分の皮膚みたいにしなやかなんだ」そこでまたシルクの四角い布に心を移した。「しかしこの二枚は、どちらが僕の新しい上着のポケットにぴったりか決めかねてね。紫がかった灰色の上着なんだが」

「いいわよ、ジェフリー。あなたは選んでいて。わたしは先に帰るから」ジュリアは落ち着きなく外に目をやった。「大丈夫、一人で歩いて戻れるわ。遠くないし、それじゃあ」

そう告げるなり、ジュリアはさっさと扉に向かった。一瞬の間をおいてようやくジェフリーは彼女の言葉の意味をのみこんだ。そして理解するなり、慌てて振り返った。「ジュリア！　だめだ！　ボンドストリートを一人で歩いちゃいけない。そんなことは常識だろう！」

しかし当然のことながらジュリアは彼の言葉に耳を貸さず、すでに扉を開けて通りに踏みだすところだった。ジェフリーは慌てて二枚のハンカチーフを店員に押しつけ、ステッキと帽子を手に取った。「よし、二枚とももらう。包んでおいてくれ。あとで召使いに取りに来させる」

ジェフリーはジュリアを追って扉に向かった。

ジュリアは、ジェフリーの礼儀作法に関する御託なんて聞いてはいられないと、さっさと歩道を歩きだしていた。一刻も早く屋敷に戻って、ここで知ったことと頭のなかに浮かんだ新たな推測をデヴェレルに話したい。頭のなかはそのことでいっぱいだった。店を出たとき、すぐ前方に馬車が一台止まっていることには意識の隅で気づいていた。だがその扉が開いて男が降りてきても、目を向けることさえしなかった。男が唐突に手を伸ばしてジュリアの腕をつかんだ。ジュリアはその無遠慮さに憤慨して振り向き、そこでぎょっとした。男の顔が無表情な黒い仮面だったのだ。悲鳴をあげようとしたが、男はその開いた口に片手を押しあて、激しい力で強引にジュリアを馬車のなかに引きずりこもうとした。

20

ジュリアは襲いかかってきた男のあばらめがけて、思い切り肘を後ろに突きあげた。男が驚きと苦痛の声を吐き捨てる。そこですかさず男の足を踏みつけた。

「このあばずれ！」男がジュリアの体にまわした腕に力を入れ、抱えるようにして馬車に運んだ。

このとき口を塞《ふさ》いでいた手が外れ、ジュリアは腕と脚をばたつかせながら力いっぱい声を張りあげた。そこへちょうどジェフリーが、ジュリアに人通りのない通りを歩くなんて不作法なまねはさせられないと店から飛びだしてきたのだった。彼は目の前の光景に仰天した。

「おい！」ジェフリーは仮面の男が今まさにジュリアを押しこもうとしている馬車に駆け寄った。「その手を放せ！　いったいどういうつもりだ？」

手にしていた優雅なステッキを振りあげて、男の背中を力いっぱい打ちつける。男が悲鳴をあげて、とっさにジュリアから手を離した。ジュリアはうつ伏せでどさりと歩道に落ち、衝撃で息もできなかった。

仮面の男がよろめく足で振り返った。ジェフリーがふたたびステッキを振りあげ、身を乗りだす。そこで意外にも仮面の男は外套《がいとう》に手を入れた。小型拳銃《けんじゆう》を取りだして発砲する。

ジェフリーが肩を押さえて、後ろによろめいた。男は馬車に飛び乗り、馬車は開いたままの扉を大きく揺らしながら走り去った。

ジュリアはどうにか膝を立て、朦朧《もうろう》とした目で周囲を見まわした。ジェフリーが数メートル先に倒れている。しかも外套の肩のあたりに真っ赤な染み。一瞬おいて、ジュリアも何が起こったのかに気づいた。

「ジェフリー！」歩道の上をいとこに向かってはっていく。

そのころには周囲にぞくぞくと人が集まりだしていた。あちこちに興奮した声が沸き起こる。オズグッドも店から飛びだしてきた。「奥様！　いったい何が？　ああ、なんということだ！　ミスター・ペンバートン！」

「銃で撃たれたの！」ジュリアは叫んだ。「ジェフリー！」彼の上にかがみこむ。涙があふれた。

「おい」ジェフリーが消え入るような声で言った。「僕のネクタイに涙をこぼすな」

「もう、ジェフリーったら！　ごめんなさい」ジュリアはオズグッドに目を向けた。「すぐにお医者様を」

「ただ今」オズグッドは振り返ると、いまだ店の戸口にぽかんと口を開けて立ちすくんでいる店員の一人に合図をした。「ティム、こっちへ！」

「彼をフィービの屋敷に運んで」ジュリアが指示をした。「わたしも一緒に行く」

「フィービ？」ジェフリーが繰り返した。「だめだ。フィービに迷惑をかけてはいけない。うちのボールディンがちゃんと世話をしてくれる」

「そうね。それじゃあ彼も呼びにやるわ。フィービに手を貸してもらうために。人の世話ほどフィービが好きなことはないの。彼女から楽しみを奪わないであげて」

オズグッドは迅速に次々と手配を済ました。店員の一人に医者を呼びに行かせ、もう一人はここで起きたこととジュリアの行き先をデヴェレルに知らせに行かせた。そのあいだに誰かが辻《つじ》馬車を呼び止めてくれていた。男たちが数人がかりでジェフリーを抱えて馬車に運び入れてくれた。ジュリアも後ろから乗りこんだ。馬車はゆるやかな速度でアーミガー邸へと出発した。ジュリアはジェフリーの脇《わき》に座り、ハンカチーフで肩の傷口を押さえた。驚くほどの速さで布は真っ赤に染まり、それと比例するようにジェフリーの顔から血の気が失《う》せていった。馬車がフィービの屋敷に着くころには、ジュリアは自分のペチコートを大きく引き裂き、それで傷口を止血しなければならないほどだった。ジェフリーはすでに意識を失っていた。

ジュリアは玄関扉に駆け寄って、強くたたいた。すぐに従僕と執事が出てきて、ジェフリーを屋敷に運び入れた。フィービが二階から階段を駆けおりてきた。

「ジュリア！　いったい何事？」彼女の顔から血の気が引いた。「ジェフリー！　大変、どうしましょう！」

「大丈夫よ、フィービ」ジュリアはそばに駆け寄って、義姉の腕を支えた。「息はあるわ。銃で撃たれたの。わたしを守ってくれたのよ」

「まあ、なんて勇敢な人なの！」フィービの目に涙があふれた。

どうやらその言葉はジェフリーを奮いたたせるのにじゅうぶんだったようだ。彼は目を開けた。「やあ、フィービ。突然押しかけて申し訳ない」

それにはさすがのフィービも泣きながらほほ笑まずにはいられなかった。召使いたちに身振りで示す。「彼を二階の緑の間にお運びして。さあ、そんなところに立っていないで早く！」

召使いたちがジェフリーを二階に運んだ。フィービも励ましの言葉をかけながら後につづく。数分後、医師が到着した。ジュリアは彼を案内して緑の間に上がった。このころには召使いたちが大勢、何があったのかを知りたくてうずうずしながら寝室の周辺に群がっていた。ジュリアは、執事以外は全員扉の外に追いだしてきっちりと扉を閉め、あとはフィービと医師に任せた。

そのときすさまじい音をたてて玄関扉が開き、デヴェレルの叫び声が聞こえてきた。

「ジュリア！」

「デヴェレル！」喜びと安堵《あんど》がどっと胸に押し寄せ、涙声で叫び返した。廊下を駆け抜け、階段を下りはじめる。デヴェレルが視線を上げ、その姿に気づいた。彼も一段飛ばしで階段を駆けあがる。

「ジュリア！」途中で落ち合うなり、デヴェレルはジュリアを腕に抱き寄せた。力をこめて抱きしめてささやく。「愛《いと》しい人――ああ、よく無事で！　僕の愛しい、愛しいジュリア」

彼は力いっぱい胸に抱きしめたまま、親愛の言葉をつぶやいては髪にキスの雨を降らせつづけた。ジュリアはぴたりと寄り添い、彼の言葉と行動がもたらす至福の喜びに酔いしれた。わたしを愛しい人と呼んでくれた！　本気なの？　本当に愛してくれているの？　そう尋ねてみたい気もしたが、そこまでの度胸はなかった。それにこの宝物のような瞬間を台無しにもしたくない。

ついに彼がキスをやめ、わずかに体を引き離した。頭から爪先まで慎重に視線をはわせる。「大丈夫なのかい？　銃撃があったと聞いた。僕はてっきり――」彼がふいに言葉を切り、ドレスの染みに目を凝らした。「ジュリア！　これは血じゃないか！　怪我《けが》をしたのか？」

「いいえ。わたしのじゃないわ。ジェフリーの血よ」

「ジェフリー！　まさか――」

「いいえ。犯人は彼の肩を撃ったの。今お医者様に診ていただいているところ」

「いったい何があったんだ？」デヴェレルはジュリアの体に腕をまわし、まるで壊れやすいガラス製品でも扱うようにそっと二階へと促した。いつもならこういう態度をとられると反発もするのだが、このときばかりは心底うれしかった。

「男がわたしを馬車に連れこもうとしたの。黒い仮面をつけていたわ。だから顔は見られなかった。そのときジェフリーが店から出てきて、犯人をステッキで殴ったの」

「彼がかい？」デヴェレルが頬をゆるめた。「それはぜひ見てみたかったな」

「一見の価値はあったと思うわ。厳密に言うと、わたしも見ていないの。男に背後から抱えられていたから。犯人はジェフリーにステッキで殴られて、わたしから手を離したのね。わたしは地面に落ちた衝撃で、一瞬気を失ったの。そのあと犯人はジェフリーを撃ったみたい。起きあがったときには馬車はすでに走り去っていて、ジェフリーが血を流して倒れていた」ジュリアの目に涙がこみあげた。「何もかもわたしのせいなの！　あなたに言われたとおり、屋敷にいればこんなことにはならなかったのに。ジェフリーからオズグッドに会えばどうかと提案されて、わたしったらすっかり舞いあがってじっとしていられなかったの。ジェフリーが一緒に来てくれるのだから、守られているも同然だと自分に言い聞かせて。確かに守られていた。でも、彼にこんな犠牲を払わせてしまって！　ジェフリーにもしものことがあったらわたしはどうすればいいの？　彼がよくならなかったら？」

デヴェレルはジュリアの両肩をぐっと握りしめた。「彼はきっとよくなる。そこまで気に病むんじゃない」

「だって、何もかもわたしのせいなんだから。あなたに雷を落とされないのが不思議なくらい」

「いつか落とすよ」からかうような顔で、デヴェレルは言った。そしてジュリアを居間へと連れていった。「さあ、座って。まずは君が今話していたことを理解しておきたい。君はどうして出かけたんだ？　なぜジェフリーが一緒だった？　そのオズグッドというのは何者なんだ？」

「セルビーの側仕《そばづか》えだった人よ。ジェフリーが訪ねてきてくれて、二人で話しているときに、それならセルビーの側仕えに会うべきなんじゃないかと彼に言われたの。はっとしたわ。だってそうでしょう？　側仕えの召使い以上に主人のことを知っている人がいる？　それに噂話《うわさ》も聞いているかもしれない。わたし、これまでオズグッドの存在をすっかり忘れていたの。セルビーが亡くなってすぐに、うちを辞めていたものだから。セルビーが遺言で彼に少し遺産を遺《のこ》していてね。彼はそのお金でロンドンに男性用品店を開いていたの。会うのは三年ぶりだった。ジェフリーから言われて、わたし、どうしても彼に会いたくて。会えば答えが出る気がして」

「で、答えは出たのかい？」

ジュリアは憂い顔で首を横に振った。「謎《なぞ》がまた増しただけ。オズグッドの話では、セルビーの向かった先は狩猟小屋ではなくてロンドンだったそうよ」

「え？　どういうことだい？　それはセルビーが亡くなる直前の話なのかい？　つまり彼がロンドンにいたと？」

ジュリアはうなずいた。「セルビーはわたしたちには、狩猟小屋に行くと言っていたの。でもオズグッドの話では、本当はロンドンに行くと言っていたと」ジュリアはオズグッドと交わした会話をかいつまんで繰り返した。

デヴェレルがぽかんとした顔で見つめた。「ますます混乱してきた。セルビーはいったいなんのためにロンドンに来たんだい？　そのことで、どうして君やフィービに嘘《うそ》をつく？　どうにもわけがわからない。それに彼は事実、狩猟小屋に行っている。そこで僕たちが発見したんだから」

「そう。でもわたし、ひょっとすると兄は直前までロンドンにいたんじゃないかと思うの。簡単なことでしょう？　グリーンウッドからバッキンガムシアに向かうには、どのみちロンドンを経由するんだもの。いったんここで足を止めて、あらためて狩猟小屋に出発した。そう考えるとすべてつじつまが合うわ。わたし、ずっと疑問だったの。あのときセルビーが狩猟小屋にいることがどうして殺人犯にわかったのだろうって。犯人が何日も何週間もずっとグリーンウッドに身を潜めて、兄が行動するのを待っていたとは考えにくいわ。それにセルビーが出発したのは本当に突然だった。急に狩猟小屋に行くと言いだしたものだから、みんな驚いたのを覚えているもの。でもしばらくロンドンに滞在していたとなると、そこから狩猟小屋まで兄をつけるのは簡単なことでしょう」

「まあ、確かに」デヴェレルは眉をひそめた。「しかしセルビーはいったいロンドンで何をしていたんだ？　それにどうして君たちには別の場所に行くと告げた？」

「それはわからない。でもわたし、急いで戻ってあなたにこの話を伝えたかったの。でもジェフリーはすごくのんびりして、手袋を試着したり、ハンカチーフを選んだり。だからいっそ一人で歩いて戻ろうと思って」

「まったく君らしい」デヴェレルは皮肉っぽく言った。

「だって男が待ち伏せしているなんて知らなかったんだもの」

デヴェレルがため息をついた。「ここまできたら、もはや一連の出来事を単なる事故とごまかすわけにはいかない」

「ええ。わたしたちが探りまわるのを誰かがやめさせようとしている。こうなったら急がなくちゃ」

デヴェレルはちらりと意味ありげに目を向けながらも、唇をほころばせた。「理性的に考えるなら、ここでやめるべきだと言うんじゃないのかな?」

「ばかなことを言わないで。わたしたちが犯人を突き止めない限り、向こうだってやめないわ」

「そうだろうね」

廊下の足音を聞きつけ、二人は振り返った。医師だった。真剣な顔だ。ジュリアは胃のなかがすっと凍りつくのを感じた。だが彼が口を開いたとき、不安はすぐに和らいだ。

「ミスター・ペンバートンの肩から弾は取り除きました。これから徐々に回復されるでしょう」

「ああ、神様」

デヴェレルが医師の手を取った。「ご尽力に感謝します」

医師はうなずいた。「出血が大量でなかったのが幸いでした。レディ・アーミガーの看病なら万全ですし、側仕えもついておられる。それにご本人も体力がおありのようだ」

それでもジュリアは二階に上がって、ジェフリーの無事な姿を自分の目で確かめずにはいられなかった。ジェフリーは寝息をたてて眠っていた。顔色は、背中に敷いている白いシーツに負けず劣らず真っ白だ。側仕えのボールディンがせわしげに動きまわり、治療の後片づけをしていた。フィービはベッド脇の椅子に腰かけている。彼女はジュリアの姿に気づくとすぐに立ちあがり、二人は廊下に出た。

「彼は大丈夫よ」ジェフリーの部屋の扉を閉めると、フィービはジュリアに告げた。

「本当？」

「ええ。あの側仕えがついているのに死ぬ勇気はないと思うわ」

ジュリアの頬がゆるんだ。「そういえば、ジェフリーが彼は暴君だと言っていたわ。わたしもあなたと看病を交代するわね。デヴェレルもきっといいと言ってくれるから」

「それはどうかしら。でも本当にその必要はないの。ボールディンがわたしに世話をさせてくれたら、幸運なくらいなんだから」

ジュリアはしぶしぶ引き下がった。自分も何かしなければと罪悪感に駆られたものの、結局フィービに、手を貸してほしいことがあれば知らせるから屋敷に戻るようにと説得されたのだ。

デヴェレルと一緒に歩いて戻るあいだ、ジュリアはずっと押し黙っていた。

そして屋敷に帰りつくなり、夫に向き直って告げた。「セルビーから受け取った手紙、まだ持っている？　遺書ではなくて、あなたと狩猟小屋で会いたいと言ってきた手紙」

デヴェレルは意外そうな表情を浮かべた。「ああ。遺書と一緒にしまってある」

「ということは、ここにあるの？　この屋敷のなかに？」

デヴェレルはうなずいた。「見たいのかい？」

「ええ」ジュリアは語気を強めた。「思いついたことがあるの」

二人でデヴェレルの書斎に向かい、彼は戸棚から細長い箱を取りだした。なかに、遺書や信託代理人の事務所で比較に使ったジュリア宛《あて》の古い二通を含め、数通の手紙が入っている。デヴェレルはその手紙をすべて取りだして机の上に置いた。そしてその奥から小さく折りたたんだ紙を取りだした。

彼から手渡され、ジュリアはそれを開いた。急いで書かれたものなのは見るからに明らかだ。いつもより字が大きく、走り書きに近い。目に涙がこみあげた。膝から力が抜けて、立っていられずにデスクの椅子に腰を下ろした。

「セルビーの書いたものだわ」

「え?」デヴェレルは当惑してジュリアを見つめた。

「まぎれもなくセルビーの筆跡よ。ほら」ジュリアは自分宛のセルビーの手紙と偽物の遺書とのあいだに、その手紙を置いた。「この〝y〟を見て。大文字、文と文の間隔。セルビーからの古い手紙と同じよ。でもこの偽物とは違う」

「つまりセルビーは本当に僕に手紙を書いた、僕に会いたがっていたということか? 君はそのことを確認したかったのかい?」

ジュリアはうなずいた。「セルビーは側仕えに、フィービには知らせたくないと話していたの。彼女を期待させたくないからと。横領の一件以外で、こんなことを言う理由がほかにある? 兄はきっと何かに思いあたったのよ。犯人は自分ではないと証明する手がかりのようなもの、いいえひょっとすると真犯人らしき人物に。それが何かはわからない。でもその何かに奮いたたされて、突然ロンドン行きを決めた――おそらく次の手がかりを探すため、いいえもしかしたら真犯人と対峙《たいじ》するために。ロンドンに来た目的がなんだったにせよ、とにかく兄は目的を果たしたあと、あなたにその手紙を書いてバッキンガムシアに向けて出発した」

「そして自分が調べあげた事実を話し、間違った相手を告発したことを僕に気づかせようとした」デヴェレルはジュリアの推測につづけた。

「そうだと思うわ」

「だがどうしてその日だったんだろう？　何かきっかけがあったはずだ。セルビーが誰かに疑いを抱くきっかけが。それはなんだ？」

「わからないわ」ジュリアは興奮をかろうじて抑制してデヴェレルを見つめた。「それが見つかれば、わたしたちも答えにたどり着けるかもしれない」

翌朝ジュリアとデヴェレルはフィービを訪ねた。前夜はあれからずっと――デヴェレルがジュリアの無事をどれほど喜んでいるか、身をもって表現した心地よい数時間を除いて――セルビーがいったい何に気づいてロンドンへ急いだのか、あれこれ話し合ってすごした。けれども結局何も思いつかず、もはや出発の日の朝セルビーはどんな様子で、どんな会話を交わしたのか、フィービに尋ねる以外に手はなかった。

執事のサイドルに案内されて居間で待っていると、数分後にフィービが笑顔で入ってきた。

「ジェフリーはどんな具合？」ジュリアは不安になって尋ねた。

「とても調子はいいみたい。夜中は熱があったのだけどもう下がったわ。今はぐっすり眠っている」

「ありがとう」ジュリアは義理の姉を抱きしめた。「ここは彼にとって最高の療養場所だと思ったの」

フィービは謙遜《けんそん》を口にしたが、頬を紅潮させた様子からまんざらでもなさそうだとジュリアは思った。そしてためらった。ここでセルビーの死の話題を持ちだして、フィービの幸せな気分を台無しにするのは忍びない。けれどもそれだけは避けて通れない。

「フィービ……セルビーのことで話したいことがあるのだけど」

「いいけれど、何？」フィービが不審そうに見つめ返した。そのときふとジュリアは思った。亡くなった夫の話題になって、彼女の目が悲しみに陰らなかったのはこれがはじめてではないだろうか。

「セルビーが、屋敷を発《た》った日に何か言っていなかった？　横領のこととか信託財産のこととか？」

フィービが眉を上げた。「そう言われても、ずいぶん前のことだし。何もかも正確に覚えているわけではないから。でもどうして？　そのことが何か関係あるの？」

「わたしたち、ひょっとしたらセルビーは横領事件のことで何かつかんでいたんじゃないかと思っているの」ジュリアは彼女に前日オズグッドから聞いた話を説明した。話すにつれ、フィービの目がますます大きくなった。

「まあ」ジュリアが話し終えたころには、フィービは驚いてまともに声も出ない様子だった。「ちょっ――ちょっと待って、考えてみるわ。あの朝、わたしが居間にいると彼が入ってきて、狩猟小屋に行くと言ったの。たしか……」フィービは頭のなかを探るように言葉を切った。「とても浮き浮きして見えたのを覚えている。狩猟に行くのを楽しみにしているんだと思ったわ。狩猟が大好きな人だったから。でも特別なことは何も言わなかった。狩猟に行くことにしたとしか。たしかこう言ったの。〝今回は大きな獲物を持って帰れるかもしれないよ、フィー〟って。瞳をきらきらさせて……ひょっとして」はっとしたように、フィービの顔から血の気が引いた。「あれは狩猟の話ではなかったのかも。もしかすると――」

「横領犯を捕らえるつもりだった」ジュリアが満足げに締めくくった。

「なんだかすごく奇妙な気分」フィービが自分の胃に手をあてた。「こんなことがずっとわからずにいたなんて。わたしたち、どうしてもっと早く行動を起こさなかったのかしら！」

「セルビーが何をしようとしていたのかさえ知っていたら、きっと行動を起こしていたわ。それにしてもどうして自分が何をしようとしているのか、人に言わなかったのかしら？」

「レディ・アーミガー」デヴェレルが身を乗りだした。「当日の朝、もっと早い時間のサー・セルビーの様子を覚えていらっしゃいますか？　朝、起きたときとか？」

「いつもと変わりありませんでしたわ」

「興奮もしていなかった？」

「ええ。興奮したように見えたのは、そのあと、居間に入ってきたときだけ」

「そうなると、朝食から居間に入るまでのあいだに何かがあったことになる」

「ええ。そう思います。でもいったい何が？　訪ねてきた人は一人もいませんでしたし。ジュリア、あなた何か覚えている？」

「いいえ」ジュリアは首を横に振った。「わたしはあなたなら何か覚えているかもしれないと期待していたのだけど。あの朝のことは、わたし、何も思いだせなくて」

「ひょっとしてサイドルなら」フィービの顔がぱっと輝いた。

「誰？」デヴェレルが尋ねた。

「執事よ」ジュリアが説明した。「そうね。それは名案だわ。彼は当時グリーンウッドにいたし。いつもと異なることがあれば、気づいたはずよ」

しかしながら、呼びだされた執事は途方に暮れた様子だった。「旦那様《だんな》が出発された朝、でございますか？」サイドルは天井に顔を向け、答えを探すように見つめた。「変わったことがあったとは記憶しておりませんが」

「誰か訪ねてこなかった？」

「いいえ。ごく普通の朝でございました。郵便物を受け取り、わたくしがそれをサー・セルビーの書斎にお持ちしました。たしかそのあと、台所でちょっとした事故がございまして、わたくしもそちらへ行ったんです。次に旦那様にお会いしたのは、ちょうど書斎から出てこられて、従僕をお呼びになっているところでした。二頭立て二輪馬車を表にまわすように、馬小屋に伝えてくれと」

デヴェレルが立ちあがった。「郵便だ。間違いない。彼は手紙を受け取ったんだ！」

「そうよ！」ジュリアは目を輝かせた。「サイドル、その手紙は誰からのものだった？」

いつもは何があっても動じない執事が、この質問には明らかにひるんだ。「それがお嬢様――いえ、奥様……どうにも思いだせないのでございます。それをはっきりこの目で見たかどうかも。ただ郵便物をサー・セルビーにお持ちしたことしか」

デヴェレルはため息をついて、執事を下がらせた。彼が目を向けた。ジュリアは挫折感《ざせつ》から今にも大声で泣きだしそうだった。

「あと一歩のところまで来たのに、どうしてわからないままなの？」涙声で嘆く。

「わたしは知っているわ」フィービが静かに告げた。

一瞬、彼女の言葉の意味が理解できなかった。ジュリアは義姉をくるりと振り返った。

「なんの話？」

「わたしはセルビーの手紙に何が書いてあったのか知っているのよ」悲痛さがよみがえり、フィービの顔が静かな悲しみに包まれた。「セルビーが……セルビーが逝ったあとね、わたし、彼の書斎に入ったの。彼の椅子に座って、しばらく泣いていた。そのとき机の上にあったものにはすべて目を通したわ。彼がどうしてあんなことをしたのか、何か手がかりが見つかるかもしれないと思って。でも何もなかった。封の開いた手紙が一通、まるで彼が読みすてていったみたいに残っていただけ。わたしはそれを、何度も何度も読み返した――そういうときってあるでしょう？　理性ではどうにもならないときが。愚かね。その手紙は彼の死にまったく関係がなかったのに。でもわたしは読みつづけたの。すっかり記憶してしまうくらいに」

「どんな手紙だったの？」

「この件に関係があるとは思えないわ。コーンウォールの鉱山を任せている人からの手紙。ほら、セルビーのお父様が買われた鉱山よ。覚えているでしょう？　彼の名はジョーダン。ごくごく平凡な手紙だったわ。セルビーが最後に受け取った手紙なのだから、もっと特別なものであってもいいのにと思ったのを覚えている。内容は、鉱山で起こっている問題と新しい機材を購入すべきかどうかについて。ミスター・ジョーダンはミスター・アンダーヒル――それが誰かは知らないけれど――にこれから手紙を出すと書いていたの。そしてその手紙に、以前したように自分がセルビーの署名を添えてもいいかと許可を求めていた。それからできれば――」

「それだ！」デヴェレルが雷にでも撃たれたような顔で、声を張りあげた。「どうしてこれまで気づかなかったんだ？」

「どうしたの？」ジュリアが振り返った。期待で胸の鼓動が速まる。「いったい何？」

「あの女家主が言っていたように話し方も外見も紳士で、しかも信託財産に精通していて、セルビーの筆跡もよく知る人物――あの信託代理人だよ！」

21

唖然《あぜん》とした沈黙が流れた。ようやくジュリアが口を開いた。「代理人？　トーマスの信託の？」

「そう。ミスター・カーターだ。なぜこれまで思いつかなかったのだろう。彼なら誰よりもこの信託に詳しい。それにセルビーの筆跡見本も持っていた。いつでもそれを見て――手紙を偽造することはできたはずだ」

「でもジャック・フレッチャーのことは？　どうやってその名を知ったの？」

「おそらくセルビー本人が何かの機会に話したのだろう――でなければウォルターが。カーターはウォルターが亡くなる何年も前から彼の代理人を務めていた。いや、ひょっとすると僕たちの誰かが彼の耳に入る場所でその名を口にしたとも考えられる。とにかく彼が僕たち全員の筆跡見本を持っていたのは確かだ。フィッツの署名も、ヴァリアンの署名も偽造しようと思えばできた」

「でも――わざわざお金を盗《と》る必要があるかしら？」フィービが尋ねた。

「そうよ」ジュリアはフィービに賛同した。「信託を預かっていたのは彼でしょう？　わざわざこんな手のこんだまねをしなくても」

「それはそうだが、しかしこんな手でも使わなければ、自分が盗ったことが明白になる。手紙を使っていれば、うまくいけば管財人から疑問を抱かれることもない。疑問を抱かれたところで、手紙によって手近な身代わりが約束されている」

「ひどい！」フィービが声をあげた。「どうしてセルビーに罪を着せたりするの？　そんなにも彼を憎んでいた？」

「そうじゃないわ」ジュリアが推測した。「たぶん、ただ条件が一致しただけじゃないかしら。最も頻繁にお金を請求していたのがセルビーだった。だから兄の手紙なら疑われないと考えた」

「たとえ犯人がカーターだとしても」デヴェレルは警告した。「今のところ、これは単なる推測だ」

「わかっている。でもセルビーの行動は確かなんじゃない？　手紙――自分の署名を模倣できる鉱山管理人からの手紙を読んで、すぐにカーターを思い浮かべた。だからロンドンに向かった」

「とにかく、今やるべきことはカーターに問いただすことだ。セルビーが本当に死の直前に彼に会いに行ったのか、僕はそれが気にかかる」

「わたしもよ」ジュリアはきっぱりとうなずき、立ちあがった。「行きましょう」

「行くのは僕一人だ」デヴェレルが告げた。「殺人犯かもしれない相手だ。君を連れていくわけにはいかない。昨日のようなことがあったあとは特に」

「彼のおっしゃるとおりよ、ジュリア」フィービも賛同した。「あなたは殺されるところだったんだから」

ジュリアは顔をしかめた。「でも殺されなかったわ」

「しかし君を守ろうとしてジェフリーが撃たれた」デヴェレルが鋭く言い切った。

罪悪感がジュリアを貫いた。「わかってる。心から申し訳ないと思っているわ。ジェフリーを巻きこんだことを悔やんでいる。でもね、危険だからこそ、何があろうと一人で行ってはいけないのよ。あなた一人を殺人犯と向き合わせるなんて、そんなことができると思う？」

「僕なら大丈夫だ」デヴェレルの顔は厳しかった。「一人で対処できる」

「わたしがそばにいるくらいで対処能力に差は出ないでしょう？　何かあったら力にもなれるし」

「ジュリア……昨日話しただろう。君の身を心配して、余計な気が散るのだと」

「気を散らせる必要はないわ。それに今回に関しては、どちらかに身の危険が及ぶ可能性は低いと思うの。昨日彼はわたしのあとをつけてきた。つまり用意周到だったわけでしょう？　でも今日は、わたしたちのほうが不意打ちをしかける。彼はなんの予測もしていないはずだわ。拳銃《けんじゅう》も職場にまでは持ってきていない気がする。そうじゃない？」

「それはどうかな。僕はこれまで彼がこんなことをする男だと思ったこともなかった。いつも温厚で、腰が低くて、冷静で」デヴェレルはそこで言葉を切った。「これ以上、残ってくれと君を説得するのは無理かな？」

「ええ」ジュリアは首を横に振った。「あなたにむりやり連れていってもらうことはできないけれど、でも拒絶されたら別の馬車で行くだけ」

デヴェレルはふっとため息をついた。「君ならやりかねないね。君との結婚に同意するなんて、僕はどうかしていたよ。こうなることは目に見えていたのに。一日たりとも気の休まるときがない」

「わたしとの結婚に同意？」ジュリアは憮然《ぶぜん》として声を張りあげた。「むりやりではないにしても、わたしと結婚するために手を尽くしたのはあなたでしょう！　でもまあ、あたっていることはあたっているわね。あなたはきっと気の休まるときがない」ジュリアはにんまりと笑った。「でも、わたしとの結婚生活は退屈しないわよ」

「確かに。わかった。さあ行こう」

二人は不安げなフィービをその場に残し、辻《つじ》馬車で代理人の事務所に向かった。階段を上がり、事務室に入る。数日前調査を手伝ってくれたミスター・ティズリーともう一人の事務員が顔を上げた。そしてデヴェレルたちだと気づくと、二人の顔に驚きが宿った。「ストーンヘヴン卿《きょう》?」ティズリーが立ちあがった。「ミスター・カーターにお二人がおいでになったことを知らせてきます」

だがその必要はなかった。代理人はすでに奥の部屋から口調も滑らかに飛びだしてきていた。「これはこれは、ストーンヘヴン卿。いやあ、なんとうれしい——一週間に二度もお会いできるとは! こんな栄誉を我々に授けてくださるとは、いったいどういうご用件です?」

「先日うかがったときに、聞き忘れていたことがあってね」

「そうでしたか。いや、なんなりとお尋ねください。わたしでお役に立てることがありましたら、これ以上うれしいことはございません」

「君も覚えているだろう。数年前、レディ・ストーンヘヴンの兄サー・セルビー・アーミガーが悲劇的な死を遂げたこと」

「あ、はい。もちろんでございます」カーターは落ち着きのない視線をちらりとジュリアに向けた。

「あれはたしか三月だった。三年と少し前になる」デヴェレルはうなずいた。「実は不思議でならなくてね。なぜ彼が、その亡くなる直前に君を訪ねたのかが」

ミスター・カーターがぽかんとした。「いいえ、サー・セルビーはわたしどもを訪ねてなどいらっしゃいませんよ。少なくともお亡くなりになったころには。例の、その、なんといいますか、不適切なことが発覚する二カ月ほど前においでになって、それからは一度も」

「確かかい？」デヴェレルは危険なほど目を細めて尋ねた。

代理人は落ち着かない様子で、従業員たちに目を向けた。「確かにいらしていないな？」

「はい、わたしの記憶ではいらしていません」ティズリーが丁寧に答えた。

もう一人の事務員が口を開いた。「わたしは覚えています。サー・セルビーは確かにいらっしゃいました」

全員の視線がいっせいに彼に注がれた。背の低い男だった。薄くなりかけた髪に、内気そうな顔。彼は分厚い眼鏡の奥から真剣なまなざしを向けていた。「あなたはおいでにならなかったのですよ、ミスター・カーター。ひどい熱病にかかられて、二週間ほどお休みになっていたときです」

カーターの顔が晴れ晴れとした。「そうか、あれが三年前か。いや、月日のたつのは速いものだ」

「君は彼と話さなかったのか？」デヴェレルは決して代理人の顔から目を離そうとはしなかった。

「ええ、はい。そのころいらしていたなら、お話ししてはおりません。どなたとも話せる状況ではなかったのですよ。とんでもなくひどい熱病でして」

デヴェレルはティズリーに目を向けた。「しかし君は、当時彼がここに来たのを覚えていない?」

「詳しい日付までは。いえ、その、一度か二度はおいでになったのですが、正確な時期までは記憶になくて」

「いや、覚えているはずだよ、ティズリー」もう一人の事務員が促した。「あの日サー・セルビーが事務所に来られて、ミスター・カーターは留守だと申しあげたら、ミスター・カーターに会いに来たのではないと言われたんだ。それから君は彼と一緒にミスター・カーターの部屋に入って扉を閉めた。しばらくしてひどく怒鳴り合う声が聞こえたと思ったら、サー・セルビーは立腹して帰っていかれた。本当に覚えていないのか?」

隣のデヴェレルから緊張が伝わってきた。ジュリアには彼が何を考えているのか、ありありとわかった。自分も同じことを考えていたのだ。代理人を横領犯と疑わせるすべての条件は、代理人の事務員にもあてはまる。ジュリアはティズリーを見つめた。ほかのみんなと同じように。

ティズリーがわざとらしい笑い声をあげた。でもジュリアには彼の目に動揺が見てとれた。「なんだ、そうか。いえ、その会話自体は覚えていたんですよ。ただそれがいつだったか、詳しい日付が思いだせなくて。きっと君の言うとおりだ、フォスター。あれはミスター・カーターが病気で休んでいらしたときだったに違いない。でなければ、彼もミスター・カーターと話されたはずだ」

「彼とどんな話をしたんだい？」無機質な声で、デヴェレルが尋ねた。

「あのときは」ティズリーがそわそわした様子で話しはじめた。「その、サー・セルビーが信託宛《あて》に出された手紙の話を。例のほら、ジャック・フレッチャー宛に送金するようにと請求された手紙です。見たいと言われたんですが、彼はすでに管財人ではありませんでしたし、お見せするわけにはいかないと思いまして。ミスター・カーターもお留守で、指示を仰げませんでしたし。それで、その、お断りしたんです。ミスター・カーターが仕事に復帰されるまで待ってほしい、自分には手紙をお見せする権利はないからと。そうしましたらサー・セルビーはひどく立腹されて。怒鳴り声をあげられて、事務所から飛びだしていかれました」

「なるほど」デヴェレルは言葉を切った。「しかし、そんな出来事をすぐに忘れるとはおかしな話だな」

「いえ、もちろん覚えていましたとも」ティズリーがまたもわざとらしい笑い声をあげた。「ただ、ちょうど今問題になさっている時期だというのを忘れていただけで」

「ミスター・カーターが病に伏せっていたから、君がサー・セルビーの応対をしたのだろう？　そういう日なら特別記憶に残りそうに思うが」

「ミスター・カーターが病気になられた時期は覚えていますよ」ティズリーはそわそわと懐中時計の鎖を指でいじった。「ただ、その正確な日付までは思いだせなかっただけで」

デヴェレルから射るような目を向けられて、男はますます落ち着きをなくしていった。デヴェレルが一瞬無言で見つめた。するとティズリーは足をもじもじと動かして咳払《せきばら》いをした。

「本当にサー・セルビーと手紙を見せる見せないの話をしたのかな?」デヴェレルは冷たい声で告げた。「彼は君を問いつめるためにここに来たんだろう。自分の筆跡を偽造したのが君だと気づいて、それを問いつめた。そのことで言い争いになったんじゃないのか?」

もう一人の事務員があんぐりと口を開けた。ミスター・カーターはひどくうろたえている。ただティズリーだけは驚いた様子を見せなかった。

「まさか」ティズリーは震える声で否定した。「そんなわけないでしょう」

「そんなわけがない?」デヴェレルが眉を上げ、唇に冷酷な笑みを浮かべた。「我々は、君がこう言えば君も認めてくれるかな?」穏やかな声ではったりをかける。「だったら、あやしいと書き遺《のこ》したサー・セルビーのメモを見つけた」

ティズリーがひどく動転して周囲を見まわした。「何年か前にわたしがミスター・カーターの代わりに署名するのを見たからといって、た、たかがその程度の技を見せたくらいで、わたしが彼の筆跡を偽造した証拠にはならない。あのお金を盗ったのはわたしじゃない！」

「君だと思うよ」デヴェレルは冷ややかに言った。「そしてセルビーは犯人が君だというのを確信し、その疑惑をわたしに伝えるためにバッキンガムシアに向かった。君は狩猟小屋まで彼のあとをつけたんだろう？　そして真実を封じこめるために、彼を殺した！」

「違う！」ティズリーは叫んだ。「わたしじゃない！　なんの証拠もない！」

「証拠なら見つける」デヴェレルは低くうなり、彼に向かって足を踏みだした。

「わたしは殺していない！」ティズリーは理性をなくして大声で叫んだ。

背後に手をやり、机から元帳をつかみ取ってデヴェレルに投げつける。そして踵《きびす》を返すと、事務室部分を区切る柵《さく》を飛び越え、扉から飛びだした。元帳はデヴェレルの肩にあたって落ちただけだが、それでも貴重な一瞬の間をデヴェレルから奪うこととなった。すぐさまティズリー同様に柵を乗り越え、背の高い事務員のあとを追う。ジュリアとあとの二人も、いつものように柵の脇《わき》をまわって速度は遅いながらもあとにつづいた。

階段を駆けおりて、建物の玄関扉から勢いよく飛びだす。ジュリアはそこで足を止め、デヴェレルたちはどこだろうかと混《こ》み合った通りを見まわした。カーターともう一人の事務員も横滑りをするようにして隣で足を止めた。見晴らしがよく、見慣れたデヴェレルの姿はすぐに目に留まった。半ブロックほど先を大通りに向かって走っている。その数メートルほど先をティズリーが器用に馬車をよけながら走っていた。走りながら、動転した様子で何度も背後を振り返っている。

そのときジュリアは息をのんだ。大通りを駆け抜ける大きな荷馬車がティズリーの間近に迫っているのだ。一メートルほどしか離れていない。デヴェレルが荷馬車を指さし、警告の声をあげた。けれどもパニック状態のティズリーは足を止めず、気づいたときには遅かった。彼は巨大な荷馬車の進行方向に飛びこんだ格好となり、左前の馬とぶつかって倒れ、そのまま馬たちの足元に姿を消した。

22

「なんて残酷な亡くなり方かしら」フィービは身震いした。「たとえセルビーを殺した犯人でも、そんな亡くなり方はしてほしくないわね」

「本当に恐ろしかったわ」ジュリアはうなずいた。

ティズリーが荷馬車の前に飛びだして、馬の足に踏み潰《つぶ》されてから一週間が過ぎていた。けれどもジュリアはいまだその光景を頭から追い払えなかった。最初の二晩は悪夢にうなされた。それでも記憶は徐々に薄れつつある。

「ところで、ストーンヘヴン卿《きょう》はいつ戻ってくるんだい?」ジェフリーが尋ねた。「どうせ田舎に連れていかれるなら、いっそすぐに出発したほうがいいんだが」

ジェフリーは怪我《けが》人という立場にふさわしく薄い毛布を膝にかけ、ジュリアの居間のソファに半ば寄りかかるようにして座っていた。ここ数日で、銃撃を受けた傷はほぼ完治していた。だが顔色がまだ完璧《かんぺき》には回復せず、頬もこけたままだった。フィービは、彼の回復に必要なのは、数週間田舎の健康的な空気のなかですごすことだと言い張った。そして驚いたことに、この計画にジェフリーも同意したのだ。だから今こうして、二人もグリーンウッドへ出発するためにデヴェレルの帰りを待っているのだった。

「きっともうすぐよ」フィービはジェフリーになだめるように言うと、にっこりとほほ笑み、手を伸ばして彼の毛布を脚にきちんとかけ直した。

デヴェレルは、エドマンド・ティズリーと三年前の横領事件の捜査にあたっているロンドン警察の刑事に会いに行っていた。これからデヴェレルとジュリアもグリーンウッドへ行き、そこでジュリアの衣類や持ち物を荷造りしてから、ストーンへヴンへ船で向かう予定だった。そして数週間、デヴェレルの母がブライトンの友人のところへ出かけているあいだ、ストーンへヴンで二人きりの静かな時間をすごすことになっている。グリーンウッドまではキャラバンでの旅だった。フィービとジェフリーはフィービの馬車に乗り、デヴェレルとジュリアはギルバートを連れて幌《ほろ》のない二頭立て二輪馬車に乗ることになっていた。そのほうがギルバートの乗り物酔いも多少ましだろう。このことをジェフリーに知らせると、彼は心底ほっとした顔をしていた。ギルバートの乳母や執事や荷物の多くは、さらに速度の遅い荷馬車ですでに先に出発している。

廊下から足音が聞こえ、部屋にいた三人がいっせいに戸口に顔を向けたところへデヴェレルが勢いよく入ってきた。

「おはよう」彼は全員に向かって言ったが、そのまなざしはまっすぐジュリアに注がれ、まるで愛撫《あいぶ》にも思える笑みを投げかけた。

「どうだった？」ジュリアは尋ねた。

「そうだ、何がわかった？」ジェフリーも言った。

「ティズリーが横領犯だったよ。それには疑う余地はない。刑事のところへはフィッツとヴァリアンも同伴してくれた。それと信託代理人も。彼らが確実にこの件を周囲に知らせてくれるだろう。ヴァリアンはファローに行って、パメラとトーマスにこのことを報告すると言っていた」

「まあ、よかった！」フィービが喜びの声をあげた。

「それはどうかしら。これからまた社交界でパメラと顔を合わせなきゃならないのよ」ジュリアはちくりと言った。

「刑事が彼の部屋を捜索した。小型拳銃《けんじゅう》も、君とジェフリーを襲った犯人が身につけていたのと同じ黒い仮面も見つかったそうだ。さらには、事務員の給料ではとても手が出ない高価な所持品も見つかったらしい。あのとき彼が身につけていた懐中時計もその一つだ。あとは仕立てのいい高級服とか高価な家具とか。机の引きだしのいちばん奥から、セルビーの筆跡を練習するのに使った紙も数枚出てきたそうだ。何より決定的なのは、ティズリーの部屋に小さな肖像画があって、刑事はそれを女家主のところに見せに行ったらしい。彼女は、ジャック・フレッチャーという名で部屋を借りていた〝紳士〟に間違いないと証

「しかし、その名前を知っていたというのは奇妙だな」ジェフリーが考えこんだ。

「ああ。セルビーが何かの拍子に彼の耳に入るところで、その名を口にしたと考えるしかない」

ジュリアは吐息をついた。「こんなものなのかしら――わたしね、本当の横領犯を突き止めたらもっと……もっと強い満足感を感じると思っていたの。うれしくないわけではないのよ。今ではセルビーが犯人じゃないとみんなが知っているわけだし、ギルバートもあんな醜聞を背負って生きていかずに済むんだから。でもなんとなくこれが最後だって、これで終わったって気がしなくて。思っていたほど気持ちが晴れない」

「恐ろしい亡くなり方を見てしまったからじゃないかしら」フィービが言った。

「確かに怖かったわ」ジュリアは認めた。「でもそれより彼が自白しなかったことがむなしいんだと思う。何があったのかを正確に知りたかった。ほかの人たちにも知ってほしかった。この状態だと、疑いは完全に晴れていない気がするの。犯人は彼か、セルビーかって疑いつづける人がいるかもしれないし。いいえ、もしかすると、セルビーを殺した犯人を見つけても兄を失った寂しさは埋まらないとようやく気づいただけかもしれないわね」

デヴェレルの手がジュリアの手を取った。ジュリアが真っ赤になった目を彼に向ける。二人を見て、フィービがそっとほほ笑んだ。

「行きましょう、ジェフリー」フィービは立ちあがった。「そろそろ馬車に乗りこまなくては」

「そうだね。少し手間がかかりそうだ」ジェフリーは毛布を外すと足を床に下ろし、ステッキの反動を利用して立ちあがった。「八十歳になるのがどういうものか、早くもわかるようになったよ」

彼はステッキを床につき、もう片方の腕を気づかうフィービの手に支えられて部屋を出ていった。「ジェフリーを馬車まで送ったら、すぐにメイドにギルバートを連れてこさせるわね」ぎこちない足取りで扉を出ながら、フィービが肩ごしに告げた。

ジュリアはフィービが自分たちを見てほほ笑んだことに気づいていた。義姉はおそらくわざと二人きりにしてくれたのだろう。その心づかいがジュリアはうれしかった。

「デヴェレル……」

「なんだい？」

「わたしにとってはすごく大変なことなのだけど、でも何日もずっと考えてきたの。言わなくてはと。わたし……わたしがあなたにしたこと、心からお詫《わ》びするわ。あのお金を横領したのはあなたかもしれないと思ってきたこと。そしてあなたにあんなひどいことをしたこと」

デヴェレルの唇がゆがみ、そこにゆるやかな笑みが浮かんだ。「詫びる必要はないよ。

僕はむしろよかったと思っている。でなければ君に会えなかった」

「でもわたしがあんなことさえしなければ、少なくとも、むりやりわたしと結婚しなくても済んだのに」

デヴェレルが謎《なぞ》めいた笑みを浮かべた。「まだ気づかないのかい？　僕は意にそわないことをするような人間じゃない」

ジュリアは彼を見つめた。どういうこと？　世間体ではなく、望んだからわたしと結婚したと言っているの？　ジュリアは両手を組み合わせて、そこに視線を落とした。「この前あなたが言ったこと、あれは本気だった？」

「いつ？　僕が何を言ったんだい？」

「わたしが撃たれたと思って、駆けつけてくれたとき。あなた──あなた、わたしを愛し《いと》い人と呼んでくれたの。それって──それって、本気だったのかしらと思って」

「もちろん」

ジュリアははじかれたように顔を上げた。「本当に？」

デヴェレルが小さく笑った。「ああ、本当だ。どうしてそんなに驚くんだい？」

「だって……いろいろあったから。あなたを罠《わな》にかけたこと、あなたにしたこと、あなたを疑ってきたこと。結婚したとき、あなたはわたしを恨んでいたでしょう？　だからそれ以外の感情は持ってもらえないんじゃないかと思っていたの」

デヴェレルはジュリアの手を取り、目を見つめた。「愛しているよ。確かに愛さないようにしようとした。気持ちを抑えきれなくなってからは、その気持ちを君に悟られまいとした。だが本心では、はじめて会ったときからずっと愛していたのだと思う。君が見せてくれた情熱が演技だったと知ったときは、傷ついた。激しい憤りも感じた。だが君にこれほどの気持ちがなければ、そんな怒りは感じなかっただろうと思う」

「演技じゃなかったわ」ジュリアは素直に告げた。「あなたを誘惑して自白を引きだす計画だった。でもキスを始めたら、わたし……。あの欲望はすべて本物よ。演技じゃない。何も考えることができなかった。あなたのことどころか、自分のこともまるで制御できなくなった。だから、あなたをさらうことにしたの。あのまま誘惑をつづけていたら、何も情報を引きだせないまま結局ベッドをともにしてしまうのがわかっていたから」

デヴェレルがかすかにほほ笑み、ジュリアの手を唇に近づけた。「僕の傷ついた自尊心を癒《いや》してくれているんだね」

ジュリアはいらだちの声をあげた。「もうっ、まるで気づかなかったみたいな言い方をするんだから！　わたしだって、あなたへの欲望はじゅうぶん表現してきたでしょう」ジュリアは思わぬ自分の言葉にはっとして、顔をそむけた。

「そうだといいんだが」デヴェレルは手を伸ばしてジュリアの顎をとらえ、優しく顔を自分に向けさせた。「女性というのは男よりもそうした演技をするのが簡単だろう？」

「わたしは演技なんてしていないわ。それならどうして、あの夜あんなに大胆にあなたの寝室に行ったと思う？」

「君は子供をほしがっていた」

「わたしがほしかったのはあなたよ」

「ジュリア……」デヴェレルは感じ入ったようにジュリアを見つめ、指先で頬に触れた。

「子供ももちろんほしいと思っているわ。でもあのとき、念頭にあったのはそのことじゃない。それは口実。あの朝あなたはわたしを抱いたあと、突き放して、二度とこんなことはしないと言った。わたしはどうすればいいのかわからなかった。もう一度抱いてほしくてたまらないのに、あなたは求めてくれない。あの夜、誘惑するつもりであなたの部屋に行ったの。でもそれでも相手にされなかった。だから、思いついた唯一の口実を使ったのよ」

「君を求めていなかっただって！　ばかなことを。ジュリア、僕は世界じゅうの何より君を求めていた。僕がなぜあれほど必死に君を避けたと思う？　どんなに二度としないと誓っても、君のそばにいたらまた自分が抑制できなくなって抱いてしまう。それが怖かったんだよ。君に憎まれていると思っていた。あれほど約束しながら、君を奪った――しかもあんなに乱暴に、二階のベッドに行く間も待てずにテーブルの上にのせて。君ははじめてだったのに、もっと慎重に優しくするべきだったのに、僕ときたら……」

ジュリアはにっこりとほほ笑んだ。「わたしだって待てなかったわ。あれは――あれはあれで、すごく刺激的だった。あの朝気づいたのよ、あなたを愛しているって」

デヴェレルは驚きの息を吸った。「ジュリア……」何か話しかけたが、すぐにジュリアを腕に抱き寄せ、言葉を唇にうずめた。

そのとき六歳の少年の体が巻き起こす小さなつむじ風が、二人の唇を引き離した。「デヴェおじちゃま！　ジュリーおばちゃま！　ほら、僕、きれいになったでしょ。お母様がもう二人馬車に乗せてもらってもいいって」

デヴェレルがあきらめの吐息をつき、ジュリアから手を離して少年を振り返った。「それを言うなら二輪馬車だよ。よし、それじゃあ乗ろうか。それなら気分も悪くならないからね」

「やったあ！」ギルバートはその場で何度も跳びあがり、高揚感を全身で表現した。そして跳びあがるのをやめると、彼はデヴェレルの手を引き寄せて打ち明けた。「僕、あなたが新しいおじちゃまになってくれて、ほんとにうれしいよ」

デヴェレルはほほ笑んでジュリアを振り返った。「いいかい、それは僕もだよ」

23

ジュリアはテラスで腰を下ろし、グリーンウッドの穏やかな庭の光景を眺めていた。この二日はまさに至福のときだった――デヴェレルと一緒だということが、何より大きな理由なのはわかっている。グリーンウッドを愛している。でもおそらくストーンヘヴンに移っても、今と同じくらい幸せを感じることだろう。どこにいても幸せを感じるのに必要なのはデヴェレルの存在だけだ。

背後の敷石を踏む音が聞こえ、ジュリアは振り返った。ジェフリーが自分に向かって歩いてきている。隣でフィービが彼の腕を取っていた。二日前から比べると、ジェフリーの顔色はずいぶんよくなった。どうやら田舎の空気は本当に健康にいいようだ。そのときふと、隣にいるフィービも顔を輝かせていることに気づいた。

「あらあら」ジュリアは好奇心を覚えた。「お二人お揃《そろ》いでなんのご用?」

「見てわからない?」フィービの笑みがさらに広がった。

「そうねえ。理由はわからないけれど、なんだか二人ともすごく……幸せそう。すてきな秘密を隠しているって感じ」

フィービが抑えきれないようにくすりと笑った。「そうなの。それをあなたに打ち明けたくて来たのよ」

「なあに？」フィービの言葉に釣られて、ジュリアは身を乗りだした。

けれどもフィービはすぐには答えなかった。ジェフリーが腰を下ろすのを待って、彼が暖かく快適に、しかも日差しを目に受けることなくすごせるようにあれこれと世話を焼く。

「フィービ……」ジュリアは急《せ》かした。「いったいなんの話か、早く教えて」

フィービはにっこりと笑うと、ジェフリーの隣に腰を下ろした。ちらりと彼に目をやる。するとジェフリーが切りだした。「実はね、フィービが僕の妻になることを承諾してくれたんだよ」

ジュリアは二人をぽかんと見つめた。「え？」

「ジェフリーとわたし、結婚するの！」フィービが歓喜の声をあげた。「まだ秘密よ。ギルバートにも話していないから。でもわたし――」

「フィービ！」ジュリアは彼女の言葉を遮ると、椅子から跳びあがって駆け寄り、友を抱きしめた。「ジェフリー！　おめでとう！　想像もしていなかったわ――」思わず笑い声がこみあげる。「きっとわたしの目は節穴ね。気づきもしないなんて」ジュリアは身をかがめて、ジェフリーのことも、そっと用心深く抱きしめた。

「恋愛感情を露骨に出す男はいないだろう」ジェフリーは言った。「だが、ずっと密《ひそ》かにすばらしい女性だとあこがれていた」

「あなたに結婚をするだけのエネルギーがあるとは思わなかったわ」ジュリアはちくりとからかった。

「何を言うんだ、ジュリア。このひと月に二度も田舎を訪れたじゃないか」ジェフリーがもったいをつけたように言った。「これ以上のことがあると思うかい?」

ジュリアは陽気な笑い声をあげた。「考えたこともなかったわ。そうね、あなたの言うとおり。でもどうするの? これからフィービを都会の女に変えるつもり?」

「わたしたち話し合って、お互いにロンドンと田舎を行ったり来たりすることに決めたの」彼の代わりにフィービが答えた。「わたしはロンドンに住んでもいいのだけれど、でもギルバートは一年の大半をここですごすわけでしょう? いずれあの子が継ぐ土地だもの。ジェフリーが言うの。それが大切なことなんだって」

ジュリアは、かつて〝セルビーが言うの〟がフィービの口癖だったことを思いだした。涙がこみあげそうになる。喜びの涙か、寂しさの涙かはわからなかったけれど。

「そうね、そのとおりだと思うわ」ジュリアもうなずいた。「それで、結婚式はいつごろ? どこで?」

これからあれやこれやと女同士の長話が始まると踏んだのだろう。ジェフリーが立ちあがった。「そろそろ昼寝の時間かな」

「何言っているの、弱虫ね」ジュリアがとがめた。

「ばかなことを言わないでくれ。人には睡眠が必要なんだ――それなのにここの夜はなかなか寝つけないし。おまけにだ――」彼は憤慨したようにつづけた。「ここにも、ひと晩じゅう、ほうほうと鳴きつづける恥知らずな鳥がいる」

「たしか、ふくろうもそんな鳴き声よ」ジュリアは精いっぱいまじめな顔で告げた。

「それは気づかなかったな。僕はてっきりバッキンガムシアにしかいない特別な鳥かと思っていた」それだけ言うと、ジェフリーは足を引きずりながら去っていった。

ジュリアはフィービに向き直り、彼女の手を取って握りしめた。「フィービ。わたし、とってもうれしいわ」

「本当にそう思ってくれる？　よかった。不安だったの。セルビーとの思い出を裏切ったと思われるんじゃないかって」

「まさか、そんなはずがないじゃない。もう三年よ。セルビーのことを悲しんでばかりいないで、新たな人生を歩みはじめるころだわ。こんなにも若くて、すてきなんだもの。未亡人のままでいるのはもったいないわよ」ジュリアはそこで言葉を切り、にんまりと笑った。「でも正直に言うと、相手がジェフリーというのはちょっと意外だったけど」

「そうでしょうね。わたしもね、最初自分が彼に優しい気持ちを抱いているのに気づいたとき、だめだって言い聞かせたの。ジェフリーは結婚するタイプの男性じゃないからって。その彼が結婚を申しこんでくれたんだもの。驚いたわ。ひっくり返りそうになった」

「そうじゃないのよ。ジェフリーがあなたと結婚したいと言いだしたところで、わたしには意外でもなんでもない。もちろん彼はこれまで絶対に結婚しようとしなかったけれど、あなたのような人が相手なら、どんな男性だって心を変えるわ。そうじゃなくて、意外だったのはあなたが同意したこと。だって彼、セルビーとはまったく違うタイプだから」

「わかってる。おかしいかしら？　でもわたしがジェフリーに恋をした理由の一つはそこにある気がするの。彼なら、セルビーと比較しないで済んだ。あまりにタイプが違いすぎて、比較するなんて考えたこともなかった。彼の個性が好きよ。もちろん、セルビーと一緒にいるのとはずいぶん違うわ。セルビーといると、何もかもが華やかでロマンティックで刺激的だった。でもね、わたし、もう刺激はいらないの。ジェフリーといると穏やかな気持ちになれるのよ。ほのぼのと優しい気持ちに。彼となら、幸せに年齢を重ねていける気がするの」

「わたしもうれしいわ」

「あなたとデヴェレルはどちらの雰囲気？」フィービが尋ねた。

ジュリアは言葉につまった。「そうね、どちらも少しずつってところかしら。わたしね、結婚したいと思う男性なんてどうせ見つからないって思っていたの。まさか、その相手がデヴェレルだなんておかしな話よね？」

二人の話題はそのあと挙式に移り、楽しく盛りあがった。そして小一時間ほど過ぎたところで、従僕の一人がテラスにやってきた。

「奥様、ヴァリアン・セントレジェ閣下とセントレジェ夫人、それにトーマス様がおいでになりました」

「まあ、なんてこと」フィービの表情が沈んだ。「いいえ、誤解しないでね。皆さんを居間にお通しして。わたしたちもすぐに行くわ」

従僕がお辞儀をして、下がった。フィービはジュリアに顔を向けて、ため息をついた。

「どのみちいつかは彼女に会わなくちゃならないんだから」ジュリアは言った。

「ええ、わかっているわ。でも……どうして今日みたいな日を台無しにしなくちゃならないの？」

「こう考えましょうよ。少なくとも今日なら、わたしも同席してこの苦難を一緒に乗り越えられる」

「そうよね」フィービの顔がわずかに明るくなった。

二人はゆっくりと家のなかに戻り、三人の客人が待ち受ける居間に向かった。

「ジュリア！　フィービ！」トーマスが叫び声をあげた。「すごいニュースだよね！　僕にはセルビーじゃないのはわかっていたけど。でもあのティズリーが犯人だなんて想像もしなかったよ。てっきりストーンヘヴン卿《きよう》だと思っていた。でも結局」彼は無邪気につづけた。「彼じゃないとわかってほんとによかった。だってあなたが結婚した相手だし」

「そうね、幸運だったわ」ジュリアはうなずいた。「いらっしゃい、トーマス」そして彼の頬にキスをしてから抱きしめると、ほかの二人に向き直った。「ヴァリアン、また会えてうれしいわ。それにパメラ……わざわざ訪ねてくださって、ありがとう」ジュリアはあえて皮肉をこめた。

「ジュリア」パメラが苦笑を浮かべた。「フィービ。ヴァリアンから何があったか聞きましたわ。それでわたくしたち、どうしてもこちらにうかがわなければと思って。そうですわね、ヴァリアン?」

「そうだとも。犯人がセルビーじゃなかったと聞いて、わたしも心底ほっとした。彼にあんなことができるとはずっと信じられずにいたから。前にも話したことがあったよね?」

「ええ、確かに。ちゃんと覚えているわ」デヴェレルと二人で、セルビーを陥れたのはヴァリアンではないかと疑ったことを思いだし、ジュリアは罪悪感に駆られた。「あなたはあれを嘘《うそ》だと疑った数少ない一人でしたもの」ジュリアはちらりとパメラに目を向けた。パメラからは敵意のまなざしが返ってきた。

四人はぎこちなく腰を下ろし、互いの顔を見つめた。パメラがしびれを切らして口を開いた。「ヴァリアンが訪ねてくださったので、この機会にうちでパーティを催すつもりですの。ほんのささやかなものですけれど。夕食と、ご希望なら軽くダンスもできるようなものを。お二人にもぜひいらしていただきたいわ」

「あいにく、ストーンヘヴン卿とわたしはそのころ、もう帰途についているんです」ジュリアは言った。

「まあ、まだいつ催すかもお話ししていないのに」

「同じことですから」ジュリアはあてつけるように返した。

彼女のそれとない侮辱に、パメラが眉を上げた。「あらあら、ジュリアったら。ストーンヘヴン卿の交友関係に溶けこみたいなら、口の慎み方を学ばれたほうがよろしくてよ」

「デヴェレルはわたしのこういうところが好きだと言ってくれています」

「まあそう。おかしなこと。でもストーンヘヴン卿も以前から変わっていらしたから」

そのあと沈黙が落ちた。ヴァリアンが果敢にも、天気といった平凡な話題でふたたび会話を始めた。パメラもそれに乗じて話しだした。ジュリアはほとんど口を開かなかったが、パメラはすぐにいつもの饒舌《じょうぜつ》さを取り戻し、会話を自分の好きな話題へと移行させていった。つまり彼女自身のことに。ロンドンを訪れたときのことから、最近買った新しいドレスやファローの音楽室に計画している改装の内容まで延々と話しつづける。ジュリアはそんな彼女をいくぶん驚きの目で見つめた。この三年間、自分とフィービを社交会から切り離しておいて、こんなにも何事もなかったように振る舞うなんて。

彼女が息継ぎで言葉を切った隙《すき》を見て、ついにトーマスが母親の独白を止めた。「ねえ、犯人がティズリーだってこと、どうやって突き止めたの？」彼は尋ねた。「最初から全部聞きたいんだ。ヴァリアンは詳しいことを知らなくて」

ジュリアは順を追って丁寧に話しはじめた。自分以外の話題で話が進むにつれ、パメラがどんどんいらだちをつのらせていくのが、見ていておもしろかった。

パメラが神経を逆なでする甲高い笑い声をあげた。「まったくねえ、わたくしもあのティズリーって人、どうも好きになれなかったんですの。犯人だと聞いても意外ではありませんでしたわ」

「妙ですね」ジュリアが辛辣《しんらつ》な言葉を返した。「セルビーは盗人だとあんなに吹聴《ふいちよう》なさっていたのに」

パメラが傷ついた表情を浮かべた。「そんなことをおっしゃらないで。わたくしだって、ずっとセルビーが好きでしたのよ。トーマスにもとても親切にしてくださって、しょっちゅう顔を見に寄ってくださったり、乗馬に連れていってくださったり——こんな子供とすごすのはきっと退屈だったでしょうし」

母親の言葉でトーマスの顔に不安がよぎったのを見て、ジュリアの胸に怒りが燃えあがった。「セルビーはトーマスが好きでしたよ」嚙《か》みつくように言った。「ただの〝親切〟だなんて、本人はきっと考えたこともないでしょう。トーマスとすごすのを心底楽しんでいましたから」

「そうですわね」パメラはむりやり笑みを作った。「セルビーは本当にそういう方でしたわ。ですからわたくしも彼がトーマスから何かを盗むだなんて、なかなか信じられませんでしたの」

「ずいぶんやすやすとその困難を乗り越えられたものですね」

「だって彼しか考えられなかったじゃありませんの——あんな証拠を耳にしたら誰だって。あれだけの確かな証拠が揃えば、自分の直感を信じるどころじゃありませんわ。わたくしだって、セルビーがあんな遺書さえ遺《のこ》して自殺しなければ、信じたかどうか。でも本人に有罪と認められたら、他人には否定のしようがないでしょう？」

ジュリアは黙りこんだ。首の後ろの毛がざっと逆立つようだった。

「遺書って？」フィービが困惑して尋ねた。

「そうよ、パメラ、いったいなんの話をなさっているの？」ジュリアは硬い声で尋ねた。

「それってデヴェレルが決して公にしなかった遺書のことかしら？　デヴェレルとヴァリアン以外は誰も知るはずのない」

パメラの顔から血の気が引いた。言葉もなく、ジュリアの顔を見つめている。

「いったいなんの話？」フィービはうろたえていた。「遺書はなかったのでしょう？　それともあったの？」

「わたしたちには知らされなかったのよ、フィービ」ジュリアは義姉に答えたが、目は決してパメラから離さなかった。「デヴェレルとヴァリアンが秘密にしていたの。わたしたちにはつらすぎる内容だから、知らせないほうがいいと。もちろん、内容は嘘ばかりよ。本物の横領犯がわたしたちに信じこませるために作りあげた嘘。教えてくださる、パメラ？　あなたがどうして遺書の内容をご存じなの？」

「さ……さあ、どうしてかしら。あちこちでいろんな噂《うわさ》が流れていたから」

「その遺書のこと以外はね。でも遺書のことは誰も知らなかったはずよ」

「それじゃあ、ヴァリアンからうかがったのかも」

ヴァリアンが戸惑いの表情を向けた。「いや。わたしは話していない。デヴェと二人で誰にも言わないと決めた」

「あなただったのね？」ジュリアが猛然と立ちあがり、両脇《りょうわき》で拳《こぶし》を握りしめた。「あなたが共犯者だったんだわ！」

ヴァリアンは唖然《あぜん》としていた。「パメラ？」

「ばかばかしいことを言わないで！」パメラは立ちあがると、落ち着かない様子でじりじりとジュリアと距離を開けはじめた。「自分の息子の信託財産よ」

「だから余計に卑劣なんでしょう。もっと早くあなたの関《かか》わりを疑ってみるべきだったわ。いつだって自分の寡婦給与がどんなに少ないか文句ばかり言っていたんだから。そうよね、覚えているわ。あなたはここに立って言っていた。ウォルターが全領地をトーマスに遺して、自分ははした金だけだなんて納得できないと」

「はした金！」ヴァリアンが声を張りあげた。「なんていう言い方を。暮らしていけるだけのはした金なら、僕だってほしいくらいだ。どうしてそんなことを言ったんだ、パメラ？　ウォルターはいつだって君によくしていたじゃないか」

「彼女は自分のそういう一面をあなたには見せていなかったのよ、ヴァリアン。信託財産からの出金を求める相手はいつもセルビーだったから」

「わたくしはこの子の母親よ！　この子を育てているの。この子の養育にかかるお金はもらう権利があるでしょう！」

「寝室の新しいカーテンも？　それも寝室を全面改装してたった半年後に。それから新しい服に、最新型のバリューシュ型馬車。たしか、自分の馬車があまりに〝流行遅れ〟に見えるからだったかしら。トーマスの養育のため？　違うわ、パメラ。そんな話、わたしには通じない。フィービもわたしも、あなたがどれだけしつこくお金のことでセルビーを悩ませていたのか知っている。この屋敷の者なら全員、あなたたちの言い争いを聞いているわ」

「だから何？」パメラが顎を上げた。「そんなことに、なんの意味もないでしょう！」

「でも家主の女性がいる。彼女、言っていたわ。ティズリーが部屋に来るのは、小包を受け取るときと〝愛人〟と会うときだけだったと。あなただったんでしょう？　あなたはエドマンド・ティズリーと男女の関係にあった。そして彼と共謀して、自分の息子の信託財産からお金を盗み取った。いいえ、待って！　今、わかったわ。ひょっとしてあなたの考え？　そうよ、あなたがあの男をそそのかして盗ませたのよ！」

「あなた、頭がどうかしていらっしゃるわ」

「わたしが？　いい？　あの女家主は目がよくて——おまけに記憶力も確かなの。一目でティズリーが誰かわかったのよ。あなたの肖像画を見たら、彼女、なんて言うかしら？」

「無理よ！　わたくしはいつも——」パメラがはっと言葉を切った。自分が自白したも同然だと気づいたのだ。

くるりと身を翻して、部屋から駆けだそうとする。けれどもジュリアがとっさに体当りをして、二人同時に床に倒れこんだ。蹴《け》り合い、殴り合って床を転がる。部屋にいるあとの者は恐怖に駆られて茫然《ぼうぜん》と二人を見つめていた。ようやくヴァリアンが我に返り、二人の女性に駆け寄った。ジュリアの体に腕をまわして、抱き起こす。ジュリアは彼の手を振り払い、もう一度パメラに向かっていこうとした。しかしパメラはジュリアの手が離れた一瞬の隙を突いて、手提げ袋に手を入れていた。そしてなかから小さな拳銃《けんじゅう》を取りだし、銃口をジュリアの心臓に向けた。

「はん！　さすがのあなたもこれでおとなしくなったかしら？」パメラは銃口をジュリア

からそらすことなく、立ちあがった。「ほんと、傲慢な娘だこと。自分はいつだってなんでもお見通しなの？　いつだって正しい？　手元にあるお金でじゅうぶんだなんて、言うのは簡単よ。セルビーも同じことを言ったわ。〝だめ、だめ。そんな用途では信託財産のお金は引きだせないよ〟」パメラはセルビーの口調をまねると、憎々しげに顔をゆがめた。「まるでそのお金がトーマスのものじゃなくて、自分のものみたいな態度だった」

「あなた――あなたがセルビーを殺したの？」フィービが震えながら尋ねた。

「彼が悪いのよ！」パメラは甲高い声を張りあげた。「何もかも彼のせい。セルビーさえ協力的だったら、わたくしだってこんなまねはしなくて済んだんだから。でも、だめ。聖人セルビーときたら善良すぎて、純情すぎて」彼女の口調がまたも辛辣な物まね口調に変わった。「自分の妻を裏切ることもできない。〝僕の大切なフィービ〟ですって！」パメラは興奮したように銃口を振りあげ、あらためてジュリアに焦点を合わせた。「わたくしがあんなことをしたかったと思う？　あのまぬけなティズリーなんかと寝たかったと思う？」

「思わないよ、パメラ」ヴァリアンがなだめた。「わかっている。君だってあんなことはしたくなかったはずだ。さあ、銃を下ろしてくれないか。そしてちゃんと話し合おう」

「わたくしをばかだと思っているの？」パメラの唇があざ笑うようにゆがんだ。

「いいえ、あなたは腹黒い悪党よ」ジュリアはそう答えると、落ち着いた態度で正面から彼女を見据えた。

「少なくともあなたは正直ね」

「あなたがティズリーをそそのかしたのね？」ジュリアは尋ねた。「どういうわけか、他人の筆跡をまねる彼の能力を知って、色仕掛けで誘惑してあの手紙を書かせた。ジャック・フレッチャーのことも知っていたんでしょう？　だからそれを使って一ひねり加えた」

「もちろん知っていたわ。ウォルターが、セルビーのばかみたいな偽名の話を持ちだしては、まるでそれが世紀の冗談みたいに大笑いしていたから。たかが子供の遊びじゃないの！　だからここでその偽名を使ったら、それこそ世紀の冗談になると思ったのよ」

「そうでしょうね。自分をこんな状況に追いこんだ男に復讐《ふくしゅう》するには最高の方法だわ。横領犯は彼だと見せかけることもできる」

「そのとおり」パメラの目がぎらりと意地悪く光った。「最高だったわ。彼が転落するのを見るのは――アーミガー家の人たちが落ちぶれていくのを見るのは」

「目的を遂げるためだけに、あの事務員に身を投げだすのはいやじゃなかったの？」

「別に！　なんとも思わなかったわ！」パメラの目がきらりと光り、頬に赤みが差した。

「教えて」変わらぬ硬い声でジュリアはつづけた。「どうして彼にセルビーを殺させたの？」

「セルビーを殺した？　あの腰抜けが？　あの男にそんな度胸はないわ。だってあなたでさえ、殺せなかったじゃない。毎度毎度しくじって。そんな男がセルビーのような人に立ち向かえるわけないでしょう。あの男にできるのは、せいぜいけちな手紙を書くことくらい。だからわたくしが自分でやらなくちゃならなかったの！」

「お母様！」トーマスが叫んだ。顔は死人のように蒼白《そうはく》で、目を大きく見開いている。「お母様、どうしてそんなことを？」

パメラが息子に目を向けた。顔にほんの一瞬、戸惑いがよぎる。けれどもすぐに無表情に戻り、息子を怒鳴りつけた。「そんな目で見ないでちょうだい！　あなたはなんにもわかっちゃいないの。なんにも！　わたしはいちいち信託財産からお金を引きだすのに我慢がならなかったのよ。わずかなお金のために、ぺこぺこ頭を下げなくちゃならないことに……」

息子の愕然《がくぜん》とした表情から逃れるように、パメラは話しながらじりじりとあとずさった。そしてついに開いた戸口にたどり着いた。

ふいに扉の脇から一本の腕が飛びだし、パメラの銃を握る手を強くたたきつけた。銃が何事もなく床に落ちて、滑っていく。間髪を入れずにデヴェレルが扉の裏から現れ、両腕をパメラの体に巻きつけて床から抱えあげる。彼女は金切り声をあげ、怒りに顔を引きつらせて背後のデヴェレルめがけて脚を蹴りあげた。

「何するのよ！　やめて！　離して！」彼女の声がしだいに意味不明の甲高い叫び声に変わっていく。

ジェフリーがデヴェレルの脇の戸口から現れた。背後に二人の従僕も従えている。ジェフリーは、デヴェレルと金切り声をあげながらもがき暴れている彼の荷物をぐるりとまわって部屋のなかに駆けこんだ。

「フィービ！　大丈夫か？」

「ジェフリー！」フィービが彼に駆け寄った。「恐ろしかったわ。ああ、あなたが来てくださってよかった」

「もちろんじゃないか。ほかにどこに行くところがある？」ジェフリーは彼女の動揺を静める任務に取りかかった。

デヴェレルは荒れ狂うパメラを従僕の手に渡した。彼らは一人が両脚を持ち、もう一人が胴を抱えて、パメラを人目につかない場所へと連れだしていった。デヴェレルは急いで居間に駆けこみ、ジュリアを抱きしめた。それまで身をこわばらせて立ち尽くしていたジュリアは、意外にも彼の胸でどっと泣き崩れた。

「大丈夫だよ。もう終わったんだ」デヴェレルはジュリアの髪をなでながら、小声でつぶやいた。

「ごめんなさい」ジュリアはどうにもならない涙をなんとか止めようと、しゃくりあげた。

「わたし――いったいどうなっているのかしら。いつもはこんなことないのに」

「わかっているよ」デヴェレルはほほ笑んだ。「気にしなくていい。むしろ、君がいつも強いわけじゃないとわかってうれしいくらいだ」

ジュリアは弱々しくほほ笑んだ。互いの体にまわした腕はゆるめたが、そのまま彼の胸に寄りかかる。「きっとショックだったのね。パメラだと考えたことは一度もなかった。彼女のことは嫌いだったけれど、まさか人まで殺せる人だったなんて！」

「そうだね。自分の思いどおりにならなかったときの彼女がどういう人か、僕にはある程度経験があった。執念深く、残酷にもなれる人なのはわかっていた。それでもこの件では疑ったことさえなかった」

「かわいそうなトーマス」ジュリアはため息をつき、少年に目をやった。彼は両手で頭を抱え、椅子に座りこんでいる。「母親に欠点があるのはあの子もわかっていたわ。それでも自分の母親よ。どんなにつらいか」

「ああ。僕たちでできる限りの力になってやろう」

「彼はこれからどうなるの？」

「僕たちのところで一緒に暮らせばいい。僕たちが彼の家族になるんだ」

ジュリアは目を輝かせて、デヴェレルを見つめた。「あなたって、なんていい人なの」

デヴェレルがほほ笑んだ。「何を言っているんだ。そのほうが合理的だからだよ。トーマスが気になって、妻が毎週のようにケント州に戻ったら困るだろう?」

「どうぞお好きなようにおっしゃい。わたしだってばかじゃないわ」ジュリアは彼の頬に手をあてた。「あなたは誰よりもいい人よ」

「いや、妻を心から愛している男なだけだ」デヴェレルはジュリアの手を取り、手のひらにキスをした。

「わたしにはそれでじゅうぶんよ」ジュリアは晴れ晴れとほほ笑むと、爪先立ちになって彼にキスをした。

エピローグ

ジュリアは夫と手をつなぎ、大広間のなかをフィービとジェフリーに向かって歩いていった。「すてきな結婚式だったわね。フィービ、すごくきれいだった」

「ああ、輝くばかりだったよ」デヴェレルは妻にほほ笑みかけた。身をかがめて、額にすばやくキスをする。「それでも君ほどじゃない」

「あなたったら」ジュリアはドレスの腹部を手でなでた。「わたしはなんだか屋敷並みに体が膨れあがっている気分」

「そんなことはない。まだほとんど目立たないじゃないか。それにたとえそうなったところで、君は誰よりきれいだよ」

「美的感覚に問題のある人と結婚してよかったわ」ジュリアは冗談めかしたが、心は彼の言葉でふんわりと温まっていた。

新郎新婦にたどり着くと、ジュリアは両手でフィービの手を取った。「フィービ、ジェフリー。すばらしいお式だったわ」

「僕もほっとしたよ」ジェフリーが言った。「ネクタイがつづけて三本も似合わなかったときにはどうなることかと思った。この調子で一日のすべてが台無しになるんじゃないかと。だが次の一本が完璧《かんぺき》でね。ぴったり決まった」

「よかった」デヴェレルがまじめな顔でうなずいた。

「ジュリーおばちゃま！　デヴェおじちゃま！」ギルバートの声が話を遮った。叔母と叔父の姿を見つけて、人混《ひとご》みのなかを一目散に駆けてくる。いつものように世話係のメイドが大慌てであとを追いかけていた。ギルバートはジュリアに飛びつくと、脚に腕をまわして顔を見あげた。

「ギルバート、いい子ね」ジュリアは身をかがめてキスをすると、髪をくしゃくしゃとなでた。

「僕の新しいポニー、見てくれた？」ギルバートは身をすくめてキスをよけ、彼にとってはそれより重大な話題に直行した。

「いいえ、まだ。どんな子なの？」

「すごく足が速いんだ」ギルバートは誇らしげに告げた。「ジェフリーおじちゃまがくれたんだよ」

「そうなの？　それじゃあ足が速いはずだわ」

「ロンドンで飼って、公園で乗ってもいいんだって」

「それは楽しそうね」

ギルバートはうなずいた。「これでもう、あそこにいても退屈しないで済むよ」そしてにやりと笑うと、デヴェレルにいたずらっぽい目を向けた。「でもストーンヘヴンほど楽しくないけどね」

「うれしいことを言ってくれるじゃないか」デヴェレルが満面の笑みで返した。

「だって、一緒に釣りに行くんだよね」

「そうだ」

「それから乗馬も」

「もちろん」

「森のなかで遊ぶんでしょう?」

「ああ、任せておけ」

フィービが笑い声をあげた。「この子がどれだけわたしを恋しがってくれるか、目に見えるようだわ」彼女はかがんで、息子の頭のてっぺんにキスをした。「さあ、乳母と一緒に向こうに行ってらっしゃい。お母様もすぐに行くから」

世話係のメイドがギルバートを連れていくと、フィービはデヴェレルとジュリアを振り返った。「ジェフリーとハネムーンに出るあいだ、ギルバートを預かってくれてありがとう」

「お安いご用よ」ジュリアはフィービを安心させた。

「まあ、君はね」デヴェレルが笑った。「あのわんぱく坊主の手にかかったら、僕はぼろぼろだ」

ジュリアは意味ありげにくすくす笑った。「よく言うわね。自分だって楽しくて仕方がないくせに。それにあなたにとっていい練習になるわ」

「そのとおり」デヴェレルはフィービに向き直った。「さっきのはただの冗談だよ。僕たちはあの子を愛しているし、一緒にすごせてこんなにうれしいことはない」

「ありがとう。あの子を乳母やほかの使用人たちに預けていくのは忍びなかったの。でもわたしの姉のところではあの子が喜ばないでしょう？　かといって、わたしたちのハネムーンに同行させてヨーロッパじゅうを連れまわすなんて想像もできないし」

「もちろん無理だよ」ジェフリーは青くなって言った。「あれだけの場所を全部、僕たち二人でまわるだけでも大変なのに。荷造りには苦心したよ――ヴェネチアではいったい何を着たらいいのやら。ヴェネチアにはどんな服装が合うのかも、僕にはわからない」

「雰囲気で決めるんだよ」デヴェレルが言った。

「雰囲気？　ああそうか！　しかし話では少し風変わりなところみたいだし」ジェフリーは頭を抱えた様子だった。

すぐにフィービが話題を変えた。「ところでトーマスはどこに？　今日はまだ彼に会っていないのだけど」

「ほら、あそこ」ジュリアが部屋の反対側の隅を示した。トーマスが別の若者と生き生きと会話を楽しんでいる。「この一週間ファローに戻っていたでしょう？　お友だちと再会したりして楽しかったみたい」

「元気そうね。想像していたよりずっと幸せそうだし、落ち着いている」

「パメラと離れて、気が楽になったんだろう」デヴェレルは乾いた声で言った。「事件が公になってからストーンへヴンにいることが彼にはよかったんだと思う。母親に関する噂《うわさ》も、このホイットニーほどひどくはないしね」

「向こうには、ストーンへヴン卿《きょう》の機嫌を損なうほど勇気のある人がいないから」ジュリアが茶目っ気たっぷりに言った。

デヴェレルがくすりと笑った。「新しいレディ・ストーンへヴンのほうが恐ろしいという噂を聞いたよ。子供を守るライオンのように獰猛《どうもう》だそうだ」

「二人とも、まだ折り合いをつけていないのか」ジェフリーがデヴェレルに向かって、くいと片方の眉を持ちあげた。「いいかい、君に勝ち目はない。僕は生まれたときからジュリアを知っている。だから言えるんだ。彼女には最初から譲っておいたほうが楽だ。時間の節約にもなるし、面倒もない」

デヴェレルの目がきらりと光った。「なるほど。しかし楽な人生を求めるなら、ジュリア・アーミガーとは結婚しなかった」彼はジュリアの手を取ると、優雅な仕草で唇に近づけた。「そうじゃないかい、ジュリア？」

ジュリアもほほ笑み返した。「まあ、そうね」

フィービがジュリアの手を取り、脇《わき》に引っ張っていった。「あなた、本当に幸せなの？」小声で尋ねる。

「もちろんじゃないの！」ジュリアは驚いて答えた。「わたしの顔を見てわからない？」

「わかるわよ」フィービはほほ笑んだ。「ただ確かめたかっただけ。結婚に至った経緯とか……かつて彼に抱いていた感情とか……いろいろあったから、きちんと確認しておきたかったの。わたしの心のなかでは、あなたはまだ義理の妹なのよ」

「まあ、なんて優しい人」ジュリアは彼女を抱きしめた。「でも心配しないで」輝くようなまなざしを夫に向けた。「わたしは心底幸せよ。デヴェレルといると楽しいわ――喧嘩《けんか》をしても、仲直りをしても、ばかみたいな冗談を言って笑い合っているときも。こんな暮らしをずっと夢見ていたの。でも、心から愛せる夫と巡り合えるとは思わなかった。今は日を追うごとにデヴェへの愛情がますます深まっていくのを感じているわ」ジュリアは頬を染めた。「ばかみたいに聞こえるかしら？」

「いいえ。すごく幸せな女性って感じよ。わたしもうれしいわ」

「わたし、あなたにもそうなってほしいの、フィービ」

「もうなっているわよ」フィービは穏やかに告げた。「あなたのような人にはジェフリーは物足りないでしょうけど、わたしには完璧なの」

「楽団の演奏が始まったよ」ジェフリーが二人に向かって声をかけた。「ダンスをリードするのは僕たちの役割じゃないかな」

「ええ」フィービはにっこりとほほ笑んで、彼と一緒にダンスフロアに向かった。

デヴェレルが振り返って手を伸ばし、妻に問いかけるようなまなざしを投げかけた。

「ぼんやりして、何を考えているんだい？」小声でつぶやき、髪にそっと唇をあてる。

「内緒。口に出すのはもったいないから」

「いいことかい？」

「ええ、何にも代えがたいくらい、いいことよ」ジュリアはにこやかにほほ笑んで肩に寄りかかった。デヴェレルは腕を背中にまわしてジュリアを抱き寄せた。

訳者あとがき

時は一八一一年、場所はロンドン。少年の格好をした一人の令嬢が使用人二人と男を襲うシーンから物語は始まります。

令嬢の名はジュリア。彼女の兄セルビーは三年前、横領罪で告発され、狩猟小屋で非業の死を遂げました。世間はそれを罪を悔いたあげくの自殺と受け止め、ジュリアたち家族に冷たく背を向けます。ジュリアは兄の無実を信じ、亡き兄のため、そして愛する家族の将来のためになんとか汚名をすすごうと考えます。兄を告発したストーンへヴン卿《きょう》から真実をききだして……。

十九世紀は礼儀作法が重んじられた時代でした。男性も女性も現代からは考えられないほど、許容範囲の狭い規則や行動規範に縛られていたのです。女性が男性の付き添いもなく商店に入ることすら下品とされ、男性は女性のいる場所で喫煙してはならない、女性から求めない限りは男性のほうから握手をしてはならない、などなど。本作品中からもさまざまな規範がうかがえます。そんな時代の、しかも上流階級に身をおきながら、ジュリアは率直すぎる言動で周囲をはらはらさせます。強情で、無鉄砲で、口の減らない娘。それが周囲のジュリアに対する評価です。生来の性格もあるでしょう。社交界デビューを逃し、礼儀作法に厳しいうるさ型の洗礼を受けなかったせいもあるかもしれません。ですが、こうとらえることもできます。純粋で、規範よりも自分に正直であろうとする女性と。

そんなジュリアにもよき理解者がいます。亡き兄の妻フィービです。心優しく穏やかで、良妻賢母の見本のようなフィービは、正反対の性格とも言えるジュリアを温かく包みこんでいます。家族の死、世間からの冷遇といったつらい経験を乗り越えてきたからでしょう。彼女たちのあいだには何にも代えがたい強い絆《きずな》が存在するのです。

さて、兄の事件の真相を知るため無謀な計画を立てたジュリアですが、思いがけない事実が次々と明らかになってきます。そして彼女をつけ狙《ねら》う黒い影……。

舞台はロンドンからストーンヘヴン、そしてグリーンウッドの田舎へと移り変わります。じゃじゃ馬ジュリアの恋と謎解《なぞと》き、家族愛、そして十九世紀の人々の暮らしを存分にお楽しみください。

二〇〇八年七月

杉本ユミ

＊本書は、2008年7月にMIRA文庫より刊行された
『罪深きウエディング』の新装版です。

罪深《つみぶか》きウエディング

2021年12月15日発行　第1刷

著　者　キャンディス・キャンプ
訳　者　杉本《すぎもと》ユミ
発行人　鈴木幸辰
発行所　株式会社ハーパーコリンズ・ジャパン
東京都千代田区大手町1-5-1
03-6269-2883（営業）
0570-008091（読者サービス係）
印刷・製本　中央精版印刷株式会社

ISBN978-4-596-01844-1

mirabooks

貴方が触れた夢
キャンディス・キャンプ
琴葉かいら 訳
モアランド公爵家アレックスは、弟の調査所を訪れた黒髪の美女に心惹かれる。だが彼女はいっさいの記憶がなく、「自分を探してほしい」と言い…。

放蕩貴族と恋迷路
キャンディス・キャンプ
琴葉かいら 訳
堅物のライラと、変わり者揃いで有名なモアランド公爵家の末っ子コンスタンティン。いがみ合ってきた正反対の二人だが、実は互いに秘めた思いが…!?

公爵令嬢の恋わずらい
キャンディス・キャンプ
琴葉かいら 訳
科学を愛する公爵令嬢シスビーは、身分を隠して参加した公開講義で、ハンサムな青年に出会う。しかし、偶然屋敷にやってきた彼に素性がばれてしまい…。

伯爵とシンデレラ
キャンディス・キャンプ
井野上悦子 訳
「いつか迎えに来る」と言い残して消えた初恋の人が伯爵になって現れた。15年ぶりの再会に喜ぶジュリアナだったが、愛のない契約結婚を持ちかけられ…。

偽りのエンゲージ
キャンディス・キャンプ
細郷妙子 訳
祖父を安心させるため、婚約者がいると嘘をついた伯爵令嬢カミラ。祖父の屋敷へ行く道中に出会ったベネディクトに、婚約者のふりをしてもらうことになり…。

ときめきの宝石箱
キャンディス・キャンプ
細郷妙子 訳
没落寸前の令嬢カサンドラは一族を守るため祖先が残したという財宝を探すことに。だがそれには宿敵ネビル家の当主で放蕩者フィリップの力を借りねばならず…。

mirabooks

公爵家の籠の鳥
ロレイン・ヒース
富永佐知子 訳

両親を亡くし、公爵家で育てられたアスリン。跡継ぎと結婚するはずだった彼女の人生は、公爵家に復讐を誓った悪魔〝トゥルーラヴ〟によって一変し…。

公爵と裏通りの姫君
ロレイン・ヒース
さとう史緒 訳

貧民街育ちのジリーはある日、自宅近くで瀕死の公爵を拾う。看病を続けるうち、初めての恋心が芽生えるが、しょせん違う世界に住む人と、気持ちを抑え…。

路地裏の伯爵令嬢
ロレイン・ヒース
さとう史緒 訳

身分を捨て、貧民街に生きるレディ・ラヴィニア。ぼろきれのように自分を捨てた初恋相手と8年ぶりに苦い再会を果たすが、かつての真実が明らかになり…。

午前零時の公爵夫人
ロレイン・ヒース
さとう史緒 訳

子がないまま公爵の夫を亡くし、すべてを失うことになったセレーナ。跡継ぎをつくる必要に迫られた彼女は、罪深き魅力で女たちを虜にするある男に近づくが…。

真夜中の壁の花
ロレイン・ヒース
皆川孝子 訳

愛ある結婚を諦めた令嬢ミニーは、一度きりの温もりを求め、ロンドンの秘密クラブへやってきた。秘密の手ほどきのお相手は、憧れつづけた公爵で…。

蒼きバラのあやまち
ロレイン・ヒース
皆川孝子 訳

伯爵夫人ジュリアは、旅行帰りの夫との再会に心躍らせていた。前より男らしくなって帰ってきた夫——しかしその正体は、伯爵になりすました双子の弟で…。

mirabooks